आत्म-अनुशासन की शक्ति

बहाने बनाना छोड़ दें!

आत्म-अनुशासन की शक्ति

बहाने बनाना छोड़ दें!

ब्रायन ट्रेसी

अनुवाद : डॉ. सुधीर दीक्षित

MANJUL
मंजुल पब्लिशिंग हाउस

MANJUL

मंजुल पब्लिशिंग हाउस

कॉरपोरेट एवं संपादकीय कार्यालय

• द्वितीय तल, उषा प्रीत कॉम्प्लेक्स, 42 मालवीय नगर, भोपाल-462003

विक्रय एवं विपणन कार्यालय

• सी-16, सेक्टर 3, नोएडा, उत्तर प्रदेश - 201301, इंडिया

वेबसाइट : www.manjulindia.com

वितरण केन्द्र

अहमदाबाद, बेंगलुरू, भोपाल, कोलकाता, चेन्नई,
हैदराबाद, मुम्बई, नई दिल्ली, पुणे

मूल अंग्रेजी पुस्तक यू.एस.ए. में
वेनगार्ड प्रेस, सदस्य-परशयस बुक्स ग्रुप द्वारा पहली बार प्रकाशित

ब्रायन ट्रेसी द्वारा लिखित मूल अंग्रेजी पुस्तक
नो एक्सक्यूज़ेस! द पावर ऑफ़ सेल्फ-डिसिप्लिन का हिन्दी अनुवाद
No Excuses! The Power of Self-Discipline by *Brian Tracy*– Hindi Edition

यह हिन्दी संस्करण 2011 में पहली बार प्रकाशित
15वीं आवृत्ती 2023

ISBN 978-81-8322-230-3

हिन्दी अनुवाद : डॉ. सुधीर दीक्षित

मुद्रण व जिल्दसाज़ी : रेप्रो इंडिया लिमिटेड

पुस्तक और लेखक की प्रशंसा में

"मैं ख़ुद इससे बेहतर नहीं लिख सकता था!"

–ली आयाकोका,
व्हेयर हैव ऑल द लीडर्स गॉन के बेस्टसेलिंग लेखक

"अपने भविष्य को बेहतर बनाने के लिए आपको मेरे मित्र और साथी ब्रायन ट्रेसी से ज़्यादा योग्य मार्गदर्शक नहीं मिलेगा। उनकी बुद्धिमत्ता से सबक़ सीखें और शिखर पर पहुँच जाएँ।"

–डेनिस वेटली,
द साइकोलॉजी ऑफ़ विनिंग के बेस्टसेलिंग लेखक

"ब्रायन ट्रेसी की पुस्तकें हमारे भीतर छिपे चमत्कारों को जाग्रत कर देती हैं।"

–हार्वे मैके,
स्विम विद द शार्क्स विदाउट बीइंग ईटन अलाइव के लेखक

"यदि आप ब्रायन ट्रेसी के बताए दमदार सिद्धांतों पर चलते हैं, तो यह पुस्तक आपकी सफलता और सुख की कुंजी साबित होगी।"

–ऑग मैन्डिनो,
द ग्रेटेस्ट सेल्समैन इन द वर्ल्ड के बेस्टसेलिंग लेखक

मेरे मित्र और साझेदार एरिक बरमैन को
प्रेम से समर्पित,
जिनमें अनुशासन और दृढ़ संकल्प
कूट-कूटकर भरा है।

विषय सूची

प्रस्तावना

आत्म-अनुशासन का जादू

"असफलता के हज़ार बहाने हो सकते हैं,
परंतु अच्छा कारण एक भी नहीं होता।"

-मार्क ट्वेन

कुछ लोग दूसरों से ज़्यादा सफल क्यों होते हैं? कुछ लोग दूसरों से ज़्यादा पैसे क्यों कमाते हैं, ज़्यादा सुखी जीवन क्यों जीते हैं और उतने ही वर्षों में बहुत ज़्यादा उपलब्धियाँ क्यों पा लेते हैं? "सफलता का वास्तविक रहस्य" क्या है?

अक्सर मैं अपना सेमिनार एक छोटे से सवाल से शुरू करता हूँ। मैं श्रोताओं से पूछता हूँ, "यहाँ ऐसे कितने लोग हैं, जो अपनी आमदनी दोगुनी करना चाहते हैं?"

लगभग सभी लोग मुस्कुराते हुए हाथ उठा देते हैं। फिर मैं पूछता हूँ, "यहाँ कितने लोग वज़न कम करना चाहते हैं? क़र्ज़ से मुक्त होना चाहते हैं? आर्थिक स्वतंत्रता प्राप्त करना चाहते हैं?"

एक बार फिर, सभी लोग मुस्कुराने लगते हैं, कुछ तो तालियाँ बजाने लगते हैं और वे सभी हाथ उठा देते हैं। इसके बाद मैं कहता हूँ, "बहुत ख़ूब! ये सब बड़े लक्ष्य हैं, जिन्हें हर व्यक्ति प्राप्त करना चाहता है। हम सभी ज़्यादा पैसे कमाना चाहते हैं, अपने परिवार के साथ ज़्यादा समय बिताना चाहते हैं, स्वस्थ और छरहरे होना चाहते हैं और आर्थिक रूप से स्वतंत्र होना चाहते हैं।

"न सिर्फ़ हमारे लक्ष्य एक से हैं, बल्कि हम सब यह भी जानते हैं कि उन्हें प्राप्त करने के लिए हमें क्या काम करना चाहिए। और हम सभी कभी न कभी वह करने का इरादा रखते हैं - *किसी समय।* लेकिन शुरुआत करने से पहले हम एक अद्‌भुत काल्पनिक जगह की सैर पर जाने का निर्णय लेते हैं, जिसे 'किसी दिन द्वीप' कहा जाता है।

"हम कहते हैं, 'किसी दिन मैं वह पुस्तक पढ़ूँगा। किसी दिन मैं व्यायाम शुरू करूँगा। किसी दिन मैं अपनी योग्यता बढ़ाऊँगा और ज़्यादा पैसे कमाऊँगा। किसी दिन मैं अपनी आर्थिक स्थिति की बागडोर थामूँगा और क़र्ज़ से मुक्ति पाऊँगा। किसी दिन मैं वे सभी काम करूँगा, जो मुझे अपनी मंज़िल तक पहुँचने के लिए करने चाहिए। किसी दिन।'"

संभवतः ८० प्रतिशत लोग ज़्यादातर समय "किसी दिन द्वीप" पर रहते हैं। वे उन सभी कामों के बारे में सोचते हैं, सपने देखते हैं और कल्पना करते हैं, जो वे "किसी दिन" करना चाहते हैं।

और इस द्वीप पर वे किन लोगों से घिरे रहते हैं? उसी द्वीप के वासियों से! और वहाँ वार्तालाप का मुख्य विषय क्या होता है? बहाने! वे सभी एक-दूसरे के सामने वहाँ रहने के बहाने बनाते रहते हैं।

वे एक-दूसरे से पूछते हैं, "आप यहाँ पर क्यों हैं?"

अधिकांश लोगों के बहाने एक जैसे होते हैं : "मेरा बचपन सुखद नहीं था," "मुझे अच्छी शिक्षा नहीं मिली थी," "मेरे पास पैसे नहीं हैं," "मेरा बॉस बहुत आलोचना करता है," "मुझे अच्छा जीवनसाथी नहीं मिला," "कोई भी मेरी क़द्र नहीं करता," या "अर्थव्यवस्था की हालत ख़राब है।"

उन सभी को दरअसल "बहानासाइटिस" रोग है, जो सफलता के लिए हमेशा घातक होता है। उनके इरादे तो अच्छे हैं, लेकिन जैसा सबको मालूम है, "नर्क की ओर जाने वाली सड़क अच्छे इरादों के पत्थरों से बनती है।"

सफलता का पहला नियम स्पष्ट है : ख़ुद को उस द्वीप से बाहर निकालें!

अब बहाने बनाना छोड़ दें! कोई भी काम करें या न करें - लेकिन बहाने न बनाएँ। काम न करने के बाद उसे उचित ठहराने और न्यायसंगत तर्क गढ़ने के लिए अपने अविश्वसनीय मस्तिष्क का दुरुपयोग करना छोड़

दें। कुछ करें। कुछ भी करें। आगे बढ़ें! मन ही मन बार-बार दोहराएँ : "अगर मुझे यह करना है, तो इसका दारोमदार मुझ पर है!"

पराजित लोग बहाने बनाते हैं; विजेता प्रगति करते हैं। सवाल यह उठता है, आप यह मालूम कैसे कर सकते हैं कि आपका प्रिय बहाना सही है या नहीं ? यह पता लगाना बड़ा ही आसान है। चारों ओर देखें और ख़ुद से पूछें, "क्या आस-पास कोई ऐसा व्यक्ति है, जो मेरे जैसी समस्या से ग्रस्त होने के बावजूद सफल है ?"

जब आप यह सवाल पूछते हैं और पूरी ईमानदारी से इसका जवाब देते हैं, तो आपको यह स्पष्ट दिख जाएगा कि हज़ारों, यहाँ तक कि लाखों ऐसे लोग हैं, जिन्होंने आपसे भी बदतर स्थिति में रहने के बावजूद अपने जीवन में श्रेष्ठ कार्य किए और उत्कृष्ट परिणाम प्राप्त किए। और जो हज़ारों-लाखों लोग कर चुके हैं, वह आप भी कर सकते हैं - बशर्ते आप प्रयास करें।

कहा जाता है कि लोग अपनी असफलता के बहाने बनाने में जितनी ऊर्जा ख़र्च करते हैं, उतनी अगर वे सही लक्ष्य प्राप्त करने में लगाएँ, तो वे सफल हो जाएँगे। लेकिन सबसे पहले आपको उस द्वीप से बाहर निकलना होगा।

मुश्किल शुरुआत

शुरुआत में ज़्यादातर लोगों के पास कुछ भी नहीं होता - या बहुत कम होता है। जहाँ तक मेरा मामला है, मैं तो हाई स्कूल की पढ़ाई भी पूरी नहीं कर पाया। मैंने कई साल तक मज़दूरी की। मेरी शिक्षा सीमित थी, योग्यताएँ सीमित थीं और भविष्य भी सीमित था। लेकिन एक दिन मैंने ख़ुद से सवाल पूछा, "कुछ व्यक्ति बाक़ी लोगों से ज़्यादा सफल क्यों होते हैं ?" इस सवाल ने मेरा जीवन बदल दिया।

अब तक मैं सफलता और उपलब्धि पर हज़ारों पुस्तकें तथा लेख पढ़ चुका हूँ, जिससे मुझे यह पता चला कि सफलता पाने के उपाय - जिनमें हर उपाय शामिल है - लगभग 2,000 वर्षों से बताए जा रहे हैं।

अधिकांश दार्शनिक, उपदेशक और विशेषज्ञ मानते हैं कि सफलता

के लिए एक गुण बहुत ज़रूरी है : आत्म-अनुशासन। अनुशासन ही वह गुण है, जो आपको बहानों के प्रलोभन से बचा सकता है।

आत्म-अनुशासन होने पर ही आप "द्वीप से बाहर निकल" सकते हैं। यह महान जीवन की कुंजी है और इसके बिना किसी प्रकार की स्थायी सफलता संभव नहीं है।

आत्म-अनुशासन के विकास ने मेरे जीवन का कायाकल्प कर दिया और यह आपके जीवन का भी कायाकल्प कर सकता है। मैंने स्वयं से निरंतर अधिक अपेक्षाएँ कीं, जिससे पहले मैं बिक्री और बाद में प्रबंधन के क्षेत्र में कामयाब हुआ। मैंने अपनी पढ़ाई पूरी की और फिर तीस साल की उम्र के बाद मैंने एमबीए किया, जिसके लिए मुझे हज़ारों घंटे पढ़ना पड़ा। मैंने ही सबसे पहले कनाडा में सुज़ुकी वाहन आयात किए और पैंसठ डीलर्स बनाकर 25 मिलियन डॉलर के वाहन बेचे। मज़ेदार बात यह थी कि यह सब शुरू करने से पहले मुझे उस उद्योग का रत्ती भर भी ज्ञान या अनुभव नहीं था। लेकिन मुझमें अनुशासन था, सीखने का दृढ़ संकल्प था, सीखी बातों पर अमल करने का जोश था और पूरी एकाग्रता व लगन से काम करने का जुनून था।

जब मैंने रियल एस्टेट डेवलपमेंट के क्षेत्र में क़दम रखा, तब भी मेरे पास कोई ज्ञान या अनुभव नहीं था। लेकिन वहाँ भी मैंने अनुशासन की शक्ति का इस्तेमाल किया। मैंने सैकड़ों घंटों तक उस क्षेत्र में काम और अध्ययन किया, जिसके बाद मैंने शॉपिंग सेंटर्स, इंडस्ट्रियल पार्क्स, कार्यालयीन इमारतें और आवासीय मकान बनाए।

आत्म-अनुशासन की बदौलत ही मैंने प्रशिक्षण, परामर्श, वक्तृत्व कला, लेखन, रिकॉर्डिंग और वितरण के सफल व्यवसाय खड़े किए। मेरे ऑडियो और वीडियो प्रोग्राम्स, पुस्तकें, सेमिनार्स और प्रशिक्षण कार्यक्रम बहुत सफल रहे हैं। इनका छत्तीस भाषाओं में अनुवाद हो चुका है और 54 देशों में 50 करोड़ डॉलर से अधिक की बिक्री हो चुकी है। मैं अब तक 1,000 से ज़्यादा कंपनियों को परामर्श दे चुका हूँ। सेमिनार्स तथा भाषणों के माध्यम से मैंने 50 लाख से अधिक लोगों को प्रशिक्षण भी दिया है। इनमें से हर क्षेत्र में अनुशासन ही मेरी सफलता का आधार रहा है।

अपने अनुभव से मैंने यह सीखा है कि आप अपना लगभग हर लक्ष्य

प्राप्त कर सकते हैं, बशर्ते आपमें उसकी क़ीमत चुकाने, आवश्यक कार्य करने और कभी हौसला न छोड़ने का अनुशासन हो।

यह पुस्तक किसे पढ़नी चाहिए?

यह पुस्तक उन महत्वाकांक्षी और संकल्पवान लोगों के लिए लिखी गई है, जो जीवन में अपने लिए संभव हर चीज़ प्राप्त करना चाहते हैं। यह उन लोगों के लिए लिखी गई है, जिनमें वर्तमान से अधिक कार्य करने, अधिक चीज़ें पाने और अधिक सफल होने की "भूख" है।

सफलता के संदर्भ में सबसे महत्वपूर्ण बात संभवतः यह है कि बड़ी उपलब्धि पाने के लिए आपको ख़ुद को बदलना पड़ता है। यदि आप सामान्य से ज़्यादा ऊँचे लक्ष्य प्राप्त करना चाहते हैं, तो यह उतना महत्वपूर्ण नहीं है कि आप कितनी भौतिक वस्तुएँ प्राप्त करते हैं; *वास्तविक महत्व तो इस बात का है कि आप कितने अच्छे गुण सीखते हैं।* आत्म-अनुशासन का विकास सफलता का वह राजमार्ग है, जिससे हर चीज़ संभव हो जाती है।

यह पुस्तक आपको श्रेष्ठ बनने और उपलब्धियाँ प्राप्त करने का क़दम-दर-क़दम मार्गदर्शन देगी।

• • •

संयोग से हुई मुलाक़ात में सफलता का कारण पता चलता है

कुछ साल पहले मैं वॉशिंगटन, डी.सी. में आयोजित एक सम्मेलन में गया। लंच के समय मैं नज़दीकी फ़ूड फ़ेयर में भोजन कर रहा था। वहाँ बहुत ज़्यादा भीड़ थी और दो लोगों वाली कोई टेबल ख़ाली नहीं थी। अंततः मैं चार लोगों की एकमात्र ख़ाली टेबल पर बैठ गया।

कुछ मिनट बाद एक बुज़ुर्ग सज्जन और एक युवती, जो उस बुज़ुर्ग की असिस्टेंट लग रही थी, वहाँ फ़ूड ट्रे लेकर आए। साफ़ नज़र आ रहा था कि वे बैठने की जगह तलाश रहे थे।

मेरी टेबल पर काफ़ी जगह थी, इसलिए मैं तुरंत उठा और बुज़ुर्ग

को साथ बैठने का आमंत्रण दे दिया। उन्होंने ना-नुकुर की, लेकिन मेरे दोबारा आग्रह करने पर वे आभार व्यक्त करते हुए बैठ गए और हमारे बीच बातचीत होने लगी।

उस बुज़ुर्ग का नाम कॉप कॉपमेयर था। जैसे ही उन्होंने अपना नाम बताया, मैं तुरंत पहचान गया कि वे कौन हैं। वे सफलता और उपलब्धि के क्षेत्र के नामी विशेषज्ञ थे। कॉप कॉपमेयर ने चार बेस्टसेलिंग पुस्तकें लिखी थीं, जिनमें से प्रत्येक में सफलता के 250 सिद्धांत बताए गए थे, जो उनके पचास वर्ष से भी अधिक के शोध और अध्ययन का सार थे। उनकी चारों पुस्तकें इतनी महत्वपूर्ण थीं कि मैंने उन्हें पूरा पढ़ा था – कई बार!

थोड़ी देर तक हल्की-फुल्की चर्चा के बाद मैंने उनसे वह सवाल पूछा, जो इस स्थिति में बहुत से व्यक्ति पूछते : "आपने सफलता के जो 1,000 सिद्धांत खोजे हैं, आपके हिसाब से उनमें सबसे महत्वपूर्ण कौन सा है ?"

यह सुनकर उनकी आँखों में चमक आ गई और वे मुस्कुराने लगे, जैसे उनसे यह सवाल पहले भी कई बार पूछा गया हो। तुरंत ही उन्होंने बिना किसी हिचक के जवाब दिया, "सफलता का सबसे महत्वपूर्ण सिद्धांत अमेरिका के प्रसिद्ध लेखक अल्बर्ट हबार्ड ने बीसवीं शताब्दी के प्रारंभ में ही बता दिया था, *'आत्म-अनुशासन सही समय पर ज़रूरी काम करने की योग्यता है, चाहे उसे करना आपको पसंद हो या न हो।'*"

पल भर ठहरने के बाद वे दोबारा बोले, "सफलता के 999 अन्य सिद्धांत भी हैं, जो मेरे अध्ययन और अनुभव के हिसाब से महत्वपूर्ण हैं, लेकिन आत्म-अनुशासन के बिना उनमें से एक भी कारगर नहीं होता। आत्म-अनुशासन के होने पर ही वे सब कारगर होते हैं।"

आत्म-अनुशासन व्यक्तिगत महानता की कुंजी है। यह वह जादुई गुण है, जो आपके लिए हर द्वार खोल देता है और हर चीज़ को संभव बना देता है। आत्म-अनुशासन होने पर सामान्य व्यक्ति भी शिखर पर पहुँच सकता है। अपनी योग्यता और बुद्धि के अनुसार वह बहुत आगे तक पहुँच सकता है और ज़्यादा तेज़ तरक़्क़ी कर सकता है। दूसरी ओर, आत्म-अनुशासन न होने पर प्रतिभाशाली व्यक्ति भी नाकाम रहता है। अनुशासनहीन व्यक्ति कभी भी सामान्य से ऊपर नहीं उठ सकता, भले ही वह अमीर परिवार

में पैदा हुआ हो, बहुत शिक्षित हो और उसे हर प्रकार के अवसरों का वरदान मिला हो।

आपके दो सबसे बड़े शत्रु

जिस प्रकार आत्म-अनुशासन सफलता की कुंजी है, उसी प्रकार आत्म-अनुशासन का *अभाव* जीवन में असफलता, कुंठा, कमतर उपलब्धियों और दुख का प्रमुख कारण है। अनुशासन न होने पर हम बहाने बनाते हैं और अपनी राह में ख़ुद बाधक बन जाते हैं।

सफलता, सुख और व्यक्तिगत परिपूर्णता के दो सबसे बड़े शत्रु होते हैं : एक है न्यूनतम प्रतिरोध का मार्ग, और दूसरा, त्वरित लाभ का घटक।

न्यूनतम प्रतिरोध के मार्ग की वजह से ही लोग प्रायः हर स्थिति में सबसे आसान विकल्प चुनते हैं। वे हर चीज़ के शॉर्टकट खोजते हैं। वे आख़िरी मिनट पर ऑफ़िस आते हैं और पहला मौक़ा मिलते ही वहाँ से खिसक लेते हैं। वे फटाफट-अमीर-बनो की योजनाएँ ढूँढ़ते रहते हैं और आसान तरीक़े से पैसे बनाने की फ़िराक़ में रहते हैं। कुछ समय बाद उन्हें इस बात की आदत पड़ जाती है, जिस वजह से वे अपनी मनचाही चीज़ों को पाने के लिए हमेशा ज़्यादा आसान और ज़्यादा तेज़ उपाय की तलाश करते हैं। वे मुश्किल कार्यों से कतराते और दूर भागते हैं। फलस्वरूप उन्हें मुश्किल काम करने की आदत नहीं होती है, जो सच्ची सफलता प्राप्त करने की अनिवार्य शर्त है।

त्वरित लाभ का घटक भी न्यूनतम प्रतिरोध के नियम का ही विस्तार है। इसकी वजह से भी लोग असफल होते हैं और उनकी उपलब्धियाँ सीमित होती हैं, लेकिन यह न्यूनतम प्रतिरोध के नियम से ज़्यादा बुरा होता है। यह सिद्धांत कहता है, "लोग हमेशा अपनी मनचाही चीज़ पाने का सबसे तेज़ और आसान तरीक़ा खोजते हैं। वे अपने व्यवहार या कार्य के दीर्घकालीन परिणामों की ज़रा भी चिंता नहीं करते हैं या बहुत कम चिंता करते हैं।" दूसरे शब्दों में, ज़्यादातर लोग वही काम करते हैं, जिससे *तुरंत फल मिले*, जो आनंददायक और आसान हो। वे उस मुश्किल काम को नहीं करते हैं, जो सफलता के लिए *आवश्यक* है।

हर दिन, हर पल आपके भीतर एक संघर्ष चलता रहता है। आपके मन का एक हिस्सा आपसे सही, मुश्किल और आवश्यक कार्य करने को कहता है (आपके दाएँ कंधे पर बैठे देवदूत की तरह)। आपके मन का दूसरा हिस्सा आनंददायक, आसान और महत्वहीन काम करने को कहता है (आपके बाएँ कंधे पर बैठे शैतान की तरह)। यदि आप अपनी पूर्ण संभावना तक पहुँचना चाहते हैं, तो आपको हर दिन, हर पल त्वरित लाभ के घटक से जूझना और जीतना होगा। आपको हर दिन, हर पल न्यूनतम प्रतिरोध के मार्ग के प्रलोभन से बचना होगा।

स्वयं को जीतें

आत्म-अनुशासन को आत्म-विजय भी कहा जा सकता है। सफलता तभी मिल सकती है, जब आप अपनी भावनाओं, क्षुधाओं और इच्छाओं पर विजय प्राप्त कर लें। जो लोग अपनी क्षुधाओं पर क़ाबू नहीं कर पाते, वे कमज़ोर और भोगी होने के साथ-साथ अविश्वसनीय भी हो जाते हैं।

आत्म-अनुशासन को *आत्म-नियंत्रण* भी कहा जा सकता है। श्रेष्ठ व्यक्ति की यही पहचान है कि उसमें स्वयं को, अपने विचारों और कार्यों को नियंत्रित करने की क्षमता हो, और उसका व्यवहार उसके दीर्घकालीन लक्ष्यों व उद्देश्यों के तालमेल में हो।

आत्म-अनुशासन को *आत्म-दमन* भी कहा जाता है। यानी आपको उन आसान ख़ुशियों के प्रलोभन में नहीं फँसना चाहिए, जिनके कारण इतने सारे लोग राह से भटक जाते हैं। इसके बजाय आपको अनुशासित रहकर सिर्फ़ वे कार्य करने चाहिए, जो दीर्घकालीन और वर्तमान दोनों दृष्टियों से उचित हों।

अनुशासन का अर्थ है *विलंब* से मिलने वाली दीर्घकालीन *संतुष्टि* पर ग़ौर करने की योग्यता, आगे चलकर ज़्यादा बड़े पुरस्कार पाने के लिए अल्पकालीन संतुष्टि का त्याग करने की क्षमता।

दूर तक की सोचें

हार्वर्ड यूनिवर्सिटी के समाजविज्ञानी डॉ. एडवर्ड बैनफ़ील्ड ने अमेरिका में एक 50 वर्षीय अध्ययन किया, जिसका उद्देश्य यह पता लगाना था कि

सामाजिक-आर्थिक क्षेत्रों में लोगों के घाटी से शिखर तक पहुँचने के क्या कारण हैं। उनका निष्कर्ष था कि जीवन में बड़ी सफलता पाने वाले लोगों का सबसे महत्वपूर्ण गुण था "दीर्घकालीन दृष्टिकोण।" बैनफ़ील्ड के अनुसार "काल के दृष्टिकोण" का अर्थ था : "समय की वह मात्रा, जिस पर विचार करके कोई व्यक्ति अपने वर्तमान कार्य करने का निर्णय लेता है।"

दूसरे शब्दों में, सफलतम व्यक्ति दीर्घकालीन चिंतक होते हैं। वे भविष्य में जितनी दूर तक देख सकते हैं, उतनी दूर तक देखकर यह तय करते हैं कि वे कैसे बनना चाहते हैं और कौन से लक्ष्य प्राप्त करना चाहते हैं। फिर वे वर्तमान में लौटकर यह तय करते हैं कि अपने मनचाहे भविष्य को पाने के लिए वे कौन से कार्य करेंगे - या नहीं करेंगे।

दीर्घकालीन सोच का यह अभ्यास आपके कामकाज, करियर, वैवाहिक जीवन, संबंधों, धन और व्यक्तिगत व्यवहार सभी पर लागू होता है और इस पुस्तक में इन सभी के बारे में विस्तार से बताया जाएगा। सफल लोग यह सुनिश्चित करते हैं कि उनके सभी अल्पकालिक कार्य उनके दीर्घकालीन लक्ष्य के तालमेल में हों। वे हर पल आत्म-अनुशासन का अभ्यास करते हैं।

शायद दीर्घकालीन चिंतन में सबसे महत्वपूर्ण शब्द है *त्याग*। श्रेष्ठ लोग भविष्य में ज़्यादा बड़े परिणाम और पुरस्कार पाने के लिए जीवन भर वर्तमान में छोटे-बड़े त्याग करने को तत्पर रहते हैं।

त्याग करने की यह इच्छा उन लोगों में साफ़ दिखाई देती है, जो सामाजिक मेल-जोल और वर्तमान पल का आनंद लेने के बजाय अपनी योग्यताएँ बढ़ाने, तैयारी करने और पढ़ने में घंटों, यहाँ तक कि वर्षों, का समय लगाते हैं, ताकि वे ज़्यादा मूल्यवान बन जाएँ और भविष्य में उनका जीवन बेहतर हो जाए।

लॉन्गफ़ेलो ने एक बार लिखा था :

"महान व्यक्ति जिस शिखर पर पहुँचे और बने रहे,
वहाँ वे अचानक एक उड़ान भरकर नहीं पहुँच गए थे।
वास्तव में, जब उनके साथी सो रहे थे,
तब वे हर रात ऊपर चढ़ने का श्रम कर रहे थे।"

दूर तक सोचें, भविष्य की योजना बनाएँ और वर्तमान में कड़ी मेहनत करें। आनंददायक और आसान कार्य करने से पहले उचित और आवश्यक कार्य करने के लिए ख़ुद को अनुशासित करें। अनुशासन की यह क्षमता ही अद्‌भुत भविष्य बनाने की कुंजी है।

दूरगामी या दीर्घकालीन सोच की क्षमता धीरे-धीरे विकसित होती है। जैसे-जैसे आप इसमें बेहतर होते जाएँगे, आप ज़्यादा सटीक अनुमान लगा पाएँगे कि आपके कार्यों के भविष्य में क्या परिणाम हो सकते हैं। यही श्रेष्ठ चिंतकों का गुण है।

अल्पकालीन सुख से दीर्घकालीन दुख उत्पन्न हो सकता है

आत्म-अनुशासन नहीं होने पर आप दो नियमों के शिकार होते हैं। पहला है "अनसोचे परिणामों का नियम।" यह नियम कहता है, "यदि दीर्घकालीन दृष्टिकोण से विचार नहीं किया जाता है, तो किसी कार्य के अनसोचे परिणाम उसके सोचे हुए परिणामों से ज़्यादा बुरे हो सकते हैं।"

दूसरा है "विपरीत परिणामों का नियम।" यह नियम कहता है, "तात्कालिक संतुष्टि की इच्छा से किया जाने वाला अल्पकालीन कार्य गड़बड़ और अपेक्षा से विपरीत परिणाम दे सकता है।"

उदाहरण के लिए, आप श्रेष्ठ और सुखमय जीवन जीने की इच्छा और इरादे से समय, धन या भावना का निवेश करते हैं। लेकिन चूँकि आपने कार्य करने से पहले अच्छी तरह से नहीं सोचा और पूरा विश्लेषण नहीं किया, इसलिए आपको उसके बहुत बुरे परिणाम मिले। अगर आप कुछ नहीं करते, तो स्थिति ज़्यादा अच्छी रहती। हर इंसान को जीवन में कभी न कभी यह अनुभव होता है और प्रायः एक से अधिक बार होता है।

सफलता का अचूक सूत्र

हरबर्ट ग्रे नामक व्यवसायी ने "सफलता के अचूक सूत्र" की तलाश करने के लिए एक दीर्घकालीन अध्ययन किया। वे यह पता लगाना चाहते थे कि वह कौन सा गुण है, जो सभी सफल लोगों में समान होता है। ग्यारह वर्ष

बाद उन्होंने सफलता के अचूक सूत्र का पता लगा लिया : "सफल लोग वे काम करने की *आदत* डाल लेते हैं, जिन्हें करना असफल लोगों को पसंद नहीं होता।"

और ये कौन से काम थे? असफल लोग जो काम करना पसंद नहीं करते, उन्हें करना सफल लोगों को भी पसंद नहीं होता। लेकिन अपनी नापसंदगी के बावजूद वे उन कामों को सिर्फ़ इसलिए करते हैं, क्योंकि वे जानते हैं कि अभी यह क़ीमत चुकाने पर ही उन्हें भविष्य में ज़्यादा बड़ी सफलता और पुरस्कार मिलेंगे।

ग्रे ने पाया कि सफल लोग "सुखद परिणामों" की ज़्यादा चिंता करते हैं, जबकि असफल लोग "सुखद तरीक़ों" की ज़्यादा परवाह करते हैं। सफल और सुखी लोग अपने व्यवहार के *सकारात्मक और दीर्घकालीन परिणामों पर ध्यान केंद्रित करते हैं,* जबकि असफल लोग *क्षणिक आनंद और त्वरित संतुष्टि को ज़्यादा महत्व देते हैं।*

प्रेरक वक्ता डेनिस वेटली ने कहा है कि शीर्ष लोग "लक्ष्य तक पहुँचाने वाले कार्यों" पर ध्यान केंद्रित करते हैं, जबकि सामान्य लोग "तनाव से राहत" देने वाली गतिविधियों पर ध्यान केंद्रित करते हैं।

मिठाई से पहले भोजन

आत्म-अनुशासन का एक बहुत ही सरल नियम है : "मिठाई से पहले भोजन" पूरा ख़त्म करें। भोजन में व्यंजनों का एक तार्किक क्रम होता है, जिसमें मिठाई अंत में आती है। पहले आप रोटी-सब्ज़ी ख़त्म करके थाली साफ़ करते हैं, इसके बाद ही आपको मिठाई मिलती है।

एक दिन मैंने एक बहुत ही लुभावने, लेकिन ग़लत संदेश वाला स्टिकर देखा : "जीवन छोटा है, इसलिए मिठाई पहले खा लो।"

ज़रा सोचें कि इसके परिणाम क्या होंगे! आप ऑफ़िस से घर लौटते हैं और स्वास्थ्यवर्धक भोजन करने के बजाय आइसक्रीम और मिल्क केक का बड़ा टुकड़ा खा लेते हैं। अब बताएँ, इसके बाद स्वास्थ्यवर्धक और पोषक आहार के लिए आपमें कितनी भूख रहेगी? जब आपके पेट में ढेर सारी शकर भर जाएगी, तो आपको कैसा महसूस होगा? क्या आप ऊर्जावान

महसूस करेंगे और कोई उपयोगी कार्य करने के लिए उत्सुक होंगे ? या फिर आप थकान और आलस महसूस करेंगे तथा दिन के बाक़ी काम अधूरे छोड़कर सोने की तैयारी करेंगे ?

जब आप ऑफ़िस से लौटते समय बार में एक-दो पैग पी लेते हैं और फिर घर लौटकर टी.वी. देखने लगते हैं, तब भी आपको यही परिणाम मिलता है। यह भी एक तरह की "मिठाई" ही है; बस इसका रूप बदल गया है। चाहे जो हो, इसका परिणाम यही होता है कि शाम को उपयोगी कार्य करने की आपकी क्षमता काफ़ी हद तक ख़त्म हो जाती है।

संभवतः इसका सबसे बुरा पहलू यह है कि आप जो भी काम बार-बार करते हैं, उसकी *आदत* पड़ जाती है। और आदत पड़ने के बाद उसे छोड़ना बहुत मुश्किल होता है। आनंददायक कार्य करने, आसान रास्ता चुनने या डिनर से पहले मिठाई खाने की आदत धीरे-धीरे शक्तिशाली होती जाती है। यह आदत निश्चित रूप से व्यक्तिगत दुर्बलता, कम उपलब्धि और असफलता की ओर ले जाती है।

आत्म-अनुशासन की आदत

सौभाग्य से आप आत्म-अनुशासन की आदत डाल सकते हैं। सही समय पर ज़रूरी काम करने के लिए (चाहे उसे करना आपको पसंद हो या न हो) स्वयं को अनुशासित करने का नियमित अभ्यास धीरे-धीरे शक्तिशाली होता जाता है। आप बहाने बनाना छोड़ देते हैं।

बुरी आदतें डालना आसान होता है, लेकिन उनके साथ जीना मुश्किल होता है। अच्छी आदतें डालना मुश्किल होता है, लेकिन उनके साथ जीना आसान होता है। और जैसा गेटे ने कहा था, "हर चीज़ आसान होने से पहले मुश्किल होती है।"

आत्म-अनुशासन, आत्म-विजय और आत्म-नियंत्रण की आदतें डालना मुश्किल होता है। लेकिन इनकी आदत पड़ने के बाद वे स्वचलित हो जाती हैं और उनका अभ्यास सरल हो जाता है। आत्मसात होने के बाद आत्म-अनुशासन की आदत आपके स्वभाव का अंग बन जाती है। फिर अनुशासित व्यवहार न करने पर आप असहज महसूस करने लगते हैं।

सबसे अच्छी बात यह है कि हर आदत *सीखी जा सकती है*। अपने मनचाहे व्यक्तित्व के निर्माण के लिए आपको जिस भी आदत की ज़रूरत हो, उसे आप सीख सकते हैं। आवश्यकता चाहे जिस गुण की हो, आप आत्म-अनुशासन का अभ्यास करके उसमें उत्कृष्ट बन सकते हैं।

आत्म-अनुशासन का हर अभ्यास आपको बाक़ी क्षेत्रों में भी *मज़बूत* बनाता है। दुर्भाग्य से, अनुशासन कमज़ोर होने पर आप बाक़ी क्षेत्रों में भी कमज़ोर हो जाते हैं।

आत्म-अनुशासन की आदत डालने के लिए सबसे पहले तो यह दृढ़ निर्णय लें कि आप किसी विशेष क्षेत्र में कैसा व्यवहार या कार्य करेंगे। जब तक कि उस क्षेत्र में आत्म-अनुशासन की आदत न पड़ जाए, तब तक रत्ती भर भी ढील न दें। जब भी आपसे चूक हो, जैसी कि होगी, तो आत्म-अनुशासन के अभ्यास का दोबारा संकल्प करें। एक ऐसा समय आएगा, जब अनुशासनहीन के बजाय अनुशासित व्यवहार करना आपके लिए ज़्यादा आसान हो जाएगा।

बड़े पुरस्कार

उच्च-स्तरीय अनुशासन विकसित करने के पुरस्कार भी बहुत बड़े हैं! अनुशासन और *आत्म-सम्मान* के बीच सीधा संबंध होता है :

- आप आत्म-विजय और आत्म-नियंत्रण का जितना ज़्यादा अभ्यास करते हैं, ख़ुद को उतना ही ज़्यादा पसंद करते हैं और महत्वपूर्ण मानते हैं;
- आप ख़ुद को जितना ज़्यादा अनुशासित करते हैं, आपमें आत्म-सम्मान और आत्म-गौरव का एहसास उतना ही ज़्यादा होता है।
- आप आत्म-अनुशासन का जितना ज़्यादा अभ्यास करते हैं, आपकी आत्म-छवि उतनी ही बेहतर होती है। आप ख़ुद को ज़्यादा अच्छे रूप में देखते हैं और अपने बारे में ज़्यादा सकारात्मक अंदाज़ में सोचते हैं। आप ज़्यादा ख़ुश और शक्तिशाली महसूस करते हैं।

अनुशासन की आदत डालना और उसे बनाए रखना एक ऐसा कार्य है, जो जीवन भर चलता है। यह निरंतर चलने वाला संघर्ष है, जो कभी ख़त्म नहीं होता। न्यूनतम प्रतिरोध के मार्ग पर चलने और त्वरित लाभ

के घटक का प्रलोभन आपके मन में हमेशा मौजूद रहता है। ये दोनों हमेशा आप पर आक्रमण करने की ताक में रहते हैं। वे आपको मुश्किल, आवश्यक और जीवन को समृद्ध बनाने वाले कामों के बजाय मज़ेदार, आसान और महत्वहीन कामों में उलझाने के लिए हमेशा तत्पर रहते हैं।

नेपोलियन हिल ने अपनी बेस्टसेलिंग पुस्तक *द मास्टर की टु रिचेस** के अंत में कहा था, "आत्म-अनुशासन ही *अमीरी की अचूक कुंजी है।"* आत्म-अनुशासन आत्म-सम्मान, स्वाभिमान और आत्म-गौरव की भी कुंजी है। आत्म-अनुशासन इस बात की गारंटी है कि आप अंततः अपने सामने आने वाली सारी बाधाओं को पार कर लेंगे और अपने जीवन को बेहतरीन बना लेंगे।

आत्म-अनुशासन के कारण ही कुछ लोग बाक़ी लोगों से ज़्यादा सफल और ख़ुशहाल होते हैं।

यह पुस्तक कैसे लिखी गई

इस पुस्तक में मैं आपको जीवन के वे इक्कीस क्षेत्र बताने जा रहा हूँ, जिनमें आत्म-अनुशासन अत्यंत आवश्यक है, ताकि आप अपनी पूर्ण संभावना तक पहुँच जाएँ और अपने लिए संभव हर चीज़ प्राप्त कर लें।

पढ़ने में सुविधा की दृष्टि से इस पुस्तक को तीन खंडों में विभाजित किया गया है। पहला खंड है "आत्म-अनुशासन और व्यक्तिगत सफलता।" इसके सात अध्यायों में आप सीखेंगे कि व्यक्तिगत जीवन के हर क्षेत्र में आत्म-अनुशासन का अभ्यास करके आप *अपनी संभावना या क्षमता* तक ज़्यादा से ज़्यादा कैसे पहुँच सकते हैं। इन क्षेत्रों में लक्ष्य तय करना, चरित्र निर्माण करना, उत्तरदायित्व स्वीकार करना, साहस बढ़ाना और लगन तथा संकल्प द्वारा अपना हर काम पूरा करना शामिल है।

खंड 2 के सात अध्यायों में आप यह सीखेंगे कि *व्यवसाय, बिक्री और आर्थिक स्थिति* के क्षेत्रों में आप वर्तमान से बहुत ज़्यादा सफलता कैसे प्राप्त कर सकते हैं। इनमें आप सीखेंगे कि अपने क्षेत्र में मुखिया बनने, ज़्यादा

---

*हिन्दी अनुवाद, अमीरी की चाबी आपके हाथ में, मंजुल पब्लिशिंग हाउस।

लाभकारी व्यवसाय चलाने, ज़्यादा सामान बेचने, ज़्यादा बुद्धिमानी से निवेश करने और अपने समय का प्रबंधन करके अधिकतम परिणाम पाने के लिए आत्म-अनुशासन अनिवार्य क्यों है और कैसे है।

अंत में, खंड 3 के सात अध्यायों में आप आत्म-अनुशासन के चमत्कार को अपने *व्यक्तिगत जीवन* में उतारना सीखेंगे। आप ख़ुशी, स्वास्थ्य, चुस्ती-फुर्ती, वैवाहिक जीवन, बच्चों, मित्रता और मानसिक शांति आदि क्षेत्रों में आत्म-अनुशासन के अभ्यास का तरीक़ा सीखेंगे। यहाँ आपको हर क्षेत्र में अपने संबंधों और जीवन की गुणवत्ता बढ़ाने के उपाय भी मिलेंगे।

हर अध्याय में मैं आपको यह बताऊँगा कि आप अपने हर काम में आत्म-अनुशासन और आत्म-विजय के ऊँचे स्तर तक कैसे पहुँच सकते है।

आगे के पन्नों में आप अपने व्यक्तिगत और व्यावसायिक विकास पर पूर्ण नियंत्रण करने के तरीक़े सीखेंगे। आप यह भी सीखेंगे कि आप अपने जीवन के हर महत्वपूर्ण क्षेत्र में ज़्यादा शक्तिशाली, सुखी और आत्म-विश्वासी कैसे बन सकते हैं। आप ख़ुद को पीछे रोककर रखने वाली पुरानी आदतों के बंधन तोड़ने के तरीक़े भी सीखेंगे। आप यह भी सीखेंगे कि आत्म-विश्वास, आत्म-दृढ़ता और आत्म-अनुशासन की आदतें कैसे डाली जाएँ, जिनकी सहायता से आप कोई भी लक्ष्य तय और प्राप्त कर सकते हैं। आप अपने मन, भावनाओं और भविष्य पर पूर्ण नियंत्रण करने के ग़ुर भी सीखेंगे।

जब आपमें आत्म-अनुशासन की शक्ति आ जाएगी, तो कोई बाधा आपको *नहीं रोक पाएगी*। आप प्रकृति की शक्ति की तरह अजेय बन जाते हैं, जिसे कोई नहीं रोक सकता। तब आप कभी भी प्रगति न करने के बहाने नहीं बनाएँगे, बल्कि तेज़ी से आगे बढ़ रहे होंगे। वास्तव में, अगले कुछ महीनों और वर्षों में आप इतना ज़्यादा प्राप्त कर लेंगे, जितना अधिकांश लोग पूरे जीवन में भी प्राप्त नहीं कर पाते।

खंड - 1

आत्म-अनुशासन और व्यक्तिगत सफलता

जीवन में आपकी सफलता इस बात पर निर्भर नहीं करती कि आप क्या करते हैं या क्या प्राप्त करते हैं। सफलता तो इस बात पर ज़्यादा निर्भर करती है कि आप कैसे इंसान बनते हैं। जैसा अरस्तू ने लिखा था, "चारित्रिक विकास ही जीवन का अंतिम ध्येय है।" इन अध्यायों में आप सीखेंगे कि उत्कृष्ट व्यक्ति बनने के लिए अनुशासन कैसे विकसित किया जाए और इसका कैसे उपयोग किया जाए। आप सीखेंगे कि ज़्यादा आत्म-सम्मान, स्वाभिमान और आत्म-गौरव कैसे विकसित किया जाए। आप व्यक्तिगत महानता के लिए ज़रूरी अनिवार्य अनुशासन सीखेंगे, और साथ ही यह भी सीखेंगे कि उन्हें अपने चरित्र और व्यक्तित्व में कैसे ढाला जाए।

अध्याय - 1

आत्म-अनुशासन और सफलता

"स्वयं को जीतना प्रथम और
सर्वश्रेष्ठ विजय है।"

-प्लेटो

कुछ लोग अपने व्यक्तिगत और व्यावसायिक जीवन में बाक़ी लोगों से ज़्यादा सफलता क्यों प्राप्त करते हैं? इस बारे में मानव इतिहास के सर्वश्रेष्ठ लोगों ने अपने-अपने उत्तर दिए हैं। आज से 2,300 वर्ष से भी पूर्व अरस्तू ने लिखा था कि ख़ुशी पाना ही मानव जीवन का चरम लक्ष्य है। उन्होंने कहा था कि हममें से प्रत्येक व्यक्ति को इस बड़े प्रश्न का उत्तर खोजना चाहिए, *"ख़ुश रहने के लिए हमें कैसे जीना चाहिए?"*

इस प्रश्न को पूछने और इसका सही उत्तर देने – और फिर उस उत्तर पर अमल करने – की योग्यता ही काफ़ी हद तक यह तय करेगी कि आप अपनी ख़ुशी प्राप्त कर पाते हैं या नहीं। और अगर कर पाते हैं, तो कितनी जल्दी।

अपनी व्यक्तिगत परिभाषा से शुरू करें। *आपके लिए* सफलता की क्या परिभाषा है? यदि आप जादू की छड़ी लहराकर अपने जीवन को हर दृष्टि से आदर्श बना सकें, तो यह कैसा दिखेगा?

अपने आदर्श जीवन का वर्णन करें

यदि आपका *व्यवसाय, कामकाज और करियर* हर दृष्टि से आदर्श हों, तो वे कैसे दिखेंगे? आप क्या कर रहे होंगे? आप किस प्रकार की कंपनी में काम कर रहे होंगे? आप किस पद पर होंगे? आप कितना पैसा कमा रहे होंगे? आप कैसे लोगों के साथ काम कर रहे होंगे? और, विशेष रूप से, आपको आदर्श करियर बनाने के लिए अपने कौन से काम कम या ज़्यादा करने की ज़रूरत होगी?

यदि आपका *पारिवारिक जीवन* हर दृष्टि से आदर्श हो, तो यह कैसा दिखेगा? आप कहाँ रह रहे होंगे और कैसे रह रहे होंगे? आपकी जीवनशैली कैसी होगी? आप अपने परिवार के सदस्यों के साथ कौन-कौन सी चीज़ें करना और पाना चाहेंगे? यदि कोई बंदिश न हो और आप जादू की छड़ी लहरा सकें, तो आप आज अपने पारिवारिक जीवन को किस प्रकार बदलना चाहेंगे?

यदि आपका *स्वास्थ्य* हर दृष्टि से आदर्श हो, तो यह कैसा होगा? आप कैसा महसूस करेंगे? आपका वज़न कितना होगा? आपके स्वास्थ्य और फ़िटनेस का स्तर आज से कितना अलग होगा? सबसे बड़ी बात, आप स्वास्थ्य और ऊर्जा के अपने आदर्श स्तर की ओर बढ़ने के लिए कौन से क़दम तत्काल उठा सकते हैं?

यदि आपकी *आर्थिक स्थिति* आदर्श हो, तो आपके बैंक खाते में कितना पैसा होगा? आपको अपने निवेशों से हर माह और हर वर्ष कितना कमा रहे होंगे? यदि आपके पास इतना पर्याप्त पैसा हो कि आपको दोबारा कभी पैसे की चिंता न करनी पड़े, तो वह कितना होगा? आप अपने आर्थिक जीवन को आदर्श बनाने के लिए कौन से क़दम आज ही उठा सकते हैं?

• • •

अपनी परिभाषा के अनुरूप कार्य करें

सफलता की एक लोकप्रिय परिभाषा यह है : "अपने मनचाहे तरीक़े से जीवन जीने की योग्यता; अपने चुने हुए लोगों के साथ और अपनी मनचाही

परिस्थितियों में केवल वही चीज़ें करना, जिन्हें आप करना चाहते हैं।"

जब आप हर क्षेत्र में "सफलता" की अपनी परिभाषा तय कर लेते हैं, तो आपको तत्काल दिख जाएगा कि आपको अपने जीवन को आदर्श बनाने के लिए कौन सी चीज़ें कम या ज़्यादा करनी चाहिए। आम तौर पर आपको अपने सपनों की दिशा में आगे बढ़ने से रोकने वाली सबसे बड़ी चीज़ होती है आपके प्रिय बहाने और आत्म-अनुशासन का अभाव।

ऐसा नहीं है कि आपको यह पता नहीं है कि आपको *क्या* करना है। आपको यह अच्छी तरह पता है। लेकिन आपको जो करना चाहिए, चाहे उसे करने का आपका मन हो या न हो, वह आप इसलिए नहीं करते हैं, क्योंकि आपमें *अनुशासन* नहीं है।

शीर्षस्थ 20 प्रतिशत लोगों के समूह में शामिल हों

हमारे समाज में शीर्षस्थ 20 प्रतिशत लोग 80 प्रतिशत धन कमाते हैं और 80 प्रतिशत दौलत व पुरस्कारों का आनंद लेते हैं। यह "पेरेटो सिद्धांत" 1895 में विल्फ्रेडो पेरेटो ने पहली बार बताया था और तब से अब तक यह बार-बार सही साबित हो चुका है। करियर में आपका पहला लक्ष्य यह होना चाहिए कि आप अपने चुने हुए क्षेत्र में शीर्षस्थ 20 प्रतिशत लोगों के समूह में पहुँच जाएँ।

इक्कीसवीं सदी में ज्ञान और योग्यता बहुत महत्वपूर्ण और मूल्यवान हैं। आप जितना ज़्यादा ज्ञान प्राप्त करते हैं और जितने ज़्यादा योग्य बनते हैं, उतने ही अधिक सक्षम और मूल्यवान होते हैं। जैसे-जैसे आप अपने काम में बेहतर होते जाते हैं, आपकी आमदनी कमाने की क्षमता भी बढ़ती जाती है - चक्रवृद्धि ब्याज की तरह।

दुर्भाग्य से, अधिकांश लोग - यानी नीचे के 80 प्रतिशत लोग - अपनी योग्यताएँ बढ़ाने के बहुत कम प्रयास करते हैं या बिलकुल ही नहीं करते। ज्यॉफ्री कोल्विन की 2009 में प्रकाशित पुस्तक *टैलेंट इज़ ओवररेटेड* के अनुसार अधिकांश लोग नौकरी के पहले साल में अपना काम सीखते हैं और इसके बाद वे कुछ भी नहीं सीखते हैं। हर क्षेत्र के शीर्षस्थ लोग ही निरंतर बेहतर बनने के प्रति समर्पित होते हैं।

ज्ञान, योग्यता और कड़ी मेहनत पर आधारित उत्पादक क्षमता में असमानता इतनी ज़्यादा बढ़ गई है कि अमेरिका के 33 प्रतिशत आर्थिक संसाधन शीर्षस्थ 1 प्रतिशत लोगों के नियंत्रण में हैं।

शून्य से शुरू करना

रोचक बात यह है कि जीवन में हर व्यक्ति की शुरुआत लगभग एक जैसी होती है - वह बहुत कम या कुछ नहीं से शुरू करता है। अमेरिका (और पूरे संसार) के लगभग सभी अमीर लोग *अपने दम पर* अमीर बने हैं। इसका मतलब है कि अधिकांश लोगों ने शून्य या बहुत थोड़े से अपना करियर शुरू किया और अपनी सारी धन-दौलत ख़ुद कमाई।

अमेरिका के लगभग सभी सबसे अमीर लोग पहली पीढ़ी के अरबपति हैं, जैसे बिल गेट्स, वॉरेन बफ़ेट, लैरी एलिसन, माइकल डेल और पॉल एलन। 80 प्रतिशत लखपतियों और करोड़पतियों ने बहुत कम पैसों से अपना करियर शुरू किया, शुरुआत में वे अक्सर कड़के रहे और कई बार तो क़र्ज़ में गले तक डूबे रहे। इन लोगों की, जैसे सैम वॉल्टन की, शुरुआती स्थिति बहुत अच्छी नहीं रही, जिनकी मृत्यु के समय उनके पास 100 अरब डॉलर से ज़्यादा संपत्ति थी। इन लोगों ने इतना ज़्यादा प्राप्त कैसे कर लिया, जबकि बहुसंख्यक लोग इससे बहुत कम प्राप्त कर पाते हैं?

अपनी पुस्तक *द मिलियनेअर नेक्स्ट डोर* में थॉमस स्टेनले और विलियम डेन्को ने 500 करोड़पतियों के इंटरव्यू लिए और 25 साल से अधिक समय तक 11,000 लोगों का सर्वेक्षण किया। उन्होंने उनसे पूछा कि आख़िर उन्होंने आर्थिक स्वतंत्रता कैसे प्राप्त कर ली, जबकि उनके जैसी ही परिस्थितियों में रहने वाले अधिकांश लोग अब भी संघर्ष कर रहे हैं। करोड़पतियों की इस नई पीढ़ी के 85 प्रतिशत लोगों का जवाब था, "मेरे पास दूसरों से बेहतर शिक्षा या ज़्यादा बुद्धि तो नहीं थी, लेकिन मुझमें बाक़ी लोगों से *ज़्यादा कड़ी* मेहनत करने की इच्छा थी।"

कड़ी मेहनत ही कुंजी है

कड़ी मेहनत के लिए आत्म-अनुशासन अनिवार्य है। सफलता सिर्फ़ तभी संभव है, जब आप शॉर्टकट और आसान रास्ता चुनने की अपनी स्वाभाविक

प्रवृत्ति से उबर जाएँ। स्थायी सफलता सिर्फ़ तभी संभव है, जब आप लंबे समय तक कड़ी मेहनत करने के लिए ख़ुद को अनुशासित कर लें।

जैसा मैंने प्रस्तावना में बताया था, जीवन की शुरुआत में मैं बिलकुल कंगाल था। वर्षों तक मैं मज़दूरी करता रहा, जिसमें मुझे बस महीना गुज़ारने लायक़ पैसे मिलते थे। जब मज़दूरी का काम मिलना बंद हो गया, तो मैं सेल्स के क्षेत्र में आ गया, जहाँ मैं कई महीनों तक असफलता से जूते घिसता रहा, जब तक कि मैंने ख़ुद से यह सवाल नहीं पूछा : "बिक्री के क्षेत्र में कुछ लोग दूसरों से ज़्यादा सफल क्यों होते हैं ?"

एक दिन एक सफल सेल्समैन ने मुझे बताया कि शीर्षस्थ 20 प्रतिशत सेल्सपीपुल 80 प्रतिशत पैसे कमाते हैं। यह बात मैंने पहले कभी नहीं सुनी थी। इसका मतलब था कि नीचे के 80 प्रतिशत सेल्सपीपुल को बचे हुए 20 प्रतिशत पैसे में ही संतोष करना पड़ता था। यह सुनने के बाद मैंने तुरंत यह निर्णय लिया कि चाहे जो हो जाए, मैं शीर्षस्थ 20 प्रतिशत सेल्सपीपुल के समूह में शामिल होकर रहूँगा। इस निर्णय ने मेरा जीवन बदल दिया।

महान नियम

फिर मैंने "ब्रह्मांड का फ़ौलादी नियम" सीखा, जिसकी बदौलत मैं शीर्षस्थ 20 प्रतिशत सेल्सपीपुल के समूह में पहुँच गया। यह फ़ौलादी नियम था कारण और परिणाम का नियम – या बोने और काटने का नियम। यह नियम कहता है कि "हर परिणाम के पीछे एक या कई निश्चित कारण होते हैं।"

यह नियम कहता है कि यदि आप किसी क्षेत्र में सफलता प्राप्त करना चाहते हैं, तो आपको सबसे पहले तो यह पता लगाना चाहिए कि उस क्षेत्र में सफलता कैसे प्राप्त की जाती है। फिर आपको उन योग्यताओं और गतिविधियों का बार-बार तब तक अभ्यास करना चाहिए, जब तक कि आपको भी वही परिणाम न मिलने लगें।

एक और नियम पर ग़ौर करें : "यदि आप भी वही *करते* हैं, जो अन्य सफल लोग बार-बार करते हैं, तो कोई भी चीज़ आपको अंततः उनके समान पुरस्कार पाने से नहीं रोक सकती। दूसरी ओर, यदि आप सफल

लोगों का अनुसरण *नहीं* करते हैं, तो कोई भी चीज़ आपकी सहायता नहीं कर सकती।”

बोने और काटने का नियम ओल्ड टेस्टामेंट से लिया गया है। यह कारण और परिणाम के नियम का ही रूपांतर है। इसके अनुसार, “इंसान जो बोता है, वही काटता है।” आप जो भी चीज़ अंदर डालते हैं, वही आपको बाहर मिलती है। आप आज जो फ़सल काट रहे हैं, वह आपके द्वारा अतीत में बोए गए बीजों का परिणाम है। अगर आप अपनी वर्तमान “फ़सल” से ख़ुश नहीं हैं, तो आज ही से *नई* फ़सल बोना शुरू करें। सफलता की ओर ले जाने वाले कामों की संख्या बढ़ा लें – और निरर्थक कामों को छोड़ दें।

• • •

सफलता के निश्चित नियम होते हैं

सफलता संयोग से नहीं मिलती। दुर्भाग्य से, असफलता भी संयोगवश नहीं मिलती। आप सफल तब होते हैं, जब आप सफल लोगों जैसे काम तब तक बार-बार करते रहते हैं, जब तक कि आपको इसकी आदत नहीं पड़ जाती। इसी तरह, आप असफल तब होते हैं, जब आप सफल लोगों जैसे काम नहीं करते हैं। दोनों ही प्रकरणों में प्रकृति *तटस्थ* है। प्रकृति न पक्षपात करती है, न परवाह करती है। आपके साथ जो होता है, वह सिर्फ़ नियम का फल है – कारण और परिणाम के नियम का।

आप ख़ुद को *स्वचलित* प्रोग्रामिंग वाली मशीन के रूप में भी देख सकते हैं। आपकी स्वचलित प्रोग्रामिंग है त्वरित लाभ का घटक और न्यूनतम प्रतिरोध के मार्ग का प्रबल आकर्षण, जिनका वर्णन मैंने प्रस्तावना में किया है। आत्म-अनुशासन न होने पर आपका स्वचलित प्रोग्राम अपने आप चालू हो जाता है। यही कम उपलब्धि और सच्ची संभावना तक न पहुँच पाने का प्रमुख कारण है।

अगर आप सफलता के लिए आवश्यक चीज़ें करने, बनने और पाने के लिए *सोच-समझकर, चैतन्य होकर लगातार* काम नहीं करेंगे, तो आपका स्वचलित प्रोग्राम सक्रिय हो जाएगा। परिणाम यह होगा कि आप अल्पकालीन

दृष्टिकोण से आनंददायक, आसान और महत्वहीन कार्य करेंगे, जिनसे आगे चलकर कुंठा, आर्थिक चिंताएँ और असफलता मिलना तय है।

सफलता के रहस्य

दिग्गज तेल व्यवसायी एच.एल. हंट कभी संसार के सबसे अमीर स्व-निर्मित अरबपति थे। एक बार एक टेलीविज़न पत्रकार ने उनसे उनकी "सफलता के रहस्य" पूछे। उन्होंने जवाब दिया, "सफलता के लिए केवल तीन चीज़ें ज़रूरी हैं। सबसे पहले तो यह तय करें कि आप जीवन में सचमुच क्या चाहते हैं। दूसरी, यह तय करें कि आप अपनी मनचाही चीज़ों को पाने के लिए कितनी क़ीमत चुकाना चाहते हैं। तीरारी और सबसे महत्वपूर्ण चीज़, उस क़ीमत को चुकाने का संकल्प करें।"

आप सचमुच क्या चाहते हैं, यह तय करने के बाद *प्रबल इच्छा होना* भी सफलता की बहुत महत्वपूर्ण आवश्यकता है। सफल लोगों में क़ीमत चुकाने की इच्छा होती है, चाहे यह जो भी हो और चाहे इसमें कितना भी समय क्यों न लगे। वे यह क़ीमत तब तक चुकाते रहते हैं, जब तक कि उन्हें उनके मनचाहे परिणाम नहीं मिल जाते।

हर व्यक्ति सफल होना चाहता है। हर व्यक्ति स्वस्थ, ख़ुश, छरहरा और अमीर बनना चाहता है। समस्या यह है कि अधिकांश लोग इसकी क़ीमत नहीं चुकाना चाहते। हो सकता है कि कभी-कभार उनके मन में *आंशिक* क़ीमत चुकाने की इच्छा रहती हो, लेकिन वे *पूरी* क़ीमत नहीं चुकाना चाहते। वे हमेशा थोड़ा सा बचाकर रख लेते हैं। उनके पास हमेशा कोई न कोई बहाना या तर्क होता है, जिससे वे ख़ुद को सही साबित करना चाहते हैं कि उनमें अपने लक्ष्य प्राप्त करने के लिए आवश्यक कार्य करने का अनुशासन क्यों नहीं है।

क़ीमत चुकाएँ

अब सवाल यह उठता है कि यह पता कैसे चलेगा कि आपने सफलता की पूरी क़ीमत चुका दी है? जवाब बहुत सरल है : अपने चारों ओर देखें। आपको अपने सवाल का जवाब तुरंत मिल जाएगा! अपनी वर्तमान जीवनशैली और बैंक खाते की स्थिति देखकर ही आपको पता चल जाएगा

कि आपने सफलता की कितनी क़ीमत चुका दी है। अनुरूपता के नियम के अनुसार आपका बाहरी संसार दर्पण की तरह आपके स्वरूप और आपके द्वारा *भीतर* चुकाई गई क़ीमत का प्रतिबिंब हमेशा दिखाएगा।

सफलता की क़ीमत के बारे में यह रोचक बात भी ध्यान रखें : यह हमेशा पूरी चुकानी पड़ती है - और *पहले* चुकानी पड़ती है। आपकी सफलता की परिभाषा चाहे जो हो, यह किसी रेस्टोरेंट की तरह नहीं होती, जहाँ आप खाने का आनंद लेने के *बाद* क़ीमत चुकाते हैं। इसके बजाय यह तो एक कैफ़ेटेरिया जैसी होती है, जहाँ आप अपनी मनचाही चीज़ चुन तो सकते हैं, लेकिन उसका आनंद लेने से पहले आपको भुगतान करना होता है।

प्रेरक वक्ता ज़िग ज़िग्लर कहते हैं, "सफलता की लिफ़्ट ख़राब है, लेकिन सीढ़ियाँ हमेशा खुली हैं।"

विशेषज्ञों से सीखें

कॉप कॉपमेयर, जिनका ज़िक्र मैंने प्रस्तावना में किया था, ने मुझे यह भी बताया कि आत्म-अनुशासन के बाद सफलता का दूसरा सबसे महत्वपूर्ण सिद्धांत यह है कि आपको "विशेषज्ञों से सीखना चाहिए। आप इतना लंबा जीवन नहीं जी सकते कि सब कुछ ख़ुद सीख लें।"

यदि आप सफल होना चाहते हैं, तो आपका पहला काम तो यह है कि अपनी मनचाही सफलता प्राप्त करने के लिए ज़रूरी सारी चीज़ों को सीख लें। विशेषज्ञों से सीखें। उनकी पुस्तकें पढ़ें। उनके ऑडियो प्रोग्राम्स सुनें। उनके सेमिनार्स में जाएँ। उन्हें पत्र लिखकर या उनसे सीधे संपर्क करके सलाह माँगें। कई बार तो अपने जीवन की दिशा बदलने के लिए आपको केवल एक विचार की ही ज़रूरत होती है। अपनी बात का अर्थ समझाने के लिए मैं आपको एक उदाहरण देता हूँ :

> कुछ साल पहले एक दोस्त ने मुझे एक बहुत अच्छे दंत चिकित्सक के पास जाने की सलाह दी। मुझे बाद में पता चला कि वह बहुत ही प्रतिष्ठित है। उसे "दंत चिकित्सकों का दंत चिकित्सक" कहा जाता था। यानी जब दूसरे दंत चिकित्सकों को दाँत संबंधी समस्या आती थी, तो वे उसके पास जाते थे। उस दंत चिकित्सक ने मुझे बताया कि

वह हर प्रमुख दंत चिकित्सा सम्मेलन में हिस्सा लेता है। वहाँ वह प्रत्येक सत्र में बैठकर पूरे देश और संसार से आए दंत चिकित्सकों की बातें ग़ौर से सुनता है। इस तरह उसे दंत चिकित्सा की प्रौद्योगिकी में हुए नवीनतम प्रयोगों और खोजों की पूरी जानकारी मिल जाती है।

एक बार की बात है। हाँगकाँग में एक अंतर्राष्ट्रीय दंत चिकित्सक सम्मेलन हो रहा था। इस सम्मेलन में जाने के लिए उस दंत चिकित्सक ने अपनी एक सप्ताह की प्रैक्टिस छोड़ी और समय व धन दोनों का ही निवेश किया। उसे इस निवेश का फल भी मिला। सम्मेलन में एक जापानी दंत चिकित्सक ने कॉस्मेटिक्स सर्जरी की अपनी ईजाद की हुई एक नई प्रौद्योगिकी के बारे में बताया। इससे दाँतों का हुलिया बहुत अच्छा रहता था और लोग हमेशा आकर्षक या सुंदर दिख सकते थे।

सैन डिएगो लौटने पर वह दंत चिकित्सक तत्काल अपने क्लीनिक में उस नई तकनीक का इस्तेमाल करने लगा। जल्द ही इस क्षेत्र में उसे महारत हासिल हो गई और पूरे देश में उसका नाम हो गया। कुछ ही वर्षों में अमेरिका भर के लोग उपचार करवाने के लिए उसके पास आने लगे। चूँकि उसके पास एक दुर्लभ विशेषज्ञता थी, इसलिए वह अपनी फ़ीस बार-बार बढ़ा सकता था। अंततः पचपन वर्ष की उम्र तक उसने रिटायर होने लायक़ पैसा जोड़ लिया। अब वह आर्थिक दृष्टि से स्वतंत्र था और अपना बाक़ी जीवन परिवार के साथ यात्रा करते हुए और अपने सपनों को पूरा करते हुए गुज़ार सकता था।

इस कहानी का सबक़ यह है कि विशेषज्ञों से सीखना बड़े फ़ायदे का सौदा है। उस दंत चिकित्सक ने अपने क्षेत्र के विशेषज्ञों से लगातार नए विचार ग्रहण किए और उनसे सलाह ली। इस कारण उसे एक नई प्रौद्योगिकी की जानकारी मिली, जिसने उसे शिखर पर पहुँचा दिया। अगर उसे नई प्रौद्योगिकी की जानकारी नहीं मिलती, तो उतना पैसा जोड़ने के लिए उसे दस साल ज़्यादा काम करना पड़ता। यह आपके साथ भी हो सकता है, लेकिन ऐसा तभी होगा, जब आप अपने हुनर के आजीवन विद्यार्थी बनेंगे।

मानसिक और शारीरिक रूप से *निरंतर* चुस्त रहें

सफलता प्राप्त करना शारीरिक फ़िटनेस प्राप्त करने की तरह है। यह नहाने, दाँत साफ़ करने और खाने जैसा है। यह एक ऐसी चीज़ है, जो आपको

निरंतर, हर दिन करनी होती है। एक बार शुरू करने के बाद आप तब तक कभी नहीं रुकते हैं, जब तक कि आपका जीवन या करियर समाप्त न हो जाए और आप वांछित सफलता प्राप्त न कर लें।

कुछ समय पहले मैंने सिएटल में एक सेमिनार किया। ब्रेक के ठीक पहले मैंने लोगों को प्रोत्साहित किया कि वे बिक्री, समय प्रबंधन और व्यक्तिगत सफलता पर मेरे ऑडियो प्रोग्राम्स ख़रीदकर सुनें। ब्रेक में कुछ लोग मुझसे सेमिनार में बताई बातों के बारे में सवाल पूछने लगे। एक सेल्समैन बाक़ी लोगों को धकेलते हुए आगे आया और बोला, “लोगों को अपने ऑडियो प्रोग्राम ख़रीदने की सलाह देते समय आपको उन्हें पूरी सच्चाई बतानी चाहिए।”

मैंने पूछा, “आपका क्या मतलब है ?”

वह आगे बोला, “आप अपने प्रोग्राम्स के बारे में पूरी सच्चाई नहीं बताते हैं। आपको लोगों को बताना चाहिए कि उनसे केवल कुछ समय तक ही लाभ होता है; उसके बाद उनसे कोई लाभ नहीं होता।”

मैंने पूछा, “कैसे ?”

उसने कहा, “देखिए, मैं पाँच साल पहले आपके सेमिनार में आया था। मुझे आपकी बातें अच्छी लगीं। मैंने आपके सभी ऑडियो प्रोग्राम्स ख़रीद लिए और उन्हें सुनने लगा। मैं हर दिन बिक्री संबंधी पुस्तकें पढ़ने लगा। और आपने सही कहा था, अगले तीन वर्ष में मेरी आमदनी तिगुनी हो गई और मैं अपनी कंपनी का शीर्षस्थ सेल्समैन बन गया। लेकिन इसके बाद मेरी आमदनी स्थिर हो गई और पिछले दो सालों में ज़रा भी नहीं बढ़ी। तथ्य यह है कि आपकी सामग्री एक निश्चित अवधि या सीमा के बाद काम नहीं करती है।”

फिर मैंने उससे पूछा, “दो साल पहले आपके साथ क्या हुआ था ? यानी जब आपकी आमदनी स्थिर हो गई और बढ़ना बंद हो गई, उसके पहले क्या हुआ था ?”

उसने अपनी स्मृति पर ज़ोर डाला और कुछ देर सोचने के बाद वह बोला, “देखिए, मैं इतना ज़्यादा सामान बेच रहा था कि दूसरी कंपनी ने मुझे आकर्षक प्रस्ताव देकर अपने यहाँ बुला लिया। जब

से मैं नई कंपनी में गया हूँ, तब से मेरी आमदनी स्थिर हो गई है।”

मैंने उससे पूछा, “पुरानी कंपनी से नई कंपनी में जाने के बाद क्या आपमें कोई अंतर आया ?”

वह जवाब देने की तैयारी करने लगा, लेकिन अचानक रुक गया। उसके चेहरे पर सदमे का भाव आ गया। आख़िरकार वह बोला, “हे भगवान! मैंने सब कुछ छोड़ दिया। नई कंपनी में जाने के बाद मैंने बिक्री संबंधी पुस्तकें पढ़ना छोड़ दीं। ऑडियो प्रोग्राम्स सुनना छोड़ दिया। सेमिनार्स में जाना छोड़ दिया। मैंने सब कुछ करना छोड़ दिया!”

वह अपना सिर हिलाते हुए दूर चला गया और धीरे-धीरे बुदबुदाता रहा, “मैंने सब कुछ छोड़ दिया। मैंने सब कुछ छोड़ दिया। मैंने सब कुछ छोड़ दिया।”

अपने क्षेत्र में विशेषज्ञ बनने और अपनी योग्यताएँ लगातार बढ़ाने के बारे में मैं अध्याय 5 में ज़्यादा विस्तार से बताऊँगा, लेकिन संक्षेप में यह शरीर की फ़िटनेस बनाए रखने जैसा है। अगर आप लंबे समय तक व्यायाम नहीं करते हैं, तो आपकी फ़िटनेस क़ायम नहीं रह सकती। उसमें कमी आने लगती है। आपका शरीर और मांसपेशियाँ नर्म और कमज़ोर हो जाती हैं। आपकी शक्ति, लचीलापन और स्टेमिना कम हो जाता है। इन्हें क़ायम रखने के लिए आपको हर दिन, हर सप्ताह और हर महीने अपने शरीर पर काम करना होता है।

वह सब बनें, जो आप बन सकते हैं

आत्म-अनुशासन का अभ्यास करने का एक ज़्यादा महत्वपूर्ण कारण भी है। यह आपको उन बड़ी सफलताओं की ओर ले जाता है, जो आपके लिए संभव हैं। आत्म-अनुशासन से आप अपना *चरित्र* बदल सकते हैं। इसकी बदौलत आप ज़्यादा शक्तिशाली और अच्छे बन सकते हैं। आत्म-अनुशासन का आपके मन और भावनाओं पर प्रबल प्रभाव पड़ता है, जिससे आपका व्यक्तित्व अनुशासनहीन राह पर चलने की तुलना में भिन्न और बेहतर बनता है।

कल्पना करें कि आप रसायन शास्त्र की प्रयोगशाला में हैं। आप एक पेट्री प्लेट में द्रव रसायन मिलाकर बन्सन बर्नर पर रख देते हैं। बन्सन बर्नर रसायनों को इतना गर्म कर देता है कि वे ठोस कणों में बदल जाते हैं। गहन गर्मी से जब वे ठोस हो जाते हैं, तो इसके बाद उन्हें दोबारा द्रव रूप में नहीं बदला जा सकता।

ठीक इसी तरह, शुरुआत में आपका व्यक्तित्व भी द्रव जैसा ही होता है : मुलायम, बहने वाला और निराकार। लेकिन जब आप अनुशासन की आँच देकर इसे तपाते हैं, जब आप आनंददायक और आसान कामों के बजाय मुश्किल, लेकिन आवश्यक काम करने के लिए ख़ुद पर दबाव डालते हैं, तो आपका व्यक्तित्व भी ज़्यादा ऊँचे स्तर पर पहुँच जाता है और ठोस बन जाता है।

अपने लक्ष्यों का पीछा करते समय अनुशासित रहने का सबसे बड़ा लाभ यह है कि इससे आपका पूरा व्यक्तित्व बदल जाता है। आप एक अलग इंसान बन जाते हैं। आप अधिक सशक्त और संकल्पवान बन जाते हैं। आपमें अधिक आत्म-नियंत्रण और संकल्प होता है। वास्तव में, आप अपने व्यक्तित्व को मनचाहा आकार देते हैं और ख़ुद को ज़्यादा अच्छा बना लेते हैं।

नियम यह है कि "जो आप पहले कभी नहीं थे, वैसा व्यक्ति बनने के लिए आपको कुछ ऐसा करना होगा, जो आपने पहले कभी नहीं किया।" इसका मतलब है कि श्रेष्ठ चरित्र पाने के लिए आपको आत्म-अनुशासन और आत्म-विजय के ज़्यादा ऊँचे स्तर पर पहुँचना होगा। आपको ऐसे काम करने होंगे, जिन्हें करना आम लोगों को पसंद नहीं होता।

सफलता का एक और सिद्धांत यह है, "जिस चीज़ को आपने पहले कभी प्राप्त नहीं किया, उसे प्राप्त करने के लिए आपको ऐसे गुण और योग्यताएँ सीखनी होंगी, जो आपमें पहले कभी नहीं थीं।"

आत्म-अनुशासन का अभ्यास करके आप एक नए इंसान बन जाते हैं। आप बेहतर, ज़्यादा शक्तिशाली और ज़्यादा स्पष्टता से परिभाषित हो जाते हैं। आप आत्म-सम्मान, स्वाभिमान और व्यक्तिगत गर्व के ज़्यादा ऊँचे स्तर पर पहुँच जाते हैं। आप मानवीय विकास की सीढ़ी पर ऊपर चढ़ते हैं और अधिक चरित्रवान तथा संकल्पवान बन जाते हैं।

सफलता ख़ुद अपना पुरस्कार है

सफलता प्राप्त करने के बारे में एक अच्छी बात यह है कि इसकी दिशा में उठाया गया हर क़दम अपने आप में पुरस्कार होता है। पहले से ज़्यादा अच्छा बनने और ज़्यादा प्राप्त करने की दिशा में आप जो भी क़दम उठाते हैं, उससे आप ज़्यादा सुखी, आत्म-विश्वासी और संतुष्ट बनते हैं।

आपने यह कहावत सुनी होगी, "कोई भी चीज़ सफलता की तरह सफल नहीं होती।" इसका मतलब यह है कि सफलता का सबसे बड़ा पुरस्कार *सिर्फ़ पैसे कमाना नहीं है।* सफलता का सबसे बड़ा पुरस्कार तो *उत्कृष्ट व्यक्ति बनना है,* जो आप तब बनते हैं, जब आप सफलता की दिशा में लगातार बढ़ते समय आवश्यकता के अनुरूप ख़ुद को निरंतर अनुशासित करते हैं।

अगले अध्याय में, मैं यह स्पष्ट करूँगा कि आप अपनी क्षमता के अनुरूप उत्कृष्ट व्यक्ति कैसे बन सकते हैं।

कार्य अभ्यास :

तुरंत क़लम उठाकर नीचे दिए गए सवालों के जवाब लिख लें :

1. अगर आपका कामकाजी जीवन और करियर आदर्श हो, तो यह कैसा दिखेगा ? वह कौन सा एक अनुशासन है, जिससे आप उस आदर्श जीवन और करियर को प्राप्त कर सकते हैं ?
2. अगर आपका पारिवारिक जीवन आदर्श हो, तो यह कैसा दिखेगा ? वह कौन सा एक अनुशासन है, जो इसे साकार करने में आपको सबसे ज़्यादा सहायता करेगा ?
3. अगर आपका स्वास्थ्य हर दृष्टि से आदर्श होता, तो उसे संभव बनाने के लिए आपको कौन से अनुशासनों की ज़रूरत होगी ?
4. अगर आज आपकी आर्थिक स्थिति आदर्श होती, तो उसे संभव बनाने के लिए किस एक अनुशासन से आपको सबसे ज़्यादा सहायता मिलेगी ?
5. आप *आज* उतने सफल क्यों नहीं हैं, जितने कि होना चाहते हैं ? और वह

कौन सा एक अनुशासन है, जिससे आपको अपने सभी लक्ष्य प्राप्त करने में सबसे ज़्यादा सहायता मिलेगी ?

6. आप वह कौन सी एक योग्यता सीख सकते हैं, जिससे आपको ज़्यादा लक्ष्य प्राप्त करने में सहायता मिलेगी ?

7. अगर आप जादू की छड़ी लहराकर किसी एक क्षेत्र में पूरी तरह अनुशासित हो सकें, तो किस एक अनुशासन का आपके जीवन पर सबसे ज़्यादा सकारात्मक असर होगा ?

अध्याय - 2

आत्म-अनुशासन और चरित्र

"दूसरे आपसे जितनी उम्मीद करते हैं, उससे ऊँचे पैमाने पर अपना मूल्यांकन करें। कभी भी बहाने न बनाएँ। कभी भी ख़ुद पर दया न करें। अपने प्रति कठोर और बाक़ी सबके प्रति दयालु रहें।"

–हेनरी वॉर्ड बीचर,
उन्नीसवीं सदी के ईसाई धर्म गुरु

चरित्र का विकास मानव जीवन का महान लक्ष्य है। चरित्रवान और गरिमामय व्यक्ति की छवि बनाने की आपकी क्षमता सामाजिक और व्यावसायिक दोनों ही क्षेत्रों में सर्वोच्च उपलब्धि है। रैल्फ़ वॉल्डो एमर्सन ने लिखा था, "आपके किए गए कार्य इतनी तेज़ आवाज़ में बोलते हैं कि मुझे आपका कहा एक भी शब्द सुनाई नहीं देता।"

आप आज जो भी हैं – यानी आपका सबसे मूल चरित्र – वह आपके जीवन भर के सभी चयनों और निर्णयों का महायोग है। जब भी आपने सही चयन किया और अपनी जानकारी के अनुरूप सर्वश्रेष्ठ कार्य किया, तो उससे आपका चरित्र दृढ़ हुआ और आप बेहतर बने। इसका विपरीत भी सच है : जब भी आपने समझौता किया, आसान राह चुनी या जानते-बूझते हुए कोई ग़लत कार्य किया, तो आपका चरित्र और व्यक्तित्व कमज़ोर हुआ।

महान सद्गुण

चरित्रवान व्यक्ति में प्रायः बहुत से सद्गुण या जीवनमूल्य होते हैं, जिनमें से कुछ हैं साहस, करुणा, उदारता, संयम, लगन और मित्रतापूर्ण स्वभाव। इनमें से कुछ पर हम खंड 3 में बातचीत करेंगे। बहरहाल, चरित्र की शक्ति और गहराई के संदर्भ में सबसे महत्वपूर्ण जीवनमूल्य है : *सत्यनिष्ठा*।

सत्यनिष्ठा का अर्थ है स्वयं और दूसरों के साथ पूरी तरह सत्य की राह पर चलना। आपकी सत्यनिष्ठा के स्तर से आपकी चारित्रिक गुणवत्ता का जितना पता चलता है, उतना किसी दूसरे गुण से नहीं चलता। एक प्रकार से, सत्यनिष्ठा का जीवनमूल्य अन्य सभी जीवनमूल्यों की *गारंटी* है। जब सत्यनिष्ठा का स्तर ऊँचा होता है, तो आप अपने साथ ज़्यादा ईमानदार होते हैं। तब आप उन जीवनमूल्यों के अनुरूप जीते हैं, जिन्हें आप पसंद करते हैं और जिनका आप सम्मान करते हैं।

बहरहाल, चरित्रवान व्यक्ति बनने के लिए ज़बर्दस्त आत्म-अनुशासन की ज़रूरत होती है। हर स्थिति में हमेशा "सही कार्य करने" के लिए दृढ़ इच्छाशक्ति की आवश्यकता होती है। कामचलाऊ काम करने, आसान रास्ता चुनने या अल्पकालीन लाभ की ख़ातिर काम करने के प्रलोभन से बचने के लिए आत्म-अनुशासन और इच्छाशक्ति दोनों की ही ज़रूरत होती है।

इंसान का पूरा जीवन ही एक *परीक्षा* है, जिसमें यह परखा जाता है कि आप वास्तव में किस मिट्टी के बने हैं। *बुद्धिमत्ता* अध्ययन और चिंतन के सहारे एकांत में विकसित होती है, जबकि *चरित्र* दैनिक जीवन के व्यवहार और समझौते के लिए ललचाने वाली परिस्थितियों में ही विकसित किया जा सकता है, क्योंकि वहीं आप विकल्पों और प्रलोभनों के बीच चयन करने और निर्णय लेने के लिए विवश होते हैं।

• • •

चरित्र की परीक्षा

जब आप दबाव में होते हैं – जब आपको इस या उस रास्ते को चुनने, किसी जीवनमूल्य के अनुसार जीने या समझौता करने के लिए मजबूर किया जाता

है – तभी आपका सच्चा चरित्र प्रकट होता है। इमर्सन ने कहा था, "अपनी सत्यनिष्ठा की सुरक्षा किसी पवित्र वस्तु की तरह करें; आपके मस्तिष्क की सत्यनिष्ठा जितनी पवित्र कोई दूसरी वस्तु है ही नहीं।"

आप "चयन करने वाले प्राणी" हैं। आप लगातार चयन करते हैं – या तो इस दिशा में या उस दिशा में। आप जो भी चयन करते हैं, उससे आपके सच्चे जीवनमूल्य और प्राथमिकताएँ पता चलती हैं। हर पल आप उसी को चुनते हैं, जो आपको ज़्यादा महत्वपूर्ण या ज़्यादा मूल्यवान लगता है। कम महत्वपूर्ण या कम मूल्यवान चीज़ों को आप कभी नहीं चुनते हैं।

प्रलोभन, न्यूनतम प्रतिरोध के मार्ग पर चलने और त्वरित लाभ के घटक से आपको बचाने वाली एक ही ढाल है और वह है आपका चरित्र। पूर्ण चरित्र विकसित करने का एक ही तरीक़ा है। जब भी सही और आवश्यक कार्य के बजाय आसान और त्वरित लाभ वाले कार्य करने का प्रलोभन सामने आए, तो ऐसी हर स्थिति में अपनी इच्छाशक्ति का इस्तेमाल करें।

बड़ा पुरस्कार

चरित्रवान व्यक्ति बनने और सर्वश्रेष्ठ जीवनमूल्यों के अनुसार जीने के लिए अपनी इच्छाशक्ति और आत्म-अनुशासन का उपयोग करने के लाभ बहुत ज़्यादा हैं। जब आप हीन के बजाय श्रेष्ठ जीवनमूल्य चुनते हैं, आसान के बजाय मुश्किल कार्य चुनते हैं, ग़लत के बजाय सही चीज़ चुनते हैं, तो अपनी नज़रों में आपका क़द बढ़ जाता है। आप अपने बारे में अच्छा महसूस करते हैं। आपका आत्म-सम्मान बढ़ जाता है। आप ख़ुद को ज़्यादा पसंद करने लगते हैं। आपको ख़ुद पर गर्व होता है।

चरित्रवान व्यवहार करने पर आप ख़ुद को उत्कृष्ट समझने लगते हैं। यही नहीं, इससे आस-पास के लोग भी आपको सम्मान भरी नज़रों से देखने लगते हैं। वे आपका अनुकरण और अनुसरण करना चाहेंगे। आपके लिए सारे द्वार खुल जाएँगे। लोग आपकी सहायता करेंगे। आपको ज़्यादा वेतन दिया जाएगा, ज़्यादा तेज़ी से तरक़्क़ी दी जाएगी और बड़ी ज़िम्मेदारियाँ भी सौंपी जाएँगी। जब आप गरिमामय और चरित्रवान बन जाएँगे, तो अवसर आपके चारों ओर प्रकट होने लगेंगे।

दूसरी ओर, यदि आपमें संसार की सारी बुद्धिमत्ता, योग्यता और क्षमता है, लेकिन लोगों को आप पर भरोसा नहीं है, तो आप कभी आगे नहीं जा पाएँगे। कोई आपको नौकरी नहीं देगा और अगर देगा भी, तो जल्दी ही निकाल देगा। बैंक वाले आपको क़र्ज़ नहीं देंगे। "एक जैसे पंख वाले पक्षी एक साथ उड़ते हैं," इसलिए आपके साथी (दोस्त तो हो ही नहीं सकते) भी संदिग्ध चरित्र वाले ही होंगे। इसके अलावा, चूँकि साथ रहने वाले लोगों का आपके दृष्टिकोण और व्यक्तित्व पर बहुत प्रभाव होता है, इसलिए चारित्रिक गुणवत्ता - या उसकी कमी - की वजह से आप अपने पूरे जीवन को बना या मिटा सकते हैं।

चारित्रिक विकास

अरस्तू ने लिखा था, "समाज का सारा विकास बच्चों के चारित्रिक विकास से शुरू होता है।" इसका मतलब है कि आपके जीवन में प्रगति तभी प्रारंभ होती है, जब आप जीवनमूल्य सीखते हैं और उनका अभ्यास करते हैं।

जीवनमूल्य सीखने के तीन उपाय हैं : निर्देश, अध्ययन और अभ्यास। आइए, इनमें से प्रत्येक को ज़्यादा क़रीब से देखते हैं।

अपने बच्चों को जीवनमूल्य सिखाएँ। बच्चों को जीवनमूल्य सिखाना माता-पिता के प्रमुख दायित्वों में से एक है। उन्हें धैर्यपूर्वक बार-बार समझाने और सिखाने की ज़रूरत होती है। केवल एक बार सिखाना ही काफ़ी नहीं होता। जीवनमूल्य - और उस जीवनमूल्य के अनुरूप जीने के महत्व - को पूरी स्पष्टता से समझाना चाहिए। माता-पिता को केवल उदाहरण ही नहीं देना चाहिए, बल्कि किसी जीवनमूल्य की अवहेलना करने के परिणाम भी स्पष्ट कर देने चाहिए, जैसे सच बोलने के उदाहरण के साथ-साथ इसका विपरीत यानी झूठ या अर्धसत्य बोलने के उदाहरण भी देने चाहिए।

बच्चे अपने जीवन के महत्वपूर्ण लोगों द्वारा सिखाई बातों को बड़ी जल्दी ग्रहण कर लेते हैं। वे आपकी कही हर बात को पूरी तरह सच मान लेते हैं। वे उसे स्पंज की तरह सोख लेते हैं। आप उनके गीली मिट्टी जैसे हृदय पर अपने जीवनमूल्यों की इबारत लिखते हैं, इसलिए आपकी लिखी हर बात उनके लिए पत्थर की लकीर बन जाती है। इससे संसार को देखने का उनका स्थायी दृष्टिकोण तय होता है।

सबसे बढ़कर, जैसा हम अध्याय 19 में देखेंगे, आपके जीवनमूल्य आपके *व्यवहार* में झलकते हैं। आपके बच्चे आपको देख-देखकर जीवनमूल्य सीखने का प्रयास करते हैं : उन जीवनमूल्यों को, जिन्हें आप न सिर्फ़ सिखाते हैं, बल्कि जिन पर आप अमल भी करते हैं। और वे हमेशा आपको देखते रहते हैं।

रॉकफ़ेलर परिवार के बच्चों को बचपन से ही आर्थिक जीवनमूल्य सिखाए गए थे। हालाँकि उनके पिता अमेरिका के सबसे अमीर व्यक्तियों में से एक थे, लेकिन बच्चों को जेबख़र्च पाने के लिए काम करना पड़ता था। फिर उन्हें वह पैसा ख़र्च करना सिखाया जाता था : कैसे बचाएँ, कितना दान दें और कितना निवेश करें। परिणाम यह हुआ कि वे बच्चे आगे चलकर सफल व्यवसायी और राजनयिक बने। दूसरी ओर, अमीर परिवारों के अन्य अधिकांश बच्चों में बहुत कम आर्थिक अनुशासन नज़र आया।

जिन जीवनमूल्यों की आप सराहना करते हैं, उनका अध्ययन करें। जीवनमूल्यों का गहन अध्ययन करते समय आप उन्हें सीखते भी हैं। एकाग्रता का नियम कहता है : "आप जिस पर विचार करते हैं, वह आपके जीवन में बढ़ जाता है।"

यानी जब आप अपने प्रिय जीवनमूल्य वाले लोगों की जीवनी पढ़ते हैं और इसके बाद उनके व्यवहार तथा जीवन के बारे में सोचते हैं, तो वे जीवनमूल्य आपके मन की गहराई में पहुँच जाते हैं। जब आपके अवचेतन मन में इन जीवनमूल्यों की "प्रोग्रामिंग" हो जाती है, तो फिर यह आपकी प्रवृत्ति बन जाती है। जब भी वैसी स्थिति आती है, आप ख़ुदबख़ुद उन जीवनमूल्यों के अनुरूप व्यवहार करने लगते हैं।

उदाहरण के लिए, सैनिकों को प्रशिक्षण देते समय उन्हें साहस, आज्ञापालन, अनुशासन और अपने साथियों की सहायता करने के महत्त्व की कहानियाँ लगातार बताई जाती हैं। इन कहानियों को वे जितना ज़्यादा सुनते हैं, इन पर जितनी ज़्यादा बातचीत करते हैं और इनके बारे में जितना ज़्यादा सोचते हैं, ये उनके अवचेतन में उतनी ही ज़्यादा गहराई तक उतर जाती हैं। प्रोग्रामिंग जितनी ज़्यादा गहरी होगी, वास्तविक युद्ध के दबाव में उन जीवनमूल्यों के अनुरूप व्यवहार करने की उतनी ही ज़्यादा संभावना रहेगी।

सत्य चरित्र का आधारभूत सद्‌गुण है। जब आप सत्य बोलते हैं, भले ही उसे बोलना असुविधाजनक या मुश्किल हो, तो आपको ख़ुद पर गर्व होता है और आपके आस-पास के लोग भी आपको सम्मान की दृष्टि से देखते हैं। अगर आपको किसी की सर्वश्रेष्ठ प्रशंसा करनी हो, तो शायद वह यही है : "वह हमेशा सच बोलता/बोलती है।"

उन लोगों का अनुकरण करें, जिनकी आप सराहना करते हैं। आपका ज़्यादातर चरित्र उन लोगों - जीवित और मृत - से तय होता है, जिनकी आप सबसे ज़्यादा सराहना करते हैं या जिनसे आप सबसे ज़्यादा प्रभावित हैं। वे कौन हैं? अपने जीवन और इतिहास पर नज़र डालकर अपने सबसे प्रशंसनीय लोगों की सूची बनाएँ। उनके नाम के सामने अपने हिसाब से उनके सबसे महत्वपूर्ण गुण या जीवनमूल्य लिखें।

यदि आपको किसी एक व्यक्ति - चाहे वह जीवित हो या मृत - के साथ पूरा दिन बिताने का मौक़ा मिले, तो *आप* किसे चुनेंगे? आप उसे ही क्यों चुनेंगे? आप दिन भर उसके साथ रहते हुए उससे क्या बातें करेंगे? आप उससे कौन से सवाल पूछेंगे या क्या सीखना चाहेंगे?

इस बात पर भी विचार करें : वह व्यक्ति आपके साथ दिन भर क्यों रहना चाहेगा? आपने ख़ुद में ऐसे कौन से गुण और जीवनमूल्य विकसित किए हैं, जिनके कारण आप महत्वपूर्ण और रोचक व्यक्ति हैं? आपमें कौन सी विशेषताएँ हैं? कौन सी चीज़ आपको ख़ास बनाती है?

जिन जीवनमूल्यों की आप सराहना करते हैं, उनका अभ्यास करें। अभ्यास करने पर वे आपके भीतर उतर जाएँगे और ज़रूरत के समय प्रकट हो जाएँगे। जैसा कि रोम के समदर्शी दार्शनिक एपिक्टीटस ने कहा था, "परिस्थितियाँ इंसान को नहीं बनाती हैं; वे तो केवल उसके वास्तविक स्वरूप को उसके सामने प्रकट करती हैं।"

जब भी कोई समस्या आती है, तो लोग उस समय तक विकसित सर्वोच्च जीवनमूल्यों के आधार पर स्वतः प्रतिक्रिया करते हैं।

बार-बार दोहराने से जीवनमूल्य दृढ़ होते हैं। जब हम किसी विशेष जीवनमूल्य के अनुरूप बार-बार व्यवहार करते हैं, तो इसकी आदत पड़

जाती है और फिर हम स्वतः ही इसका अभ्यास करने लगते हैं। चरित्रवान लोग अपने सर्वोच्च जीवनमूल्यों के अनुरूप व्यवहार करते हैं और इसके लिए उन्हें सोचना भी नहीं पड़ता। उनके मन में कोई शंका या सवाल ही नहीं उठता कि वे सही चीज़ कर रहे हैं या नहीं।

व्यक्तित्व की संरचना

चरित्र के *मनोविज्ञान* में आपके व्यक्तित्व के तीन हिस्से शामिल होते हैं : आपका आत्म-आदर्श, आपकी आत्म-छवि और आपका आत्म-सम्मान।

आपका आत्म-आदर्श। आपका आत्म-आदर्श आपके मस्तिष्क का वह हिस्सा है, जो आपके जीवनमूल्यों, सद्‌गुणों, आदर्शों, लक्ष्यों और महत्वाकांक्षाओं से बना है। साथ ही, इसमें आपका यह आकलन भी शामिल है कि आप कितने अच्छे बन सकते हैं। दूसरे शब्दों में, आपका आत्म-आदर्श उन जीवनमूल्यों से बनता है, जिनकी आप दूसरों में सबसे ज़्यादा क़द्र करते हैं और जिन्हें आप ख़ुद में सबसे ज़्यादा देखना चाहते हैं।

आपके आत्म-आदर्श का सबसे महत्वपूर्ण हिस्सा है "स्पष्टता।" श्रेष्ठ लोग वे होते हैं, जो पूरी स्पष्टता से जानते हैं कि उनका वास्तविक स्वरूप क्या है और उनकी मान्यताएँ एवं विश्वास क्या हैं। वे पूरी स्पष्टता से जानते हैं कि वे किन जीवनमूल्यों में विश्वास करते हैं और उनके आधारभूत जीवनमूल्य कौन से हैं। वे कभी भी दुविधा या अनिर्णय की स्थिति में नहीं रहते। जब भी उन्हें जीवनमूल्य संबंधी कोई निर्णय लेना होता है, तो वे दृढ़ता से निर्णय लेते हैं।

दूसरी ओर, कमज़ोर और ढुलमुल लोगों के जीवनमूल्य कमज़ोर और अस्पष्ट होते हैं। किसी स्थिति में क्या सही है और क्या ग़लत, इस बारे में उनकी धारणा बहुत स्पष्ट नहीं होती। परिणाम यह होता है कि वे न्यूनतम प्रतिरोध का मार्ग चुनते हैं और त्वरित लाभ के घटक के वशीभूत होकर कार्य करते हैं। वे अल्पकालीन दृष्टिकोण अपनाकर मनचाही चीज़ तक पहुँचने का सबसे तेज़ और आसान तरीक़ा चुनते हैं। वे अपने कामों के परिणामों के बारे में न तो सोचते हैं, न ही परवाह करते हैं; और अगर करते भी हैं, तो बहुत कम।

चरित्र का विकास। जीवविज्ञान में जीवों को सबसे सरल से लेकर सबसे जटिल तक श्रेणीबद्ध किया गया है। सबसे नीचे एक कोशिका का प्लैंकटन है और सबसे ऊपर है सबसे जटिल जीव यानी मनुष्य। इसी तरह, मनुष्यों को भी सबसे कम विकसित से लेकर सबसे अधिक विकसित तक श्रेणीबद्ध किया जा सकता है। सबसे निचले स्तर पर वे मनुष्य आते हैं, जिनमें कोई जीवनमूल्य, सद्‌गुण या चरित्र नहीं है। ये लोग हमेशा त्वरित फल पाने की इच्छा से काम करते हैं और तात्कालिक संतुष्टि की खोज में न्यूनतम प्रतिरोध का मार्ग चुनते हैं।

मानव विकास की सर्वोच्च श्रेणी में पूर्ण सत्यनिष्ठा वाले वे लोग आते हैं, जो किसी भी क़ीमत पर अपनी ईमानदारी या चरित्र से कभी कोई समझौता नहीं करते हैं, चाहे वह क़ीमत आर्थिक नुक़सान, शारीरिक कष्ट या मृत्यु का जोखिम ही क्यों न हो।

जॉर्ज वॉशिंगटन अपनी ईमानदारी के लिए मशहूर थे। एक अवसर पर उन्होंने यह स्वीकार किया था कि उन्होंने चेरी का पेड़ काटा है। इसी सुर में अमेरिका के इस संस्थापक पितामह ने लिखा था कि हम स्वतंत्रता की घोषणा पर हस्ताक्षर करके “अपने जीवन, अपनी संपत्ति और अपने सम्मान” को दाँव पर लगाते हैं।

अपनी पुस्तक *ट्रस्ट : द सोशल वर्च्यूज़ एंड द क्रिएशन ऑफ़ प्रॉस्पेरिटी* में दार्शनिक फ्रांसिस फुकूयामा ने बताया कि संसार के समाजों को दो श्रेणियों में विभाजित किया जा सकता है : “उच्च विश्वास” वाले समाज और “कम विश्वास” वाले समाज। उन्होंने कहा कि सर्वाधिक विश्वास वाले समाज में सत्यनिष्ठा की सबसे ज़्यादा क़द्र होती है, उसका सबसे ज़्यादा सम्मान होता है और उसे सबसे ज़्यादा प्रोत्साहित किया जाता है। ऐसे समाज में क़ानून का सबसे ज़्यादा पालन होता है और यह स्वतंत्र व समृद्ध होता है।

बहरहाल, कम विश्वास वाले समाज में निरंकुशता, चोरी, बेईमानी और भ्रष्टाचार का बोलबाला रहता है। ऐसा हर समाज बिना अपवाद के अप्रजातांत्रिक और ग़रीब होता है।

विश्वास ही कुंजी है। विश्वास से मानवीय संबंधों को पोषण मिलता है। जहाँ लोगों के बीच आपसी विश्वास ज़्यादा होता है, वहाँ आर्थिक गतिविधि

फलती-फूलती है और सभी के लिए अवसर मौजूद रहते हैं। दूसरी ओर, जहाँ विश्वास कम होता है, वहाँ चोरी और भ्रष्टाचार से बचने के प्रयास में आर्थिक संसाधन बर्बाद होते हैं - या उपलब्ध ही नहीं होते हैं।

अमेरिका में संविधान और बिल ऑफ़ राइट्स हैं। इन दस्तावेज़ों में वे नियम हैं, जिनके अनुसार जीने के लिए अमेरिका के लोग सहमत हुए हैं। इन्हीं से अमेरिका का शासन तंत्र निर्धारित हुआ और वे नागरिकों के अधिकारों की गारंटी देते हैं। लेकिन इनके पीछे यह मान्यता है कि चुने हुए प्रतिनिधि गरिमामय होंगे और इन अधिकारों की रक्षा करने के लिए समर्पित होंगे। इन नियमों में यह सुनिश्चित करने का प्रयास किया गया है कि आर्थिक, राजनीतिक और सामाजिक तंत्र में केवल चरित्रवान व्यक्ति ही पनपें और सफल हों। उनका लक्ष्य यह सुनिश्चित करना है कि अधिकांश प्रकरणों में केवल चरित्रवान व्यक्ति ही समाज में उच्च पदों पर पहुँचें।

हालाँकि अमेरिकी तंत्र आदर्श नहीं है और कभी-कभार संदिग्ध चरित्र के लोग भी शीर्ष पदों पर पहुँच जाते हैं, लेकिन यह स्थिति ज़्यादा समय तक नहीं रहती है। अमेरिकी जनता को ईमानदारी और सत्यनिष्ठा के जीवनमूल्य इतने प्रिय हैं कि बेईमान लोगों का पर्दाफ़ाश हो जाता है और उन्हें पद से हटा दिया जाता है। चरित्रवान स्त्री-पुरुषों की माँग हमेशा बनी रहती है।

आपकी आत्म-छवि : आपका आंतरिक दर्पण। आपके व्यक्तित्व का दूसरा हिस्सा है आपकी *आत्म-छवि*। यानी हम स्वयं को किस दृष्टि से देखते हैं और अपने बारे में क्या राय रखते हैं - विशेष रूप से किसी महत्वपूर्ण घटना से पहले। लोगों में हमेशा बाहर वैसा ही व्यवहार करने की प्रवृत्ति होती है, जैसा वे स्वयं को अंदर देखते हैं। इसे प्रायः हमारा "आंतरिक दर्पण" कहा जाता है, जिसमें हम व्यवहार करने से पहले झाँकते हैं।

जब आप स्वयं को शांत, सकारात्मक, सत्यवादी और चरित्रवान समझते हैं, तो आप ज़्यादा दृढ़ता और शक्ति के साथ व्यवहार करते हैं। दूसरे लोग आपका ज़्यादा सम्मान करते हैं। आपको महसूस होता है कि स्वयं पर और स्थिति पर आपका नियंत्रण है।

इसके अलावा, जब भी आप अपने सर्वोच्च जीवनमूल्यों के अनुरूप

सचमुच निरंतर व्यवहार करते हैं, तो आपकी आत्म-छवि भी बेहतर होती है। आप ख़ुद को ज़्यादा अच्छी रोशनी में देखने लगते हैं। आप ज़्यादा ख़ुश और आत्म-विश्वासी महसूस करते हैं। आपका व्यवहार और बाहरी प्रदर्शन आपके इस आंतरिक चित्र की झलक दिखाता है, जो लगातार बेहतर होता है, क्योंकि आप अपने सर्वश्रेष्ठ स्वरूप में आने का लगातार प्रयास करते हैं।

लोगों में यह प्रवृत्ति होती है कि वे आपके आत्म-मूल्यांकन को स्वीकार कर लेते हैं, कम से कम शुरुआत में। अगर आप ख़ुद को ऊँचे चरित्र वाला उत्कृष्ट व्यक्ति मानते हैं और अपने बारे में अच्छी राय रखते हैं, तो आप दूसरों के साथ शिष्टता, शालीनता और सम्मान से व्यवहार करेंगे। फलस्वरूप वे भी आपको सम्माननीय और चरित्रवान मानकर व्यवहार करेंगे।

आपका आत्म-सम्मान : आप ख़ुद को कितना पसंद करते हैं ? आपके व्यक्तित्व का तीसरा हिस्सा है आपका आत्म-सम्मान। इसका अर्थ है कि आप अपने बारे में कैसा महसूस करते हैं। यह आपका भावनात्मक केंद्र है। आपका आत्म-सम्मान इस तरह परिभाषित होगा कि "आप ख़ुद को कितना पसंद करते हैं ?" लेकिन यह इससे बढ़कर है। आप ख़ुद को जितना ज़्यादा मूल्यवान और महत्वपूर्ण मानते हैं, आप उतने ही ज़्यादा सकारात्मक और आशावादी होंगे। जब आप ख़ुद को सचमुच महत्त्वपूर्ण और योग्य मानेंगे, तो आप दूसरों के साथ भी ऐसा व्यवहार करेंगे, जैसे वे भी महत्वपूर्ण हों।

आपका आत्म-सम्मान काफ़ी हद तक इस बात से तय होता है कि आपकी आत्म-छवि (जिससे आपका व्यवहार तय होता है) आपके आत्म-आदर्श (आपके हिसाब से आपके सर्वश्रेष्ठ स्वरूप की पूर्ण संभावना) के कितने अनुरूप है।

जब आप उत्कृष्टता की अपनी परिभाषा के अनुरूप लगातार कार्य करते हैं, तो आपकी आत्म-छवि बेहतर होती है और आपका आत्म-सम्मान बढ़ता है। आप ख़ुद को ज़्यादा पसंद करते हैं और अपना ज़्यादा सम्मान करते हैं। आप अपने और दूसरों के बारे में ख़ुशी महसूस करते हैं। आप ख़ुद को जितना ज़्यादा पसंद करते हैं, दूसरों को भी उतना ही ज़्यादा पसंद करते हैं और दूसरे भी आपको उतना ही ज़्यादा पसंद करते हैं। चरित्रवान तरीक़े से अपने सर्वोच्च जीवनमूल्यों के तालमेल में काम करके आप अपने

पूरे जीवन (आंतरिक भी और बाहरी भी) को एक ऊर्ध्वगामी चक्र पर पहुँचा देते हैं। तब आपके जीवन के हर क्षेत्र में स्थिति बेहतर होती जाएगी।

आपके चरित्र को ढालने में रोल मॉडल्स की अहम भूमिका होती है। आप किसी व्यक्ति और उसके गुणों की जितनी ज़्यादा क़द्र करते हैं, चेतन और अचेतन दृष्टि से उसके जैसा बनने के उतने ही ज़्यादा प्रयास करते हैं। इसीलिए इस बारे में स्पष्टता बहुत महत्वपूर्ण है।

हमेशा सुसंगत व्यवहार करें

जब भी आप अपने जीवनमूल्यों के अनुरूप कार्य करते हैं, तो आपको अपने बारे में *अच्छा* लगता है। दूसरी ओर, जब भी आप किसी कारण से अपने जीवनमूल्यों से समझौता करते हैं, तो आपको अपने बारे में *बुरा* लगता है। इसका मतलब यह भी है कि जब भी आप अपने जीवनमूल्यों के साथ कोई समझौता करते हैं, तो आपके आत्म-विश्वास और आत्म-सम्मान का स्तर गिर जाता है। आप स्वयं को असहज, हीन, अयोग्य और परेशान महसूस करने लगते हैं। जब आप अपने जीवनमूल्यों के साथ समझौता करते हैं, तो दिल की गहराई में आपको लगता है कि कोई चीज़ बुनियादी तौर पर ग़लत है।

अपने सर्वोच्च जीवनमूल्यों और अपनी सबसे गहरी मान्यताओं पर लौटकर लगभग सभी मानवीय समस्याओं को सुलझाया जा सकता है। अतीत में शायद आपके जीवन में ऐसी स्थितियाँ रही होंगी, जब आपने किसी निवेश को बचाने, नौकरी को बनाए रखने, संबंध को क़ायम रखने या दोस्ती को बरक़रार रखने के लिए अपने जीवनमूल्यों के साथ समझौता किया हो। हर मामले में आपको तब तक बुरा एहसास होता रहा, जब तक कि आपने अंततः उसे ख़त्म नहीं कर दिया और उससे दूर नहीं चले गए।

और जब आपमें अंततः वहाँ से दूर जाने की चारित्रिक शक्ति आई, तो आपको कैसा महसूस हुआ ? आपको *बहुत अच्छा* महसूस हुआ था! जब भी आप अपने सबसे प्रिय जीवनमूल्यों की ओर लौटने के लिए अपनी इच्छाशक्ति और चारित्रिक शक्ति का इस्तेमाल करते हैं, तो आपको ख़ुशी और आनंद का पुरस्कार मिलता है। आप ऊर्जावान और स्वतंत्र महसूस करते हैं। आपको आश्चर्य होता है कि आपने वह निर्णय पहले क्यों नहीं लिया!

सही कार्य करें

अनुशासन और इच्छाशक्ति पर आधारित चारित्रिक विकास के लिए दीर्घकालीन सोच अनिवार्य है। अपने व्यवहार के दीर्घकालीन परिणामों के बारे में आप जितना ज़्यादा सोचते हैं, इस बात की उतनी ही ज़्यादा संभावना होती है कि आप अल्पकाल में भी सही कार्य करेंगे। इसलिए आपको जब भी कोई चुनाव करना हो या निर्णय लेना हो, तो हमेशा यह जादुई सवाल पूछें, "यहाँ महत्वपूर्ण क्या है ?"

इमैनुअल कान्ट के शाश्वत सूत्र का अभ्यास करें : "इस तरह व्यवहार करने का संकल्प करें, जैसे आपका हर कार्य सभी लोगों के लिए शाश्वत नियम बनने वाला हो।"

चारित्रिक विकास के लिए ख़ुद से यह सवाल पूछें : "यह संसार कैसा होगा, अगर इसमें रहने वाला हर व्यक्ति *मेरे* जैसा हो जाए ?"

जब भी आपसे चूक हो, जब भी आप कोई ऐसी चीज़ करें या कहें, जो आपके सर्वोच्च जीवनमूल्यों के सामंजस्य में न हो, तो तत्काल "अपने घोड़े पर दोबारा बैठ जाएँ।" ख़ुद से कहें, "मैं तो ऐसा व्यवहार नहीं करता!" और अगली बार बेहतर व्यवहार करने का संकल्प करें।

आप जिस बारे में सोचते हैं, वह बढ़ता है

अगर आप आज ऐसी स्थिति में हैं, जिसमें आप अपने सर्वोच्च जीवनमूल्यों के अनुरूप नहीं जी रहे हैं, तो इसी पल स्थिति का सामना करके उसे सही करने का निर्णय लें। जिस पल आप ऐसा करते हैं, आप दोबारा ख़ुश और नियंत्रण में महसूस करने लगेंगे।

> एक पुरानी कहानी है : "मेरे कंधों पर दो भेड़िए बैठे हैं। एक कंधे पर काला और बुरा भेड़िया है, जो लगातार मुझे ग़लत चीज़ें करने और कहने के लिए उकसाता है। मेरे दूसरे कंधे पर सफ़ेद और अच्छा भेड़िया है, जो मुझे सर्वश्रेष्ठ प्रदर्शन करने के लिए लगातार प्रोत्साहित करता है।"
>
> एक श्रोता ने बूढ़े से पूछा, "इनमें से किस भेड़िए की आप पर ज़्यादा पकड़ होती है ?"

बूढ़े ने जवाब दिया, "जिसे मैं पोषण देता हूँ।"

एकाग्रता के नियम के अनुसार आप जिस भी चीज़ पर विचार करते हैं, वह आपके जीवन में बढ़ती है। जब आप उन गुणों और जीवनमूल्यों के बारे में सोचते और बात करते हैं, जिनकी आप सबसे ज़्यादा क़द्र और सम्मान करते हैं, तो आप अपने अवचेतन में उनकी ज़्यादा गहरी प्रोग्रामिंग कर लेते हैं और वे हर स्थिति में अपने आप सक्रिय होने लगते हैं।

जब भी आप आत्म-अनुशासन और इच्छाशक्ति का अभ्यास करके उन जीवनमूल्यों के अनुरूप जीते हैं, जिनके लिए आप लोकप्रिय होना चाहते हैं, तो आप उत्कृष्ट व्यक्ति बनने की राह पर तेज़ी से चल पड़ते हैं।

कार्य अभ्यास :

एक काग़ज़ पर इन सवालों के जवाब लिख लें :

1. तीन लोगों, चाहे वे जीवित हों या मृत, के नाम लिखें, जिनकी आप सबसे ज़्यादा प्रशंसा करते हों और उनके उस एक गुण का वर्णन करें, जिसका आप सबसे ज़्यादा सम्मान करते हों।
2. अपने जीवन का वह सबसे महत्वपूर्ण सद्‌गुण या विशेषता तय करें, जिसका आप सबसे ज़्यादा अभ्यास या अनुकरण करना चाहते हों।
3. ऐसी स्थितियों को पहचानें, जिनमें आप सबसे ज़्यादा आत्म-विश्वासी महसूस करते हों और जिनमें आप उस सर्वश्रेष्ठ व्यक्ति जैसा महसूस करते हों, जो आप संभवतः बन सकते हैं।
4. किन स्थितियों में आपको आत्म-सम्मान और आत्म-महत्व का सबसे ज़्यादा एहसास होता है ?
5. यदि आप हर मायने में उत्कृष्ट हों, तो आप आज से कितना अलग व्यवहार करेंगे ?
6. आप क्या चाहेंगे कि लोग किस एक गुण के लिए आपको याद करें ? आप इसे सुनिश्चित करने के लिए क्या कर सकते हैं ?
7. वह कौन सा एक क्षेत्र है, जिसमें आपको ज़्यादा ईमानदारी और सत्यनिष्ठा का अभ्यास करना चाहिए ?

अध्याय - 3

आत्म-अनुशासन और उत्तरदायित्व

"जो भी व्यक्ति व्यवसाय में शिखर पर पहुँचना चाहता है, उसे आदत की शक्ति का सम्मान करना चाहिए। उसे उन बुरी आदतों को तुरंत छोड़ देना चाहिए, जो उसे मिटा सकती हैं – और उतनी ही जल्दी उन अच्छी आदतों को डाल लेना चाहिए, जो उसे मनचाही सफलता दिला सकती हैं।"

–जे. पॉल गेटी

अपने जीवन का व्यक्तिगत उत्तरदायित्व स्वीकार करने के लिए ख़ुद को अनुशासित करें, क्योंकि अनुशासित होने की योग्यता और इच्छा आपकी ख़ुशी, स्वास्थ्य, सफलता, उपलब्धि और व्यक्तिगत नेतृत्व के लिए अनिवार्य हैं। उत्तरदायित्व स्वीकार करना बहुत ही मुश्किल अनुशासन है, लेकिन इसके बिना सफलता संभव नहीं है।

अपने जीवन के अप्रिय पहलुओं की ज़िम्मेदारी स्वीकार न करना और इसके लिए दूसरे लोगों, संस्थाओं और स्थितियों को ज़िम्मेदार ठहराना सफलता के लिए घातक है। इससे कारण और परिणाम के नियम की अवहेलना होती है, आपका चरित्र कमज़ोर होता है, आपका संकल्प डगमगाता है और आपके मानवीय गुणों में कमी आती है। इससे बहाने बनाने की अंतहीन प्रक्रिया भी शुरू हो जाती है।

महान रहस्य का ज्ञान

इक्कीस साल की उम्र में मैं एक छोटे से अपार्टमेंट में रहता था और मज़दूरी करता था। मुझे सुबह 5 बजे उठना पड़ता था, ताकि मैं तीन बसें बदलकर 8 बजे तक काम पर पहुँच जाऊँ। मैं शाम को 7 बजे थका-माँदा घर लौटता था, क्योंकि दिन भर ईंटें और सीमेंट-रेत उठाते-उठाते मेरी हालत पस्त हो जाती थी। मज़दूरी इतनी कम मिलती थी कि मुश्किल से गुज़ारा हो पाता था। मेरे पास कार नहीं थी। रेडियो और टी.वी. भी नहीं था। बचत का तो सवाल ही नहीं उठता था। कपड़े भी सिर्फ़ ज़रूरत लायक़ ही थे।

सर्द जाड़े का मौसम था। बाहर का तापमान शून्य से भी 35 डिग्री फ़ैरेनहाइट कम था, इसलिए शाम को घर लौटने के बाद बाहर निकलने की हिम्मत नहीं होती थी। कभी-कभार जब मुझमें पर्याप्त ऊर्जा होती थी, तो मैं अपने छोटे से अपार्टमेंट में किचन की टेबल पर बैठकर कुछ पढ़ने लगता था।

एक रात को टेबल पर बैठे-बैठे अचानक मुझे यह ज्ञान मिला कि "यह मेरा जीवन है।" यह जीवन किसी दूसरी चीज़ की रिहर्सल नहीं था। नाटक चल रहा था और मैं इसका प्रमुख पात्र था।

ऐसा लगा, जैसे अचानक मेरे दिमाग़ की बत्ती जल गई हो। मैंने ख़ुद को और अपने छोटे अपार्टमेंट में रखी चीज़ों को देखा। फिर मैं अपनी वर्तमान स्थिति के बारे में सोचने लगा। मैंने सोचा कि मैं हाई स्कूल की पढ़ाई पूरी नहीं कर पाया था, इसलिए मुझे केवल मज़दूरी के काम ही मिल सकते थे। मैं बुनियादी आवश्यकताएँ पूरी करने लायक़ पैसा ही कमा पाता था और महीने के अंत में मेरे पास बहुत कम पैसे बचते थे।

अचानक मुझे यह महान रहस्य पता चला कि जब तक मैं नहीं बदलूँगा, तब तक कोई भी चीज़ नहीं बदलेगी। कोई दूसरा मेरे लिए कुछ नहीं करेगा। सच तो यह था कि किसी दूसरे को मेरी परवाह भी नहीं थी। उस पल मुझे यह एहसास हुआ कि आगे से मैं अपने जीवन और अपने साथ होने वाली हर चीज़ की पूरी ज़िम्मेदारी स्वीकार करूँगा। इसके लिए *मैं* ज़िम्मेदार हूँ। अब मैं अपनी स्थिति का दोष अपने कष्टकारी बचपन या अतीत की ग़लतियों को नहीं दे सकता

था। इसके लिए मैं ज़िम्मेदार हूँ। अपने पूरे जीवन की बागडोर मेरे हाथ में है। मैं ड्राइवर हूँ। यह मेरा जीवन है और अगर मैंने इसे बदलने के लिए कुछ नहीं किया, तो अकर्मण्यता की वजह से यह अनंत काल तक इसी तरह चलता रहेगा।

इस रहस्य को जानने के बाद मेरा जीवन बदल गया। अब मैं पहले जैसा नहीं रहा। उस पल के बाद मैं अपने जीवन की हर चीज़ की ज़िम्मेदारी स्वीकार करने लगा। नौकरी में न्यूनतम काम करने के बजाय मैंने अपने काम में बेहतर बनने की ज़िम्मेदारी स्वीकार की। मैंने अपनी आर्थिक स्थिति, अपने स्वास्थ्य और ख़ास तौर पर, अपने भविष्य की ज़िम्मेदारी स्वीकार की।

अगले ही दिन मैं लंच ब्रेक में नज़दीकी बुकस्टोर गया और कुछ पुस्तकें ख़रीद लीं। यहीं से सहायक जानकारी, विचारों और सबक़ों वाली पुस्तकें ख़रीदने की आजीवन आदत शुरू हुई। मैंने आत्म-सुधार को अपने जीवन की नींव बना लिया। मैं लगातार कुछ न कुछ सीखना चाहता था - हर दिन, हर संभव तरीक़े से।

यह आदत आज तक क़ायम है। आज भी जब मैं कोई नई चीज़ सीखना चाहता हूँ, तो मैं उससे संबंधित पुस्तकें पढ़ता हूँ, ऑडियो प्रोग्राम सुनता हूँ और कोर्स या सेमिनार में जाता हूँ। मैंने पाया कि अपने लक्ष्य तक पहुँचने के लिए आपको जिस योग्यता को सीखने की ज़रूरत है, उसे आप सीख सकते हैं।

समय के साथ मुझे यह तथ्य पता चला कि ८० प्रतिशत लोग अपने जीवन की ज़िम्मेदारी कभी स्वीकार नहीं करते हैं। वे हमेशा शिकायत करते हैं, आलोचना करते हैं, बहाने बनाते हैं और अपने जीवन में होने वाली अप्रिय चीज़ों के लिए दूसरों को दोष देते हैं। बहरहाल, ऐसे दृष्टिकोण के विनाशकारी परिणाम होते हैं। इससे भावी सफलता और ख़ुशी की सारी संभावना ख़त्म हो जाती है।

बचपन से परिपक्वता तक

बचपन में आपकी कंडीशनिंग इस प्रकार होती है कि आप ख़ुद को अपने जीवन के लिए उत्तरदायी नहीं मानते हैं। यह सामान्य और स्वाभाविक है। बचपन में आपके माता-पिता आपके प्रभारी होते हैं। आपकी बागडोर उनके

हाथ में होती है। वे ही आपके सारे निर्णय लेते हैं। वे ही यह निर्णय लेते हैं कि आप क्या खाएँगे, कौन से कपड़े पहनेंगे, किन खिलौनों से खेलेंगे, किस घर में रहेंगे, किस स्कूल में जाएँगे और ख़ाली समय में क्या करेंगे। चूँकि आप छोटे, मासूम और नादान होते हैं, इसलिए आप अपने माता-पिता की इच्छानुसार कार्य करते हैं। आपके पास बहुत कम विकल्प होते हैं, इसलिए आपका नियंत्रण या उत्तरदायित्व भी बहुत कम होता है।

बहरहाल, बड़े होने के साथ आप इनमें से हर क्षेत्र में अपने निर्णय लेने लगते हैं। समस्या यह है कि आपकी शुरुआती प्रोग्रामिंग के कारण आपको अचेतन रूप से यही लगता है कि कोई दूसरा अब भी आपके जीवन के लिए ज़िम्मेदार है और किसी दूसरे व्यक्ति को आपकी परवाह करनी चाहिए।

ज़्यादातर लोग इस विश्वास के साथ बड़े होते हैं कि अगर कोई चीज़ ग़लत हो जाती है, तो उसके लिए कोई दूसरा ज़िम्मेदार है। दोष किसी दूसरे का है। अपराधी कोई और है। कोई दूसरा व्यक्ति खलनायक है और वे तो बस क़िस्मत के मारे हैं। परिणाम यह होता है कि अधिकांश लोग अपने जीवन की अप्रिय चीज़ों के लिए ज़्यादा से ज़्यादा बहाने बनाने लगते हैं। वे अतीत या वर्तमान की घटनाओं या व्यक्तियों पर दोष मढ़कर अपने उत्तरदायित्व से बचना चाहते हैं।

अपने माता-पिता द्वारा की गई ग़लतियों से उबरें

यदि आपके बड़े होते वक़्त माता-पिता आपकी आलोचना करते थे या आप पर नाराज़ होते थे, तो अचेतन रूप से आप यह सोचते थे कि कहीं न कहीं आपसे ग़लती हो गई है। यदि माता-पिता की इच्छानुसार कार्य न करने के लिए आपको शारीरिक या भावनात्मक सज़ा मिली, तो आप ख़ुद को हीन और अक्षम समझने लगे।

अगर आपके माता-पिता ने उनके मनमाफ़िक काम न करने के लिए आपको सज़ा दी और अपना प्रेम रोक लिया, तो संभवतः बड़े होते समय आपके मन में अपराधबोध और अक्षमता की गहरी भावनाएँ आ गई हों, जिनकी वजह से आपने समझ लिया हो कि आपको अच्छी चीज़ें पाने का

हक़ ही नहीं है। इन नकारात्मक भावनाओं की वजह से आपको यह महसूस हो सकता है, जैसे आप शिकार या पीड़ित हों। इनके कारण ही वयस्क हो जाने पर भी आपको यह लग सकता है कि आप स्वयं के लिए या अपने जीवन में होने वाली घटनाओं के लिए ज़िम्मेदार नहीं हैं।

यदि हमारी परवरिश आलोचनात्मक घरेलू माहौल में हुई हो, तो वयस्कों के रूप में हममें सबसे आम भावना यह रहती है, "मैं पर्याप्त अच्छा नहीं हूँ।" इस भावना की वजह से हम दूसरों की तुलना में ख़ुद को हीन समझते हैं। हम सोचते हैं कि ज़्यादा ख़ुश या आत्म-विश्वासी दिखने वाले दूसरे लोग हमसे बेहतर हैं। हममें हीन भावना आ जाती है। इस भावनात्मक जाल में फँसना बहुत आसान है।

घातक ग़लतफ़हमी

अगर किसी कारण हम यह सोच लेते हैं कि दूसरे हमसे *बेहतर* हैं, तो हम अचेतन रूप से यह भी मान लेते हैं कि हम उनसे *बदतर* हैं। अगर वे हमसे "ज़्यादा योग्य" हैं, तो हम यह मान बैठते हैं कि हम "कम योग्य" हैं। अक्षमता या अयोग्यता की यह भावना ही हमारे जीवन की व्यक्तित्व संबंधी अधिकांश समस्याओं की जड़ है। यही नहीं, यह पूरे संसार में व्याप्त अधिकांश राजनीतिक और सामाजिक समस्याओं की जड़ भी है, चाहे वे राष्ट्रीय हों या अंतर्राष्ट्रीय।

बचपन की विनाशकारी आलोचना की वजह से उत्पन्न अपराधबोध और अक्षमता की इन भावनाओं से बचने के लिए हम दूसरे लोगों और स्थितियों को दोष देने लगते हैं। हम अपने जीवन के जिस भी पहलू से नाख़ुश या असंतुष्ट होते हैं, उसमें हमारी पहली प्रतिक्रिया यही होती है कि हम अपने आस-पास नज़र डालकर यह सवाल पूछें, "दोष किसे दिया जा सकता है ?"

अधिकांश धर्मों में पाप की अवधारणा सिखाई जाती है, यानी जब भी कोई चीज़ ग़लत होती है, तो उसके लिए कोई न कोई दोषी होता है। किसी ने कोई ग़लत कार्य किया है। कोई अपराधी है। किसी को सज़ा मिलनी चाहिए। अपराधबोध और सज़ा के इस दुष्चक्र से क्रोध, द्वेष और ग़ैर-ज़िम्मेदारी की भावनाएँ बढ़ती जाती हैं।

ग़ैर-ज़िम्मेदारी का दृष्टिकोण

अमेरिका की अदालतों में ऐसे हज़ारों प्रकरण चलते रहते हैं, जिनमें लोग अपने जीवन में हुई किसी ग़लत चीज़ के लिए हर्जाना माँगते हैं। महत्वाकांक्षी वकीलों की सहायता से लोग अदालत में हर्जाने का मुकदमा दायर कर देते हैं, भले ही उस घटना के लिए वे ख़ुद दोषी हों - *ख़ास तौर पर*, अगर वे दोषी हों।

लोग अपनी ज़िम्मेदारी स्वीकार नहीं करना चाहते। लोग अपने शरीर पर गर्म कॉफ़ी गिरा लेते हैं और फिर कॉफ़ी बेचने वाले फ़ास्ट फ़ूड रेस्तराँ पर दावा ठोंक देते हैं। लोग शराब पीकर सड़क से नीचे कार उतारकर दुर्घटना कर देते हैं और इसके बाद वे अपनी पंद्रह साल पुरानी कार के निर्माता पर दावा दायर कर देते हैं। लोग किसी सीढ़ी पर चढ़ते समय ज़रूरत से ज़्यादा झुकने की वजह से गिर जाते हैं। फिर वे अपनी चोट के लिए सीढ़ी बनाने वाले पर दावा ठोंक देते हैं। हर मामले में लोग किसी दूसरे को दोष देकर, बहाने बनाकर और फिर हर्जाना माँगकर अपनी ख़ुद की ग़लती की ज़िम्मेदारी से बचने का प्रयास कर रहे हैं।

नकारात्मक भावनाओं को ख़त्म करना

ख़ुश रहना सभी लोगों का आम लक्ष्य होता है। सबसे सरल अर्थ में, नकारात्मक भावनाएँ मौजूद न रहने पर *ख़ुशी* पैदा होती है। जहाँ कोई नकारात्मक भाव *नहीं होता*, वहाँ केवल सकारात्मक भाव ही रहता है। इसलिए यदि आप सचमुच ख़ुश रहना चाहते हैं, तो नकारात्मक भावों को ख़त्म करना जीवन में आपका मुख्य कार्य है।

दर्जनों नकारात्मक भाव होते हैं, जिनमें सबसे आम हैं अपराधबोध, द्वेष, ईर्ष्या, डर और शत्रुता। ये सभी नकारात्मक भाव अंततः *क्रोध* की बुनियाद पर खड़े होते हैं, चाहे इसकी दिशा भीतर की ओर हो या बाहर की ओर।

जब आप अपने क्रोध को सकारात्मक अभिव्यक्ति नहीं देते हैं और इसे मन की बोतल में बंद कर लेते हैं, तो यह अंदर की ओर संचालित होता है। दूसरी ओर, जब आप दूसरे लोगों की बुराई करते हैं या उन पर

आरोप लगाते हैं, तो यह बाहर की ओर निर्देशित होता है।

मनोदैहिक रोग

नकारात्मक भाव *मनोदैहिक* रोग के प्रमुख कारण हैं। मनोदैहिक रोग में *मन* की वजह से *शरीर* बीमार होता है। हर नकारात्मक भाव, ख़ास तौर पर क्रोध, आपके प्रतिरोधक तंत्र को कमज़ोर बनाता है और सर्दी, फ़्लू तथा अन्य रोगों की आशंका उत्पन्न करता है। अनियंत्रित क्रोध की वजह से हार्ट अटैक, स्ट्रोक या नर्वस ब्रेकडाउन भी हो सकता है।

यहाँ पर एक बड़ी खोज बताई जा रही है : सभी नकारात्मक भाव, विशेष रूप से क्रोध, अपने जीवन की अप्रिय चीज़ों के लिए किसी दूसरे व्यक्ति या वस्तु को *दोष देने* के कारण उत्पन्न होते हैं।

अपनी समस्याओं के लिए दूसरों को दोष देना आसान होता है। इस आदत को छोड़ने के लिए बहुत आत्म-अनुशासन की ज़रूरत होती है। बहाने बनाने से इंकार करने के लिए बहुत आत्म-नियंत्रण की ज़रूरत होती है।

अपने वर्तमान स्वरूप, अपने भावी स्वरूप और अपने जीवन में होने वाली हर घटना की पूरी ज़िम्मेदारी लेने के लिए बहुत आत्म-अनुशासन की ज़रूरत होती है। यह सच है कि आप अपने साथ होने वाली हर चीज़, जैसे हरीकैन कैटरीना (प्राकृतिक आपदा), के लिए सीधे ज़िम्मेदार नहीं होते, लेकिन आप अपनी प्रतिक्रियाओं - आप उस पल जो कहते या करते हैं - के लिए तो ज़िम्मेदार होते ही हैं। अपने चेतन मन का पूरा नियंत्रण लेने के लिए ज़बर्दस्त आत्म-विजय की ज़रूरत होती है, ताकि आपके मन में केवल सकारात्मक, सृजनात्मक विचार ही रहें, जो आपके जीवन को विकास के मार्ग पर ले जाएँ और आपके संबंधों व परिणामों की गुणवत्ता को बेहतर बनाएँ। यह काम मुश्किल है, लेकिन इसके पुरस्कार बहुत ज़्यादा हैं।

दोष देना सरल है

न्यूनतम प्रतिरोध के मार्ग पर चलना बहुत आसान होता है। सबसे सरल तो यही होता है कि व्यक्ति किसी भी कारण से, किसी भी चीज़ के ग़लत होने पर किसी दूसरे को दोष दे और उस पर क्रोधित हो जाए।

दोषारोपण के आदी लोग अक्सर *वस्तुओं* पर भी क्रोधित हो जाते हैं। अगर निर्जीव वस्तुएँ अपेक्षा के अनुरूप काम नहीं करती हैं, तो उन्हें दोष देना इतना मूर्खतापूर्ण है कि यह हल्के पागलपन का संकेत है।

लोग दरवाज़े के अटकने पर नाराज़ हो जाते हैं। किसी औज़ार का उपयोग करते समय अगर उनसे कोई ग़लती हो जाए, तो वे औज़ार को गाली देने लगते हैं, हालाँकि ग़लती उनकी ख़ुद की थी। जब उनकी कार चालू नहीं होती, तो वे उस पर आगबबूला हो जाते हैं। निर्जीव वस्तु अगर सही तरीक़े से काम नहीं कर रही है, तो उसे दोष देना उन्हें जायज़ लगता है। इसीलिए लोग अक्सर ग़ुस्से में उस कार या बक्से को लात मारते हैं, जिससे टकराकर वे गिर गए थे, हालाँकि ग़लती ख़ुद उनकी ही थी कि वे उसे देख नहीं पाए।

नकारात्मक भावनाओं का इलाज

नकारात्मक भावनाओं को दूर करने का सबसे तीव्र और विश्वसनीय तरीक़ा तत्काल यह कहना है, "इसके लिए मैं ज़िम्मेदार हूँ!" जब भी क्रोध भड़काने या नकारात्मक प्रतिक्रिया जगाने वाली कोई चीज़ हो, तो नकारात्मक भावना को यह कहकर तुरंत दूर कर लें, "इसके लिए मैं ज़िम्मेदार हूँ।"

विस्थापन का नियम कहता है कि आप नकारात्मक विचार को हटाकर उसकी जगह पर सकारात्मक विचार को स्थापित कर सकते हैं। देखिए, आपका मन एक समय में केवल एक ही विचार रख सकता है, इसलिए जब आप "इसके लिए मैं ज़िम्मेदार हूँ" का सकारात्मक विचार चुनते हैं, तो आप उस पल किसी दूसरे विचार या भाव को ख़त्म कर देते हैं।

यह संभव ही नहीं है कि आप ग़लती की ज़िम्मेदारी स्वीकार करें और उसी समय नाराज़ भी रहें। ज़िम्मेदारी स्वीकार करना और नकारात्मक भावनाओं को अनुभव करना एक साथ संभव नहीं है। यह संभव ही नहीं है कि ज़िम्मेदारी स्वीकार करने के बाद आप शांत, स्पष्ट, सकारात्मक और एकाग्रचित्त न बनें।

आपको अपने जीवन में जो चीज़ पसंद नहीं है, उसके लिए जब तक आप किसी दूसरे को दोष देते रहेंगे, तब तक आप "मानसिक रूप से

बालक" की श्रेणी में ही रहेंगे। आप ख़ुद को हमेशा छोटा, लाचार और क़िस्मत का मारा मानते रहेंगे। आप लगातार दूसरों पर भड़ास निकालते रहेंगे। बहरहाल, जब आप अपने साथ होने वाली हर घटना की ज़िम्मेदारी स्वीकार करने लगते हैं, तो आप "मानसिक रूप से वयस्क" बन जाते हैं। तब आप ख़ुद को क़िस्मत का मारा नहीं, बल्कि अपने जीवन का प्रभारी मानने लगते हैं।

अल्कोहलिक्स एनॉनिमस नामक संस्था में शराब की समस्या से ग्रस्त लोगों की बैठकें आयोजित होती हैं। इस संस्था ने अपने लंबे अनुभव में यह पाया है कि जब तक कोई व्यक्ति अपनी समस्याओं - शराब के मामले में भी और जीवन के अन्य क्षेत्रों में भी - के संदर्भ में अपनी ज़िम्मेदारी को स्वीकार नहीं करता है, तब तक उसकी प्रगति संभव नहीं है। उसके ज़िम्मेदारी स्वीकार करने के बाद सब कुछ संभव है। यह जीवन की लगभग सभी मुश्किल स्थितियों के बारे में सच है, जिनमें आप अपने कष्ट के लिए दूसरे लोगों या स्थितियों को दोष देते हैं।

पैसा और भावनाएँ

पैसा जीवन की कई समस्याओं और चिंताओं का केंद्र होता है : इसे कमाना, इसे ख़र्च करना, इसका निवेश करना और ख़ास तौर पर, इसे गँवाना। फलस्वरूप हमारी अधिकांश नकारात्मक भावनाएँ भी किसी न किसी तरह पैसे से जुड़ी होती हैं। बहरहाल, सच तो यह है कि आप अपने आर्थिक जीवन के लिए पूरी तरह ज़िम्मेदार हैं। चयन आप करते हैं। निर्णय आप लेते हैं। आप ही प्रभारी हैं। आप अपनी आर्थिक समस्याओं या स्थिति का दोष दूसरे लोगों को नहीं दे सकते, क्योंकि ड्राइवर की सीट पर आप ख़ुद बैठे हुए हैं।

जब आप अपनी आमदनी (आप जो नौकरी कर रहे हैं, उसे किसने चुना ?), अपने ख़र्च (वह पैसा किसने ख़र्च किया, जिसकी वजह से आप क़र्ज़ में डूबे ?) और अपने निवेशों (निवेश करने का निर्णय किसने लिया ?) की ज़िम्मेदारी स्वीकार कर लेते हैं, तभी आप "आर्थिक रूप से बालक" से "आर्थिक रूप से वयस्क" बनने की यात्रा शुरू करते हैं।

ज़िम्मेदारी और नियंत्रण

ज़िम्मेदारी स्वीकार करने और अपने जीवन पर स्वयं का नियंत्रण महसूस करने के बीच सीधा संबंध होता है। इसका अर्थ है कि आप जितनी ज़्यादा ज़िम्मेदारी स्वीकार करते हैं, आपको उतना ही ज़्यादा एहसास होता है कि अपने *जीवन का नियंत्रण* आपके हाथ में है।

जीवन का नियंत्रण अपने हाथ में मानने और आपके सकारात्मक होने के बीच भी सीधा संबंध होता है। आप जितना ज़्यादा महसूस करते हैं कि अपने जीवन के महत्त्वपूर्ण हिस्सों की "बागडोर" आपके हाथ में है, आप अपने हर काम में उतने ही ज़्यादा सकारात्मक और ख़ुश होते हैं।

ज़िम्मेदारी स्वीकार करने पर आप सशक्त, शक्तिशाली और उद्देश्यपूर्ण महसूस करते हैं। ज़िम्मेदारी स्वीकार करने पर वे नकारात्मक भावनाएँ दूर हो जाती हैं, जो आपकी ख़ुशी और संतुष्टि को नष्ट करती हैं।

स्थिति चाहे कैसी भी हो, नकारात्मक भावों का इलाज यह कहना है, "इसके लिए मैं ज़िम्मेदार हूँ।" फिर उस स्थिति की ओर देखकर यह सोचें कि जो हुआ है या जो हो रहा है, उसके लिए आप किस तरह से ज़िम्मेदार हो सकते हैं।

आपकी बुद्धि दुधारी तलवार की तरह है : यह दोनों दिशाओं में काट सकती है। आप इसका इस्तेमाल करके अपने जीवन की अप्रिय चीज़ों के लिए दूसरों को दोष दे सकते हैं और अपनी स्थिति को तर्कसंगत ठहरा सकते हैं या जायज़ सिद्ध कर सकते हैं। दूसरी ओर, आप अपनी बुद्धि का इस्तेमाल करके ऐसे कारण भी खोज सकते हैं कि जो हुआ है, उसके लिए आप ज़िम्मेदार क्यों हैं और फिर समस्या को सुलझाने या स्थिति को सही करने के लिए क़दम उठा सकते हैं। आप बहाने बना सकते हैं या फिर आप प्रगति कर सकते हैं। आप ये दोनों चीज़ें एक साथ नहीं कर सकते। चुनाव आपका है।

कई बार ऐसी दुर्घटनाएँ भी हो जाती हैं, जिनके लिए आप ज़िम्मेदार नहीं होते, जैसे जब आप ऑफ़िस में काम कर रहे हों, तब कोई पार्किंग में खड़ी आपकी कार को टक्कर मार दे। ऐसी दुर्घटना के लिए आप भले ही *सीधे* ज़िम्मेदार न हों, लेकिन फिर भी आप घटना के बाद अपनी

प्रतिक्रियाओं या व्यवहार के लिए तो ज़िम्मेदार हैं ही।

कभी शिकायत न करें, कभी स्पष्टीकरण न दें

लीडर या श्रेष्ठ व्यक्ति की पहचान यही है कि वह स्थिति की पूरी ज़िम्मेदारी स्वीकार करता है। ऐसे सच्चे लीडर की कल्पना करना संभव ही नहीं है, जो समस्याएँ और मुश्किलें सामने आने पर कर्म करने के बजाय दूसरों को दोष देने लगे और शिकायत करने लगे।

"ज़िम्मेदारी-का-एहसास" (response-ability) ही महान व्यक्तित्व का लक्षण है : अपने जीवन की ज़िम्मेदारी लेने के लिए पहले से ही यह संकल्प करें कि आप किसी ऐसी चीज़ पर विचलित या क्रोधित नहीं होंगे, जिसे आप बदल नहीं सकते या जिस पर आप प्रभाव नहीं डाल सकते। जिस तरह आप मौसम के बारे में नाराज़ नहीं होते, उसी तरह आप उन परिस्थितियों और स्थितियों पर भी नाराज़ नहीं होते हैं, जिन पर आपका कोई नियंत्रण नहीं है।

यही नहीं, आप ख़ास तौर पर *अतीत* के दुखद अनुभवों या स्थितियों के कारण वर्तमान में नाराज़ और दुखी नहीं होते हैं। आप कहते हैं, "जिसे ठीक करना संभव नहीं है, उसे सहजता से लेना चाहिए।"

आश्चर्य की बात है कि आज बहुत सारे लोग कई साल पहले हुई किसी घटना को लेकर दुखी हैं। जब भी वे उस नकारात्मक अनुभव के बारे में सोचते हैं, तो वे दोबारा नाराज़ या निराश हो जाते हैं। अच्छी ख़बर यह है कि आप किसी भी वक़्त अतीत के बारे में सोचना, बातें करना और उसे तरोताज़ा करना बंद कर सकते हैं। आप उसे छोड़कर अपने लक्ष्यों और असीमित भविष्य के बारे में सोच सकते हैं। जैसा हेलन केलर ने कहा था, "जब आप सूरज की रोशनी की ओर मुड़ते हैं, तो छायाएँ आपके पीछे छूट जाती हैं।"

आत्म-विजय और आत्म-नियंत्रण

आत्म-अनुशासन, आत्म-विजय या आत्म-नियंत्रण अपनी *भावनाओं* की ज़िम्मेदारी स्वीकार करने से शुरू होता है। अपने साथ होने वाली हर चीज़

पर अपनी प्रतिक्रियाओं की शत-प्रतिशत ज़िम्मेदारी लेकर ही आप अपनी भावनाओं को नियंत्रित करते हैं। आप किसी भी चीज़ के लिए बहाना बनाने, शिकायत करने, आलोचना करने या दूसरों को दोष देने से इंकार कर देते हैं। इसके बजाय, आप "इसके लिए मैं ज़िम्मेदार हूँ" कहते हैं और फिर कोई सकारात्मक क़दम उठाते हैं।

कर्म ही एकमात्र उपचार है

अपने लक्ष्यों की दिशा में उद्देश्यपूर्ण क़दम उठाना ही क्रोध या चिंता का एकमात्र सच्चा उपचार है - जो अगले अध्याय का विषय है। बहरहाल, वहाँ जाने से पहले आज ही यह संकल्प लें कि आप अपने विचारों, भावनाओं और कार्यों पर पूरा नियंत्रण रखेंगे और अपने महत्वपूर्ण लक्ष्यों पर काम करने में जुट जाएँगे, ताकि आपके पास किसी भी व्यक्ति या वस्तु के बारे में नकारात्मक बातें सोचने या नकारात्मक भाव व्यक्त करने का समय ही न रहे।

जब आप अपने जीवन की व्यक्तिगत ज़िम्मेदारी स्वीकार करने के लिए आत्म-अनुशासन और इच्छाशक्ति का इस्तेमाल करते हैं, तो आप अपने विचारों और भावनाओं को पूरी तरह नियंत्रित कर लेते हैं। इससे आप अपने हर काम में ज़्यादा प्रभावी, ख़ुश और सकारात्मक बन जाते हैं।

कार्य अभ्यास :

1. आप इस समय जो हैं और आगे चलकर जो बनेंगे, उसकी शत-प्रतिशत ज़िम्मेदारी स्वीकार करने का इसी समय संकल्प करें। कभी शिकायत न करें; कभी बहाने न बनाएँ।
2. अतीत में झाँककर किसी ऐसे व्यक्ति या घटना को चुनें, जिसकी वजह से आप अब भी दुखी महसूस करते हों। अपनी नकारात्मक भावनाओं को जायज़ साबित करने के बजाय यह सोचें कि उस घटना के लिए *आप* आंशिक रूप से ज़िम्मेदार कैसे हो सकते हैं।
3. अतीत के किसी एक रिश्ते को चुनें, जिसकी वजह से आप दुखी थे। फिर

तीन कारण बताएँ कि जो हुआ, उसके लिए *आप* क्यों ज़िम्मेदार हैं।

4. अपने अतीत के किसी एक व्यक्ति को चुनें, जिससे आप अब भी नाराज़ हैं। उसे पूरी तरह माफ़ करने का संकल्प करें। आपका यह कार्य आपको भावनात्मक रूप से स्वतंत्र कर देगा।

5. अपनी आर्थिक स्थिति की पूरी ज़िम्मेदारी स्वीकार करें और अपनी आर्थिक समस्याओं के लिए दूसरों को दोष देना छोड़ दें। अब यह बताएँ कि उस स्थिति को सुलझाने के लिए आप कौन से क़दम उठाने वाले हैं ?

6. अपनी पारिवारिक स्थिति की पूरी ज़िम्मेदारी स्वीकार करें - परिवार के हर व्यक्ति के साथ - और फिर जिन भी चीज़ों को लेकर समस्याएँ हो सकती हैं, उन्हें दूर करके अपने संबंधों को बेहतर बनाने के लिए तत्काल कर्म करें।

7. अपने स्वास्थ्य की शत-प्रतिशत ज़िम्मेदारी स्वीकार करें। पूर्ण उत्कृष्ट स्वास्थ्य प्राप्त करने के लिए जो भी आवश्यक हो, उसे करने या छोड़ने का आज ही संकल्प लें।

अध्याय - 4

आत्म-अनुशासन और लक्ष्य

"अनुशासन ही लक्ष्यों और उपलब्धि के बीच का पुल है।"

-जिम रॉन

अपने लिए स्पष्ट लक्ष्य बनाएँ और अनुशासित होकर हर दिन उनकी दिशा में काम करें। अनुशासन की यह योग्यता आपकी सफलता जितनी सुनिश्चित करती है, उतनी कोई दूसरी चीज़ नहीं कर सकती। जीवन में सार्थक चीज़ें प्राप्त करने के लिए लक्ष्य बनाना अनिवार्य है। आपने शायद यह बात सुनी होगी, "आप उस निशाने पर तीर नहीं मार सकते, जो आपको दिखता ही न हो।"

"यदि आप यही नहीं जानते कि आपको कहाँ जाना है, तो कोई भी सड़क आपको वहाँ पहुँचा देगी।"

और जैसा कि वेन ग्रेट्स्की ने कहा था, "आप हर वो निशाना चूक जाते हैं, जिसे आप नहीं लगाते।"

आप जीवन के हर क्षेत्र में सचमुच क्या चाहते हैं, यह तय करने भर के काम से ही आपकी ज़िंदगी पूरी तरह बदल सकती है।

• • •

3 प्रतिशत का नियम

केवल 3 प्रतिशत वयस्क लोगों के पास ही लिखित लक्ष्य और योजनाएँ होती हैं। उल्लेखनीय तथ्य यह है कि ये *3 प्रतिशत लोग इतना कमा लेते हैं, जितना बाक़ी के 97 प्रतिशत लोग मिलकर भी नहीं कमा पाते।*

ऐसा क्यों है? कारण स्पष्ट है। यदि आपके पास एक स्पष्ट लक्ष्य और उसे प्राप्त करने की योजना है, तो आपके पास एक निश्चित मार्ग होता है, जिस पर आप हर दिन दौड़ सकते हैं। तब बाधाओं और प्रलोभनों के कारण आप राह नहीं बदलते हैं। आपके पास एक निश्चित मार्ग है, इसलिए आप न भटकते हैं, न किसी दूसरी दिशा में जाते हैं। आप अपना अधिकांश समय बिलकुल सीधी लकीर में केंद्रित करते हैं - जहाँ आप हैं, वहाँ से अपने लक्ष्य तक पहुँचने के सबसे सीधे मार्ग पर चलने में। इसी वजह से लक्ष्य लिखने वाले लोग लक्ष्यविहीन लोगों से इतना ज़्यादा प्राप्त कर पाते हैं।

दुखद बात यह है कि ज़्यादातर लोगों को यह ग़लतफ़हमी रहती है कि उनके पास पहले से ही लक्ष्य हैं, जबकि वास्तव में उनके पास सिर्फ़ *आशाएँ* और *इच्छाएँ* होती हैं। याद रखें, आशा रखने मात्र से ही सफलता नहीं मिलती है और इच्छा को इस तरह परिभाषित किया गया है, "एक ऐसा लक्ष्य, जिसके पीछे कोई ऊर्जा नहीं है।"

जो लक्ष्य लिखे नहीं जाते और योजनाओं में नहीं बदल पाते, वे बिना बारूद वाले कारतूसों की तरह होते हैं। अलिखित लक्ष्यों वाले लोग ख़ाली कारतूस चलाते हुए ज़िंदगी गुज़ार देते हैं। चूँकि उन्हें यह ग़लतफ़हमी रहती है कि उनके पास लक्ष्य पहले से ही हैं, इसलिए वे लक्ष्य-निर्धारण का मुश्किल और अनुशासित कार्य कभी नहीं करते हैं - जबकि यह सफलता की सबसे बड़ी योग्यता है।

सफलता के अवसर? कई गुना बढ़ाएँ

2006 में *यूएसए टुडे* ने एक अध्ययन के बारे में लेख प्रकाशित किया। इसमें शोधकर्ताओं ने नए साल का संकल्प लेने वाले लोगों को दो श्रेणियों में विभाजित किया : एक, जिन्होंने नए साल के संकल्प लेकर उन्हें लिख लिया

था। दूसरे, जिन्होंने नए साल के संकल्प लिए तो थे, लेकिन उन्हें लिखा नहीं था।

साल भर बाद उन्होंने उन लोगों का दोबारा सर्वेक्षण किया। उन्हें जो तथ्य पता चला, वह बहुत आश्चर्यजनक था। जिन लोगों ने नए साल के संकल्प लिए तो थे, लेकिन लिखे *नहीं* थे, उनमें से *केवल 4 प्रतिशत* ही उन्हें साकार करने में कामयाब हुए। लेकिन जिस समूह ने नए साल के संकल्प लिखे थे (जिसमें केवल कुछ मिनट का समय लगता है), उसके *44 प्रतिशत लोगों ने अपना लक्ष्य प्राप्त कर लिया।* यानी लिखित लक्ष्य वाले लोग उन लोगों से 1,100 प्रतिशत अधिक सफल हुए थे, जिन्होंने अपने लक्ष्य नहीं लिखे थे। और इसका कारण कितना छोटा और सरल था : संकल्पों या लक्ष्यों को काग़ज़ पर मूर्त रूप में उतारना।

लिखने का अनुशासन

पिछले पच्चीस वर्षों में मैंने लाखों-करोड़ों लोगों के साथ काम किया है। मेरा अनुभव यह रहा है कि जिन लोगों में लक्ष्य लिखने का अनुशासन होता है, जो उन्हें प्राप्त करने की योजनाएँ बनाते हैं और हर दिन उन पर काम करते हैं, उनके लक्ष्य प्राप्त करने की संभावना दस गुना यानी 1,000 प्रतिशत बढ़ जाती है।

इसका मतलब यह नहीं है कि लक्ष्य लिखने भर से ही सफलता की *गारंटी* मिल जाती है; इससे तो केवल *सफलता की संभावना* दस गुना बढ़ जाती है। इस संभावना का लाभ हर व्यक्ति को उठाना चाहिए, क्योंकि लिखने में कोई ख़र्च या जोखिम नहीं होता - बस थोड़ा सा समय लगता है।

लिखना एक "साइको-न्यूरो-मोटर गतिविधि" है। लिखते समय आप सोचने और ध्यान केंद्रित करने के लिए विवश होते हैं। इससे आप यह चुनने के लिए विवश होते हैं कि आपके तथा आपके भविष्य के लिए क्या अधिक महत्वपूर्ण है। फलस्वरूप जब भी आप कोई लक्ष्य लिखते हैं, तो आपके अवचेतन मन पर उसकी छाप छूट जाती है। इसके बाद आपका अवचेतन मन हर दिन चौबीसों घंटे लक्ष्य साकार करने में जुट जाता है।

कई बार मैं अपने सेमिनार के प्रतिभागियों से कहता हूँ, "केवल 3

प्रतिशत वयस्क लोगों के पास लिखित लक्ष्य होते हैं और बाक़ी हर व्यक्ति उन लोगों के लिए काम करता है।" जीवन में आप या तो अपने लक्ष्य प्राप्त करने के लिए काम करते हैं या फिर किसी दूसरे के लक्ष्य को प्राप्त करने के लिए काम करते हैं। आप किसके लिए काम करना चाहते हैं ?

सफलता बनाम असफलता का प्रोग्राम

आपके मस्तिष्क में सफलता का प्रोग्राम भी है और असफलता का भी। असफलता का प्रोग्राम न्यूनतम प्रतिरोध के अनुशासनरहित मार्ग पर चलने का प्रलोभन है। यह मुश्किल और आवश्यक कार्य के बजाय आनंददायक और आसान कार्य करने के लिए प्रेरित करता है। असफलता का प्रोग्राम जीवन भर स्वतः ही सक्रिय रहता है। इसी कारण अधिकांश लोग अपनी व्यक्तिगत संभावना को साकार नहीं कर पाते।

इस महत्वपूर्ण पहलू पर ध्यान दें! आपकी असफलता का प्रोग्राम स्वतः सक्रिय रहता है, लेकिन सफलता के प्रोग्राम को लक्ष्य द्वारा प्रेरित करने की ज़रूरत होती है। जैसे ही आप कोई लक्ष्य तय करते हैं, आपकी असफलता का प्रोग्राम रुक जाता है और सफलता का प्रोग्राम सक्रिय हो जाता है। यानी लक्ष्य तय करके आप अपने जीवन की दिशा बदल सकते हैं। तब आप बिना रडर (जहाज़ का दिशा-निर्धारक) वाले जहाज़ नहीं रहेंगे, जो तूफ़ान में थपेड़े खाता रहता है। तब तो आप रडर, कंपास और स्पष्ट मंज़िल वाले ऐसे जहाज़ बन जाएँगे, जो सीधे अपने लक्ष्य की दिशा में तैरेगा।

लक्ष्यों की शक्ति

कुछ समय पहले मेरे एक ग्राहक ने मुझे एक रोचक प्रसंग बताया। उसने 1994 में मेरे एक सेमिनार में भाग लिया था, जिसमें मैंने लक्ष्य लिखने और उन्हें प्राप्त करने की योजना बनाने की सलाह दी थी। उस वक़्त वह पैंतीस साल का था और नैशविल के एक कार डीलर के यहाँ नौकरी करते हुए हर वर्ष लगभग 50,000 डॉलर कमा रहा था।

उसने मुझे बताया कि उस दिन उसकी ज़िंदगी सचमुच बदल गई। वह अपने लक्ष्य और योजनाएँ लिखने लगा और उन पर हर दिन काम करने लगा। बारह साल बाद उसकी वार्षिक आमदनी 10 लाख

डॉलर से ज़्यादा हो गई। अब वह तीव्र प्रगति करने वाली एक कंपनी का प्रेसिडेंट है, जो देश की सबसे बड़ी कंपनियों को अपनी सेवाएँ बेचती है। उसने मुझसे कहा कि अगर उसने काग़ज़ पर अपने भावी लक्ष्य नहीं लिखे होते, तो न जाने उसका जीवन कैसा होता!

अपने जीवन की बागडोर थामें

अरस्तू ने लिखा था कि मनुष्य एक *उद्देश्यपूर्ण* प्राणी है, जिसका अर्थ यह है कि हम *लक्ष्य या उद्देश्य से प्रेरित* होते हैं। इसलिए जब आपके पास कोई स्पष्ट लक्ष्य होता है और आप उसकी दिशा में हर दिन काम करते हैं, तो आप ख़ुश रहते हैं और अपने जीवन के नियंत्रण में महसूस करते हैं। इसका यह अर्थ भी है कि आजीवन लक्ष्य तय करना एक बहुत ही महत्वपूर्ण अनुशासन है।

प्रकृति की ओर देखें! पालतू कबूतर एक उल्लेखनीय पक्षी है। इसमें यह अतींद्रिय क्षमता होती है कि आप इसे इसके बसेरे से कितनी भी दूर ले जाएँ या किसी भी दिशा में ले जाएँ, यह दोबारा उड़कर अपने घर पहुँच सकता है। किसी पालतू कबूतर को इसके बसेरे से निकालकर एक पिंजरे में रख दें, पिंजरे पर कंबल ढँककर एक बक्से में रखें और फिर बक्से को एक बंद ट्रक में रख दें। फिर किसी भी दिशा में हज़ार मील दूर चले जाएँ और इसके बाद ट्रक से बक्सा बाहर निकालें और कंबल हटाकर कबूतर को पिंजरे से बाहर निकालें।

पालतू कबूतर फ़ौरन हवा में उड़ेगा, तीन चक्कर लगाएगा और फिर बिना किसी ग़लती के एक हज़ार मील दूर स्थित अपने बसेरे की ओर उड़ने लगेगा। दुनिया में यह इकलौता प्राणी है, जिसमें यह क्षमता है – सिवाय इंसान के। सिवाय *आपके*।

लक्ष्य तक पहुँचने की यह उल्लेखनीय क्षमता आपके मस्तिष्क में भी है; बस एक महत्वपूर्ण अंतर है। कबूतर *सहज बोध* से जान जाता है कि उसका घर किस दिशा में है। इसके बाद उसमें सीधे उस जगह पर पहुँचने की क्षमता होती है। इसके विपरीत, जब मनुष्य अपने मन में किसी लक्ष्य की प्रोग्रामिंग करता है, तो उसे यात्रा शुरू करने से पहले यह जानने की ज़रूरत नहीं होती कि वह किधर जाएगा या उस लक्ष्य को कैसे प्राप्त करेगा।

लेकिन किसी अतींद्रिय चमत्कारिक क्षमता से वह बिना किसी ग़लती के अपने लक्ष्य की दिशा में चलने लगेगा और लक्ष्य भी उसकी ओर चलने लगेगा।

इस आश्चर्यजनक तथ्य के बावजूद बहुत से लोग लक्ष्य तय करने में झिझकते हैं। वे कहते हैं, "मैं आर्थिक दृष्टि से स्वतंत्र तो होना चाहता हूँ, लेकिन मैं नहीं जानता कि मैं वहाँ तक कैसे पहुँचूँगा।" इसलिए वे आर्थिक सफलता का लक्ष्य ही तय नहीं करते हैं। अच्छी ख़बर यह है कि *आपको यह जानने की ज़रूरत भी नहीं है कि आप मंज़िल तक कैसे पहुँचेंगे।* आपको तो केवल यह तय करने की ज़रूरत है कि आप क्या प्राप्त करना चाहते हैं। इसके बाद आपके मस्तिष्क का लक्ष्य-निर्धारक यंत्र बिना कोई ग़लती किए आपको मंज़िल तक पहुँचने की सही राह दिखा देगा।

उदाहरण के लिए, आप यह तय करते हैं कि आप आदर्श नौकरी खोजने वाले हैं, जिसमें आप अच्छे लोगों के साथ काम करते हैं, जिन्हें आप पसंद करते हैं और जिनका आप सम्मान करते हैं तथा आप वहाँ ऐसे काम करते हैं, जो चुनौतीपूर्ण भी हैं और आनंददायक भी। आप इसके सटीक विवरण लिखते हैं कि आपका आदर्श पद और ऑफ़िस कैसा होगा और इसके बाद नौकरी खोजना शुरू करते हैं।

कुछ जगहों पर इंटरव्यू देने के बाद अक्सर आप सही समय पर सही जगह पहुँच जाएँगे और ख़ुद को सही कंपनी में सही पद पर पाएँगे। लगभग हर व्यक्ति को कभी-कभार यह अनुभव होता है। आप ऐसा संयोग से नहीं, बल्कि *जान-बूझकर* कर सकते हैं, बशर्ते आपको पूरी स्पष्टता से मालूम हो कि आप सचमुच क्या चाहते हैं।

लक्ष्य-प्राप्ती के सात पायदान

सात सरल पायदान हैं, जिन पर चढ़कर आप ज़्यादा तेज़ी से लक्ष्य तय कर सकते हैं और उन्हें साकार भी कर सकते हैं। लक्ष्य प्राप्त करने की ज़्यादा जटिल और विस्तृत विधियाँ भी होती हैं, लेकिन सात पायदानों की इस विधि से आप पहले से दस गुना ज़्यादा प्राप्त कर लेंगे और उम्मीद से ज़्यादा तेज़ी से प्राप्त करेंगे।

पायदान 1 : यह तय करें कि आप वास्तव में क्या चाहते हैं। पूरी तरह

स्पष्ट रहें। यदि आप अपनी आमदनी बढ़ाना चाहते हैं, तो सिर्फ़ "ज़्यादा पैसे कमाने" का लक्ष्य न बनाएँ; स्पष्ट धनराशि का लक्ष्य बनाएँ।

पायदान 2 : इसे लिख लें। अलिखित लक्ष्य सिगरेट के धुएँ जैसा होता है : यह उड़कर दूर चला जाता है और ओझल हो जाता है। यह अस्पष्ट और अमूर्त होता है। इसमें कोई शक्ति या प्रभाव नहीं होता। दूसरी ओर, लिखित लक्ष्य को आप देख सकते हैं, छू सकते हैं, पढ़ सकते हैं और आवश्यकता पड़ने पर उसमें संशोधन भी कर सकते हैं।

पायदान 3 : लक्ष्य प्राप्त करने की डेडलाइन तय करें। एक तार्किक समयावधि चुन लें। लिखें कि आप किस तारीख तक अपना लक्ष्य प्राप्त करना चाहते हैं। अगर लक्ष्य बड़ा है, तो अंतिम डेडलाइन तय करने के बाद एक और काम करें : इस बड़े लक्ष्य को छोटे-छोटे उप-लक्ष्यों में बाँट लें। आप आज जहाँ हैं और भविष्य में जहाँ पहुँचना चाहते हैं, उसके बीच के क़दमों के लिए छोटी-छोटी डेडलाइन्स तय कर लें।

डेडलाइन आपके मस्तिष्क को "लक्ष्य प्राप्त करने के लिए विवश" करती है। आपने देखा होगा कि किसी स्पष्ट डेडलाइन के दबाव में आप अक्सर ज़्यादा काम कर लेते हैं। यही आपके अवचेतन मन के साथ भी होता है। जब आप यह तय कर लेते हैं कि आप किसी निश्चित समयसीमा में कोई लक्ष्य प्राप्त करना चाहते हैं, तो वह भी ज़्यादा तेज़ी और कुशलता से काम करता है।

नियम यह है "लक्ष्य अयथार्थवादी नहीं होते हैं; अयथार्थवादी तो केवल डेडलाइन्स होती हैं।"

अगर आप डेडलाइन तक लक्ष्य प्राप्त न कर पाएँ, तो क्या करें? सरल है। दूसरी डेडलाइन तय कर लें। डेडलाइन सिर्फ़ एक "अनुमान" है। कई बार आप डेडलाइन से पहले ही लक्ष्य प्राप्त कर लेंगे, कई बार डेडलाइन पर करेंगे और कई बार डेडलाइन के बाद।

आपका हर लक्ष्य बाहरी परिस्थितियों की पृष्ठभूमि में साकार होता है। चूँकि ये परिस्थितियाँ बदल सकती हैं, इसलिए कई बार आपको अपनी डेडलाइन में हेर-फेर करना पड़ सकता है।

पायदान 4 : लक्ष्य प्राप्त करने के लिए हर उस चीज़ की सूची बना लें, जिसकी ज़रूरत आपको पड़ सकती है। जैसा हेनरी फ़ोर्ड ने कहा था, "बड़े से बड़ा लक्ष्य भी प्राप्त हो सकता है, बशर्ते आप उसे पर्याप्त छोटे क़दमों में बाँट लें।"

- लक्ष्य प्राप्त करने के लिए आपको किन अंदरूनी और बाहरी *बाधाओं व मुश्किलों* को पार करना होगा, उनकी भी सूची बना लें।
- लक्ष्य प्राप्त करने के लिए आपको किस अतिरिक्त *ज्ञान और योग्यताओं* की आवश्यकता होगी, उनकी भी सूची बना लें।
- लक्ष्य प्राप्त करने के लिए आपको किन *लोगों* के सहयोग और समर्थन की आवश्यकता होगी, उनकी भी सूची बना लें।
- लक्ष्य प्राप्त करने के लिए आपको क्या-क्या करना होगा, हर उस काम की सूची बना लें। फिर दिमाग़ में आने वाले नए कामों और ज़िम्मेदारियों को भी सूची में जोड़ते चले जाएँ। तब तक लिखते रहें, जब तक कि सूची पूरी न हो जाए।

पायदान 5 : क्रम और प्राथमिकता दोनों के आधार पर सूची को जमा लें। *क्रमबद्ध* सूची बनाने के लिए यह निर्णय लेना ज़रूरी होता है कि सबसे पहले कौन सा काम करना है, कौन सा काम दूसरे नंबर पर और कौन सा इसके बाद। दूसरी ओर, *प्राथमिकता* के आधार पर व्यवस्थित सूची में आप यह तय करते हैं कि ज़्यादा महत्वपूर्ण क्या है और कम महत्वपूर्ण क्या है।

कई बार क्रम और प्राथमिकता समान होती हैं, लेकिन प्रायः ऐसा नहीं होता। उदाहरण के लिए, यदि आप कोई विशेष व्यवसाय शुरू करना चाहते हैं, तो क्रम के हिसाब से पहला काम उससे संबंधित कोई पुस्तक ख़रीदना या कोर्स करना हो सकता है।

लेकिन आपके लिए सबसे महत्वपूर्ण है पूर्ण मार्केट रिसर्च पर आधारित बिज़नेस प्लान बनाना, जिसका इस्तेमाल करके आप सारे आवश्यक संसाधन जुटा सकें और अपना मनचाहा व्यवसाय शुरू कर सकें।

पायदान 6 : अपनी योजना पर तत्काल कार्य शुरू कर दें। पहला क़दम उठाएँ - फिर दूसरा क़दम उठाएँ और फिर तीसरा। चल पड़ें। जुट जाएँ।

तेज़ी से कार्य करें। देर न करें। याद रखें : टालमटोल न सिर्फ़ समय चुराती है; यह जीवन भी चुराती है।

जीवन में सफल और असफल लोगों के बीच केवल यह अंतर होता है कि विजेता *पहला क़दम* उठा लेते हैं। वे कर्म-केंद्रित होते हैं। जैसा *स्टार ट्रेक* में कहा जाता है, वे "साहस के साथ वहाँ जाते हैं, जहाँ कोई इंसान कभी नहीं गया।" विजेता सफलता की किसी प्रकार की गारंटी के बिना काम शुरू करने के इच्छुक होते हैं। वे असफलता और निराशा से नहीं घबराते हैं। वे हमेशा कर्म करने के लिए उद्यत रहते हैं।

पायदान 7 : हर दिन कोई ऐसा कार्य करें, जो आपको अपने प्रमुख लक्ष्य की दिशा में ले जाए। यह सफलता सुनिश्चित करने के लिए बहुत ही महत्वपूर्ण है : कोई न कोई कार्य करें, सप्ताह में सातों दिन, हर साल 365 दिन। *कोई भी* ऐसा कार्य करें, जो आपको अपने लक्ष्य के एक क़दम क़रीब ले जाए।

जब आप अपने लक्ष्य की दिशा में हर दिन क़दम उठाते हैं, तो आप *लय* में आ जाते हैं। निरंतर आगे बढ़ने की लय और गति से आपको प्रेरणा मिलती है, प्रोत्साहन मिलता है और ऊर्जा मिलती है। जब लय बन जाती है, तो लक्ष्य की दिशा में ज़्यादा क़दम उठाना आसान हो जाता है।

कुछ ही समय में आपमें लक्ष्य तय करने और प्राप्त करने का अनुशासन आ जाएगा। जल्द ही यह कार्य आसान और स्वचलित हो जाएगा। आप हर वक़्त अपने लक्ष्यों की दिशा में काम करने की आदत और अनुशासन विकसित कर लेंगे।

दस लक्ष्यों का अभ्यास

यह मेरे द्वारा खोजी गई लक्ष्य प्राप्त करने की बहुत ही सशक्त विधि है। मैं इसे दुनिया भर में सिखाता हूँ और हर दिन ख़ुद भी इसका अभ्यास करता हूँ।

एक कोरा काग़ज़ लेकर सबसे ऊपर "लक्ष्य" शब्द लिखें और आज की तारीख़ डाल लें। फिर, दस लक्ष्य लिख लें, जिन्हें आप अगले एक साल में प्राप्त करना चाहेंगे। आर्थिक, पारिवारिक और स्वास्थ्य संबंधी लक्ष्य

लिखने के साथ-साथ मकान या कार जैसी व्यक्तिगत संपत्तियों के लक्ष्य भी लिखें।

इस बारे में चिंता न करें कि आप इन लक्ष्यों को कैसे प्राप्त करेंगे। बस उन्हें फटाफट लिख डालें। आप चाहें, तो पंद्रह लक्ष्य भी लिख सकते हैं, लेकिन कम से कम दस लक्ष्य लिखना अनिवार्य है। इन्हें तीन से पाँच मिनट के भीतर लिख डालें।

एक लक्ष्य चुन लें

दस लक्ष्य लिखने के बाद कल्पना करें कि आप अपनी सूची के सभी लक्ष्य प्राप्त कर सकते हैं, बशर्ते आपमें प्रबल इच्छा हो और यह इच्छा पर्याप्त लंबे समय तक क़ायम रहे। यह भी कल्पना करें कि आपके पास "जादू की छड़ी" है, जिसे लहराकर आप चौबीस घंटों में अपनी सूची के किसी *एक* लक्ष्य को प्राप्त कर सकते हैं।

अगर आप अपनी सूची के किसी एक लक्ष्य को चौबीस घंटों में प्राप्त कर सकें, तो इस वक़्त किस लक्ष्य से आपके जीवन में *सबसे ज़्यादा फ़ायदा* होगा? कौन सा एक लक्ष्य बाक़ी लक्ष्यों की तुलना में आपके जीवन को ज़्यादा बदलेगा या बेहतर बनाएगा? कौन सा एक लक्ष्य बाक़ी लक्ष्यों को प्राप्त करने में सबसे ज़्यादा सहायता करेगा?

इस सवाल का आपका जवाब जो भी हो, उस लक्ष्य के चारों ओर गोला लगा लें। यह लक्ष्य आपका "प्रमुख निश्चित लक्ष्य" है। यह आपका केंद्र बिंदु और आपकी भावी गतिविधियों का व्यवस्थापक सिद्धांत है।

• • •

योजना बनाएँ

अपने लक्ष्य को स्पष्टता से लिखने और इसकी प्रगति मापने के पैमाने बनाने के बाद उसे प्राप्त करने की डेडलाइन तय करें। सारी मानसिक शक्तियों को लक्ष्य पाने पर केंद्रित करने के लिए आपके अवचेतन मन को डेडलाइन की आवश्यकता पड़ती है।

हर उस चीज़ की सूची बना लें, जो आप अपना लक्ष्य प्राप्त करने के लिए कर सकते हैं। क्रम और प्राथमिकता के आधार पर इस सूची को व्यवस्थित कर लें।

अपनी योजना के अगले सबसे महत्वपूर्ण या तार्किक क़दम को चुनें और उस पर तत्काल कार्य शुरू कर दें। पहला क़दम उठा लें। *कोई भी काम* करें। *कुछ भी* करें।

उस लक्ष्य पर हर दिन तब तक काम करने का संकल्प करें, जब तक कि वह लक्ष्य प्राप्त न हो जाए। इस पल के बाद आपके लिए "असफलता का विकल्प ही मौजूद नहीं रहता।" जब आप यह तय कर लें कि इस एक लक्ष्य से जीवन में सबसे ज़्यादा फ़ायदा हो सकता है और यही आपका प्रमुख निश्चित लक्ष्य है, तो इसके बाद यह संकल्प करें कि आप इस लक्ष्य की दिशा में कड़ी से कड़ी मेहनत करेंगे, ज़्यादा से ज़्यादा समय तक काम करेंगे और इसे प्राप्त करने तक कभी हार नहीं मानेंगे। केवल इसी निर्णय से आपका जीवन बदल जाएगा।

शुरू करने के लिए "विचारमंथन" करें

यहाँ एक और तकनीक दी जा रही है, जिसका उपयोग करके आप अपने सबसे महत्वपूर्ण लक्ष्य को प्राप्त करने की संभावना बहुत अधिक बढ़ा सकते हैं। यह रचनात्मक चिंतन तकनीक जितनी शक्तिशाली है, उतनी कोई दूसरी नहीं है। इस विधि से जितने ज़्यादा लोग अमीर बने हैं, उतने किसी दूसरे तरीक़े से नहीं बने।

एक और कोरा काग़ज़ लें। इसमें सबसे ऊपर अपना प्रमुख निश्चित लक्ष्य *सवाल* के रूप में लिखें। फिर ख़ुद को अनुशासित करके उस सवाल के कम से कम बीस जवाब लिख लें।

उदाहरण के लिए, यदि आपका लक्ष्य किसी निश्चित दिनांक तक निश्चित धनराशि कमाना है, तो आप अपना सवाल इस तरह लिखें, "मैं इस निश्चित दिनांक तक एक्स रुपए कैसे कमा सकता हूँ?"

फिर अनुशासित होकर इस सवाल के बीस जवाब लिखें। "विचारमंथन" का यह अभ्यास आपके मस्तिष्क को सक्रिय कर देगा, आपकी रचनात्मकता

को जाग्रत कर देगा और आपको ऐसे विचार सुझाएगा, जिनके बारे में आपने पहले कभी सोचा भी नहीं होगा।

शुरुआती पाँच जवाब आसान होंगे। अगले पाँच मुश्किल होंगे और आख़िरी दस जवाब तो इतने ज़्यादा मुश्किल होंगे कि आप कल्पना भी नहीं कर सकते, कम से कम पहली बार में तो नहीं कर सकते। बहरहाल, अनुशासन और इच्छाशक्ति का उपयोग करते हुए इस काम में तब तक जुटे रहें, जब तक कि आप कम से कम बीस जवाब न लिख लें।

बीस जवाब लिखने के बाद अपनी सूची को देखें और कोई एक जवाब चुन लें, जिस पर आप तत्काल काम शुरू करेंगे। जब आप अपनी सूची के किसी एक विचार पर काम शुरू कर देते हैं, तो इससे अन्य विचार उत्पन्न होते हैं, जो आपको दूसरे जवाबों पर कार्य करने के लिए प्रेरित करते हैं।

कारण और परिणाम का महान नियम

कारण और परिणाम के नियम की सबसे महत्वपूर्ण अवधारणा यह है : "विचार कारण हैं और परिस्थितियाँ परिणाम हैं।"

आपके जीवन की परिस्थितियाँ आपके विचारों का परिणाम हैं। जब आप अपने विचार बदल लेते हैं, तो आपका जीवन स्वतः ही बदल जाता है। आपका बाहरी संसार आपके आंतरिक संसार का दर्पण बन जाता है।

शायद विचारों के इतिहास में सबसे महान खोज यही है कि "आप वही बन जाते हैं, जिसके बारे में आप अधिकांश समय सोचते हैं।" यही नहीं, जॉन बॉइले ने कहा था, "आप लगातार जिस चीज़ के बारे में सोचते हैं, उसे आप पा सकते हैं।"

बहुत लोकप्रिय पुस्तक *थिंक एंड ग्रो रिच** 1939 में पहली बार प्रकाशित हुई थी और आज भी काफ़ी बिक रही है। इसके लेखक नेपोलियन हिल ने कहा था, "मनुष्य का मन जिसकी कल्पना कर सकता है और जिस पर विश्वास कर सकता है, उसे वह प्राप्त भी कर सकता है।"

जब आप अपने लक्ष्य के बारे में लगातार सोचते हैं और हर दिन

---

*हिन्दी अनुवाद, सोचिए और अमीर बनिए, मंजुल पब्लिशिंग हाउस।

उस पर काम करते हैं, तो आपके अधिकाधिक मानसिक संसाधन आपको उस लक्ष्य की ओर ले जाने - और लक्ष्य को आपकी ओर लाने - पर केंद्रित हो जाएँगे।

दैनिक लक्ष्य-निर्धारण का अनुशासन आपको शक्तिशाली, उद्देश्यपूर्ण और अजेय बना देगा। इससे आपमें आत्म-सम्मान, आत्म-विश्वास और आत्म-गौरव विकसित होगा। जब आप अपने लक्ष्यों की ओर ज़्यादा तेज़ी से बढ़ने लगेंगे, तो अंततः एक ऐसा समय आएगा, जब दुनिया की कोई ताक़त आपको नहीं रोक पाएगी।

अगले अध्याय में मैं यह स्पष्ट करूँगा कि उत्कृष्टता विकसित करने के लिए, आत्म-अनुशासन सबसे महत्वपूर्ण क़दम क्यों है और इसकी सहायता से आप अपने सभी भौतिक और भावनात्मक लक्ष्य कैसे प्राप्त कर सकते हैं।

कार्य अभ्यास :

1. आज ही पूरी स्पष्टता से तय करें कि आप अपने जीवन में *सचमुच* क्या चाहते हैं। इस तरह आप अपनी सफलता के प्रोग्राम को "सक्रिय" कर देते हैं और लक्ष्य प्राप्त करने के प्रोग्राम का पासवर्ड डाल देते हैं।
2. दस लक्ष्यों की सूची बनाएँ, जिन्हें आप निकट भविष्य में प्राप्त करना चाहते हैं। उन्हें वर्तमान काल में लिखें, जैसे आप उन्हें पहले ही प्राप्त कर चुके हों।
3. उस लक्ष्य को चुनें, जिसे प्राप्त करने से आपको जीवन में सबसे ज़्यादा फ़ायदा होगा। उस लक्ष्य को दूसरे काग़ज़ पर सबसे ऊपर लिख लें।
4. अपने लक्ष्य को प्राप्त करने के लिए आप क्या-क्या कर सकते हैं, उसकी सूची बना लें। अपनी इस सूची को क्रम और प्राथमिकता के आधार पर व्यवस्थित कर लें और फिर इस पर तत्काल कार्य शुरू कर दें।
5. विचारमंथन करते हुए बीस ऐसे विचार लिखें, जिनसे आपको अपने सबसे महत्वपूर्ण लक्ष्य को प्राप्त करने में सहायता मिल सकती है। फिर कम से कम एक विचार पर कार्य शुरू कर दें।
6. अपने सबसे महत्वपूर्ण लक्ष्य को प्राप्त करने के लिए हर दिन, हफ़्ते में सातों

दिन कुछ करने का संकल्प करें, जब तक कि आप कामयाब न हो जाएँ।

7. स्वयं को लगातार यह याद दिलाते रहें कि "असफलता का विकल्प ही मौजूद नहीं है।" चाहे जो हो जाए, सफल होने तक जुटे रहने का संकल्प करें।

अध्याय - 5

आत्म-अनुशासन और व्यक्तिगत उत्कृष्टता

*"हम वही बन जाते हैं, जो हम बार-बार करते हैं;
यानी उत्कृष्टता कोई कार्य नहीं, बल्कि एक आदत है।"*

-अरस्तू

आप अपनी सबसे बहुमूल्य संपदा हैं। आपका जीवन, आपकी योग्यताएँ और आपकी संभावनाएँ आपकी सबसे मूल्यवान वस्तुएँ हैं। इसलिए जीवन में आपका महान लक्ष्य अपनी संपूर्ण संभावना को साकार करना होना चाहिए, ताकि आप वह सब बन सकें, जो आप बन सकते हैं।

सीखने, विकास करने और अपनी संभावना को साकार करने की आपकी क्षमता असीम है। आज लोग सत्तर साल की उम्र के बाद भी हाई स्कूल और कॉलेज की पढ़ाई पूरी कर रहे हैं, नए विषय पढ़ रहे हैं और नई क्षमताएँ विकसित कर रहे हैं। सीखने और याद करने की आपकी क्षमता जीवन भर क़ायम रह सकती है, बशर्ते आप अपने मस्तिष्क को तरोताज़ा, चौकन्ना और चैतन्य रखें, ताकि यह इसके सर्वश्रेष्ठ स्तर पर काम करे।

पैसे कमाने की योग्यता आपकी सबसे मूल्यवान आर्थिक संपत्ति है। कार्य करने की योग्यता जीवन भर धन का मूल स्रोत होती है। हो सकता है कि आपका मकान चला जाए, कार चली जाए, बैंक अकाउंट चला जाए और हर संपत्ति चली जाए, लेकिन अगर आपमें पैसे कमाने की योग्यता

है, तो आप कुछ महीनों और वर्षों में यह सब - और इससे भी ज़्यादा - दोबारा कमा सकते हैं।

आपका सबसे बड़ा निवेश

अधिकांश लोगों को इस बात का एहसास ही नहीं होता और वे पैसे कमाने की योग्यता को नज़रअंदाज़ कर देते हैं। वे यह भूल जाते हैं कि पैसे कमाने की क्षमता को इस बिंदु तक विकसित करने में आपकी पूरी ज़िंदगी लगी है। अपने हुनर को सीखने और योग्यताओं को विकसित करने के लिए आपने शिक्षा, अनुभव और कड़ी मेहनत का जितना निवेश किया है, उस सबसे यह संपत्ति तैयार हुई है।

आपकी पैसे कमाने की योग्यता काफ़ी हद तक मांसपेशी की तरह होती है। नियमित कसरत करते रहने से इसकी शक्ति वर्षों तक बढ़ सकती है। इसका विपरीत भी सत्य है। यदि इसे यूँ ही छोड़ दिया जाए या उपेक्षित कर दिया जाए, तो मांसपेशियों की तरह ही आपकी कमाने की योग्यता भी कमज़ोर पड़ सकती है या घट सकती है, क्योंकि आपने इसका विकास नहीं किया।

दूसरे शब्दों में, आपकी कमाने की योग्यता एक ऐसी संपत्ति है, जिसका *मूल्य घट भी* सकता है और *बढ़ भी* सकता है। बढ़ती हुई संपत्ति वह होती है, जिसका मूल्य और कैशफ़्लो निरंतर निवेश और सुधार की बदौलत हर वर्ष बढ़ता है। दूसरी ओर, घटती हुई संपत्ति वह होती है, जिसका मूल्य समय के साथ कम होता जाता है और अंततः उस बिंदु पर पहुँच जाता है, जहाँ इसे "शून्य" क़रार दिया जाता है, क्योंकि इसका कोई मूल्य ही नहीं रह जाता। यह विकल्प चुनना आपके हाथ में है कि आपकी कमाने की योग्यता महीने दर महीने, साल दर साल बढ़े या घटे।

आप प्रेसिडेंट हैं

कल्पना करें कि आप अपने "पर्सनल सर्विसेज़ कॉरपोरेशन" के प्रेसिडेंट हैं। मान लें कि आप अपनी कंपनी यानी ख़ुद को शेयर बाज़ार में सूचीबद्ध कराने जा रहे हैं। क्या आप यह कह सकते हैं कि आपकी कंपनी *ग्रोथ* स्टॉक (तीव्र विकास करने वाली कंपनी) की श्रेणी में आती है, जिसका मूल्य और

कमाने की क्षमता हर साल लगातार बढ़ रही है?

या फिर आप अपना वर्णन ऐसी कंपनी के रूप में करेंगे, जिसका मूल्य और आमदनी स्थिर हो चुकी है या घट रही है? क्या आप "यू, इंक." को उत्कृष्ट शेयर बताकर इसमें निवेश करने की सलाह देंगे? अगर हाँ, तो क्यों? अगर नहीं, तो क्यों नहीं? स्पष्ट कारण बताएँ।

जो आपको यहाँ तक लाया है, वह आपको इसके आगे नहीं ले जा पाएगा

कुछ लोगों का मूल्य वास्तव में हर साल कम हो रहा है। वे अपने ज्ञान और योग्यताओं को लगातार नहीं बढ़ा रहे हैं, इसलिए उनकी कमाने की क्षमता लगातार कम हो रही है। उन्हें यह एहसास ही नहीं है कि वर्तमान में उनके पास जो ज्ञान और योग्यता हैं, वह तेज़ी से पुराने पड़ रहे हैं। इसकी जगह पर नया ज्ञान और योग्यताएँ आ रही हैं, जो यदि आपमें नहीं हैं और किसी दूसरे में हैं, तो इस बात का स्पष्ट ख़तरा है कि आपके प्रतिस्पर्धी आपसे आगे निकल जाएँगे।

शीर्षस्थ 20 प्रतिशत लोगों के समूह में शामिल हों

अध्याय 1 में मैंने ज़िक्र किया था कि 80/20 का नियम आमदनी पर लागू होता है : हमारे समाज के शीर्षस्थ 20 प्रतिशत लोग 80 प्रतिशत संपत्ति कमाते हैं और उसे नियंत्रित करते हैं। *फ़ोर्ब्स, फ़ॉरचून, बिज़नेस वीक*, द *वॉल स्ट्रीट जर्नल* और आयकर विभाग आदि का अनुमान है कि अमेरिका के शीर्षस्थ 1 प्रतिशत लोग 33 प्रतिशत संपत्ति को नियंत्रित करते हैं।

आमदनी की असमानता में सबसे रोचक बात यह है कि अमेरिका के अधिकांश करोड़पति, अरबपति और खरबपति *पहली* पीढ़ी के हैं। यानी उन्होंने बहुत कम संपत्ति या शून्य से जीवन शुरू किया था और वे ख़ुद के दम पर ही अमीर बने।

अमेरिका में आमदनी बढ़ाने की प्रचुर संभावनाएँ हैं। इसका मतलब है कि आप कभी भी आमदनी के निचले स्तर से ऊँचे स्तर पर पहुँच सकते हैं। आज जो लोग शीर्षस्थ 20 प्रतिशत में आते हैं, वे कभी सबसे नीचे

के 20 प्रतिशत में आते थे। लेकिन उसके बाद उन्होंने अपने समय और जीवन में कुछ भिन्न किया, जिसकी बदौलत वे आर्थिक सफलता की लिफ़्ट में चढ़ने में कामयाब हुए।

आपकी योग्यता पर कोई बंधन नहीं है

अमेरिका में औसत आमदनी हर साल लगभग 3 प्रतिशत की दर से बढ़ती है। मुद्रास्फीति और जीवन-यापन की लागत भी इतनी ही तेज़ी से बढ़ रही है। इसका मतलब है कि जिन लोगों की आमदनी 3 प्रतिशत प्रति वर्ष की दर से बढ़ रही है, वे आगे नहीं पहुँच सकते। वे तो बस ऐसी *नौकरी* करते हैं, जिसे *"दिवालिया होने से कुछ ऊपर"* की श्रेणी में रखा जा सकता है।

लेकिन सच तो यह है कि आपसे बेहतर कोई नहीं है और आपसे ज़्यादा चतुर भी कोई नहीं है। यदि कोई आज आपसे बेहतर प्रदर्शन कर रहा है, तो यह केवल इस बात का प्रमाण है कि उसने कारण और परिणाम के नियम को अपने काम में उतारना सीख लिया है। संभवतः वह वही कार्य कर रहा है, जो दूसरे सफल लोग कर चुके हैं। "सीखना और करना" अपने जीवन में कारण और परिणाम के नियम को उतारने का तरीक़ा है।

व्यक्तिगत उत्कृष्टता प्राप्त करना एक ऐसा निर्णय है, जिसे आप लेते हैं - या नहीं लेते हैं। लेकिन जब चुने हुए क्षेत्र में उत्कृष्टता के प्रति समर्पण नहीं होता है, तो आप स्वतः ही औसत - या घटिया - प्रदर्शन करते हैं। कोई भी संयोग से या हर दिन ऑफ़िस जाकर ही उत्कृष्ट नहीं बनता है। उत्कृष्टता के लिए एक निश्चित निर्णय लेने और आजीवन समर्पण करने की आवश्यकता होती है।

इक्कीसवीं सदी की कुंजियाँ

ज्ञान और योग्यता इक्कीसवीं सदी की कुंजियाँ हैं। अपनी सर्वश्रेष्ठ संभावनाओं को साकार करने और अपने क्षेत्र में शिखर पर पहुँचने के लिए आपको जीवन भर अनुशासित होना पड़ता है। मानसिक चुस्ती भी शारीरिक चुस्ती जैसी ही होती है : यदि आप दोनों में से किसी को भी प्राप्त करना चाहते हैं, तो आपको जीवन भर उस पर मेहनत करनी पड़ती है। आप यह काम कभी छोड़ नहीं सकते। अगर आप शीर्षस्थ 20 प्रतिशत में शामिल होना

चाहते हैं और वहीं बने रहना चाहते हैं, तो इसके लिए आपको अपने पूरे करियर (और जीवन के दूसरे क्षेत्रों) में लगातार सीखना और प्रगति करना होगा – हर दिन, सप्ताह और महीने। ज़्यादा कमाने के लिए आपको ज़्यादा *सीखना* होगा।

अब्राहम लिंकन ने एक बार लिखा था, "कुछ लोग अमीर बन चुके हैं, यह इस बात का प्रमाण है कि बाक़ी लोग भी यह काम कर सकते हैं।"

दूसरों ने जो किया है, वह आप भी कर सकते हैं – बशर्ते आप यह सीख लें कि *कैसे*। जो भी आज शिखर पर है, वह कभी तलहटी में था। ग़रीब परिवारों से आए या औसत परिस्थितियों में पले-बढ़े कई लोग आगे चलकर अपने क्षेत्र के सबसे विख्यात लोगों में से एक बने। और जो काम लाखों-करोड़ों लोगों ने किया है, वह आप भी कर सकते हैं। जैसा दार्शनिक बरट्रेंड रसेल ने लिखा था, "किसी चीज़ को करना संभव है, इसका सर्वश्रेष्ठ प्रमाण यह है कि कोई दूसरा उसे पहले ही कर चुका है।"

साधारण से असाधारण तक

अक्सर आप देखते हैं कि कई लोग आपसे कम बुद्धिमान या गुणी होने के बावजूद जीवन में उल्लेखनीय सफलता प्राप्त कर लेते हैं। जब आपसे *कमअक्ल* व्यक्ति आपसे बेहतर प्रदर्शन करता है, तो आप बौखला जाते हैं। इससे ज़्यादा ग़ुस्सा दूसरी किसी बात पर नहीं आता और आप सोचने लगते हैं : ऐसा कैसे हो सकता है ?

जवाब सरल है : जीवन के किसी मोड़ पर उन्हें यह एहसास हो गया कि व्यक्तिगत और व्यावसायिक प्रगति ही सफलता की कुंजी है। फिर उन्होंने अपना पूरा जीवन सीखने के प्रति समर्पित कर दिया।

अच्छी ख़बर यह है कि लगभग हर महत्वपूर्ण योग्यता *सीखी जा सकती है।* हर व्यावसायिक योग्यता सीखी जा सकती है। जो भी व्यवसाय के किसी क्षेत्र में माहिर है, वह कभी उस क्षेत्र के बारे में निपट अज्ञानी था। बेचने की योग्यता भी सीखी जा सकती है। हर शीर्षस्थ सेल्समैन कभी नौसिखिया था और कॉल करने या सेल क्लोज़ करने में असमर्थ था। पैसे कमाने की सारी योग्यताएँ भी सीखी जा सकती हैं। लगभग हर दौलतमंद व्यक्ति

कभी ग़रीब था। इसका मतलब यह है कि लक्ष्य प्राप्त करने के लिए आपको जो भी सीखने की आवश्यकता है, आप उसे सीख सकते हैं।

निर्णय लें

अपने क्षेत्र के सबसे योग्य, सम्मानित और धनवान लोगों में से एक बनने की दिशा में आगे बढ़ने का शुरुआती बिंदु बहुत सरल है : *निर्णय लें!*

यह कहा गया है कि आपके जीवन में हर प्रमुख परिवर्तन तब होता है, जब आपके मस्तिष्क में कोई नया विचार आता है और आप पहले से भिन्न चीज़ करने का निर्णय लेते हैं। मसलन आप अपनी शिक्षा पूरी करने, योग्यता बढ़ाने या किसी अच्छे कॉलेज में पढ़ने का निर्णय लेते हैं। आप कोई नया व्यवसाय प्रारंभ करने का निर्णय लेते हैं। आप किसी ख़ास कंपनी या करियर में जाने का निर्णय लेते हैं। आप किसी ख़ास तरीक़े से पैसा निवेश करने का निर्णय लेते हैं। और विशेष रूप से, आप अपने क्षेत्र में सर्वश्रेष्ठ बनने का निर्णय लेते हैं।

बहुत से लोग कहते हैं कि वे *ख़ुश, स्वस्थ, छरहरे* और *अमीर* बनना चाहते हैं। लेकिन जैसा मैंने अध्याय 4 में बताया था, केवल *इच्छा* और *आशा करना* ही काफ़ी नहीं है। आपको यह दृढ़ और अटल निर्णय लेना पड़ता है कि अपने तय लक्ष्यों को प्राप्त करने के लिए आप हर क़ीमत चुकाएँगे। उसके लिए आपको चाहे जितनी दूर तक जाना हो, आप उतनी दूर तक जाएँगे। आपको यह निर्णय लेकर पीछे के मानसिक पुलों को जलाना होगा। स्वयं पर और अपनी योग्यता पर तब तक मेहनत करने का संकल्प करें, जब तक कि आप शीर्षस्थ 20 प्रतिशत – या उससे ऊपर के समूह में न पहुँच जाएँ।

अनुयायियों का नहीं, मुखियाओं का अनुसरण करें

जब आप अपने क्षेत्र के सर्वश्रेष्ठ व्यक्तियों में से एक बनने का निर्णय लें, तो अपने चारों ओर देखकर उन शीर्षस्थ लोगों को पहचानें, जो पहले से ही शिखर पर हैं :

- उनमें कौन से गुण समान हैं ?
- वे अपनी दिनचर्या की योजना कैसे बनाते हैं ?
- वे कैसे कपड़े पहनते हैं ?
- वे कैसे चलते, बोलते और व्यवहार करते हैं ?
- वे कौन सी पुस्तकें पढ़ते हैं ?
- वे अपना ख़ाली समय कैसे बिताते हैं ?
- वे किसके साथ उठते-बैठते हैं ?
- वे कौन से कोर्स कर चुके हैं ?
- वे अपनी कार में कौन से ऑडियो प्रोग्राम्स सुनते हैं ?

इन चंद सवालों को पूछने से आपको यह पता चल सकता है कि आख़िर सफल लोग ऐसा क्या कर रहे हैं, जो आपको भी करना चाहिए। देखिए, आप उस लक्ष्य को नहीं बेध सकते, जो आपको दिखता ही न हो।

सही रोल मॉडल चुनने से भी आपके भविष्य पर बहुत प्रभाव पड़ सकता है। हारवर्ड के डॉ. डेविड मैक्लीलैंड *द एचीविंग सोसायटी* के लेखक हैं और उनका निष्कर्ष था कि "रेफ़रेंस ग्रुप" यानी संदर्भ समूह का चुनाव जीवन में आपकी 95 प्रतिशत सफलता और उपलब्धि को तय कर सकता है। आपके संदर्भ समूह में वे लोग आते हैं, जिनके बारे में आप महसूस करते हैं कि वे "मेरे जैसे" हैं। आपकी स्वाभाविक प्रवृत्ति यह होती है कि आप स्वयं को जिन लोगों जैसा मानते हैं और जिनके साथ ज़्यादातर समय रहते हैं, उनकी पोशाक, मान्यताओं और जीवनशैली को अपनाएँ।

बाज़ों के साथ उड़ें

कुछ वर्ष पहले मेरे एक सेमिनार में हिस्सा लेने वाले सदस्य ने मुझे यह कहानी सुनाई। बॉब बार्टन ने बताया कि उसने बीस साल की उम्र के बाद एक बड़ी कंपनी में काम शुरू किया। उसकी शाखा में लगभग बत्तीस सेल्सपीपुल थे। यह उसका पहला वास्तविक काम था और वह सबसे नीचे से शुरू कर रहा था। चूँकि वह नया था, इसलिए वह जूनियर सेल्सपीपुल के साथ उठता-बैठता था। जैसी कहावत है, "एक जैसे पंख वाले पक्षी एक साथ उड़ते हैं।"

एक-दो महीने बाद बॉब ने ग़ौर किया कि ऑफ़िस के शीर्षस्थ सेल्सपीपुल भी एक-दूसरे के साथ ही उठते-बैठते थे। वे जूनियर सेल्सपीपुल के साथ समय नहीं बिताते थे। इसके अलावा, वे अपने समय का उपयोग भी *अलग तरीक़े से* करते थे। जब बॉब सुबह काम पर पहुँचता था, तो शीर्षस्थ सेल्सपीपुल पहले से ही वहाँ रहते थे। वे उस समय अपने दिन की योजना बनाते थे और फ़ोन करके अपॉइंटमेंट लेते थे। बॉब ने इस बात पर भी ग़ौर किया कि जूनियर सेल्सपीपुल देर से ऑफ़िस आते थे। इसके अलावा, उनके पास दिन की कोई योजना नहीं होती थी। वे तो बस कॉफ़ी पीते थे, अख़बार पढ़ते थे और दिन भर सेल्स कॉल न करने के बहाने बनाते थे।

सर्वश्रेष्ठ लोगों से सीखें

बॉब ने तय किया कि वह भी ऑफ़िस के शीर्षस्थ सेल्सपीपुल जैसी आदतें डालेगा। उसने उनकी पोशाक और हुलिए को ग़ौर से देखा। फिर उसने भी वैसी ही पोशाक और हुलिया अपनाने का संकल्प किया। हर सुबह वह अपने घर में दर्पण के सामने खड़े होकर ख़ुद से पूछता था, "क्या मैं अपने ऑफ़िस के शीर्षस्थ सेल्सपीपुल जैसा दिखता हूँ ?"

यदि जवाब "नहीं" होता था, तो वह कपड़े बदल लेता था। वह यह काम तब तक करता था, जब तक कि उसे यह महसूस नहीं होता था कि वह सर्वश्रेष्ठ लोगों जैसा दिख रहा है। इसके अलावा उसने सर्वश्रेष्ठ लोगों की आदतों का भी अनुकरण किया। वह जल्दी ऑफ़िस आने लगा। वह हर दिन साढ़े आठ बजे तक दिन भर की योजना बना लेता था और फिर प्रॉस्पेक्ट्स से मिलने चल देता था।

एक दिन बॉब ने एक शीर्ष सेल्सपर्सन से पूछा कि उसे किस पुस्तक या ऑडियो प्रोग्राम से सहायता मिल सकती है। उसे यह जानकर सुखद आश्चर्य हुआ कि शीर्षस्थ लोग आत्म-सुधार के क्षेत्र में दूसरों की सहायता करने के लिए हमेशा तत्पर रहते हैं। बॉब ने शीर्ष सेल्सपर्सन की सलाह पर अमल किया। उसने पुस्तक तुरंत ख़रीद ली और ऑडियो प्रोग्राम के पैसे भेज दिए। उसने शीर्ष सेल्सपर्सन को बता दिया कि उसने पुस्तक पढ़ ली है और ऑडियो प्रोग्राम सुन लिया है। तब शीर्ष सेल्सपर्सन ने उसे बताया कि इसके बाद उसे कौन सी पुस्तकें पढ़नी चाहिए और कौन से ऑडियो प्रोग्राम सुनने चाहिए। बॉब ने उसकी

हर सलाह पर अमल किया।

वही करें, जो शीर्षस्थ लोग करते हैं

बॉब ने एक अन्य शीर्ष सेल्सपर्सन से पूछा कि वे अपने दिन की योजना कैसे बनाते हैं। उस सेल्सपर्सन ने बॉब को अपना समय प्रबंधन का तरीक़ा सिखा दिया। इसके बाद बॉब भी अपने दिन की योजना उसी तरह बनाने लगा, जिस तरह शीर्षस्थ सेल्सपीपुल बनाते थे। इन शीर्षस्थ सेल्सपीपुल को रोल मॉडल बनाने और उनका यथासंभव अनुकरण करने का बहुत प्रभाव हुआ। बॉब ज़्यादा अपॉइंटमेंट्स लेने लगा, ज़्यादा प्रॉस्पेक्ट्स से मिलने लगा और ज्यादा बिक्री भी करने लगा। छह महीनों के भीतर ही वह भी ऑफ़िस के शीर्षस्थ सेल्सपीपुल में से एक बन गया।

लेकिन वास्तव में वह इससे पहले ही शीर्ष सेल्सपीपुल के समूह में पहुँच गया था। शीर्ष सेल्सपीपुल उसे कॉफ़ी और लंच के लिए आमंत्रित करते रहते थे। इस तरह वह जूनियर लोगों की श्रेणी से ऊपर पहुँचकर शीर्षस्थ समूह का हिस्सा बन गया। अगले साल बॉब एक राष्ट्रीय बिक्री सम्मेलन में गया, जहाँ वह पूरे देश के बहुत से शीर्षस्थ सेल्सपीपुल से मिला। उसका एकसूत्रीय अभियान उन्हें खोजना और उनसे सलाह माँगना था : वे किन पुस्तकों को पढ़ने की सलाह देते हैं ? वे किन ऑडियो प्रोग्राम्स की अनुशंसा करते हैं ? वे किन सेमिनार्स में हिस्सा लेते हैं ? अपने बिक्री व्यवसाय को बनाने में उन्हें किन रणनीतियों से सबसे ज़्यादा सहायता मिली ?

सलाह पर अमल करें

बॉब ने एक ऐसी चीज़ की, जो बहुत कम लोग करते हैं : उसने सलाह पर *अमल किया*। उसने सलाह पर तत्काल काम शुरू कर दिया और सलाह देने वाले लोगों को यह बता भी दिया।

चार साल के भीतर ही बॉब देश के सर्वश्रेष्ठ सेल्सपीपुल में से

एक बन गया। उसके मित्र और सहयोगी भी बदल गए। अब वह अपनी और दूसरी शाखाओं के अन्य शीर्ष सेल्सपीपुल के साथ उठता-बैठता था। उसकी आमदनी कई गुना बढ़ चुकी थी। वह शानदार कपड़े पहनता था, नई कार चलाता था, सुंदर घर में रहता था और उसकी एक अद्‌भुत पत्नी भी थी। उसका कहना था कि इस पूरी उपलब्धि का श्रेय एक छोटी सी बात को दिया जा सकता है : शीर्षस्थ लोगों से सलाह लेना और उस पर अमल करना।

लेकिन एक विचित्र बात पर ग़ौर करें : जब बॉब शीर्षस्थ लोगों से सलाह लेने गया, जो साल दर साल सेल्स अवॉर्ड्स जीत रहे थे, तो उन सभी ने बॉब से एक ही बात कही : वह पहला व्यक्ति था, जिसने उनसे सलाह माँगी। किसी दूसरे ने पहले कभी उनसे यह नहीं पूछा था कि वे इतने सफल क्यों हैं।

सभी जवाब खोजे जा चुके हैं

यहाँ एक महान खोज बताई जा रही है : सभी जवाब खोजे जा चुके हैं। सफलता के सभी मार्गों का पता लगाया जा चुका है। आपको अपने क्षेत्र में शिखर पर पहुँचने के लिए जो कुछ भी सीखने की ज़रूरत है, वह हज़ारों लोग पहले ही सीख चुके हैं। यदि आप उनसे सलाह माँगेंगे, तो वे आपको सलाह अवश्य देंगे। सफल लोग सफलता पाने में दूसरों की सहायता करने के लिए तत्पर रहते हैं। इतने तत्पर कि इसकी ख़ातिर वे अपने फ़ोन कॉल्स को कुछ समय रोक देंगे, बाक़ी अपॉइंटमेंट्स रद्‌द कर देंगे और अपने काम को एक ओर रख देंगे। लेकिन यह सब तब होगा, जब *आप सलाह माँगेंगे*। और हाँ, जब वे आपको सलाह दें, तो उस पर *अमल करना न भूलें*।

यदि आप सीधे उनसे नहीं पूछ सकते, तो उनकी पुस्तकें पढ़ें। उनके भाषणों और सेमिनार में जाएँ। सफल लोगों के ऑडियो प्रोग्राम्स सुनें। कई बार आप ई-मेल भेजकर भी सलाह माँग सकते हैं। सर्वश्रेष्ठ लोगों से सीखें।

ऊँची आमदनी का लक्ष्य बनाएँ

अगर आपका लक्ष्य अपने क्षेत्र में पैसे कमाने वाले शीर्षस्थ 20 प्रतिशत लोगों में शामिल होना है, तो आपको सबसे पहले तो यह पता लगाना

चाहिए कि शीर्षस्थ 20 प्रतिशत लोग आज कितना कमा रहे हैं। यह जानकारी उपलब्ध है। बस पूछते रहें। उद्योग के आँकड़ों की जाँच करें। गूगल पर सर्च करें। अगर आप तलाश करेंगे, तो आपको यह जानकारी मिल सकती है।

अपनी आमदनी का लक्ष्य तय करने के बाद उसे लिख लें। फिर उसे प्राप्त करने की योजना बनाएँ और इस दिशा में हर दिन काम करें। तब तक न रुकें, जब तक कि आप वहाँ पहुँच न जाएँ।

व्यवसाय और बिक्री में ऊँची आमदनी कमाने का रहस्य बहुत सरल है : *सीखो और करो।* कार में जैक लगाकर उसे ऊपर उठाते समय जो करते हैं, वही करें - एक बार में एक पेंच घुमाएँ। जब भी आप कोई नई योग्यता सीखकर उस पर अमल करने लगते हैं, तो आपकी कमाने की योग्यता बढ़ जाती है - और स्थिर हो जाती है। अगर आप अपने कमाने की योग्यता को लगातार बढ़ाते रहेंगे, तो आप ज़्यादा ऊँचे स्तर पर पहुँचने लगेंगे, जहाँ से नीचे फिसलना संभव नहीं है।

स्वयं में निवेश करने के 3 प्रतिशत फ़ॉर्मूले को आज़माएँ

अपनी आजीवन सफलता सुनिश्चित करने के लिए आज ही यह निर्णय लें कि आप अपनी 3 प्रतिशत आमदनी का निवेश स्वयं में करेंगे। यह आजीवन ज्ञानार्जन की जादुई संख्या प्रतीत होती है। *अमेरिकन सोसायटी फ़ॉर ट्रेनिंग एंड डेवलपमेंट* के अनुसार हर उद्योग की सबसे लाभदायक 20 प्रतिशत कंपनियाँ अपने स्टाफ़ के प्रशिक्षण और विकास में 3 प्रतिशत आमदनी का निवेश करती हैं। तो फिर आप भी ऐसा ही क्यों न करें? आज ही अपनी 3 प्रतिशत आमदनी का निवेश स्वयं में करें, ताकि आपके मूल्य में वृद्धि हो सके और आपकी कमाने की क्षमता लगातार बढ़ सके।

यदि आपकी वार्षिक आमदनी का लक्ष्य 50,000 डॉलर है, तो उसका 3 प्रतिशत हुआ 1,500 डॉलर। आपको हर वर्ष अपने ज्ञान और योग्यताओं को बढ़ाने तथा उनके नवीनीकरण के लिए इतना निवेश करना चाहिए। यदि आपकी आमदनी का *लक्ष्य* 1,00,000 डॉलर है, तो हर साल

स्वयं में 3,000 डॉलर का निवेश करने का संकल्प करें, ताकि आप आमदनी के उस स्तर तक पहुँच सकें।

पुरस्कार असाधारण है

कुछ वर्ष पहले मैं डेट्रॉइट में एक सेमिनार कर रहा था। ब्रेक में लगभग तीस वर्षीय एक युवक मुझसे मिलने आया। उसने मुझे बताया कि वह दस साल पहले मेरे सेमिनार में पहली बार आया था। सेमिनार में मैंने "3 प्रतिशत के नियम" के बारे में बताया था। उस वक़्त उसकी हालत बहुत ख़राब थी। वह कॉलेज की पढ़ाई पूरी नहीं कर पाया था, माता-पिता के घर पर रह रहा था, पुरानी खटारा कार चला रहा था और ऑफ़िसों में सामान बेचकर 20,000 डॉलर सालाना कमा रहा था।

सेमिनार के बाद उसने 3 प्रतिशत के नियम पर चलने का निर्णय लिया। उसने तुरंत अमल किया। उसने हिसाब लगाया कि 20,000 डॉलर की आमदनी के हिसाब से उसे 600 डॉलर ख़र्च करना चाहिए। वह बिक्री से संबंधित पुस्तकें ख़रीदने लगा और उन्हें हर दिन पढ़ने लगा। उसने बिक्री और समय-प्रबंधन पर दो ऑडियो-लर्निंग प्रोग्राम्स में भी निवेश किया। वह एक सेल्स सेमिनार में गया। इस तरह स्वयं को बेहतर बनाने के लिए उसने पूरे 600 डॉलर ख़र्च कर दिए।

उस वर्ष उसकी आमदनी 20,000 डॉलर से बढ़कर 30,000 डॉलर हो गई- यानी 50 प्रतिशत की वृद्धि। उसने कहा कि यह आशातीत वृद्धि उन नई तकनीकों की वजह से हुई, जो उसने पुस्तकों और ऑडियो प्रोग्राम्स से सीखी थीं। अगले वर्ष उसने स्वयं में 30,000 डॉलर के 3 प्रतिशत यानी 900 डॉलर का निवेश किया। उस वर्ष उसकी आमदनी 30,000 डॉलर से बढ़कर 50,000 डॉलर हो गई। उसके मन में विचार आया, "अगर 3 प्रतिशत के निवेश से मेरी आमदनी 50 प्रतिशत बढ़ जाती है, तो 5 प्रतिशत के निवेश से क्या होगा ?"

लक्ष्यों को ज़्यादा ऊँचा करते रहें

अगले साल उसने नई बातें सीखने में अपनी 5 प्रतिशत आमदनी यानी 2,500 डॉलर का निवेश किया। वह ज़्यादा सेमिनार्स में गया। उसने देश के दूसरे छोर पर हो रहे एक सम्मेलन में हिस्सा लिया। उसने ज़्यादा ऑडियो और वीडियो प्रोग्राम्स ख़रीदे। इसके अलावा, उसने एक

पार्ट-टाइम कोच भी नियुक्त कर लिया। उस साल उसकी आमदनी *दोगुनी* यानी 1,00,000 डॉलर हो गई।

उसके बाद उसने जुए की तरह "सब कुछ" दाँव पर लगाने का फ़ैसला किया और स्वयं में निवेश बढ़ाकर 10 प्रतिशत प्रति वर्ष कर लिया। उसने मुझे बताया कि तब से वह लगातार हर वर्ष स्वयं में 10 प्रतिशत निवेश कर रहा है।

मैंने उससे पूछा, "10 प्रतिशत आमदनी स्वयं में निवेश करने का आपकी आमदनी पर क्या असर हुआ?"

उसने मुस्कुराकर कहा, "पिछले साल मेरी व्यक्तिगत आमदनी दस लाख डॉलर से ज़्यादा थी। और मैं अब भी हर साल अपनी 10 प्रतिशत आमदनी का निवेश स्वयं में करता हूँ।"

मैंने कहा, "यह तो बहुत ज़्यादा पैसा है। आप अपने व्यक्तिगत विकास पर इतना सारा पैसा ख़र्च कैसे कर लेते हैं?"

उसने कहा, "यह मुश्किल है! मुझे जनवरी से ही इस काम में जुटना पड़ता है, ताकि साल के अंत तक पूरा पैसा ख़त्म हो जाए। मैंने एक इमेज कोच, एक सेल्स कोच और एक स्पीकिंग कोच रख लिया है। मेरे घर में एक बड़ी लाइब्रेरी है, जिसमें बिक्री और व्यक्तिगत सफलता से संबंधित लगभग हर पुस्तक, ऑडियो प्रोग्राम और वीडियो प्रोग्राम है। मैं अपने क्षेत्र से संबंधित राष्ट्रीय और अंतर्राष्ट्रीय सम्मेलनों में हिस्सा लेता हूँ। और मेरी आमदनी हर साल बढ़ रही है।"

सर्वश्रेष्ठ बनने के लिए तीन सरल क़दम

अपने क्षेत्र के शीर्षस्थ लोगों में से एक बनने के लिए अनुशासन और मेहनत की सबसे ज़्यादा ज़रूरत होती है। अपने क्षेत्र में सर्वश्रेष्ठ बनने के लिए आपको तीन सरल क़दमों पर अमल करना होता है :

1. *हर दिन एक घंटे तक अपने क्षेत्र से संबंधित पुस्तकें पढ़ें।* टी.वी. और रेडियो बंद कर दें। अख़बार एक तरफ़ रख दें। हर दिन सुबह-सुबह एक घंटे तक अपने क्षेत्र से संबंधित कोई पुस्तक या सामग्री पढ़ें।

2. *कार चलाते समय शैक्षणिक ऑडियो प्रोग्राम्स सुनें।* कुछ देर सुनने के बाद बीच में ही प्रोग्राम रोक दें, ताकि आप सुनी हुई बातों पर *मनन* कर सकें और यह *सोच* सकें कि आप उन विचारों पर कैसे अमल कर सकते हैं।

3. *अपने क्षेत्र से संबंधित कोर्स और सेमिनार में नियमित रूप से हिस्सा लेते रहें।* उनकी ख़बर रखें। सुविधाजनक ऑनलाइन कोर्स करें, जिससे आपकी योग्यता बढ़ने के साथ-साथ आपको महत्वपूर्ण विचार भी मिलते हैं, जिनका इस्तेमाल करके आप और भी ज़्यादा सफल हो सकते हैं।

चक्रवृद्धि ब्याज की तरह ही चक्रवृद्धि ज्ञानार्जन का परिणाम भी बहुत आश्चर्यजनक होता है। आप जितना ज़्यादा सीखते हैं, आपकी सीखने की क्षमता *उतनी* ही बढ़ती है। आप जितना ज़्यादा सीखते हैं, आपका मस्तिष्क उतना ही बेहतर कार्य करता है और आप उतने ही ज़्यादा चतुर बनते हैं। आपकी स्मरण शक्ति और ग्रहण शक्ति बढ़ती है। आप जितना ज़्यादा सीखते हैं, सीखी हुई बातों में उतना ही ज़्यादा सामंजस्य बना सकते हैं।

सीखना और विकास करना कभी न छोड़ें।

महारत हासिल करना

किसी भी क्षेत्र में महारत हासिल करने में कितना समय लगता है ? विशेषज्ञों के अनुसार, "महारत" पाने में लगभग सात वर्ष या 10,000 घंटों की कड़ी मेहनत की ज़रूरत होती है। माहिर सेल्सपर्सन बनने में सात साल का समय लगता है। सफल व्यवसायी बनने में सात साल का समय लगता है। उत्कृष्ट डीज़ल मैकेनिक बनने में सात साल का समय लगता है। उत्कृष्ट न्यूरो सर्जन बनने में सात साल का समय लगता है। किसी भी क्षेत्र में शिखर पर पहुँचने में सात साल या 10,000 घंटों की कड़ी मेहनत की ज़रूरत होती है। इसलिए बेहतर है कि यह मेहनत इसी वक़्त शुरू कर दें। समय तो वैसे भी गुज़रने ही वाला है।

महारत हासिल करने की शुरुआत इस संकल्प से करें कि आप ख़ुद को *उत्कृष्टता के प्रति पूरी तरह समर्पित कर देंगे।* मैं आज तक किसी

ऐसे व्यक्ति से नहीं मिला, जिसने अपने क्षेत्र के शीर्षस्थ 20 प्रतिशत लोगों में पहुँचने का निर्णय लिया हो और इस लक्ष्य को प्राप्त नहीं किया हो। और मैं आज तक किसी ऐसे व्यक्ति से भी *नहीं* मिला, जो बिना यह निर्णय लिए वहाँ पहुँच गया हो। निर्णय लेना और इसके बाद सतत, उद्‌देश्यपूर्ण, अनुशासित कर्म करना अनिवार्य है।

योग्यता ही काफ़ी नहीं है

जैसा मैंने पहले बताया था, ज्यॉफ़्री कॉल्विन ने अपनी बेस्टसेलिंग पुस्तक *टैलेंट इज़ ओवररेटेड* में कहा है कि ज़्यादातर लोग नौकरी के पहले वर्ष में अपना काम करने का तरीक़ा सीखते हैं और इसके बाद बेहतर बनने का कोई प्रयास नहीं करते हैं। वे पुराने तरीक़े से ही अपना काम निबटाते जाते हैं। समस्या यह है कि काम निबटाकर आप कभी ऊपर नहीं पहुँच सकते; आपकी इकलौती दिशा हमेशा *नीचे की ओर* ही होती है।

बहुत से लोग कई साल तक किसी पद पर काम करने के बावजूद औसत से ऊपर नहीं उठ पाते हैं। वे आठ से पाँच तक की नौकरी करते हैं, लेकिन अपनी योग्यताओं को बढ़ाने या उनका नवीनीकरण करने के लिए उँगली तक नहीं उठाते हैं। वे अपने हुनर में माहिर होने के लिए ज़रा से भी समय का निवेश नहीं करते हैं, जब तक कि उनकी कंपनी अतिरिक्त प्रशिक्षण के लिए पैसे और छुट्‌टी न दे।

औसत व्यक्ति केवल औसत काम करता है। फलस्वरूप उसकी आमदनी भी औसत ही रहती है और उसे जीवन भर पैसे की चिंता सताती रहती है। उसे कभी यह एहसास ही नहीं होता कि औसत व्यक्ति और उत्कृष्ट व्यक्ति के बीच की विभाजक रेखा बहुत बारीक है। सच तो यह है कि "यदि आप बेहतर नहीं बन रहे हैं, तो आप बदतर बन रहे हैं।" कोई भी ज़्यादा देर तक एक ही जगह पर रुका नहीं रह सकता।

हर दिन दो घंटे देंगे, तो शिखर पर पहुँच जाएँगे

औसत से श्रेष्ठ बनने के लिए आपको हर दिन लगभग दो *अतिरिक्त घंटों* का निवेश करना पड़ता है। हर दिन केवल दो अतिरिक्त घंटे! इसके बाद

आप जीवन भर पैसे की चिंता से मुक्त हो जाएँगे और अपने क्षेत्र में सबसे ज़्यादा आमदनी वाले व्यक्ति बन जाएँगे।

लोग तुरंत सवाल करते हैं, "मैं हर दिन दो अतिरिक्त घंटे लाऊँगा कहाँ से ?"

यह सरल है : एक काग़ज़ लें और उस पर नीचे दिया गया हिसाब लगाएँ :

- एक सप्ताह में कुल कितने घंटे होते हैं : 7 दिन x 24 घंटे यानी 168 घंटे।
- यदि आप नौकरी के 40 घंटे और नींद के 56 घंटे घटा दें, तो इसके बाद आपके पास 72 घंटे बचते हैं।
- यदि आप हर दिन 3 घंटे (सप्ताह में 21 घंटे) का समय तैयार होने और ऑफ़िस आने-जाने के लिए अलग कर दें, तो आपके पास 51 घंटे का ख़ाली समय बचता है, जिसमें आप अपना मनचाहा काम कर सकते हैं।
- यदि आप हर दिन दो घंटे, यानी हर सप्ताह चौदह घंटों, का निवेश ख़ुद में करते हैं, तो आपके पास इसके बाद भी 37 घंटे का समय बच जाएगा। यानी हर दिन पाँच घंटे से भी ज़्यादा का ख़ाली समय।

अपने चुने हुए क्षेत्र में औसत प्रदर्शन से श्रेष्ठ प्रदर्शन तक पहुँचने के लिए आपको तो बस इतना करना है कि हर दिन बस दो घंटों का निवेश करें।

लगातार सीखने की आदत डालें

सबसे अच्छी ख़बर यह है कि जब आप व्यक्तिगत या व्यावसायिक विकास पर पुस्तकें पढ़ते हैं, कार में यात्रा करते समय ऑडियो प्रोग्राम्स सुनते हैं, अतिरिक्त कोर्स करते हैं और शाम को तथा वीकएंड्स पर टी.वी. देखने के बजाय अपनी योग्यताओं को निखारते हैं, तो जल्द ही निरंतर सीखने की आदत पड़ जाएगी। कुछ समय बाद हर दिन और हर सप्ताह सीखने, विकास करने और अपनी योग्यताओं को निखारने का काम स्वचलित और आसान हो जाएगा।

औसत वयस्क हर दिन लगभग पाँच घंटे टी.वी. देखता है। कुछ लोग तो सात-आठ घंटे तक देखते हैं। वे सुबह उठते ही टी.वी. चला देते हैं और ऑफ़िस जाने तक देखते रहते हैं। ऑफ़िस से घर लौटते ही वे दोबारा टी.वी. चला देते हैं। फिर वे रात को 11-12 बजे तक टी.वी. देखते रहते हैं, जिसकी वजह से उनके पास अच्छी नींद के लिए भी पर्याप्त समय नहीं रहता है। फिर वे सुबह उठकर टी.वी. के सामने बैठकर कॉफ़ी पीते हैं और तब तक टी.वी. देखते रहते हैं, जब तक कि ऑफ़िस जाने का समय नहीं हो जाता।

आप अमीर या ग़रीब बन सकते हैं - निर्णय आपका है

आपका टी.वी. सेट आपको अमीर या ग़रीब बना सकता है। यदि आप हर समय टी.वी. देखते रहेंगे, तो यह आपको ग़रीब बना देगा। मनोवैज्ञानिकों ने यह साबित कर दिया है कि आप जितने ज़्यादा समय टी.वी. देखते हैं, आपकी ऊर्जा और आत्म-सम्मान का स्तर उतना ही कम होता है। यदि आप घंटों टी.वी. देखते रहते हैं, तो अचेतन स्तर पर आप ख़ुद को ज़्यादा पसंद नहीं करते हैं और अपना ज़्यादा सम्मान नहीं करते हैं। बहुत ज़्यादा देर तक टी.वी. देखने वाले लोग मोटे हो जाते हैं। ज़्यादा देर तक बैठे रहने की वजह से उनका शरीर भी थुलथुल हो जाता है।

आपका टी.वी. आपको *अमीर* भी बना सकता है - लेकिन तभी, जब आप इसे बंद कर दें। टी.वी. बंद करने से आपका समय बच जाता है, जिसका निवेश करके आप बेहतर, निपुण और ज़्यादा योग्य बन सकते हैं। जब आप परिवार के साथ समय बिताते समय टी.वी. बंद कर देते हैं, तो आप ज़्यादा बातचीत करते हैं, संवाद करते हैं और हँसते हैं। लंबी अवधि के लिए टी.वी. बंद करने से आपकी टी.वी. देखने की आदत छूट जाएगी - और आपको इसकी याद भी नहीं आएगी। आपका टी.वी. उत्कृष्ट सेवक, लेकिन निरंकुश मालिक है। चुनाव आपका है।

अपनी आमदनी 1,000 प्रतिशत बढ़ाएँ

यहाँ सात क़दमों का सरल फ़ॉर्मूला दिया जा रहा है, जिस पर अमल करके आप अगले दस वर्षों में अपनी उत्पादकता, प्रदर्शन, परिणाम और आमदनी

1,000 प्रतिशत तक बढ़ा सकते हैं। जिसने भी इसे आज़माया है, उसे इससे हमेशा फ़ायदा हुआ है। यह सरल है :

सबसे पहले, इस सवाल का जवाब दें : क्या आप ऑफ़िस में काम करते समय एक दिन में अपनी समूची उत्पादकता, प्रदर्शन और परिणाम को 1 प्रतिशत का दसवाँ हिस्सा यानी 1/1000 प्रतिशत बढ़ा सकते हैं? निश्चित रूप से आप "हाँ" कहेंगे। यदि आप समय का अच्छा प्रबंधन करके ज़्यादा महत्वपूर्ण कार्य करें, तो आप बड़ी आसानी से अपने परिणामों को एक दिन में 1/1000 प्रतिशत बढ़ा सकते हैं।

पहले दिन यह करने के बाद क्या आप अगले दिन भी अपना परिणाम 1 प्रतिशत का दसवाँ हिस्सा बढ़ा सकते हैं? ज़ाहिर है, जवाब "हाँ" ही होगा।

सोमवार और मंगलवार को अपने प्रदर्शन में 1/1000 प्रतिशत वृद्धि करने के बाद क्या आप यह काम बुधवार, गुरुवार और शुक्रवार को भी कर सकते हैं? एक बार फिर, जवाब "हाँ" है।

• • •

हर सप्ताह आधा प्रतिशत

हर दिन 1 प्रतिशत का दसवाँ हिस्सा यानी पाँच दिनों (एक कार्य-सप्ताह) में आधा प्रतिशत वृद्धि। क्या सामान्य, बुद्धिमान और मेहनती व्यक्ति एक सप्ताह में अपने परिणाम को आधा प्रतिशत बढ़ा सकता है? निश्चित रूप से, इसका जवाब हाँ है!

पहले सप्ताह के बाद क्या दूसरे सप्ताह भी आप इसी दर से व्यक्तिगत विकास कर सकते हैं? ज़ाहिर है, आप ऐसा कर सकते हैं!

क्या आप पूरे महीने ऐसा कर सकते हैं? यदि आप ऐसा कर लेते हैं, तो इसका मतलब है कि आप चार सप्ताह तक आधा-आधा प्रतिशत बेहतर प्रदर्शन करते हैं यानी एक महीने में आपकी उत्पादकता 2 प्रतिशत बढ़ जाती है।

साल में चार सप्ताह के तेरह महीने होते हैं (4 x 13 = 52)। एक महीने में दो प्रतिशत बेहतर बनने के बाद क्या आप दूसरे महीने भी यह काम कर सकते हैं? और तीसरे महीने? चौथे महीने? और इससे आगे?

हर वर्ष 26 प्रतिशत बेहतर

ज़ाहिर है, आप ऐसा कर सकते हैं! ख़ुद पर हर दिन थोड़ी मेहनत करके - नई योग्यताएँ सीखकर, अपने प्रमुख कार्यों में माहिर बनकर, प्राथमिकताएँ तय करके और अधिक मूल्यवान गतिविधियों पर ध्यान केंद्रित करके - आप एक वर्ष में 26 प्रतिशत ज़्यादा उत्पादक बन सकते हैं।

पहले वर्ष यह लक्ष्य प्राप्त करने के बाद क्या आप दूसरे और फिर तीसरे वर्ष भी यही कर सकते हैं? क्या आप दस वर्षों तक लगातार ऐसा कर सकते हैं? ज़ाहिर है, जवाब हाँ है। और सबसे अच्छी बात यह है कि जब आप ख़ुद पर काम करने लगते हैं, तो समय गुज़रने के साथ-साथ बेहतर प्रदर्शन करना आपके लिए ज़्यादा आसान होता जाता है।

संग्रह या क्रमिक सुधार के नियम के अनुसार बारह महीने बाद आप 26 प्रतिशत बेहतर हो जाएँगे। यदि आप हर वर्ष 26 प्रतिशत सुधार करते हैं, तो दस वर्ष बाद चक्रवृद्धि के मान से आपकी उत्पादकता 1,004 प्रतिशत बढ़ जाएगी। आपकी आमदनी भी इसी दर से बढ़ेगी। यह फ़ॉर्मूला काम करता है - बशर्ते आप इस पर काम करें।

शिखर तक पहुँचने के सात क़दम

1,000 प्रतिशत के फ़ॉर्मूले के सात क़दम इस प्रकार हैं :

क़दम 1 : अपने पहले अपॉइंटमेंट या ऑफ़िस जाने के निर्धारित समय से दो घंटे पहले उठें। पहले घंटे में शैक्षणिक, प्रेरक या आध्यात्मिक सामग्री पढ़कर स्वयं में निवेश करें। जैसा कि हेनरी वॉर्ड बीचर ने कहा था, “पहला घंटा ही पूरे दिन की दिशा तय करता है।”

जब आप उठते ही स्वयं में एक घंटे का निवेश करते हैं, तो आप बेहतरीन दिन की मानसिक तैयारी कर लेते हैं। इस निवेश की बदौलत आप दिन भर अधिक सकारात्मक, चुस्त, रचनात्मक और उत्पादक रहेंगे।

अपने क्षेत्र में हर दिन एक घंटे पढ़ने का अर्थ है हर सप्ताह लगभग एक पुस्तक। हर सप्ताह एक पुस्तक का मतलब है हर वर्ष लगभग पचास पुस्तकें। औसत वयस्क हर साल एक से भी कम नॉन-फ़िक्शन पुस्तक पढ़ता है, इसलिए अगर आप अपने क्षेत्र में हर साल पचास पुस्तकें पढ़ते हैं, तो क्या इससे आपको अपने व्यवसाय में सहायता मिलेगी? क्या आप सोचते हैं कि इसकी बदौलत आप अपने व्यवसाय में बाक़ी लोगों से आगे निकल जाएँगे? ज़ाहिर है, ऐसा ही होगा!

अगर आप दस वर्षों तक हर साल पचास पुस्तकें पढ़ते हैं, तो कुल मिलाकर आप 500 पुस्तकें पढ़ लेंगे, जिनसे आपकी उत्पादकता, प्रदर्शन और आमदनी बेहतर होगी। देखिए, कम से कम आपको अपनी पुस्तकों को रखने के लिए एक बड़े मकान की ज़रूरत पड़ेगी। और आपके पास उस मकान को ख़रीदने लायक़ पैसे भी होंगे!

हर दिन एक घंटे तक अपने क्षेत्र से संबंधित पुस्तकें पढ़ने की बदौलत आप तीन से पाँच साल में राष्ट्रीय विशेषज्ञ बन जाएँगे। केवल इसी तथ्य से आपके करियर में 1,000 प्रतिशत की वृद्धि हो सकती है।

क़दम 2 : अपने लक्ष्य हर दिन दोबारा लिखें। एक स्पाइरल नोटबुक लें और सुबह काम-काज शुरू करने से पहले अपने मुख्य लक्ष्य दोबारा वर्तमान काल में लिखें। इस दौरान यह न देखें कि पिछले दिन आपने क्या लिखा था। बार-बार लिखने की यह प्रक्रिया आपके दिमाग़ के मार्गदर्शक तंत्र को निर्देश देने की तरह है।

जब आप हर सुबह अपने दस लक्ष्य दोबारा लिखते हैं, तो आप दिन भर इन लक्ष्यों तक पहुँचने के अवसर तलाशेंगे और उनके बारे में सोचेंगे। आप ज़्यादा एकाग्रचित्त, अनुशासित और निर्देशित बन जाएँगे। आप अधिक उद्देश्यपूर्ण और संकल्पवान हो जाएँगे। यही नहीं, आप अपने लक्ष्यों तक ज़्यादा तेज़ी से पहुँचेंगे। अगर लक्ष्य के बजाय सिर्फ़ *इच्छाएँ* होतीं, तो ऐसा नहीं हो पाता।

हर दिन अपने लक्ष्य लिखने से दस वर्षों में आपकी आमदनी 1,000 प्रतिशत बढ़ सकती है।

क़दम 3 : पूरे दिन की योजना पहले से बना लें। एक सूची बनाएँ और काम शुरू करने से पहले प्राथमिकताएँ तय करें। प्राथमिकता तय करने और सबसे महत्वपूर्ण कार्य सबसे पहले चुनने की योग्यता ही वह कुंजी है, जिससे जीवन व्यवस्थित होता है और उत्पादकता दोगुनी होती है। (अध्याय 13 में हम समय-प्रबंधन की तकनीकों पर विस्तार से बात करेंगे।)

अपनी शीर्षस्थ प्राथमिकताओं पर कार्य करने से आपकी आमदनी दस वर्षों में 1,000 प्रतिशत बढ़ सकती है। यदि आप प्राथमिकताएँ तय न करें या उनके अनुरूप काम न करें, तो सफलता संभव नहीं है।

क़दम 4 : अनुशासित होकर किसी एक कार्य पर एकाग्र हो जाएँ। हर दिन आप जो सबसे महत्वपूर्ण कार्य कर सकते हों, उसे चुन लें। फिर सबसे पहले इसे शुरू करें और तब तक करते रहें, जब तक कि यह पूरा न हो जाए। एकाग्र और केंद्रित होने की क्षमता को जब आप निखारकर आदत बना लेते हैं, तो केवल इसी से आपकी उत्पादकता, प्रदर्शन और परिणाम अगले महीने के अंत तक *दोगुना* हो सकता है – और दस वर्षों में 1,000 प्रतिशत वृद्धि आसानी से संभव हो जाती है।

क़दम 5 : कार चलाते समय शैक्षणिक ऑडियो प्रोग्राम्स सुनें। औसत व्यवसायी हर वर्ष 500–1,000 घंटे तक कार में यात्रा करता है। अपनी कार को "यूनिवर्सिटी ऑन व्हील्स" या "मोबाइल क्लासरूम" बनाने का ज़बर्दस्त असर होता है। इसका अर्थ है कि आपने कार चलाते चलाते ही यूनिवर्सिटी के एक-दो सेमेस्टर्स पूरे कर लिए।

कई लोग कार चलाते समय शैक्षणिक ऑडियो प्रोग्राम्स सुन-सुनकर ही कंगाल से करोड़पति बने हैं। आप भी ऐसा ही कर सकते हैं। केवल इसी से आपके परिणामों में 1,000 प्रतिशत वृद्धि हो सकती है।

क़दम 6 : हर कॉल या घटना के बाद दो जादुई सवाल पूछें। सबसे पहले तो ख़ुद से पूछें, "मैंने क्या *सही* किया ?" फिर ख़ुद से पूछें, "मैं क्या *अलग* करूँगा ?"

"मैंने क्या *सही* किया ?" सवाल से आप यह याद करने के लिए विवश होते हैं कि आपने पिछली बैठक, प्रस्तुति या घटना में कौन-कौन सी चीज़ें

सही की थीं। उन्हें लिख लें।

दूसरा सवाल, "मैं क्या *अलग* करूँगा ?" से आप ऐसे तरीक़े सोचने के लिए विवश होते हैं, जिनसे आप वैसी ही स्थिति में अपने प्रदर्शन को अगली बार *बेहतर* बना सकते हैं। इन विचारों को भी लिख लें।

अपने प्रदर्शन की दोहरी समीक्षा करके - *सही* कामों और *भिन्न तरीक़े* से करने वाले कामों के बारे में सोचकर - आप अगली बार बेहतर प्रदर्शन की प्रोग्रामिंग कर लेते हैं। यह व्यक्तिगत उन्नति का बहुत तीव्र और शक्तिशाली अभ्यास है। इससे शीर्षस्थ 20 प्रतिशत वाले समूह में पहुँचने की आपकी संभावना बहुत बढ़ जाती है।

क़दम 7 : हर व्यक्ति को मिलियन-डॉलर वाला ग्राहक मानकर व्यवहार करें। जिस भी व्यक्ति से आप मिलते हैं या जिसके साथ काम करते हैं, चाहे यह घर पर हो या ऑफ़िस में, उसके साथ ऐसा व्यवहार करें, जैसे वह दुनिया का सबसे महत्वपूर्ण व्यक्ति हो। जब *आप* लोगों को मूल्यवान और महत्वपूर्ण समझकर व्यवहार करते हैं, तो वे भी आपके साथ ऐसा ही व्यवहार करेंगे। वे आपके साथ रहना चाहेंगे, आपके काम करना चाहेंगे, आपसे सामान ख़रीदना चाहेंगे और अपने मित्रों से आपको मिलवाना चाहेंगे।

आप लोगों के साथ मिलियन डॉलर ग्राहकों जैसा व्यवहार कहाँ से शुरू करेंगे ? अपने परिवार के सदस्यों से! यह न भूलें कि वे आपके जीवन में सबसे महत्वपूर्ण व्यक्ति हैं। जब आप सुबह-सुबह सबसे पहले अपने परिवार के सदस्यों को महत्वपूर्ण अनुभव कराते हैं और उनके प्रति अपना प्रेम जताते हैं, तो आप दिन भर ज़्यादा सकारात्मक, आरामदेह और ख़ुश रहेंगे।

आपकी 85 प्रतिशत सफलता इस बात से तय होगी कि लोग आपको कितना पसंद करते हैं और आपका कितना सम्मान करते हैं, विशेष रूप से व्यवसाय और बिक्री के क्षेत्र में। लोगों के साथ अच्छा व्यवहार करने का एक भी मौक़ा न चूकें।

जब आप एक महीने तक हर दिन इन सातों क़दमों का अभ्यास करेंगे, तो इसके बाद आप अपने जीवन, कामकाज और आमदनी में ऐसे परिवर्तन और सुधार देखेंगे कि आप ख़ुद आश्चर्यचकित रह जाएँगे। एक महीने के नियमित अभ्यास के बाद आपको सतत व्यक्तिगत सुधार की आदत पड़

जाएगी, जो आपको जीवन में आगे और ऊपर की तरफ़ ले जाएगी।

सर्वश्रेष्ठ बनें!

ख़ुद को आजीवन विकास और व्यक्तिगत उत्कृष्टता के प्रति समर्पित कर दें। इसमें ज़बर्दस्त समर्पण, अनुशासन और इच्छाशक्ति की ज़रूरत होती है। लेकिन इसके असंख्य लाभ हैं। सबसे बड़ा लाभ तो यही है कि जब आप कोई नई चीज़ सीखते हैं और उस पर अमल करते हैं, तो आपका मस्तिष्क *एंडॉर्फ़िन्स* नामक रसायन छोड़ता है। इस रसायन के प्रवाह से आप ख़ुश महसूस करते हैं और अपने भविष्य के बारे में रोमांचित हो जाते हैं।

जब भी आप कुछ नया सीखते हैं और उस पर अमल करते हैं, तो हर बार आपको शक्तिशाली बनने का एहसास होगा। आपके आत्म-सम्मान, स्वाभिमान और आत्म-गौरव में वृद्धि होगी। आपको अपने कमाने की योग्यता पर ज़्यादा नियंत्रण महसूस होगा, जो आपके जीवन का एक बहुत अहम हिस्सा है।

अगले अध्याय में हम *साहस* के महत्व पर बात करेंगे। ज़्यादातर लोग अपने डर और शंकाओं के कारण ही जीवन में पीछे रह जाते हैं। अक्सर हम यह तो जानते हैं कि हमें क्या करना चाहिए, लेकिन हम किसी नई चीज़ को करने या आज़माने से घबराते हैं। हम जोखिम लेने से कतराते हैं और अपनी अकर्मण्यता को छिपाने के लिए बहाने बनाते हैं।

कार्य अभ्यास :

1. आज ही स्वयं में निवेश करने और निरंतर बेहतर बनने का निर्णय लें, जैसे कि आपका भविष्य इस पर निर्भर हो – क्योंकि यह सचमुच निर्भर है।

2. अपनी उन सबसे महत्वपूर्ण योग्यताओं को पहचानें, जिनसे ऑफ़िस में मिलने वाले परिणामों की गुणवत्ता और मात्रा तय होती है। इसके बाद हर महत्वपूर्ण योग्यता में माहिर बनने की योजना बनाएँ।

3. अगर आप जादू की छड़ी लहराकर किसी *एक योग्यता* में पूरी तरह उत्कृष्ट बन सकें, तो वह कौन सी एक योग्यता है, जो आपकी कमाने की क्षमता पर

सबसे अधिक प्रभाव डालेगी ? आपका जवाब चाहे जो हो, उस योग्यता में उत्कृष्ट बनने का लक्ष्य बनाएँ, उसकी योजना बनाएँ और हर दिन योजना के अनुरूप काम करें।

4. अपने काम में उत्कृष्ट बनने का लक्ष्य बनाएँ और फिर सटीकता से तय करें कि अपने क्षेत्र के शीर्षस्थ 20 प्रतिशत लोगों के समूह में शामिल होने के लिए आपको हर दिन क्या करना चाहिए।

5. तीन से पाँच साल तक आगे देखकर यह अनुमान लगाएँ कि भविष्य में अपने क्षेत्र में अग्रणी रहने के लिए आपको किस नए ज्ञान और योग्यताओं की ज़रूरत पड़ेगी। फिर आज ही से उन्हें सीखना शुरू कर दें।

6. अपने क्षेत्र के किसी शीर्षस्थ व्यक्ति को चुनें, जिसकी आप सबसे ज़्यादा क़द्र करते हों। उसे अपनी प्रगति का रोल मॉडल बना लें।

7. आज ही आजीवन ज्ञानार्जन की प्रक्रिया के प्रति समर्पित हो जाएँ। किसी क्षेत्र में बेहतर बने बिना एक भी दिन न गुज़रने दें।

अध्याय - 6

आत्म-अनुशासन और साहस

"साहस डर की अनुपस्थिति नहीं है;
यह तो डर पर नियंत्रण है, डर पर विजय है।"

-मार्क ट्वेन

जीवन में हम बहुत सी चीज़ों से डरते हैं। उनका साहस से मुक़ाबला करने के लिए बहुत अनुशासन की ज़रूरत होती है। शायद इसीलिए चर्चिल ने कहा था, "साहस को सभी गुणों में अग्रणी माना जाता है, जो सही भी है, क्योंकि बाक़ी सभी चीज़ें इसी पर निर्भर होती हैं।"

सच तो यह है कि डर सबको लगता है – और आम तौर पर कई चीज़ों से लगता है। यह सामान्य और सहज है। अक्सर, जीवन को सुरक्षित रखने, चोट से बचने और आर्थिक ग़लतियों से सुरक्षित रहने के लिए डर आवश्यक होता है।

अगर डर सभी को लगता है, तो फिर साहसी और कायर व्यक्ति में क्या अंतर होता है? एकमात्र अंतर यही है कि साहसी व्यक्ति में डर के बावजूद काम करने का *अनुशासन* होता है। इसके विपरीत, कायर व्यक्ति डर को अपने ऊपर हावी होने देता है और उससे नियंत्रित हो जाता है। किसी ने युद्ध के संदर्भ में कहा था, हालाँकि यह हर स्थिति पर लागू होता है – "नायक और डरपोक के बीच बस इतना फ़र्क़ होता है कि नायक पाँच

मिनट देर तक डटा रहता है।"

डर को छोड़ा जा सकता है

सौभाग्य से, कोई भी डर के साथ पैदा नहीं होता। हम इस दुनिया में आने के बाद ही डरना *सीखते हैं*। इसलिए बार-बार अनुशासन का अभ्यास करके डर की आदत छोड़ी जा सकती है, जब तक कि यह पूरी तरह से ग़ायब न हो जाए।

तीन सबसे आम डर अक्सर सफलता की हमारी सारी संभावना को नष्ट कर देते हैं। ये हैं असफलता, ग़रीबी और पैसे गँवाने के डर। इनकी वजह से लोग किसी भी तरह का जोखिम लेने से कतराते हैं और सामने आने वाले अवसर को ठुकरा देते हैं। वे असफल होने से इतना ज़्यादा घबराते हैं कि जब भी जोखिम लेने की बात आती है, तो वे पंगु हो जाते हैं।

कई ऐसे डर हैं, जो हमारी ख़ुशी में भी बाधक होते हैं। लोग प्रायः प्रेम प्रसंग टूटने, नौकरी छूटने और आर्थिक हानि से डरते हैं। लोग शर्मसार होने या खिल्ली उड़ने से डरते हैं। लोग अस्वीकृति और आलोचना से डरते हैं। लोग दूसरों का सम्मान गँवाने से डरते हैं। इसी प्रकार के बहुत से डर हमें जीवन भर पीछे रोके रहते हैं।

डर कर्म को पंगु बना देता है

डर लगने पर हमारी सबसे आम प्रतिक्रिया यह होती है, "मैं *यह काम* नहीं कर सकता!" असफलता और नुक़सान का डर हमें कार्य करने से रोक देता है। डर का प्रभाव हमारे शरीर पर भी होता है, जिसकी शुरुआत पेट के सोलर प्लेक्सस में होती है। बहुत डर लगने पर लोगों का मुँह और गला सूख जाता है। उनका हृदय तेज़ी से धड़कने लगता है। कई बार उनकी साँस फूल जाती है और उनका पेट गुड़गुड़ाने लगता है। अक्सर वे दौड़ लगाकर बाथरूम की ओर भागना चाहते हैं।

डर के शारीरिक प्रभावों का अनुभव समय-समय पर हम सभी को होता है। जब कोई व्यक्ति डर की गिरफ़्त में होता है, तो वह कार की हेडलाइट्स के सामने खड़े किंकर्तव्यविमूढ़ हिरण जैसा महसूस करता है।

डर की वजह से मनुष्य कोई काम नहीं कर पाता, क्योंकि इससे कार्य करने की क्षमता पंगु हो जाती है। डर की स्थिति में अक्सर दिमाग़ काम करना बंद कर देता है, जिस वजह से मनुष्य "लड़ो या भागो" की प्रतिक्रिया करने पर मजबूर हो जाता है। डर का प्रचंड भाव हमारी ख़ुशी को कम करता है और जीवन भर हमें पीछे रोके रहता है।

विपरीत करो

अरस्तू ने साहस को "स्वर्णिम मध्य मार्ग" कहा था, क्योंकि यह कायरता और दुस्साहस की अतियों के बीच का मार्ग है। उनका कहना था, "आपमें जिस गुण की कमी है, उसे विकसित करने के लिए इस तरह अभिनय करें, जैसे आपमें हर आवश्यक स्थिति में वह गुण पहले से ही हो।" आधुनिक संदर्भ में इसे इस तरह कहा जा सकता है, "नाटक करो, जब तक कि यह सच न हो जाए।"

आप अपने व्यवहार को सचमुच बदल सकते हैं। आप संकल्प करके, मानसिक चित्र बनाकर और *अभिनय* करके यह काम कर सकते हैं। इस तरह अभिनय करें, जैसे आपका मनचाहा गुण आपमें पहले से ही हो। जब भी आपको किसी भी कारण से डर लगे, तो आप "मैं यह कर सकता हूँ!" जैसे जोशपूर्ण शब्द बोलकर "मैं नहीं कर सकता" की भावना को समाप्त कर सकते हैं।

"मैं यह कर सकता हूँ!" शब्द विश्वास के साथ बोलने पर आप डर से उबर जाते हैं और आत्म-विश्वास को बढ़ा लेते हैं। इस संकल्प को बार-बार दोहराकर आप अंततः अपने साहस और आत्म-विश्वास को इतना बढ़ा लेते हैं कि डर निकल जाता है।

अपनी निर्भीकता का मानसिक चित्र बनाएँ

जिस क्षेत्र में आपको डर लगता है, उसमें एक मानसिक चित्र बनाएँ, जिसमें आप आत्म-विश्वास और दक्षता के साथ काम कर रहे हों। अंततः आपका अवचेतन मन इस चित्र को आपका *आदेश* मान लेगा। अंततः ख़ुद को देखने और अपने बारे में आपकी सोच - यानी आत्म-छवि - बदल जाएगी, क्योंकि आप अपने मस्तिष्क को सर्वश्रेष्ठ प्रदर्शन के मानसिक चित्रों की

पोषक ख़ुराक दे रहे हैं।

"इस तरह अभिनय करो जैसे" की विधि का उपयोग करके आप ठीक वैसे ही चलते, बोलते और व्यवहार करते हैं, जैसे आप बिलकुल *निडर* होने पर करते। आप तनकर खड़े होते हैं। आप मुस्कुराते हैं। आप तेज़ी से और विश्वास के साथ चलते हैं। कुल मिलाकर, आप हर मायने में साहसी व्यक्ति की तरह काम करते हैं।

विपरीतता का नियम कहता है कि "यदि आप कोई भाव महसूस करते हैं, तो आप उसके अनुरूप व्यवहार करेंगे।" लेकिन भाव महसूस न होने पर भी यदि आप उसके अनुरूप व्यवहार करने लगते हैं, तो विपरीतता का नियम आपके कार्यों के अनुरूप भावना उत्पन्न कर देगा।

सफलता के मनोविज्ञान में यह बहुत महत्वपूर्ण अवधारणा है। आपको जिस काम से डर लगता है, उसे बार-बार करके आप ख़ुद को अनुशासित करते हैं। कोई काम बार-बार करने से आपमें साहस *पैदा* हो जाता है और डर धीरे-धीरे ग़ायब हो जाता है। एक समय ऐसा आएगा, जब डर पूरी तरह से ग़ायब हो जाएगा।

डर को भगा दो

> बिक्री करने वाली कंपनियों के साथ काम करते समय मुझसे अक्सर पूछा जाता है कि किसी सेल्सपर्सन के घटिया प्रदर्शन को बेहतर कैसे बनाया जाए, ख़ास तौर पर मुश्किल अर्थव्यवस्था में। मैं उन्हें एक आसान फ़ॉर्मूला बताता हूँ, जो हर बार कारगर होता है। यह "100-कॉल्स की विधि" है। इसमें मैं सेल्सपर्सन को यह सलाह देता हूँ कि वह सौ प्रॉस्पेक्ट्स को फटाफट फ़ोन करे या उनसे मिलने जाए और इस बात की ज़रा भी परवाह न करे कि बिक्री हो पाती है या नहीं।
>
> जब सेल्सपर्सन को इस बात की परवाह नहीं रहती कि बिक्री हो पाती है या नहीं, तो अस्वीकृति का उसका डर काफ़ी हद तक चला जाता है। वह इस बात की चिंता छोड़ देता है कि प्रॉस्पेक्ट उसकी बातों में रुचि ले रहा है या नहीं। उसका पूरा ध्यान तो सिर्फ़ एक ही बात पर केंद्रित होता है। वह तो फटाफट सौ कॉल्स पूरे करना चाहता है।

मैं एक सेल्स संगठन के साथ काम करता हूँ, जिसमें हर दिन एक पुरस्कार दिया जाता है। यह पुरस्कार उस पहले सेल्सपर्सन को मिलता है, जिसे सुबह सबसे पहले दस अस्वीकृतियाँ मिलती हैं। सारे सेल्सपीपुल सुबह साढ़े आठ बजे अपनी-अपनी डेस्क पर बैठकर पुरस्कार जीतने के प्रयास में कॉल करने लगते हैं। प्रतिस्पर्धा ख़त्म होने तक आम तौर पर सुबह के दस बज जाते हैं। तब तक हर सेल्सपर्सन के मन से अस्वीकृति का डर निकल जाता है। वे दिन भर प्रॉस्पेक्ट्स से मिलने के लिए मानसिक रूप से तैयार हो जाते हैं और उन्हें इस बात की कोई परवाह नहीं होती कि उन्हें कैसी प्रतिक्रिया मिलेगी।

सार्वजनिक संभाषण सीखना

1923 में टोस्टमास्टर्स इंटरनेशनल का गठन हुआ। इसका उद्देश्य था : जिन लोगों को मंच से बोलने में डर लगता है, उन्हें श्रोताओं के सामने खड़े होकर आत्म-विश्वास से बोलना सिखाना।

द बुक ऑफ़ लिस्ट्स में यह आश्चर्यजनक तथ्य बताया गया है कि 54 प्रतिशत वयस्क श्रोताओं के सामने भाषण देने से जितना डरते हैं, उतना तो मौत से भी नहीं डरते। लेकिन टोस्टमास्टर्स इंटरनेशनल ने इस समस्या का समाधान खोजकर एक ऐसा तरीक़ा ईजाद किया, जिसे मनोवैज्ञानिक "सिस्टेमेटिक डिसेंसिटाइज़ेशन" या "क्रमिक असंवेदनशीलता" कहते हैं।

सप्ताह में एक बार डिनर मीटिंग में टोस्टमास्टर्स के छोटे-छोटे समूह एकत्रित होते हैं। हर व्यक्ति से कहा जाता है कि वह अपने साथियों के सामने खड़े होकर किसी निश्चित विषय पर छोटा भाषण दे। हर भाषण के अंत में श्रोता ताली बजाकर और सकारात्मक बातें कहकर वक्ता का उत्साह बढ़ाते हैं। मीटिंग के अंत में हर व्यक्ति के भाषण की ग्रेडिंग होती है, भले ही वह केवल आधे या एक मिनट तक ही बोला हो।

छह महीनों तक टोस्टमास्टर्स मीटिंग्स में भाग लेने पर व्यक्ति की हिम्मत खुल जाती है। तब तक वह सार्वजनिक रूप से छब्बीस भाषण दे लेता है, जिन पर हर बार उसे तालियाँ और सकारात्मक टिप्पणियाँ सुनने को मिलीं। इस निरंतर सकारात्मक प्रोत्साहन की वजह से उसका आत्म-विश्वास बढ़ जाता है। इस प्रक्रिया के फलस्वरूप अनगिनत टोस्टमास्टर्स

उत्कृष्ट सार्वजनिक वक्ता बन चुके हैं और अपने व्यवसाय, संगठनों और समुदायों में विख्यात हो चुके हैं। लोगों के सामने भाषण देने का डर उनके मन से हमेशा-हमेशा के लिए ख़त्म हो चुका है।

एक साथ दो डरों को ख़त्म करें

मनोवैज्ञानिकों ने पाया है कि कुछ डर अवचेतन मन में एक साथ बँधे होते हैं, जैसे एक ही सर्किट में लगे तार। यदि आप इनमें से किसी एक का डर भी दूर कर लेते हैं, तो उस सर्किट के बाक़ी डर भी दूर हो जाते हैं।

अस्वीकृति मिलने या कॉल करने की अनिच्छा का डर सार्वजनिक संभाषण के डर से जुड़ा हुआ है। जब आप आत्म-विश्वास से बोलने के लिए टोस्टमास्टर्स संगठन से जुड़ते हैं या डेल कारनेगी कोर्स करते हैं, तो कुछ ही समय में आपके मन से अस्वीकृति का डर भी निकल जाता है। इसके बाद लोक-व्यवहार में आपके आत्म-विश्वास का स्तर बहुत बढ़ जाता है और आपका पूरा जीवन बदल जाता है।

डर का सामना करें

डर से जूझने और उसके बावजूद काम करने की क्षमता ही ख़ुशी और सफलता की कुंजी है। इसके लिए आप यह अभ्यास कर सकते हैं। अपने जीवन के किसी ऐसे व्यक्ति या स्थिति को पहचानें, जिससे आपको डर लगता हो। फिर तत्काल उस भयावह व्यक्ति या स्थिति से निबटने का संकल्प करें। इस वजह से पल भर के लिए भी दुखी न हों। उस स्थिति या व्यक्ति से आमना-सामना करने का संकल्प करें और डर को पीछे छोड़ दें।

> मेरे सेमिनार में एक महिला आई, जिसका बॉस बहुत नकारात्मक प्रवृत्ति का था। हालाँकि वह महिला कंपनी की सबसे अच्छी कर्मचारियों में से एक थी, लेकिन इसके बावजूद बॉस उसके काम की लगातार आलोचना करता था और मीन-मेख निकालता रहता था। बॉस की वजह से उसका जीवन नर्क बन गया था। नौकरी छूटने के डर से वह बॉस से आमने-सामने खुलकर बात करने में घबरा रही थी। उसने मुझसे सलाह माँगी कि वह क्या करे।

मैंने उसे वही सलाह दी, जो मैं बाद में कई अन्य लोगों को दे चुका हूँ : जब कोई व्यक्ति दूसरों को सताता है, तो इसका एकमात्र कारण यह मान्यता है कि सामने वाला इसे बर्दाश्त कर लेगा। बुली या सताने वाले से निबटने का इकलौता तरीक़ा उससे खुलकर बातचीत करना है। बुली लोग दरअसल अंदर से डरपोक होते हैं। आमने-सामने खुलकर बातचीत होते ही वे घबराकर भाग खड़े होते हैं।

मैंने उसे यह सलाह दी : अगली बार जब तुम्हारा बॉस तुम्हारी आलोचना करे, तो उससे दृढ़ता से कहना, "अगर आप दोबारा मुझसे इस तरह न बोलें, तो अच्छा रहेगा। इससे मेरी भावनाओं को ठेस पहुँचती है, जिस वजह से मैं आपके मनचाहे तरीक़े से काम नहीं कर पाती हूँ।"

मैंने उसे सलाह दी कि यह बात ख़त्म करते समय वह बॉस से नज़रें मिलाए। वह महिला बहुत साहसी थी। उसने इस स्थिति को आगे झेलने के बजाय तुरंत मेरी सलाह पर अमल किया। जैसे ही उसके बॉस ने अगली बार आलोचना की, उसने उनसे स्पष्टता और दृढ़ता से वही शब्द कह दिए।

उसने मुझे पत्र लिखकर घटना का वर्णन बताया। जैसी कि मैंने भविष्यवाणी की थी, आमने-सामने की इस खुली बातचीत से बॉस के होश उड़ गए। उसने तत्काल माफ़ी माँगी और बड़बड़ाता हुआ तेज़ी से अपने ऑफ़िस की ओर चल दिया। उसने दोबारा कभी उस महिला की आलोचना नहीं की। उस महिला ने बाद में मुझे बताया कि वह बॉस के दुर्व्यवहार को कई महीने पहले रोक सकती थी, लेकिन उसमें दृढ़ता से सामना करने की हिम्मत नहीं थी।

जैसा एलीनोर रूज़वेल्ट ने कहा था, "आपकी सहमति के बिना कोई भी आपको हीन महसूस नहीं करा सकता।"

डर की ओर आगे बढ़ें

जब आप किसी डर को पहचान लेते हैं और उसकी ओर आगे बढ़ने के लिए ख़ुद को अनुशासित कर लेते हैं, तो उस डर का आकार छोटा हो जाता है और उससे निबटना कहीं ज़्यादा आसान हो जाता है। यही नहीं, जब आपके डर का आकार छोटा हो जाता है, तो आपका आत्म-विश्वास भी

बढ़ जाता है। जल्द ही आप डर के शिकंजे से बाहर निकल आते हैं।

इसके विपरीत, जब आप डर उत्पन्न करने वाली किसी स्थिति या व्यक्ति से बचते हैं, तो आपके डर का आकार *बड़ा* हो जाता है। जल्द ही डर आपके विचारों और भावनाओं पर हावी हो जाता है, दिन भर आपको परेशान करता है और अक्सर रातों को भी जगाए रखता है।

लीडर्स में दो प्रकार का साहस होता है

भविष्य-दृष्टि लीडर्स या मुखियाओं का सबसे आम गुण है। लीडर्स के पास स्पष्ट भविष्य-दृष्टि होती है कि वे अपने संगठन को कहाँ ले जाना चाहते हैं। लीडर्स पूरी स्पष्टता से जानते हैं कि वे भविष्य में किस मुक़ाम पर पहुँचना चाहते हैं।

लीडर्स का दूसरा सबसे आम गुण है साहस। लीडर्स में अपनी भविष्य-दृष्टि को साकार करने के लिए आवश्यक काम करने का साहस होता है। उनमें आगे आकर नेतृत्व करने और आगे बढ़ने का साहस होता है।

आपको दो प्रकार के साहस की आवश्यकता होती है :

पहला, *कार्य शुरू करने* के लिए आपमें विश्वास की छलाँग लगाने का साहस होना चाहिए। जब सफलता की कोई गारंटी न हो और असफलता की काफ़ी आशंका हो, कम से कम अल्प काल में, तो आपको "सब कुछ दाँव पर लगाने" के साहस की ज़रूरत होती है। अधिकांश लोग जीवन में इसीलिए प्रगति नहीं कर पाते, क्योंकि सर्वश्रेष्ठ इरादों के बावजूद उनमें पहला क़दम उठाने का साहस नहीं होता।

आपको जिस दूसरे प्रकार के साहस की आवश्यकता होती है, वह है "साहसिक धैर्य।" जब पूरे समर्पण के बाद भी आपको कोई परिणाम या पुरस्कार न दिख रहा हो, तब भी आपमें डटे रहने, काम करते रहने और जूझते रहने की क्षमता होनी चाहिए। कई लोग किसी नए लक्ष्य की दिशा में कार्य करने का साहस तो जुटा लेते हैं, लेकिन जब उन्हें तत्काल कोई परिणाम निकलता नज़र नहीं आता, तो वे हिम्मत हार जाते हैं और दोबारा क़दम पीछे करके सुरक्षा की ओट में पहुँच जाते हैं। उनमें *डटे रहने की शक्ति* नहीं होती।

डर से सीधे मुक़ाबला करें

किसी डर से निबटने का एकमात्र तरीक़ा उससे सीधे मुक़ाबला करना है। ख़ुद को याद दिलाएँ कि "अस्वीकृति" मिस्र की किसी नदी का नाम नहीं है। कई लोग स्वभाववश यह मानने को ही तैयार नहीं होते कि डर उनकी समस्या की मूल जड़ है। वे इसका सामना करने से घबराते हैं। फलस्वरूप यह तनाव, दुख और मनोदैहिक रोग का प्रमुख स्रोत बन जाता है।

स्थिति या व्यक्ति से सीधे मुक़ाबला करने का साहस उत्पन्न करें। जैसा कि शेक्सपियर ने कहा था, "कष्टों के समुद्र के ख़िलाफ़ अपने हाथ चलाएँ और उन्हें ख़त्म कर दें।"

चिंता डर की हमजोली है। डर और चिंता जुड़वाँ भाई-बहन की तरह साथ-साथ रहते हैं। मार्क ट्वेन ने एक बार लिखा था, "मैंने जीवन में बहुत सी चीज़ों की चिंता की है, जिनमें से अधिकांश कभी नहीं हुईं।"

लोग जिन चीज़ों की चिंता करते हैं, उनमें से 99 प्रतिशत तो कभी होती ही नहीं हैं। और जो चीज़ें होती हैं, उनमें से अधिकांश प्रायः इतनी तेज़ी से होती हैं कि आपको उनकी चिंता करने का समय ही नहीं मिल पाता।

आपदा मूल्यांकन रिपोर्ट

जब भी आप किसी स्थिति को लेकर चिंतित हों, तो उसके बारे में एक "आपदा मूल्यांकन रिपोर्ट" तैयार करें। इससे आपका डर और चिंता लगभग तत्काल ख़त्म हो जाएँगे। इसे अक्सर "चिंता उन्मूलक" कहा जाता है। आपदा मूल्यांकन रिपोर्ट के चार हिस्से होते हैं :

- *पहला हिस्सा है, चिंता की स्थिति का स्पष्ट विश्लेषण करें।* सटीक वर्णन करें कि आप किस चीज के बारे में चिंतित हैं। जब आप चिंताजनक स्थिति का पूरी स्पष्टता से वर्णन करते हैं, तो प्रायः उस स्थिति से निबटने का तरीक़ा तत्काल स्पष्ट हो जाता है।
- *दूसरा हिस्सा है, यह पहचानें कि* अगर चिंताजनक स्थिति सचमुच निर्मित हो जाए, *तो बुरे से बुरा क्या हो सकता है*। क्या आपकी नौकरी चली जाएगी ? क्या आपका संबंध टूट जाएगा ? क्या आपका

पैसा डूब जाएगा ? बुरे से बुरा क्या हो सकता है ? इसके बारे में स्पष्ट रहें। कई मामलों में आपको यह दिख जाएगा कि बुरे से बुरी स्थिति में भी आप बर्बाद नहीं होंगे। उस स्थिति की वजह से आपको असुविधा या परेशानी तो हो सकती है, लेकिन आप अंततः उससे उबर जाएँगे। तब आपको यह एहसास होगा कि इसमें शायद उतनी चिंता नहीं करनी चाहिए, जितनी कि आप कर रहे हैं।

- *तीसरा हिस्सा है, सबसे बुरे संभावित परिणाम को मानसिक रूप से स्वीकार करने का संकल्प करें।* ख़ुद से कहें, "देखिए, अगर ऐसा हो भी जाए, तो भी मेरी जान नहीं जाएगी। मैं आगे बढ़ने का कोई न कोई तरीक़ा खोज ही लूँगा।" चिंता का अधिकांश तनाव अस्वीकृति की वजह से उत्पन्न होता है, जब हम सबसे बुरे संभावित परिणाम को स्वीकार नहीं करना चाहते। लेकिन जब आप सबसे बुरे संभावित परिणाम को स्वीकार करने का संकल्प कर लेते हैं (यदि यह हो जाए), तो आपकी सारी चिंता और तनाव ग़ायब हो जाता है।

- *चौथा हिस्सा है, सबसे बुरे परिणामों को सुधारने के काम में तुरंत जुट जाएँ।* सबसे बुरा संभावित परिणाम न मिले, यह सुनिश्चित करने के लिए हरसंभव क़दम उठाएँ। तत्काल कर्म करें। कुछ भी करें। आगे बढ़ें। तुरंत काम शुरू कर दें। सबसे बुरी चीज़ न हो, यह सुनिश्चित करने में इतने व्यस्त हो जाएँ कि आपके पास चिंता करने का समय ही न रहे।

वास्तविक उपचार

अंतिम विश्लेषण में, डर या चिंता का एक ही वास्तविक उपचार है : *अपने लक्ष्यों की दिशा में अनुशासित और उद्देश्यपूर्ण कर्म करने में जुटना।* अपने लक्ष्यों या समस्याओं के समाधानों पर काम करने में इतने व्यस्त हो जाएँ कि आपके पास किसी चीज़ से डरने या उसकी चिंता करने का समय ही न रहे।

जब आप आत्म-अनुशासन से साहस का अभ्यास करते हैं और डर उत्पन्न करने वाली स्थिति का सामना करने के लिए ख़ुद को विवश करते हैं, तो आपके आत्म-सम्मान, स्वाभिमान और आत्म-गौरव में वृद्धि होती

है। अंततः आप जीवन में उस मुक़ाम पर पहुँच जाएँगे, जहाँ आपको *किसी भी* चीज़ से डर नहीं लगेगा।

जब आपमें आत्म-विश्वास के साथ आगे बढ़ने का साहस आ जाए, तो इसके बाद आपको *लगन* का आत्म-अनुशासन भी विकसित करना चाहिए, जिसके बारे में हम अगले अध्याय में बात करेंगे।

कार्य अभ्यास :

1. इसी वक़्त जीवन में अपने तीन सबसे बड़े डरों को पहचानें। वे कौन से हैं ?
2. यह तय करें कि यदि सफलता की पूरी गारंटी हो, तो आप इनमें से प्रत्येक स्थिति में क्या करेंगे। आप कौन से कार्य करेंगे ?
3. आप कौन सी चीज़ हमेशा से करना चाहते थे, लेकिन उसका प्रयास करने से घबराते थे ? यदि आपको सफलता की गारंटी दे दी जाए, तो आप क्या भिन्न करेंगे ?
4. जीवन और कामकाज के किन तीन क्षेत्रों में आपको असफलता और नुक़सान का डर सबसे ज़्यादा लगता है ? आप इन डरों का सामना करने और उन्हें ख़त्म करने के लिए कौन से क़दम तत्काल उठा सकते हैं ?
5. जीवन के किन तीन क्षेत्रों में आपको आलोचना, अस्वीकृति और शर्मिंदगी का सबसे ज़्यादा डर लगता है ? आप इनका सामना कैसे कर सकते हैं और इनसे कैसे उबर सकते हैं ?
6. अगर आपको पक्का पता हो कि आप असफल हो ही नहीं सकते, तो आप अपने लिए कौन सा एक बड़ा लक्ष्य तय करेंगे ?
7. अगर आपके पास बैंक में 2 करोड़ डॉलर हों और केवल दस वर्ष की ज़िंदगी ही बची हो, तो आप जीवन में क्या भिन्न करेंगे ?

अध्याय - 7

आत्म-अनुशासन और लगन

"जल्दी से महान बनने के प्रयास से सचेत रहें।
10,000 में से एक प्रयास ही कामयाब हो सकता है।
यह बहुत ही भयावह अनुपात है।"

-बेंजामिन डिज़राइली

लगन एक सक्रिय अनुशासन है। विपत्तियों और अस्थायी असफलताओं के बावजूद लगनपूर्वक काम करने की क्षमता जीवन में सफलता पाने के लिए अनिवार्य है।

नेपोलियन हिल ने कहा था, "लगन चरित्रवान व्यक्ति के लिए वैसी ही है, जैसे कार्बन स्टील के लिए।" लगन सफलता का प्राथमिक कारण है। दूसरी ओर, लगन की कमी यानी जल्दी हार मान लेना असफलता का प्राथमिक कारण है।

आत्म-अनुशासन और आत्म-सम्मान के बीच सीधा संबंध होता है। हर बार जब भी आप ख़ुद को वह कार्य करने के लिए अनुशासित करते हैं, जो आपको करना चाहिए, जब आपको करना चाहिए, चाहे आपका मन हो या न हो, तो इससे आपका आत्म-सम्मान बढ़ता है। इसी तरह आत्म-सम्मान और लगन के बीच भी सीधा संबंध होता है। जब आप लगन से काम करते हैं और संभावित असफलता के बावजूद आगे बढ़ने के लिए

ख़ुद को विवश करते हैं, तो इससे आपका आत्म-सम्मान बढ़ता है।

आत्म-अनुशासन का प्रत्येक कार्य आत्म-अनुशासन के अन्य कार्यों को शक्ति देता है। लगन से किया गया प्रत्येक कार्य लगन के अन्य कार्यों को शक्ति देता है। जब आप लगनपूर्वक काम करने के लिए ख़ुद को बार-बार अनुशासित करते हैं, तो आप स्वयं को ज़्यादा पसंद करते हैं और अपना ज़्यादा सम्मान करते हैं। आप ज़्यादा शक्तिशाली और आत्म-विश्वासी बन जाते हैं। अंततः आप अजेय बन जाते हैं और दुनिया की कोई ताक़त आपको *रोक नहीं पाती*।

लगन का पुरस्कार

लगन अपना पुरस्कार स्वयं है। जब आप किसी काम में लगनपूर्वक जुटे रहने के लिए ख़ुद को विवश करते हैं, चाहे वह काम छोटा हो या बड़ा, तो आप अपने बारे में ज़्यादा ख़ुश और बेहतर महसूस करते हैं।

जब आप एक अतिरिक्त मील आगे तक जाते हैं और मिलने वाली तनख़्वाह या उम्मीद से ज़्यादा काम करते हैं, तो इससे आपका आत्म-सम्मान बढ़ता है। आपको अपने जीवन पर अधिक शक्ति और नियंत्रण का एहसास होता है। अपने करियर में जब आप तनख़्वाह से ज़्यादा काम करते हैं, तो आप देवदूतों की जमात में पहुँच जाते हैं। जीवन में विजेताओं और पराजितों में आधारभूत अंतर यही होता है : विजेता कभी हार नहीं मानते, और हार मानने वाले कभी नहीं जीतते।

आप स्वयं से सकारात्मक बातचीत करके अपनी लगन की क्षमता बढ़ा सकते हैं। ये शब्द कहें : "मुझे रोका नहीं जा सकता!" कोई भी बड़ा काम शुरू करने से पहले मन ही मन यह सोचकर अपनी प्रोग्रामिंग करें, "मैं कभी हार नहीं मानता।"

जीवन की हर सार्थक चीज़ प्राप्त करने के लिए आपको "लगन के इम्तहान" में उत्तीर्ण होना पड़ता है। यह इम्तहान आम तौर पर "स्नैप क्विज़" की तरह अप्रत्याशित रूप से, बिना किसी चेतावनी के सामने आ जाता है। अचानक कोई बड़ी विपत्ति, समस्या, अस्थायी असफलता या आपदा आपके सामने आ जाती है। इसे "इम्तहान की घड़ी" मानें। विपरीत

परिस्थितियों में ही यह पता चलता है कि आप किस मिट्टी के बने हैं। इसी समय आप स्वयं और दूसरों के सामने अपनी सच्ची चारित्रिक शक्ति और सफलता का संकल्प प्रदर्शित करते हैं।

आपकी प्रतिक्रिया करने की क्षमता

विपत्तियों पर प्रभावी प्रतिक्रिया करने की आपकी क्षमता – यानी आपकी ज़िम्मेदारी का स्तर – इस बात का पैमाना है कि सफलता के लिए आप कितने तैयार हैं। अचानक कोई बड़ी विपत्ति या समस्या सामने आने पर आप कुछ समय के लिए स्तब्ध रह जाएँगे। यह भावना काफ़ी कुछ वैसी ही होती है, जैसे आपके *भावनात्मक* पेट में किसी ने जमकर मुक्का मार दिया हो। आप कुछ पल या कुछ मिनट तक कुछ नहीं कर पाएँगे। इस दौरान आप प्रायः हताश हो जाएँगे या अपने भाग्य को कोसने लगेंगे। आप कहेंगे, "मैं ही क्यों?"

बहरहाल, यह महत्वपूर्ण नहीं है कि आप कितना नीचे गिरते हैं; महत्वपूर्ण तो यह है कि आप गिरने के बाद कितने ऊँचे उठते हैं। आपका लक्ष्य जल्दी से जल्दी ऊपर उठना है। अप्रत्याशित झटकों के बाद ऊपर उठने की क्षमता दीर्घकालीन सफलता के लिए बहुत ज़रूरी है। एक योद्धा का सूत्रवाक्य याद रखें : "मैं ख़ून बहना बंद होने तक कुछ देर लेटा रहूँगा और इसके बाद मैं उठकर दोबारा लड़ने लगूँगा।"

जब चीज़ें गड़बड़ हों, तो हाथ पर हाथ धरकर न बैठें, सदमा महसूस न करें या पीछे न हटें। अच्छी से अच्छी योजनाएँ भी अक्सर गड़बड़ा जाती हैं। निराशाओं और झटकों को जीवन का *हिस्सा मानें*। गहरी साँस लें, टुकड़ों को बटोरें और आगे की ओर बढ़ जाएँ।

आशावाद आपको शक्ति देता है

सफलता और लगन के लिए आपको जिस सबसे महत्वपूर्ण गुण की ज़रूरत है, वह है *आशावाद*। इसका अर्थ है स्वयं पर और अपनी क्षमता पर पूरा विश्वास कि आपको अंततः सफलता ज़रूर मिलेगी। विपरीत परिस्थितियों में आशावादी बने रहने के लिए अपने विचारों को नियंत्रित और अनुशासित करने की ज़रूरत होती है। ऐसे में अपने विचारों को नियंत्रित करें। अफ़सोस

के दलदल में न फँसे रहें। याद रखें, आप क़िस्मत के मारे या दुर्भाग्य के *शिकार* नहीं हैं। आप एक वयस्क हैं और अपने जीवन के प्रभारी हैं। आप वही कार्य कर रहे हैं, जिसे आपने अपनी इच्छा से चुना है। हर काम में विपत्तियाँ आना स्वाभाविक है। उन्हें सफलता की राह के गति अवरोधक मानकर आगे बढ़ जाएँ।

दूसरों को दोष देने या बहाने बनाने से इंकार कर दें। जब आप शिकायत करते हैं या दूसरों को दोष देते हैं, तो इससे अपनी ही नज़रों में आपका क़द छोटा होता है। इससे भी बुरी बात यह है कि इससे आपकी व्यक्तिगत शक्ति कम होती है। आलोचना या शिकायत करते समय आप ज़्यादा कमज़ोर महसूस करते हैं और स्थिति से अच्छी तरह निबटने की आपकी क्षमता कम हो जाती है। इसके बजाय हर विपत्ति का स्वागत करते हुए बार-बार दोहराएँ, "इसके लिए मैं ज़िम्मेदार हूँ।"

दूसरों पर दोष मढ़ने के बजाय यह विचार करें कि जो हुआ है, उसके लिए *आप* कैसे ज़िम्मेदार हो सकते हैं। कोई बहाना नहीं चलेगा!

प्रतिक्रियाशील बनाम प्रोएक्टिव

क्या हुआ है और दोष किसका है, यह सोचने के बजाय इस बात पर ध्यान केंद्रित करें कि इसका *समाधान* क्या है और *इस वक़्त* क्या किया जा सकता है। क्या ग़लत हुआ और दोष किसका है, यह विचार करने के बजाय यह सोचें कि आप स्थिति को ठीक करने के लिए कौन से कार्य कर सकते हैं।

आशावादी बने रहने के लिए हर स्थिति में *अच्छाई* खोजें। जब आप अच्छाई खोजेंगे, तो आपको कोई न कोई अच्छी चीज़ मिल ही जाएगी। इसके अलावा, अच्छी चीज़ खोजने से आप अपने चेतन मन पर भी क़ाबू पा लेंगे। ध्यान रहे, आपका चेतन मन एक समय में केवल एक ही विचार रख सकता है, इसलिए सकारात्मक और आशावादी बनकर आप तुरंत उसे पूरी तरह नियंत्रित कर लेंगे।

हर समस्या या मुश्किल में छिपे *मूल्यवान सबक़* को खोजें। आप पर आई विपत्ति में एक या उससे अधिक सबक़ छिपे होते हैं, जिन्हें सीखकर आप भविष्य में ज़्यादा सफल हो सकते हैं। सफल और असफल लोगों में

बुनियादी अंतर यह है : विपरीत परिस्थितियों में असफल लोग अपनी क़िस्मत को दोष देने लगते हैं, जबकि सफल लोग भविष्य के लिए उपयोगी किसी मूल्यवान सबक़ की तलाश करते हैं।

उपहार की तलाश करें

नॉर्मन विन्सेंट पील कहा करते थे, "ईश्वर जब आपको कोई उपहार भेजना चाहता है, तो वह इसे समस्या में लपेटकर भेजता है। ईश्वर आपको जितना बड़ा उपहार भेजना चाहता है, वह उसे उतनी ही बड़ी समस्या में लपेटता है।"

समस्या पर ध्यान केंद्रित करने के बजाय *उपहार* की तलाश करें। आश्चर्यजनक बात यह है कि यह आपको हमेशा मिलेगा। यही नहीं, कई बार तो उपहार या मूल्यवान सबक़ समस्या की तुलना में बहुत ज़्यादा मूल्यवान हो सकता है। कई बार, किसी समस्या से निबटते समय सीखा गया एक छोटा सा सबक़ भी आपकी दीर्घकालीन सफलता की कुंजी हो सकता है। जैसा नेपोलियन हिल ने लिखा है, "हर समस्या या बाधा के भीतर समान या अधिक बड़े अवसर या लाभ का बीज छिपा होता है। आपका काम तो सिर्फ़ इसे खोजना है।"

विपत्ति आने पर हमेशा यह कल्पना करें कि आप एक शक्तिशाली और संकल्पवान व्यक्ति हैं। प्रथम विश्व युद्ध में एक ब्रिटिश जनरल के वरिष्ठ अधिकारियों ने उसका वर्णन इस तरह किया था : "वह लोहे के खूँटे की तरह बर्फ़ीली ज़मीन में अटल खड़ा रहा।"

जब भी आपके सामने किसी तरह की मुश्किल या समस्या आए, तो आपका वर्णन भी ऐसा ही होना चाहिए। बर्फ़ीली ज़मीन में लोहे के खूँटे की तरह अटल बनने का संकल्प करें।

पहले से ही संकल्प करें

जब आप पहले से ही यह संकल्प कर लेते हैं कि आप कभी हार नहीं मानेंगे, तो आपकी सफलता लगभग तय हो जाती है। अंतिम विश्लेषण में, आपको दरअसल *आपके* सिवा कोई दूसरा नहीं रोक सकता।

जीवन में इससे कोई फ़र्क़ नहीं पड़ता कि आप कितनी बार नीचे गिरते हैं। सारा फ़र्क़ तो इस बात से पड़ता है कि आप कितनी बार उठकर दोबारा खड़े होते हैं। अगर आप लगातार उठकर खड़े होते रहेंगे और आगे बढ़ते रहेंगे, तो अंततः अपने लक्ष्य तक पहुँच ही जाएँगे।

जब आप विपत्ति में भी लगन से जुटे रहने का आत्म-अनुशासन दिखाते हैं, तो इससे आपका आत्म-सम्मान और आत्म-विश्वास हर बार बढ़ता है। आत्म-सम्मान बढ़ने पर आप ज़्यादा शक्तिशाली, दृढ़ और अजेय महसूस करते हैं। इससे अगली बार - और उससे भी अगली बार - लगन से जुटे रहने की क्षमता बढ़ जाती है।

विपत्ति का सामना करते समय अनुशासित होकर आप अपने जीवन को आत्म-सम्मान, अनुशासन और लगन के ऊर्ध्वगामी चक्र पर पहुँचा देते हैं। फलस्वरूप आप प्राकृतिक शक्ति की तरह अजेय बन जाते हैं, जिसे सफल होने से कोई नहीं रोक सकता।

लगन सक्रिय आत्म-अनुशासन है।

खंड दो में आप सीखेंगे कि अपने जीवन के व्यावहारिक क्षेत्रों में इन सिद्धांतों का पालन करने के लिए आप कौन सी निश्चित चीज़ें कर सकते हैं, ताकि आपको अपने काम-काज और करियर में ज़्यादा सफलता मिले और आप आगे आने वाले महीनों और सालों में अपनी पूरी क्षमता को साकार कर सकें।

कार्य अभ्यास :

1. पहचानें कि आपके जीवन का वह एक क्षेत्र कौन सा है, जिसमें आपको अपना लक्ष्य प्राप्त करने के लिए ज़्यादा लगन से काम करना चाहिए। फिर उस क्षेत्र में कार्य शुरू कर दें।

2. अपने जीवन के किसी एक लक्ष्य को पहचानें, जिसे प्राप्त करने में आप सिर्फ़ इसलिए नाकाम रहे, क्योंकि आप अंत तक लगन नहीं रख पाए। उस क्षेत्र में सफल होने के लिए आप आज कौन से क़दम उठा सकते हैं ?

3. पहचानें कि आप किस बड़े लक्ष्य को सिर्फ़ इसलिए प्राप्त कर पाए, क्योंकि

आप लगन से जुटे रहे और आपने मुश्किलों के बावजूद हार मानने से इंकार कर दिया।

4. जीवन में अपना प्रमुख निश्चित लक्ष्य तय करें – वह लक्ष्य, जिसे प्राप्त करने से आपके जीवन पर सबसे अच्छा प्रभाव होगा।
5. अपना लक्ष्य स्पष्टता से लिखें, उसे प्राप्त करने की विस्तृत कार्ययोजना बनाएँ और फिर ख़ुद से कहें, "असफलता का विकल्प ही मौजूद नहीं है।"
6. आज ही एक निर्णय लें कि चाहे जो हो जाए, आप सफलता मिलने तक जुटे रहेंगे, क्योंकि "मुझे सफल होने से कोई नहीं रोक सकता।"
7. एक महत्वपूर्ण लक्ष्य तय करने और उसे प्राप्त करने का संकल्प करें। यह सकल्प करें कि आप राह में आने वाली अवश्यंभावी मुश्किलों, समस्याओं और विपत्तियों के बावजूद तब तक जुटे रहेंगे, जब तक कि आप अपने लक्ष्य को प्राप्त करने में सफल न हो जाएँ। यह प्रक्रिया बार–बार तब तक दोहराते रहें, जब तक कि लगन की आदत न पड़ जाए।

खंड - 2

व्यवसाय, बिक्री और आर्थिक क्षेत्र में आत्म-अनुशासन

इस खंड में आप सीखेंगे कि अपने क्षेत्र के शीर्षस्थ 10 प्रतिशत लोगों के समूह में शामिल होने के लिए आवश्यक अनुशासन कैसे विकसित करें। आप अपनी उत्पादकता, प्रदर्शन और परिणामों को बढ़ाना सीखेंगे। इसके अलावा आप यह भी सीखेंगे कि आप अपने संगठन और उद्योग के सबसे सम्मानित व्यक्तियों के समूह में कैसे पहुँच सकते हैं।

अध्याय - 8

आत्म-अनुशासन और काम-धंधा

"लीडर्स पैदा नहीं होते; वे बनते हैं। अन्य किसी चीज़ की तरह ही उन्हें बनाने में भी मेहनत लगती है। और यही वह क़ीमत है, हमें इस - या किसी भी - लक्ष्य को प्राप्त करने के लिए चुकानी पड़ती है।"

-विन्स लॉम्बार्डी

काम-धंधे में आत्म-अनुशासन रखने का आपके भविष्य पर जितना ज़्यादा प्रभाव पड़ता है, उतना शायद जीवन के किसी दूसरे क्षेत्र में नहीं पड़ता। बहरहाल, यदि आप अधिकांश लोगों जैसे हैं, तो सुबह उठने से लेकर रात को सोने तक आपके आस-पास के लोग और परिस्थितियाँ आपको अपने सबसे महत्वपूर्ण कार्य करने से रोकती हैं। लेकिन एक बात याद रखें, अपने सबसे महत्वपूर्ण कार्य करके ही आप करियर में तरक़्क़ी कर सकते हैं। तभी आप तीव्र और विश्वसनीय तरीक़े से आगे और ऊपर पहुँच सकते हैं।

सीनियर एक्ज़ीक्यूटिव्ज़ के समूह से एक बार पूछा गया, "वे कौन से सबसे महत्वपूर्ण गुण हैं, जिन्हें ध्यान में रखकर आप अपनी कंपनी में कर्मचारियों को प्रमोशन देते हैं?" 85 प्रतिशत एक्ज़ीक्यूटिव्ज़ की राय में सबसे महत्वपूर्ण दो गुण ये थे :

1. प्राथमिकताएँ तय करने और अधिक महत्वपूर्ण कार्य करने की

योग्यता; और

2. जल्दी व अच्छा काम करने का अनुशासन।

करियर को सफल बनाने में इन्हीं दोनों गुणों का सबसे ज़्यादा योगदान होता है। यदि आप अनुशासित और एकाग्रचित्त होकर कार्य करेंगे, तो आप ज़्यादा काम कर लेंगे, आपको ज़्यादा भुगतान मिलेगा और आपको अपने करियर में आम आदमी से ज़्यादा तेज़ी से प्रमोशन मिलेंगे।

महत्वपूर्ण और महत्वहीन कार्य के अंतर को समझ लें

मैंने इस पुस्तक में कई बार पेरेटो सिद्धांत - 80/20 के नियम - का उल्लेख किया है और यह यहाँ भी लागू होता है। आपका 80 प्रतिशत महत्त्व आपके 20 प्रतिशत कामों के कारण होता है। अब आप फटाफट उन शीर्षस्थ 20 प्रतिशत कामों को पहचान लें और फिर उन्हें अच्छी तरह तथा जल्दी करने पर ध्यान केंद्रित करें।

अध्याय 13 में हम समय-प्रबंधन पर विस्तार से बात करेंगे, लेकिन यहाँ हम अच्छे समय-प्रबंधन के विपरीत पहलू यानी *कमज़ोर* समय-प्रबंधन के बारे में कुछ बातें कर लेते हैं। रॉबर्ट हाफ़ इंटरनेशनल के अनुसार, सामान्य कर्मचारी कार्यालयीन काम से असंबद्ध गतिविधियों में लगभग 50 प्रतिशत समय बर्बाद करता है :

- काम का 37 प्रतिशत समय सहकर्मियों से व्यक्तिगत और निरर्थक बातचीत में बर्बाद होता है। यह बातचीत ऐसी होती है, जिसका ऑफ़िस के काम से कोई लेना-देना नहीं होता।
- बाक़ी का 13 प्रतिशत समय देर से ऑफ़िस आने या ऑफ़िस से जल्दी जाने, लंबे लंच और कॉफ़ी ब्रेक लेने, इंटरनेट पर सर्फ़िंग करने, अख़बार पढ़ने या व्यक्तिगत कामकाज निबटाने में बर्बाद होता है।

इससे भी बुरी बात यह है कि जब अपना बहुत सा समय बर्बाद करने वाले लोग काम करने बैठते हैं, तो वे कम महत्वपूर्ण कामों और गतिविधियों में काफ़ी ज़्यादा समय लगाते हैं। परिणाम यह होता है कि वे बहुत कम काम पूरे कर पाते हैं और उन पर काम पूरा करने का सतत दबाव रहता है।

दुर्भाग्य से, जब आप ऑफ़िस में अपना समय बर्बाद करते हैं, तो काम किसी दूसरे के पास नहीं चला जाता। यह आपकी मेज़ पर उसी तरह इकट्ठा होता रहता है, जिस तरह नदियों का पानी समुद्र में इकट्ठा होता है। डेडलाइन्स क़रीब आने लगती हैं। तनाव बढ़ता रहता है। अंततः आम तौर पर आख़िरी मिनट में आप काम पूरा करने के लिए विवश होते हैं। नतीजा यह होता है कि आपसे कई गंभीर ग़लतियाँ हो जाती हैं।

उत्कृष्ट छवि बनाएँ

हर दिन के हर घंटे, कड़ी मेहनत और अनुशासित कार्य करने की छवि बनाएँ। इससे वरिष्ठ अधिकारी आप पर जितना ज़्यादा और जितनी जल्दी ध्यान देंगे, उतना किसी दूसरी चीज़ से संभव नहीं है।

आम कर्मचारियों की आमदनी हर साल लगभग 3 प्रतिशत बढ़ती है, यानी यह लगभग मुद्रास्फ़ीति या जीवनयापन की लागत की दर से ही बढ़ती है। दूसरे शब्दों में, यदि आप आम कर्मचारी हैं, तो आप वास्तव में हर वर्ष ज़्यादा पैसे नहीं कमा रहे हैं; आप तो अपने ख़र्च की बराबरी पर चल रहे हैं। दूसरी ओर, अधिकांश क्षेत्रों में कार्य करने वाले शीर्षस्थ 20 प्रतिशत लोगों की आमदनी हर वर्ष 10 से 25 प्रतिशत बढ़ जाती है और चक्रवृद्धि के हिसाब से बढ़ती है।

ऑफ़िस में शीर्षस्थ 20 प्रतिशत लोग 80 प्रतिशत पैसे कमाते हैं। तलहटी के 80 प्रतिशत कर्मचारियों के पास शेष 20 प्रतिशत पैसे आपस में बाँटने के अलावा दूसरा कोई विकल्प नहीं रहता। वे सबसे उत्कृष्ट लोगों की मेज़ से गिरने वाले टुकड़े हथियाने के लिए दौड़ते रहते हैं।

आप अपनी आमदनी दोगुनी कर *सकते हैं*!

जब मैं अपने सेमिनार्स में लोगों से कहता हूँ कि आपको आने वाले महीनों और सालों में "अपनी आमदनी दोगुनी करने" का लक्ष्य बनाना चाहिए, तो लोग अलग-अलग तरीक़े से प्रतिक्रिया करते हैं। अक्सर ब्रेक के दौरान कोई न कोई मेरे पास आकर कहता है, "आप मेरी कंपनी को नहीं जानते हैं। यह संभव ही नहीं है कि वर्तमान कंपनी में मेरी आमदनी दोगुनी हो पाए। वे मुझे इतना पैसा कभी नहीं देंगे।"

चूँकि यह बात मैं पहले भी कई बार सुन चुका हूँ, इसलिए मैं उनसे यह बहुत महत्वपूर्ण सवाल पूछता हूँ, "क्या आपकी कंपनी में *कोई* ऐसा व्यक्ति है, जो आपसे दोगुना कमाता है ?"

सामने वाला अक्सर हाँ में जवाब देता है, "हाँ, मेरी कंपनी के कई लोगों का वेतन मुझसे दो-तीन गुना है।"

फिर मैं मुख्य बिंदु पर आता हूँ, "इसका मतलब है कि आपकी कंपनी *कुछ* लोगों को आपसे दोगुना वेतन देना चाहती है, लेकिन *आपको* नहीं देना चाहती। ऐसा क्यों है ?"

तब अचानक उसके दिमाग़ की बत्ती जल जाती है। उसे यह एहसास होता है कि दोष *कंपनी* का नहीं है, क्योंकि वह तो पैसा देने को तैयार है। दोष तो *उसी का* है, जो दोगुने वेतन जितना योगदान नहीं दे रहा है। वह समझ जाता है कि ज़िम्मेदारी कंपनी की नहीं, *उसकी* है।

तीन का नियम प्राथमिकता तय करने में आपकी सहायता करता है

उद्यमियों, एक्ज़ीक्यूटिव्ज़ और बिज़नेस मालिकों को प्रशिक्षण देते समय हम उनसे एक अभ्यास करवाते हैं। इस अभ्यास को इस तरह तैयार किया गया है कि बारह महीनों के भीतर, कई बार तो तीस दिनों के भीतर ही, उनकी उत्पादकता, प्रदर्शन और परिणाम दोगुने हो जाएँ। यह अभ्यास बहुत सरल है। देखें कि यह कैसे काम करता है।

सबसे पहले, उन सभी कामों की सूची बनाएँ, जो आप एक सप्ताह या एक महीने में करते हैं। सोमवार सुबह से लेकर सप्ताह के अंत तक आप जितने भी कार्य करते हों, उन सभी को लिख लें। इसमें हर छोटा-बड़ा काम लिख लें, जिसमें अपना ई-मेल चेक करना और रिटर्न फ़ोन कॉल्स करना शामिल है।

फिर इस सूची की समीक्षा करके ख़ुद से यह महत्वपूर्ण सवाल पूछें :

"यदि मैं दिन भर इस सूची का केवल *एक* काम कर सकूँ, तो कौन सा एक काम या गतिविधि मेरी कंपनी के लिए सबसे ज़्यादा महत्वपूर्ण या मूल्यवान है ?"

जैसे ही आप सूची देखेंगे, आपको सही जवाब तुरंत दिख जाएगा। यह जो भी हो, इसके ऊपर गोला लगा लें।

फिर दूसरा सवाल पूछें :

"यदि मैं दिन भर इस सूची के केवल *दो* काम कर सकूँ, तो दूसरा काम या गतिविधि कौन सी होगी ?"

अपनी सूची की दोबारा समीक्षा करें और कंपनी के प्रति योगदान के संदर्भ में अपने दूसरे सबसे महत्वपूर्ण काम को पहचानें।

अंत में, एक बार फिर सवाल पूछें :

"यदि मैं दिन भर इस सूची के केवल *तीन* काम कर सकूँ, तो तीसरा काम कौन सा होगा ?"

हम इसे "तीन का नियम" कहते हैं। इस नियम के अनुसार आपके तीन बुनियादी काम ही कंपनी या संगठन के लिए 90 प्रतिशत या उससे ज़्यादा महत्व रखते हैं। अब यह आपकी ज़िम्मेदारी है कि आप उन तीन अत्यंत महत्वपूर्ण कामों को पहचानें और फिर *अनुशासित होकर* उन्हें *दिन भर* करें। आपके बाक़ी के काम या तो सहायक कार्य होंगे, पूरक कार्य होंगे, आनंददायक कार्य होंगे या फिर निरर्थक कार्य होंगे। आपने इन छोटे-छोटे महत्वहीन कार्यों को करने की आदत इसलिए डाल ली है, ताकि आप अचेतन रूप से उन बड़े, मुश्किल और महत्वपूर्ण कामों से बच सकें, जिनका आपके काम-धंधे और करियर पर ज़बर्दस्त प्रभाव हो सकता है।

अपनी प्रति घंटा दर निकालें

अपनी आमदनी दोगुनी करने का एक और तरीक़ा है। इसके लिए आपको अपनी आमदनी और अपने समय आवंटन का हिसाब लगाकर "प्रति घंटा दर" निकालनी होगी। सबसे पहले तो यह पता लगाएँ कि आप हर घंटे कितने पैसे कमाते हैं। इसके लिए अपनी वार्षिक आमदनी में 2,000 का भाग दें (हमारे समाज में एक उद्यमी या एक्ज़ीक्यूटिव हर साल आम तौर पर इतने घंटे ही काम करता है : 40 घंटे प्रति सप्ताह x 50 सप्ताह प्रति वर्ष)।

उदाहरण के लिए, अगर आप 50,000 डॉलर प्रति वर्ष कमाते हैं,

तो 2,000 से भाग देने पर आपकी प्रति घंटा दर है 25 डॉलर। अगर आपकी वार्षिक आमदनी 1,00,000 डॉलर है, तो 2,000 से भाग देने पर आपकी प्रति घंटा दर 50 डॉलर है।

चाहे यह जो भी हो, इस पल के बाद *केवल* वही काम करने का संकल्प करें, जिनमें आपको हर घंटे इतना या इससे ज़्यादा मूल्य नज़र आए। वे काम न करें, जो आपसे कम मूल्यवान व्यक्ति कर सकता हो। जब आपके महत्वपूर्ण काम अधूरे पड़े हों, तो कम महत्व वाले या महत्वहीन काम करने में समय बर्बाद न करें।

• • •

बॉस से पूछें, कौन सा काम सबसे महत्वपूर्ण है

अब आप उन सभी कामों की सूची बना चुके हैं, जिन्हें करने के लिए आपको नौकरी पर रखा गया है। इसके अलावा, आपने अपनी प्रति घंटा दर को तर्कसंगत ठहराने वाले तीन सबसे महत्वपूर्ण काम भी चुन लिए हैं। अब अपने महत्वपूर्ण कामों की सूची अपने बॉस को दिखाकर उनकी प्राथमिकता पूछ लें। यह करना इसलिए ज़रूरी है, ताकि आपको पक्का पता चल जाए कि आपके बॉस को भी वही काम सबसे महत्वपूर्ण लगते हैं।

केपनर-ट्रेगो परामर्शदाता कंपनी के सह-संस्थापक और *द रैशनल मैनेजर* पुस्तक के लेखक बेंजामिन ट्रेगो ने एक बार कहा था, "समय का बहुत बड़ा दुरुपयोग उस काम को बहुत अच्छी तरह करना है, जिसे करने की ज़रूरत ही नहीं है।"

आश्चर्यजनक बात यह है कि बहुत से लोग उन कामों में कड़ी मेहनत करते हैं, जिनका उनके बॉस के लिए कोई महत्व ही नहीं है या *बहुत कम* महत्व है। आप *महत्वहीन* काम चाहे जितनी अच्छी तरह करें, उससे आपके करियर में कोई सहायता नहीं मिलती। इससे भी बुरी बात यह है कि कम महत्व के काम करने की वजह से आप अपने सबसे महत्वपूर्ण काम नहीं कर पाते हैं। ग़लत काम में कड़ी मेहनत करने से आपका करियर *ख़तरे* में पड़ सकता है।

ऑफ़िस में आपके सबसे सुखद दिन वे होते हैं, जब आप वही काम करते हैं, जिन्हें आपका बॉस सबसे महत्वपूर्ण मानता है। ऑफ़िस में आपके सबसे दुखद दिन वे होते हैं, जब आप वे काम नहीं करते हैं, जिन्हें आपका बॉस सबसे महत्वपूर्ण मानता है और आप ऐसे काम करने में अपना समय लगा देते हैं, जिन्हें आपका बॉस कम महत्वपूर्ण या महत्वहीन मानता है। जब इस बारे में आपमें और आपके बॉस में मत-भिन्नता हो, तो यह मान लें कि आप वे काम नहीं कर रहे हैं, जो उनके करियर और उनके लिए सबसे महत्वपूर्ण हैं।

आपका लक्ष्य ज़्यादा तनख़्वाह और जल्दी प्रमोशन पाना है। आपका लक्ष्य अपने क्षेत्र के सबसे मूल्यवान और सबसे ज़्यादा तनख़्वाह पाने वाले लोगों में से एक बनना है। इसके लिए पहले तो ख़ुद को अपनी कंपनी के लिए *महत्वपूर्ण* बनाएँ और फिर अनिवार्य बना लें। इसके लिए सबसे पहले और सबसे ज़्यादा ज़रूरत इस बात की होती है कि आप हमेशा वही काम करें, जिन्हें आपका बॉस सबसे महत्वपूर्ण मानता है।

जब काम करें, तो पूरे समय काम करें

अपनी उत्पादकता और परिणाम – और अंततः अपनी आमदनी – दोगुनी करने की कुंजी यह है कि जब आप काम करें, तो सचमुच पूरे समय *काम* करें। सरल भाषा में, *काम* में डूब जाएँ। समय बर्बाद न करें। देरी न करें। सहकर्मियों के साथ गपशप न करें या कॉफ़ी की चुस्कियाँ लेने में समय बर्बाद न करें। अख़बार न पढ़ें या इंटरनेट पर सर्फ़िंग न करें। सुबह ऑफ़िस पहुँचते ही सिर झुकाकर काम शुरू कर दें और दिन भर काम करते रहें।

ऑफ़िस की दुनिया में समय बर्बाद करने वाला दूसरा सबसे बड़ा कारण वे लोग हैं, जो आपसे बात करना चाहते हैं। वे आपका ध्यान भटकाते हैं, आपको देर कराते हैं और आपका समय ख़राब करते हैं, जिसमें आप ज़्यादा महत्वपूर्ण काम निबटा सकते हैं। जब कोई समय बर्बाद करने वाला आपके पास आकर कहे, "क्या हम एक मिनट बात कर सकते हैं?" तो जवाब दें, "हाँ, लेकिन अभी नहीं। क्यों न हम लंच के समय या ऑफ़िस के बाद बात करें? अभी तो मुझे यह काम पूरा करना है। मुझे जल्दी से यह *काम ख़त्म करना है*।"

जब आप लोगों को बता देते हैं कि आप बंदूक की नोंक पर हैं और आपको बॉस का दिया कोई काम पूरा करना है, तो आम तौर पर वे आपको परेशान करना छोड़ देंगे। अगर आप ऐसा बार-बार करेंगे, तो वे आपके पास आना ही छोड़ देंगे और समय बर्बाद करने के लिए किसी दूसरे को खोज लेंगे।

सकारात्मक आत्म-चर्चा करके स्वयं को प्रेरित और एकाग्रचित्त बनाए रखें। आज के बाद आपका मंत्र यह होना चाहिए, "काम पर ध्यान दो! काम पर ध्यान दो! काम पर ध्यान दो!"

जब भी आपको ऐसा लगे कि आप किसी महत्वपूर्ण काम में ढील दे रहे हैं, तो ये जादुई शब्द बार-बार दोहराएँ, "काम पर ध्यान दो!"

सबसे कड़ी मेहनत कौन करता है? गोपनीय सर्वेक्षण

कल्पना करें कि कोई बाहरी कंपनी आपकी संस्था के सभी कर्मचारियों का अध्ययन कर रही है। वे हर व्यक्ति को कर्मचारी-सूची देकर उससे पूछ रहे हैं कि सबसे ज़्यादा मेहनती कर्मचारी कौन है, दूसरा मेहनती कर्मचारी कौन है आदि।

फिर वे सबसे मेहनती कर्मचारी से सबसे आलसी कर्मचारी तक की सूची बनाकर वरिष्ठ अधिकारियों को देने वाले हैं। इसी सूची के आधार पर यह तय होगा कि किसे सबसे ज़्यादा तनख़्वाह और सबसे जल्दी प्रमोशन मिलते हैं।

अब कल्पना करें कि यह सर्वेक्षण इसी समय चल रहा है, लेकिन गोपनीय रूप से। सच तो यह है कि हर संस्था या कंपनी में हर कर्मचारी को पता होता है कि सबसे ज़्यादा मेहनत कौन करता है। हर कोई जानता है कि कौन आलस करता है, कम काम करता है और अपना पूरा योगदान नहीं देता है। *हर कर्मचारी जानता है* - इसमें रहस्य जैसी कोई बात नहीं है।

आज ही संकल्प करें कि अगर एक साल बाद इस तरह का सर्वेक्षण किया जाए, तो आप इस प्रतिस्पर्धा में "अव्वल" आएँगे। ऑफ़िस के सबसे मेहनती कर्मचारी की छवि बनाने का संकल्प करें - आज ही। इससे आपको

अपने करियर में जितनी ज़्यादा सहायता मिलेगी, उतनी किसी दूसरी चीज़ से नहीं मिलेगी।

समय बर्बाद करने वाले लोग और परिस्थितियाँ हर ऑफ़िस में मौजूद रहती हैं। आपको दोबारा काम पर ध्यान देने के लिए बाधाओं और व्यवधानों से निरंतर जूझना पड़ता है। इसी वजह से ऑफ़िस में पूरे समय काम करने के लिए ज़बर्दस्त आत्म-अनुशासन की ज़रूरत होती है।

सफलता का फ़ॉर्मूला

जब मैंने एक बड़ी कंपनी में नौकरी शुरू की, तो मैं सबसे जूनियर था। बाक़ी सभी लोग पहले से वहाँ नौकरी कर रहे थे। हालाँकि मेरी उम्र तीस-बत्तीस साल थी, लेकिन इसके बावजूद मुझे पता नहीं था कि यह खेल कैसे खेला जाए या कॉर्पोरेट जगत की गलाकाट प्रतिस्पर्धा में आगे कैसे निकला जाए।

संयोगवश मुझे एक ऐसा फ़ॉर्मूला मिल गया, जिसने मुझे सफल बना दिया। यह सरल था। जब भी बॉस मुझे कोई काम सौंपते थे, तो मैं उसे तत्काल कर देता था। जिस तरह कुत्ता फेंकी हुई हड्डी के पीछे भागता है, उसी तरह मैं भी लपककर उस काम के पीछे पड़ जाता था, उसे पूरा कर देता था और उसे लेकर फटाफट बॉस के पास पहुँच जाता था।

शुरुआत में तो वे मुस्कुराकर कुछ इस तरह की बात कहते थे, "मुझे यह इतनी जल्दी नहीं चाहिए था। धन्यवाद!"

ज़्यादा ज़िम्मेदारी माँगें

जब मैं अपना नियमित काम निबटा देता था, तो चैन से बैठने के बजाय मैं बॉस से कहता था, "मैं ख़ाली हूँ। मुझे और काम दें। मैं ज़्यादा ज़िम्मेदारी चाहता हूँ।" ये शब्द मेरा मंत्र बन गए : "मैं ज़्यादा ज़िम्मेदारी चाहता हूँ।"

बॉस बहुत सारे प्रोजेक्ट्स में उलझे रहते थे, इसलिए मेरी बात सुनकर वे अक्सर कहते थे, "ठीक है, मैं सोचता हूँ कि तुम्हें कौन सा काम दूँ।"

हर शाम को मैं अटके हुए रिकॉर्ड की तरह बॉस के पास जाकर फिर वही बात कहता था, "मैं पूरी तरह ख़ाली हूँ; मैं और ज़्यादा ज़िम्मेदारी चाहता हूँ।"

धीरे-धीरे, वे मेरी तरफ़ "हड्डियाँ" फेंकने लगे। मुझे व्यस्त रखने के लिए वे कोई छोटा-मोटा काम थमा देते थे। मैं उसे तत्काल पूरा कर देता था और परिणाम लेकर उनके पास पहुँच जाता था। उस वक़्त भी मैं यही बात दोहराता था, "मैं ख़ाली हूँ। मैं ज़्यादा ज़िम्मेदारी चाहता हूँ।"

छह महीनों के भीतर वे मुझे कंपनी का सबसे फ़ुर्तीला कर्मचारी मानने लगे, जो "काम को फटाफट पूरा करता था।" जब भी उन्हें कोई काम जल्दी करवाना होता था, वे बाक़ी लोगों को छोड़कर सीधे मुझे काम दे देते थे। वे जानते थे कि मैं उस काम को तुरंत पूरा कर दूँगा।

तुरंत काम निबटाने का महत्व

एक बार बॉस ने मुझसे कहा कि मैं रीनो चला जाऊँ। कंपनी वहाँ एक जायदाद ख़रीद रही थी, जिसके डेवलपमेंट का काम शुरू होने वाला था। उन्होंने मुझसे कहा कि मैं अगले दो सप्ताह में कभी भी वहाँ जा सकता हूँ। मैं अगली सुबह ही वहाँ पहुँच गया। मैं सीधे उस वकील से मिलने पहुँच गया, जो सौदे में शामिल था। फिर मैं विकास कार्य के प्रभारी इंजीनियर से मिला। मुझे तुरंत यह एहसास हो गया कि उस ज़मीन ख़रीदी में कोई न कोई भयंकर घपला है। मुझे पता नहीं था कि गड़बड़ क्या है, लेकिन मैं हर व्यक्ति से मिलकर सवाल पूछता रहा और जानकारी इकट्ठी करता रहा।

मेरे पास समय कम था, क्योंकि अगले ही दिन दो मिलियन डॉलर का यह सौदा अंतिम रूप लेने वाला था और पैसे का आदान-प्रदान होने वाला था। काफ़ी दौड़-धूप के बाद शाम तक मुझे सच्चाई पता चल गई। हमें ज़मीन का ऐसा टुकड़ा बेचा जा रहा था, जहाँ पानी ही नहीं था, इसलिए उसे *डेवलप नहीं किया जा सकता था*। जटिल नियमों और सीमित जल अधिकारों के कारण वह जायदाद वास्तव में बेकार ज़मीन थी, जिसे सैकड़ों सालों तक *डेवलप* नहीं किया जा सकता था। उसे ख़रीदने पर हमारे दो मिलियन डॉलर डूब जाते।

मैंने तत्काल सौदे को रुकवा दिया और वकील से 2,50,000 डॉलर के डिपॉज़िट का सर्टिफ़ाइड चेक माँगा, जो उसके ट्रस्ट अकाउंट में जमा था। फिर मैंने हवाई यात्रा करके सीधे अपने बॉस को पूरी कहानी बता दी। जैसी कि आप कल्पना कर सकते हैं, मैंने जो किया था, उससे मेरे बॉस मुझसे बहुत ख़ुश हुए।

बड़ा पुरस्कार

उसके बाद मुझे ज़्यादा ज़िम्मेदारियाँ मिलती चली गईं। एक साल के भीतर मुझे कंपनी के तीन शहरों के डिवीज़न्स का प्रभारी बना दिया गया और मेरे स्टाफ़ में बयालीस लोग थे। मुझे बाद में पता चला कि मेरे बॉस मुझे जितना ज़्यादा वेतन दे रहे थे, उतना उन्होंने उससे पहले किसी अधीनस्थ को नहीं दिया था। ज़ाहिर है, वे परिणामों और मुनाफ़े के आधार पर ही मुझे यह वेतन दे रहे थे।

यही वजह है कि जब भी लोग मुझसे नौकरी में सफलता पाने का तरीक़ा पूछते हैं, तो मैं उन्हें यही सलाह देता हूँ : जब भी आपका बॉस आपको कोई काम सौंपे, उसे तुरंत करें और अच्छी तरह करें। काम पूरा करके फिर बॉस के पास जाएँ और ज़्यादा ज़िम्मेदारी माँगें। जब आपको ज़्यादा ज़िम्मेदारी या काम मिले, तो उसे भी तुरंत और अच्छी तरह करें। इस तरह फुर्तीले और उत्कृष्ट कर्मचारी के रूप में अपनी छवि बना लें। इस छवि से आपका करियर जितनी तेज़ी से आगे बढ़ेगा, उतना किसी दूसरी छवि से नहीं बढ़ सकता।

क़ीमत चुकाएँ

नौकरी के क्षेत्र में सफलता पाने का तीन हिस्सों वाला सरल फ़ॉर्मूला यह है : थोड़े *ज़्यादा जल्दी* आएँ, थोड़ी *ज़्यादा* मेहनत से काम करें और थोड़ी *ज़्यादा देर* तक ऑफ़िस में रुकें। इसका पालन करके आप अपने प्रतिस्पर्धियों से इतने आगे निकल जाएँगे कि वे कभी आपकी बराबरी नहीं कर पाएँगे।

निर्धारित समय से एक घंटा पहले ऑफ़िस आएँ – किसी भी अन्य कर्मचारी के आने से पहले। इस अतिरिक्त समय में दिन भर की योजना बनाएँ और अपने सबसे महत्वपूर्ण काम शुरू कर दें। यह सुनिश्चित करें

कि जब भी आपका बॉस ऑफ़िस में क़दम रखे, आप उसे हमेशा काम में जुटे दिखें।

दूसरी बात, थोड़ी ज़्यादा मेहनत करें। समय बर्बाद न करें। सहकर्मियों के साथ गपशप न करें। अपने प्रमुख काम और ज़िम्मेदारियाँ निबटाने के लिए लंच के दौरान भी काम करें, ताकि आप अपने प्रमुख कामों और ज़िम्मेदारियों को समय पर पूरा कर सकें - और पूरे नियंत्रण में रह सकें।

तीसरी बात, अपने सहकर्मियों से एक घंटे ज़्यादा देर तक ऑफ़िस में रुकें। अगर बाक़ी कर्मचारी शाम को पाँच बजे ऑफ़िस से जाते हैं, तो आप छह बजे जाएँ। इस अतिरिक्त समय में अपने महत्वपूर्ण काम निबटा लें और अगले दिन की योजना बना लें।

जब आप एक घंटे पहले ऑफ़िस आकर काम करते हैं, लंच में भी काम करते हैं और एक घंटे देर तक रुककर काम करते हैं, तो आप *तीन* घंटे ज़्यादा काम करते हैं। इसके अलावा, इन तीन घंटों में आपके कामकाज में कोई व्यवधान नहीं होता है, क्योंकि दूसरे लोग या फ़ोन की घंटी से किसी प्रकार की बाधा नहीं पड़ती है। फलस्वरूप इन तीन घंटों में आप सामान्य से दो-तीन गुना ज़्यादा काम कर लेंगे।

वास्तव में, कार्यालयीन समय में इन तीन घंटों के जुड़ने से ही आपकी उत्पादकता, प्रदर्शन और परिणाम दोगुने, यहाँ तक कि तीन गुने बढ़ सकते हैं। सबसे अच्छी बात यह है कि जल्दी आने और देर से जाने में आपका कोई नुक़सान नहीं होता। आप ऑफ़िस आने-जाने के समय होने वाले भारी यातायात और ट्रैफ़िक जाम से बच जाते हैं।

फ़ोर्टी प्लस फ़ॉर्मूला

नौकरी में ज़्यादा तेज़ी से सफलता पाने के लिए "फ़ोर्टी प्लस फ़ॉर्मूले" का उपयोग करें। इस फ़ॉर्मूले के अनुसार आप हर सप्ताह चालीस घंटों से *जितना ज़्यादा* काम करते हैं, उसी से यह पता चल जाता है कि आज से पाँच साल बाद आप कहाँ होंगे।

अगर आप हर सप्ताह चालीस घंटे ही काम करते हैं, तो आप सामान्य कर्मचारी ही रहेंगे, क्योंकि अन्य सभी कर्मचारी भी इतने ही समय काम

करते हैं। ऐसे में आपकी वार्षिक वेतनवृद्धि भी सामान्य यानी 3-4 प्रतिशत ही होगी। आपकी "नौकरी" तो बची रहेगी, लेकिन आपकी आमदनी बाक़ी कर्मचारियों जितनी ही बढ़ेगी।

चालीस से ज़्यादा घंटे लगाने पर आप अपनी कंपनी - और अपने व्यवसाय - के अधिकांश लोगों से बेहतर स्थिति में आ जाते हैं। आपको जितना वेतन मिलता है, उससे ज़्यादा काम करने की *आदत* डालें। ख़ुद को अनुशासित कर लें कि आपको जितना मिलेगा, आप उससे ज़्यादा देंगे। नौकरी में हर सप्ताह चालीस घंटे से ऊपर के हर घंटे को भावी सफलता में निवेश मानें।

अमेरिका में सबसे ज़्यादा आमदनी उन्हीं लोगों को होती है, जो हर सप्ताह 50-60 घंटे तक काम करते हैं। औसत स्व-निर्मित करोड़पति हर सप्ताह 59 घंटे काम करता है। यानी सप्ताह में 12 घंटे के पाँच कार्य दिवस या 10 घंटे के छह कार्य दिवस। अधिकांश सफल लोग करियर की शुरुआत में सप्ताह में छह दिन - कई बार तो सात दिन भी - काम करते थे। यही नहीं, जब वे काम करते थे, तो पूरे समय मन लगाकर *काम करते थे*। वे समय बर्बाद नहीं करते थे। उन्हें यह एहसास था कि अगर उन्हें भविष्य में प्रचुर फ़सल काटनी है, तो उन्हें अपने करियर की शुरुआत में ही ज़्यादा बीज बो देने चाहिए।

सफलता के लिए पोशाक

आपमें यह अनुशासन भी होना चाहिए कि आप अपने लक्ष्य के अनुरूप दिखें। याद रखें, "एक जैसे पंख वाले पक्षी एक साथ रहते हैं।" हुलिए के संदर्भ में इसका यह अर्थ है कि अधिकारी अपने जैसे दिखने वाले कर्मचारियों को प्रमोशन देना पसंद करते हैं। बॉस अपने कर्मचारियों के हुलिए को लेकर बहुत संवेदनशील होते हैं। वे उस कर्मचारी को प्रमोशन देना चाहेंगे, जिसका परिचय वे गर्व के साथ अपने मित्रों और सहकर्मियों से करा सकें। यह सुनिश्चित करें कि आपकी पोशाक और बाक़ी हुलिया ऐसा हो कि आपके बॉस गर्व के साथ आपको लंच पर ले जा सकें और अपनी कंपनी के प्रतिनिधि के रूप में दूसरों से आपका परिचय करा सकें।

हर सुबह ऑफ़िस जाने से पहले दर्पण में ख़ुद को देखकर पूछें, "क्या

मैं अपने क्षेत्र के शीर्षस्थ लोगों जैसा दिखता हूँ?" अगर नहीं दिखते हों, तो पोशाक बदल लें - और तब तक बदलते रहें, जब तक कि आप अपने क्षेत्र के शीर्षस्थ लोगों जैसे न दिखने लगें।

सीखें कि *सफलता के लिए कैसी पोशाक पहननी चाहिए*। पुस्तकें और लेख पढ़ें या दूसरों की सलाह लें। अपने व्यवसाय के सबसे सफल लोगों को देखें और उनके जैसी ही पोशाक पहनें। अपने वर्तमान पद से *दो* पायदान ऊपर के पद की पोशाक पहनें। याद रखें, दूसरों पर आपकी जो पहली छाप पड़ती है, उसका 95 प्रतिशत हिस्सा आपकी पोशाक और हुलिए से तय होता है। यह सुनिश्चित करें कि पहली छाप - और फिर दूसरी और तीसरी छाप भी - उस संदेश के अनुरूप हो, जो आप भेजना चाहते हैं।

कई लोगों को जीवन भर नौकरी करने के बावजूद यह एहसास नहीं होता कि वे भी अपनी कंपनी या संगठन के सबसे मूल्यवान और महत्वपूर्ण व्यक्तियों में से एक बन सकते थे। यदि वे थोड़ा ज़्यादा प्रयास करते, थोड़ी ज़्यादा मेहनत करते और ज़्यादा महत्वपूर्ण कामों पर ध्यान केंद्रित करते, तो ऐसा हो सकता था। आपको यह बात हमेशा ध्यान रखनी चाहिए। जब आप स्वयं को अनुशासित करके कंपनी के प्रति अपने योगदान के मूल्य और महत्व को बढ़ाते हैं, तो दरअसल आप अपने करियर को तीव्र मार्ग पर पहुँचा रहे हैं और ख़ुद को एक अद्‌भुत भविष्य की गारंटी दे रहे हैं।

अगले अध्याय में आप यह सीखेंगे कि ऑफ़िस में आपका व्यवहार किस प्रकार आपको नेतृत्व के ऊपरी पायदानों पर पहुँचा सकता है। आप यह भी जानेंगे कि लीडर के रूप में अपनी संभावना को साकार करने के लिए आत्म-अनुशासन अनिवार्य क्यों है।

कार्य अभ्यास :

1. आज ही यह निर्णय लें कि आप अपनी कंपनी - और अपने व्यवसाय - के शीर्षस्थ 20 प्रतिशत लोगों में से एक बनेंगे। इसके लिए आपको क्या भिन्न करना चाहिए या आप क्या भिन्न कर सकते हैं?
2. आप अपनी नौकरी में जो भी काम करते हैं, उनकी सूची बनाएँ। इसके बाद

उन तीन मुख्य कामों को पहचानें, जिनके द्वारा आप अपनी कंपनी में सबसे महत्वपूर्ण योगदान देते हैं।

3. अपने कामकाज की नई दिनचर्या बनाएँ। एक घंटे पहले ऑफ़िस आएँ, थोड़ी ज़्यादा मेहनत से काम करें और एक घंटे देर तक ऑफ़िस में रुकें, जब तक कि इसकी आदत न पड़ जाए।

4. उन सबसे महत्वपूर्ण परिणामों को पहचानें, जिनकी आपसे नौकरी में उम्मीद की जाती है और फिर दिन भर उन्हीं परिणामों की दिशा में काम करते रहें।

5. अपनी कंपनी के सबसे अच्छी पोशाक और हुलिए वाले व्यक्ति को पहचानें और फिर उसे अपने हुलिए का रोल मॉडल बना लें।

6. यह तय करें कि आज के बाद आप जब भी ऑफ़िस में होंगे, तो सचमुच काम करेंगे और कंपनी के सबसे मेहनती व्यक्ति के रूप में अपनी छवि बनाएँगे।

7. तुरंत काम करने की आदत डालें। जब भी आपको कोई काम या अवसर दिया जाए, उसे तेज़ी से पूरा करने का संकल्प करें। इससे आपका करियर ही नहीं, आपका जीवन भी बदल सकता है।

अध्याय - 9

आत्म-अनुशासन और नेतृत्व

"सेना में अनुशासन की अवहेलना से ज़्यादा हानिकारक कुछ भी नहीं है; क्योंकि संख्या नहीं, अनुशासन से ही एक सेना दूसरी से श्रेष्ठ बनती है।"

-जॉर्ज वॉशिंगटन

नेतृत्व और आत्म-अनुशासन साथ-साथ चलते हैं। ऐसे प्रभावी लीडर की कल्पना करना संभव ही नहीं है, जिसमें आत्म-अनुशासन, इच्छाशक्ति, आत्म-नियंत्रण और आत्म-विजय की कमी हो। लीडर का सबसे बड़ा गुण यही है कि उसका स्वयं पर और हर स्थिति पर पूरा नियंत्रण होता है।

इतिहास में लीडर्स की जितनी ज़्यादा ज़रूरत और माँग आज है, उतनी पहले कभी नहीं रही। हमें समाज के हर क्षेत्र में - लाभकारी और ग़ैर-लाभकारी दोनों ही क्षेत्रों में - लीडर्स की ज़रूरत है। हमें अपने परिवार, कंपनी, आराधना स्थल, सामुदायिक संगठन और ख़ास तौर पर राजनीति में लीडर्स की ज़रूरत है। हमें ऐसे स्त्री-पुरुषों की ज़रूरत है, जो अपनी ज़िम्मेदारियों को गंभीरता से लें और स्थिति की कमान सँभालने के लिए आगे क़दम बढ़ाने के इच्छुक हों।

सौभाग्यवश, नेतृत्व की कला *सीखी जा सकती है*। लीडर्स समय के साथ विकसित होते हैं - वे आम तौर पर अपना विकास स्वयं करते हैं -

कड़ी मेहनत, अनुभव और प्रशिक्षण द्वारा। जैसा कि पीटर ड्रकर ने एक बार कहा था, "हो सकता है कि कुछ लीडर्स पैदाइशी होते हों, लेकिन उनकी संख्या इतनी कम है कि सृष्टि की महान योजना में उनसे कोई फ़र्क़ नहीं पड़ता।"

विकास की चार अवस्थाएँ

अपने व्यावसायिक करियर में आप कार्य और लक्ष्य-प्राप्ति के चार स्तरों से गुज़रते हैं। पहले, आप *कर्मचारी* बनकर अपना करियर शुरू करते हैं और इस स्तर पर आपका ज्ञान व अनुभव सीमित होता है। फिर जब आप काम सीखते हैं, विकास करते हैं और परिणाम पाने की अपनी योग्यता को निखारते हैं, तो आप ऊपर वाले पद पर पहुँचकर *सुपरवाइज़र* बन जाते हैं। अब आप पर दूसरे कर्मचारियों के प्रदर्शन और परिणामों की ज़िम्मेदारी आ जाती है।

जब आप सुपरवाइज़र के रूप में कर्मचारियों के काम की निगरानी में निपुण हो जाते हैं और दूसरों से काम करवाने की योग्यता को बेहतर बना लेते हैं, तो इसके बाद आप *मैनेजर* बन जाते हैं, जो विशेष क्षेत्रों में योग्यता प्रदर्शित करने वाले कर्मचारियों को काम सौंपता है। मैनेजर का दृष्टिकोण ज़्यादा व्यापक होता है और इस पद के साथ ज़्यादा ज़िम्मेदारियाँ भी आती हैं।

जब आप प्रबंधन की ऊपरी पायदानें चढ़ते हैं, ज़्यादा ज्ञान अर्जित करते हैं, अधिक प्रभावी बनते हैं और ज़्यादा तथा अलग-अलग लोगों से बेहतर परिणाम प्राप्त करते हैं, तो आप सर्वोच्च स्तर पर पहुँच जाते हैं - आप *लीडर* बन जाते हैं। इस स्तर पर आपका काम बिलकुल ही अलग हो जाता है। पहले आप यह तय करते थे कि काम *कैसे* करना है, लेकिन लीडर बनने के बाद आप पर यह तय करने की ज़िम्मेदारी आ जाती है कि *कौन सा* काम करना है।

यह कहा गया है कि "कुछ लीडर्स बनाए जाते हैं, कुछ पैदा होते हैं और कुछ पर लीडरशिप थोप दी जाती है।" लीडर्स उभरकर सामने आते हैं या फिर नेतृत्व योग्यता की आवश्यकता वाली स्थिति से निबटने के लिए उन्हें तरक़्क़ी दी जाती है। सरल शब्दों में, लीडर की भूमिका "परिणामों

की ज़िम्मेदारी लेना" है।

लोगों को नेतृत्व के ऊँचे स्तरों पर तरक़्क़ी क्यों दी जाती है ? इसका बुनियादी कारण यह है कि वे हर स्तर पर यह प्रदर्शित कर देते हैं कि उनमें अपेक्षित परिणाम पाने की योग्यता है। लीडर के मन में हमेशा यही सवाल रहता है, "मुझसे किन परिणामों की आशा की जाती है ?" इस मामले में स्पष्टता अनिवार्य है।

कुछ लोगों को नेतृत्व के ज़्यादा ऊँचे पद पर प्रमोशन नहीं दिया जाता - कई बार तो उन्हें नौकरी से निकाल भी दिया जाता है। इसका मुख्य कारण यह है कि वे "परिणाम" नहीं दे पाते। वे उनसे अपेक्षित सबसे महत्वपूर्ण काम नहीं कर पाते हैं, न ही वे उनसे अपेक्षित परिणाम दे पाते हैं।

लीडर्स के पास भविष्य-दृष्टि होती है

जेम्स मैक्फ़र्सन ने लीडर्स पर 3,300 अध्ययन किए हैं। इनके आधार पर वे इस नतीजे पर पहुँचे कि नेतृत्व का पहला गुण है *भविष्य-दृष्टि*। लीडर्स के पास भविष्य-दृष्टि होती है। उनमें भविष्य में आगे तक देखने की क्षमता होती है, जिसके आधार पर वे एक स्पष्ट मानसिक चित्र बना सकते हैं कि वे अपने संगठन को कहाँ ले जाना चाहते हैं। उनमें अपनी भविष्य-दृष्टि दूसरों तक पहुँचाने की योग्यता भी होती है। और अंततः उनमें उस भविष्य-दृष्टि या स्वप्न को साकार करने के लिए दूसरों का समर्पण पाने की क्षमता भी होती है।

आप लीडर तब बनते हैं, जब आप परिणामों की ज़िम्मेदारी स्वीकार करते हैं। आप लीडर तब बनते हैं, जब आप लीडर की तरह सोचना, काम करना और बात करना शुरू करते हैं। आप लीडर तब बनते हैं, जब आप अपने और अपनी कंपनी, अपने जीवन या अपनी ज़िम्मेदारी के क्षेत्र में *भविष्य-दृष्टि* विकसित करते हैं।

लीडरशिप और भविष्य-दृष्टि के महत्व पर सैकड़ों पुस्तकें लिखी गई हैं। उन सभी में सार रूप में एक ही सिद्धांत बताया गया है। सेनापति के पास *विजय* की भविष्य-दृष्टि होती है, जिसे वह कभी अपनी नज़रों से ओझल नहीं होने देता। सीईओ के पास कंपनी के उत्कृष्ट प्रदर्शन और

सफलता की भविष्य-दृष्टि होती है, जिसके प्रति वह पूरी तरह समर्पित होता है।

लीडर मानदंड तय करता है

लीडर पूरे संगठन के मानदंड या पैमाने तय करता है। यह संभव ही नहीं है कि संगठन के किसी भी अन्य व्यक्ति के पास लीडर से ज़्यादा स्पष्ट भविष्य-दृष्टि हो या वह उत्कृष्टता के ज़्यादा ऊँचे पैमाने पर कार्य करे। इसी कारण लीडर रोल मॉडल होता है। वह संगठन के हर व्यक्ति के मनोबल और मनोदशा को तय करता है। लीडर का व्यक्तित्व और कार्यशैली कंपनी के हर कर्मचारी, संगठन या विभाग पर प्रभाव डालती है।

किसी कंपनी में मनोबल नीचे से ऊपर नहीं *उठता* है। वास्तव में, यह तो शिखर से यानी लीडर से नीचे के कर्मचारियों तक आता है। लीडर के व्यवहार का हर कर्मचारी के व्यवहार पर प्रभाव पड़ता है। यदि लीडर सकारात्मक, आत्म-विश्वासी और उत्साही है, तो संगठन के हर व्यक्ति पर उसके इस व्यवहार का प्रभाव पड़ेगा। परिणाम यह होगा कि हर कर्मचारी ज़्यादा सकारात्मक, आत्म-विश्वासी तथा उत्साही बन जाएगा।

जो कहें, वही करें

जब आप लीडर बन जाते हैं, तो आपको "लीडर जैसा" बनने के लिए ख़ुद को अनुशासित करना होगा। आपको लीडर की भूमिका के अनुरूप चलना, बात करना और काम करना चाहिए। तब आपकी ज़िम्मेदारियाँ अलग हो जाती हैं और एक भिन्न व्यक्ति बन जाते हैं।

ऊपर की सीढ़ियाँ चढ़ते समय शुरुआत में आप स्टाफ़ या सेल्स टीम के सदस्य होते हैं। मैनेजर बनने पर आप प्रबंधन का हिस्सा होते हैं। इसका मतलब है कि जूनियर कर्मचारी के रूप में आपका दृष्टिकेंद्र ऊपर की तरफ़ और इधर-उधर होता है, लेकिन लीडर बनने के बाद आपका दृष्टिकेंद्र नीचे की ओर हो जाता है - उन सभी कर्मचारियों की ओर, जिनके प्रति आप ज़िम्मेदार हैं।

शायद लीडर का सबसे महत्वपूर्ण काम यह है कि वह *रोल मॉडल* बनने

के लिए ख़ुद को अनुशासित करे। कल्पना करें कि हर व्यक्ति आपको देख रहा है और आपके व्यवहार के आधार पर अपने कार्यों और शब्दों को ढाल रहा है।

लीडर बनने के बाद आपके पास "आराम से बैठने" की विलासिता नहीं होती। जिस पल आपको लीडर के पद पर तरक़्क़ी मिलती है, आप पर अपने शब्दों और व्यवहार को इस तरह अनुशासित और नियंत्रित करने की ख़ास ज़िम्मेदारी आ जाती है, ताकि आप अपने संगठन और कर्मचारियों के लिए सर्वश्रेष्ठ संभव परिणाम प्राप्त करें।

पैमाने तय करें

लीडर संगठन के व्यवहार, कार्य की गुणवत्ता, व्यक्तिगत नियोजन, समय-प्रबंधन और हुलिए के पैमाने तय करता है। उत्कृष्ट संगठनों का लीडर वह व्यक्ति होता है, जिसका अनुकरण और अनुसरण हर कर्मचारी करना चाहता है।

अधिकांश मामलों में लीडर कंपनी के बाक़ी कर्मचारियों से ज़्यादा कड़ी मेहनत करता है। वह सबसे समर्पित, संकल्पवान, साहसी, भविष्य-दृष्टा और लगनशील दिखता है। लीडर ही वह पैमाना तय करता है, जिसका अनुसरण हर व्यक्ति करना चाहे।

लीडर यह पैमाना भी तय करता है कि संगठन में कर्मचारियों के साथ कैसा बर्ताव हो। जब लीडर कर्मचारियों से शिष्टता, परवाह और सौजन्य के साथ व्यवहार करता है, तो जल्दी ही कर्मचारियों को यह एहसास हो जाता है कि उन्हें भी ऐसा ही व्यवहार करना चाहिए।

मूल्य और सिद्धांत तय करें

संगठन की स्पष्ट भविष्य-दृष्टि के अलावा लीडर के पास मूल्यों और नियोजन सिद्धांतों का समूह भी होना चाहिए, जिनसे व्यवहार करने और निर्णय लेने में मार्गदर्शन मिले। हर एक को यह पता होना चाहिए कि लीडर और कंपनी के सिद्धांत व आधारभूत मान्यताएँ क्या हैं। लीडर नैतिकता के ऊँचे मानदंडों पर चलता है और उत्कृष्ट प्रदर्शन की भविष्य-दृष्टि को

हर समय व्यक्त करता है। उसे अपने शब्दों के अनुरूप व्यवहार करना चाहिए और अपने सिखाए मूल्यों तथा सिद्धांतों पर अमल करना चाहिए।

लीडर का सबसे अच्छा पैमाना यह स्वर्णिम नियम है : "दूसरों के साथ वैसा ही करो, जैसा आप उनसे अपने लिए चाहते हों।"

> उदाहरण के लिए, जब जैक वेल्च जनरल इलेक्ट्रिक के प्रेसिडेंट थे, तो वे मैनेजर्स को प्रोत्साहित करते थे कि वे हर कर्मचारी से अच्छा व्यवहार करें। वे उनसे कहते थे कि किसी भी कर्मचारी के साथ व्यवहार करते समय वे यह याद रखें कि भविष्य में किसी समय वह कर्मचारी उनका बॉस भी बन सकता है। यानी तब पूरा समीकरण ही बदल जाएगा : बॉस अधीनस्थ बन जाएगा और अधीनस्थ बॉस बन जाएगा। ज़ाहिर है, इसके बाद मैनेजर्स का कर्मचारियों के साथ व्यवहार पूरी तरह बदल गया और वे अपने स्टाफ़ से बहुत सम्मानजनक और शिष्ट व्यवहार करने लगे।

नेतृत्व के सात सिद्धांत

यहाँ प्रभावी लीडर बनने के सात सिद्धांत बताए जा रहे हैं, जिन्हें आपको अपने व्यवहार और कार्यों में शामिल करना चाहिए।

1. *स्पष्टता :* यह शायद आपकी सबसे महत्वपूर्ण ज़िम्मेदारी है। आपको पूरी तरह स्पष्ट पता होना चाहिए कि आप कौन हैं और किन सिद्धांतों के लिए खड़े हैं। आपकी भविष्य-दृष्टि बिलकुल स्पष्ट होनी चाहिए। आपको सटीकता से पता होना चाहिए कि आप अपने कर्मचारियों का नेतृत्व करके उन्हें कहाँ ले जाना चाहते हैं। आपको पूरी स्पष्टता से मालूम होना चाहिए कि संगठन के लक्ष्य और उद्देश्य क्या हैं और उन्हें कैसे प्राप्त किया जाएगा।

   ख़ास तौर पर आपको संगठनात्मक मूल्यों, मिशन और उद्देश्य - और इनकी सार्थकता के बारे में भी - बिलकुल स्पष्ट होना चाहिए। आपके आस-पास के और नीचे के हर कर्मचारी को यह ठीक-ठीक पता होना चाहिए कि वे जो काम करते हैं, उसे क्यों कर रहे हैं और उनकी कंपनी का निर्माण किस उद्देश्य से किया गया है।

2. *क्षमता :* लीडर के रूप में आपको उत्कृष्ट प्रदर्शन का पैमाना बनाना होगा। साथ ही आपको कंपनी के हर कर्मचारी का रोल मॉडल भी बनना होगा। आपका लक्ष्य यह होना चाहिए कि आपकी कंपनी अपनी प्रतिस्पर्धी सर्वश्रेष्ठ कंपनी जितनी या उससे ज़्यादा अच्छी बने। आपको अपने प्रॉडक्ट्स की गुणवत्ता को बेहतर बनाने और अपने ग्राहकों की सेवा करने के बेहतर तरीक़े खोजने में निरंतर जुटे रहना चाहिए।

3. *समर्पण :* लीडर संगठन की सफलता के लिए पूरी तरह समर्पित होता है। उसे पूरा विश्वास होता है कि उसकी कंपनी अपने क्षेत्र में सर्वश्रेष्ठ है या भविष्य में सर्वश्रेष्ठ बनेगी। संगठन के प्रति – और सफलता तथा उपलब्धि के प्रति – इस उत्साही समर्पण से कर्मचारियों को अपना सर्वश्रेष्ठ कार्य करने की प्रेरणा मिलती है। तभी वे काम में पूरा दिल लगाते हैं।

4. *बाधाएँ :* लीडर का काम उन बंधनों या बाधक तत्वों को पहचानना है, जिनसे कंपनी की आमदनी और लाभ के सबसे महत्वपूर्ण लक्ष्यों पर असर पड़ता है। उन बंधनों और बाधाओं को दूर करने के लिए लीडर कर्मचारियों को नियुक्त करता है और संसाधन आवंटित करता है, ताकि कंपनी उस उद्योग में कार्यरत सर्वश्रेष्ठ कंपनियों में से एक बन जाए।

5. *रचनात्मकता :* लीडर सभी तरह के और सभी स्त्रोतों से आने वाले नए विचारों के प्रति खुला होता है और उन्हें ग्रहण करता है। लीडर उत्कृष्ट प्रॉडक्ट्स बनाने, बेहतर सेवाएँ देने और ग्राहकों की बेहतर देखभाल करने के ज़्यादा तेज़, बेहतर, सस्ते और आसान तरीक़े खोजने के लिए कर्मचारियों को लगातार प्रोत्साहित करता रहता है।

6. *निरंतर सीखना :* लीडर में पढ़ने और ऑडियो टेप सुनने की आदत होती है। एक्ज़ीक्यूटिव के रूप में वह अपने व्यक्तिगत ज्ञान और योग्यताओं को बढ़ाने के प्रति समर्पित होता है। अपनी योग्यताओं को बेहतर बनाने के लिए उसे अतिरिक्त सेमिनार्स और कोर्सेस में भी हिस्सा लेना चाहिए।

साथ ही, लीडर संगठन के हर कर्मचारी को सीखने और विकास करने के लिए प्रोत्साहित करता है। वह इसे व्यावसायिक जीवन का

सामान्य और सहज हिस्सा बना देता है। वह प्रशिक्षण और विकास के लिए समय तथा संसाधन प्रदान करता है। लीडर जानता है कि सर्वश्रेष्ठ कंपनियों के पास सर्वश्रेष्ठ-प्रशिक्षित कर्मचारी होते हैं। दूसरे दर्जे की कंपनियों के पास दूसरे दर्जे के प्रशिक्षित कर्मचारी होते हैं। और तीसरे दर्जे की कंपनियों के पास सबसे कम प्रशिक्षित कर्मचारी होते हैं - और वे कंपनियाँ दिवालिएपन की कगार पर होती हैं।

7. *एकरूपता :* लीडर सभी स्थितियों में एकरूप, विश्वसनीय, शांत और एक सा रहता है। वह इसके लिए स्वयं को अनुशासित करता है। व्यावसायिक जीवन के सबसे अच्छे पहलुओं में से एक यह है कि कर्मचारी लीडर को पूरी तरह एकरूप और विश्वसनीय माने। प्रभावी लीडर हर दिन नहीं बदलता है। लीडर किसी भी नई स्थिति, समस्या या आपातकालीन परिस्थिति के "झोंके" से नहीं डगमगाता है। इसके विपरीत वह शांत, सकारात्मक और आत्म-विश्वासी होता है - ख़ास तौर पर दबाव में।

अवश्यंभावी संकट

लीडर के जीवन में सिर्फ़ एक ही चीज़ अवश्यंभावी है और वह है *संकट*। जब आप नेतृत्व के पद पर पहुँचते हैं, तो आपके सामने संकट बार-बार आते रहते हैं - जो अप्रत्याशित होते हैं, बिन बुलाए चले आते हैं और जिनसे संगठन को गंभीर नुक़सान हो सकता है।

संकट में ही लीडर अपनी योग्यता प्रदर्शित करता है। संकट के समय वह शांत और निष्पक्ष रहकर जानकारी एकत्रित करता है। वह स्थिति का सटीक आकलन करता है और नुक़सान को न्यूनतम करने के लिए आवश्यक निर्णय लेता है।

महान लीडर्स ख़ुद को अनुशासित करके अपने डर और शंकाओं को *गोपनीय* रखते हैं। वे अपनी चिंताएँ अपने स्टाफ़ को नहीं बताते हैं। वे जानते हैं कि इससे कर्मचारियों में दुविधा उत्पन्न हो सकती है और मनोबल में कमी आ सकती है। इसके बजाय, लीडर बहुत से सवाल पूछता है और स्थिति की गहराई से जाँच-पड़ताल करता है, ताकि वह उसे पूरी तरह से समझ ले। बहरहाल, वह अपनी भावनाएँ गोपनीय रखता है।

जहाँ तक संगठन के कर्मचारियों का सवाल है, उन्हें लीडर हमेशा शांत, सकारात्मक, आरामदेह और पूरे नियंत्रण में दिखाई देता है - चाहे परिस्थितियाँ कैसी भी हों।

आत्म-नियंत्रण और नेतृत्व

स्वयं और अपने व्यवहार को अनुशासित करने की आपकी क्षमता और नेतृत्व करने की आपकी योग्यता के बीच सीधा संबंध होता है। जब आप दूसरों के सामने यह साबित कर देते हैं कि आपका स्वयं पर पूर्ण नियंत्रण है, तभी उनमें यह आत्म-विश्वास आता है कि वे आपको लीडर बना दें - और बनाए रखें।

लीडर जानता है कि उसकी बातों को बढ़ा-चढ़ाकर बताया जाता है। इसलिए लीडर कर्मचारियों की प्रशंसा करता है और उन्हें प्रोत्साहित करता है - उनके सामने भी और पीठ पीछे भी। वह कोई भी ऐसी नकारात्मक बात नहीं कहता है, जिसकी ग़लत व्याख्या हो सके। वह किसी को हतोत्साहित करने या चोट पहुँचाने वाली बात नहीं कहता है। अगर किसी कर्मचारी के संदर्भ में उसे कोई समस्या आती है, तो वह उसे अकेले में बुलाकर बातचीत करता है।

नेतृत्व के गुण

लीडर्स हर विस्तृत विवरण की योजना बनाने, तैयारी करने, व्यवस्थित करने और जाँच करने के लिए ख़ुद को अनुशासित करते हैं। वे किसी चीज़ को नज़रअंदाज़ नहीं करते। वे सवाल पूछकर हर स्थिति, समस्या या मुश्किल को पूरी तरह समझ लेते हैं।

महान लीडर्स इस तरह कार्य करते हैं, जैसे वे ही कंपनी के मालिक हों। उनमें व्यक्तिगत उत्तरदायित्व बहुत अधिक होता है। लीडर्स समस्या के लिए कभी शिकायत नहीं करते, बहाने नहीं बनाते और दूसरों को दोष नहीं देते।

लीडर्स बहुत ही *कर्म-केंद्रित* होते हैं। वे सावधानी से जानकारी एकत्रित करते हैं और आवश्यक निर्णय लेते हैं। वे पैमाने और मानदंड स्थापित करते

हैं, तथा दूसरों से उनके अनुरूप प्रदर्शन करवाते हैं। वे इस बात पर ज़ोर देते हैं कि काम तुरंत और अच्छी तरह हो।

लीडर्स शिखर पर पहुँचते हैं

लीडर्स किसी संगठन के शिखर पर उसी प्रकार पहुँच जाते हैं, जिस प्रकार मलाई दूध में ऊपर उठ जाती है। जब आप परिणाम प्राप्त करने की पूरी ज़िम्मेदारी स्वीकार करते हैं, अपने सबसे महत्त्वपूर्ण कार्य पूरे करने पर ध्यान केंद्रित करते हैं, अपने ज्ञान और योग्यताओं को निरंतर बढ़ाते रहते हैं, साथ ही अपनी कंपनी में महत्त्वपूर्ण योगदान देने की क्षमता में वृद्धि करते रहते हैं और दूसरे लोगों के साथ दयालुता तथा परवाह भरा व्यवहार करते हैं, तो आप स्वाभाविक लीडर के रूप में उभर आएँगे।

जैसे-जैसे आप अपने संगठन के प्रति मूल्यवान योगदान देने की अपनी बढ़ती हुई योग्यता प्रदर्शित करते हैं, आपके ऊपर, नीचे और आस-पास के लोग यह चाहेंगे कि आपको तरक़्क़ी देकर नेतृत्व के पद पर पहुँचा दिया जाए और आपके वहाँ पहुँचने के बाद वे आपको पूरा सहयोग देंगे। लीडर की तरह चलना, बोलना, कार्य करना और दूसरों के साथ व्यवहार करना जीवन में आपका प्राथमिक लक्ष्य है। अंततः आपका पद आपके प्रदर्शन के अनुरूप बन जाएगा।

अगले अध्याय में आप यह सीखेंगे कि अपने व्यावसायिक जीवन और गतिविधियों में ज़्यादा सफल होने के लिए आवश्यक अनुशासन कैसे विकसित किए जाएँ और उनका अभ्यास कैसे किया जाए।

कार्य अभ्यास :

1. स्वयं से पूछें, “मुझसे किन परिणामों की अपेक्षा की जाती है ?” और फिर हर दिन उन परिणामों को पाने पर पूरी एकाग्रता से ध्यान केंद्रित करें।
2. स्वयं को अपने संगठन के लीडर के रूप में देखें और खुद से पूछें, “यह कंपनी कैसी होगी, अगर इसका हर कर्मचारी मेरे जैसा हो ?”
3. सफलता और उत्कृष्ट प्रदर्शन के आधार पर स्वयं और संगठन के लिए एक

स्पष्ट और रोमांचक भविष्य-दृष्टि तैयार करें।

4. अपने व्यवसाय में कार्यरत सबसे महत्वपूर्ण लोगों को पहचानें और यह तय करें कि उनके सर्वश्रेष्ठ प्रदर्शन को पाने के लिए आपको उनके प्रति कैसा व्यवहार करना होगा।

5. पहले से ही यह संकल्प करें कि अवश्यंभावी संकट आने पर आप शांत, नियंत्रित और बुद्धिमत्तापूर्ण तरीक़े से प्रतिक्रिया करेंगे।

6. उन मूल्यों और सिद्धांतों को पूरी तरह स्पष्ट कर लें, जिन पर आपको यक़ीन है और जिन पर आप अडिग हैं। फिर उन्हें अपने आस-पास के लोगों को बताएँ।

7. हर व्यक्ति को सक्षम, मूल्यवान और महत्वपूर्ण मानकर व्यवहार करें। यह अपेक्षित निष्ठा और समर्पण प्राप्त करने की कुंजी है।

अध्याय - 10

आत्म-अनुशासन और व्यवसाय

"किसी दीर्घकालीन लक्ष्य का पीछा करते समय
आत्म-दमन का गुण और उसे बनाए रखने की इच्छाशक्ति
संचालक मंडल में शामिल होने का उत्कृष्ट प्रशिक्षण है।"

-जॉन वाइनी

अधिकांश लोग अपने जीवनकाल में या तो किसी व्यवसाय में कर्मचारी होते हैं या फिर उसके मालिक होते हैं। व्यावसायिक सफलता पाने के लिए व्यावसायिक गतिविधि के हर क्षेत्र में, चाहे वह छोटा हो या बड़ा, उच्च स्तरीय अनुशासन की ज़रूरत होती है। आत्म-अनुशासन और आत्म-नियंत्रण के बिना व्यवसाय में किसी तरह की सफलता संभव नहीं है।

वर्तमान अमेरिकी अर्थव्यवस्था में सफल व्यवसाय शुरू करने और उसे चलाने में जितने ज़्यादा आत्म-अनुशासन की आवश्यकता होती है, उतनी किसी दूसरे क्षेत्र में नहीं होती।

अर्थशास्त्र का पहला नियम है *न्यूनता।* नियम यह है कि आप जो चाहते हैं, वह कभी पर्याप्त नहीं होता। किसी के लिए कोई चीज़ कभी पर्याप्त नहीं होती। जैसे, आप जो भी बेचना चाहते हैं, उसके लिए आपके पास कभी पर्याप्त ग्राहक नहीं होते। बिक्री कभी इतनी नहीं होती कि आप अपने सारे आर्थिक लक्ष्य प्राप्त कर लें। मुनाफ़ा कभी इतना नहीं होता कि आप

अपनी इच्छा के अनुसार व्यवसाय को बढ़ा सकें। विशेष रूप से, अपने व्यावसायिक लक्ष्य प्राप्त करने में सहायता करने के लिए कभी पर्याप्त अच्छे लोग नहीं होते, जो आपके साथ और आपके लिए काम करें।

प्रतिस्पर्धा का नियम

यदि अर्थशास्त्र का पहला नियम अभाव है, तो व्यवसाय का पहला नियम *प्रतिस्पर्धा* है। *अपने* प्रॉडक्ट या सेवा ख़रीदने के लिए ग्राहकों के सीमित पैसे को आकर्षित करने के लिए ज़बर्दस्त एकाग्रता और अनुशासन की ज़रूरत होती है।

आपका उद्देश्य न केवल दिवालिया होने से बचना है, बल्कि समृद्ध होना भी है। आप अपने प्रॉडक्ट या सेवा की जो क़ीमत लेना चाहते हैं, उसके लिए आपको ग्राहक के सीमित धन के अन्य सभी उपयोगों से प्रतिस्पर्धा करनी पड़ती है।

व्यावसायिक सफलता का पहला अनुशासन यह है कि आप एक ऐसा प्रॉडक्ट या सेवा प्रदान करें, जो लोगों को पसंद हो, जिसकी उन्हें ज़रूरत हो और जिसके महत्व को वे स्वीकार करते हों। उसका दाम हर उस कंपनी की टक्कर का होना चाहिए, जो ग्राहक के उसी डॉलर को हथियाना चाहती है।

आपको अपने प्रॉडक्ट या सेवा के मामले में पूरी तरह ईमानदार होना चाहिए। आपको यह सुनिश्चित करना चाहिए कि वह वर्तमान बाज़ार के लिए पूरी तरह से उपयुक्त हो। यह एक ऐसा क्षेत्र है, जहाँ ग़लत मान्यताओं या निष्कर्ष से व्यवसाय में असफलता हाथ लग सकती है। प्रतिस्पर्धा और ग्राहकों की रुचियाँ बदलने के साथ-साथ जवाब भी बदलते रहते हैं।

ग्राहक हमेशा सही होता है

हर सप्ताह मैं ऐसे व्यवसायियों से बात करता हूँ, जो अपनी बिक्री और मुनाफ़े के स्तर को लेकर नाख़ुश रहते हैं। वे ज़ोर देकर कहते हैं कि उनका प्रॉडक्ट या सेवा उत्कृष्ट है और लोगों को उसे बहुत बड़ी संख्या में ख़रीदना चाहिए। ऐसे हर मामले में मैं उनसे कहता हूँ कि अगर उनका प्रॉडक्ट या

सेवा सचमुच आकर्षक या मूल्यवान है, तो इसका एकमात्र प्रमाण यही है कि लोग इसे इच्छा से ख़रीदें - और फिर दोबारा ख़रीदें और अपने मित्रों को भी इसे ख़रीदने की सलाह दें।

विशेषज्ञों के अनुसार, आपके 70 प्रतिशत व्यावसायिक निर्णय समय के साथ ग़लत साबित होते हैं। यह *औसत* आँकड़ा है। जब आप व्यवसाय में नए होते हैं या कोई नया व्यवसाय शुरू करते हैं, तो आपके ग़लत निर्णयों का प्रतिशत इससे भी ज़्यादा होगा। करियर की शुरुआत में उद्यमी के 90 प्रतिशत निर्णय ग़लत निकलना भी असामान्य नहीं है।

इस आशंका पर विचार करने के लिए ज़बर्दस्त आत्म-अनुशासन और चरित्र की आवश्यकता होती है कि आपकी सबसे प्रिय मान्यताएँ और विश्वास ग़लत हो सकते हैं। बहरहाल, इस अनुशासन के बिना काम नहीं चलता है। यदि आप अपनी ग़लतियों को न्यूनतम करना चाहते हैं, अपने नुक़सान को कम करना चाहते हैं और अपने संसाधनों को दोबारा ढालना चाहते हैं, ताकि आप ग्राहकों को वे वस्तुएँ प्रदान करें, जिन्हें वे सचमुच चाहते हों, जिनकी उन्हें ज़रूरत हो और जिनके लिए वे आज ही भुगतान करने के भी इच्छुक हों, तो आपको अनुशासित होना ही चाहिए।

उच्च-स्तरीय आशावाद व्यावसायिक निवेश और व्यवसाय शुरू करने वाले सभी लोगों के लिए अनिवार्य है। आपको अपने नए प्रॉडक्ट्स और सेवाओं पर भरोसा होना चाहिए। साथ ही, आपको अपने व्यवसाय की भावी संभावनाओं पर भी यक़ीन होना चाहिए। आपको बाज़ार में उनके बिकने की संभावना पर इतना ज़्यादा विश्वास होना चाहिए कि आप न सिर्फ़ आर्थिक जोखिम लेना चाहें, बल्कि अपने व्यावसायिक लक्ष्यों को प्राप्त करने के लिए कई घंटों, हफ़्तों और वर्षों तक की मेहनत भी करना चाहें। और आपको यह सब सफलता की बिना किसी गारंटी के करना पड़ता है।

साथ ही आपको अपने आत्म-विश्वास पर अंकुश लगाने के अनुशासन की भी ज़रूरत होती है। आपको निष्पक्ष और यथार्थवादी होना पड़ता है। व्यवसाय में अति आत्म-विश्वास होने पर व्यावसायिक ग़लतियाँ, आर्थिक नुक़सान, यहाँ तक कि दिवालियापन भी हो सकता है।

आपको निरंतर बेहतर बनना चाहिए

आपके प्रतिस्पर्धियों की आक्रामक और संकल्पवान प्रकृति के कारण आपकी कंपनी का अस्तित्व ख़तरे में पड़ सकता है। अपने व्यवसाय को बचाए रहने के लिए आपको ख़ुद को अनुशासित करना चाहिए कि आप अपने प्रतिस्पर्धियों के बराबर या उनसे बेहतर होंगे। देखिए, आपके प्रतिस्पर्धी हर सुबह उठते ही यह सोचने लगते हैं कि वे *आपको* दिवालिया कैसे कर सकते हैं। वे आपके ग्राहकों और बिक्री को अपनी ओर खींचना चाहते हैं। वे आपके मुनाफ़े को अपनी ओर खींचना चाहते हैं। वे आपके ज़्यादा से ज़्यादा व्यवसाय को अपनी ओर खींचना चाहते हैं। ऐसे प्रतिस्पर्धियों के बावजूद सफलता की अपनी संभावनाओं को बढ़ाने के लिए आपको उनसे आगे तक सोचना और काम करना चाहिए।

जब आप कोई नया व्यवसाय या किसी व्यवसाय में कोई नया काम शुरू करते हैं, तो आपको पहले पूरी तैयारी करने और योजना बनाने के अनुशासन की ज़रूरत होती है। व्यवसाय शुरू करने से पहले आप पूरा बिज़नेस प्लान बनाते हैं और इसके बाद हर साल उसमें संशोधन करते हैं। दूरगामी नियोजन का अनुशासन ही सफलता और असफलता के बीच का फ़र्क़ साबित हो सकता है।

अपनी मान्यताओं को चुनौती दें

अधिकांश व्यावसायिक विचार कारगर नहीं होते – कम से कम उनके मूल रूप में। जैसा पीटर ड्रकर ने कहा था, "हर असफलता की जड़ में ग़लत मान्यताएँ होती हैं।" व्यावसायिक असफलता का एक मुख्य कारण यह है कि व्यवसाय के मालिक या एक्ज़ीक्यूटिव्ज़ बिना किसी मूल्यांकन या जाँच के कुछ मान्यताओं पर विश्वास कर लेते हैं। वे यह मान बैठते हैं कि उनका प्रॉडक्ट या सेवा दूसरों की तुलना में उत्कृष्ट है। वे मान लेते हैं कि वे उन प्रॉडक्ट्स या सेवाओं को पर्याप्त संख्या में मुनाफ़े के साथ बेच सकते हैं। वे इससे आगे यह भी मान बैठते हैं कि यह मुनाफ़ा इतना ज़्यादा होगा कि यह किसी अन्य विकल्प की तुलना में उनके समय और धन का ज़्यादा आकर्षक निवेश साबित होगा। किसी भी तरह का अपरिवर्तनीय समर्पण करने से पहले अपनी सभी मान्यताओं की सावधानीपूर्वक जाँच कर लें।

कॉफ़मैन फ़ाउंडेशन ऑन एंटरप्रेन्योरशिप के अनुसार अमेरिका के 95 प्रतिशत उद्यमियों और छोटे व्यवसायों के मालिकों की वार्षिक आमदनी 50,000 डॉलर से भी कम होती है। ऐसा क्यों है ? इसलिए नहीं, क्योंकि उनमें ज़्यादा कमाने की योग्यता, ऊर्जा या बुद्धि नहीं है। तथ्य यह है कि अगर किसी व्यक्ति में नया व्यवसाय शुरू करने का साहस और मुश्किल काम करने की इच्छा है, तो इसी बात से यह साबित हो जाता है कि उसमें सामान्य से अधिक नैसर्गिक योग्यता है।

अधिकांश उद्यमियों की कम आमदनी और असफलता का मूल कारण अनुशासन की कमी है। उनमें इतना अनुशासन नहीं होता कि वे किसी व्यवसाय को शुरू करने से पहले ही उसके हर पहलू का अच्छी तरह अध्ययन कर लें। उनमें निष्कर्षों पर कूदने और सर्वश्रेष्ठ की आशा करने की प्रवृत्ति होती है। उनमें अपनी मान्यताओं की जाँच करने के अनुशासन का अभाव होता है। इसी वजह से वे असफल हो जाते हैं। *अपने साथ ऐसा न होने दें।*

अपने आदर्श ग्राहक को पहचानें

आपमें अपने आदर्श ग्राहक को पहचानने और तय करने का अनुशासन भी होना चाहिए : किस प्रकार का व्यक्ति आपके प्रॉडक्ट या सेवा को पर्याप्त मात्रा में और उस क़ीमत पर ख़रीद सकता है और ख़रीदेगा, जो आप व्यवसाय में बने रहने के लिए तार्किक रूप से उससे माँगेंगे।

आपमें यह अनुशासन भी होना चाहिए कि आप पिछली ग़लतियों से सबक़ सीखें और लगन से काम करते रहें। आपमें ऐसा मार्केटिंग प्लान बनाने का अनुशासन होना चाहिए, जो आपके व्यवसाय को पर्याप्त नई संभावनाएँ निरंतर प्रदान करे। अपना प्रॉडक्ट या सेवा सफलतापूर्वक बेचने के लिए आपको अपने *प्रतिस्पर्धी लाभ* और अपने *अनूठे बिक्री प्रस्ताव* को स्पष्ट करना होगा : आपके प्रॉडक्ट या सेवा में ऐसा क्या है, जो इसे बाज़ार में बिकने वाले ऐसे ही किसी दूसरे प्रॉडक्ट या सेवा से श्रेष्ठ और ज़्यादा मूल्यवान बनाता है ?

आपको प्रारंभ से अंत तक पूरा बिक्री तंत्र विकसित करने के अनुशासन की ज़रूरत है, ताकि संभावित ग्राहक ठोस ग्राहकों में बदल जाएँ। बड़ी हैरानी की बात है कि बहुत सी कंपनियाँ तो यह सोचकर चलती हैं

कि उनका प्रॉडक्ट या सेवा अपने आप बिक जाएगी - भले ही उनके पास श्रेष्ठ बिक्री तंत्र हो या न हो!

अपनी सही लागत जान लें

आपमें अपने प्रॉडक्ट्स और सेवाओं की सटीक लागत और उचित क़ीमत तय करने का अनुशासन भी होना चाहिए। वॉल-मार्ट काफ़ी हद तक इस क्षेत्र में माहिर होने के कारण ही इतिहास का सबसे बड़ा रिटेलर बना है। यह आश्चर्यजनक है कि बहुत सी कंपनियाँ नुक़सान पर प्रॉडक्ट्स और सेवाएँ केवल इसलिए बेच रही हैं, क्योंकि उन्होंने कभी भी सटीकता से उस प्रॉडक्ट या सेवा को बाज़ार में उतारने की पूरी लागत का सटीक हिसाब नहीं लगाया। आपने पुरानी कहावत सुनी होगी, "हमें हर सामान बेचने पर नुक़सान होता है, लेकिन हम ज़्यादा संख्या में बेचकर इसे बराबर करने का प्रयास करते हैं।" ज़ाहिर है, यह संभव नहीं है!

आपके पास एक गुणवत्ता नियंत्रण तंत्र होना चाहिए, जिससे आपके द्वारा बेचे जाने वाले प्रॉडक्ट या सेवा की गुणवत्ता इतनी अधिक हो कि ग्राहक संतुष्ट हो जाएँ। उन्हें इतना संतुष्ट होना चाहिए कि वे ख़ुशी-ख़ुशी आपका प्रॉडक्ट आपसे दोबारा ख़रीदें - और अपने मित्रों को भी ख़रीदने की सलाह दें।

आपको ग्राहक सेवा नीति तय करने के अनुशासन की भी ज़रूरत है। यानी आपको ग्राहकों के साथ इतना अच्छा व्यवहार करना चाहिए कि वे आपके प्रति वफ़ादार रहें और आपके किसी प्रतिस्पर्धी के बजाय आपका ही प्रॉडक्ट ख़रीदें।

किसी व्यवसाय का उद्देश्य अपने ग्राहकों को ख़ुश करना है

किसी व्यवसाय का उद्देश्य क्या है ? किसी व्यवसाय का उद्देश्य आर्थिक मुनाफ़े के साथ *ग्राहक बनाना और उन्हें लंबे समय तक बनाए रखना* है। मुनाफ़ा व्यवसाय का उद्देश्य नहीं है। मुनाफ़ा तो *पर्याप्त ग्राहक बनाने और बनाए रखने का परिणाम है।*

व्यावसायिक सफलता का मुख्य पैमाना क्या है? जवाब है *ग्राहक संतुष्टि।* आपके व्यवसाय के हर प्रयास और गतिविधि का लक्ष्य ग्राहकों को इतना ज़्यादा संतुष्ट करना होना चाहिए, जितना आपका प्रतिस्पर्धी न कर पाए।

ग्राहक संतुष्टि का पैमाना क्या है? जवाब है *रिपीट बिज़नेस।* जब ग्राहक आपसे *दोबारा* सामान ख़रीदते हैं, तभी यह साबित होता है कि आपने उन्हें पहली बार सामान बेचते समय किया वादा निभाया है। किसी बिलकुल नए ग्राहक को सामान बेचने में जितना समय और धन लगता है, उसकी तुलना में किसी संतुष्ट ग्राहक को दोबारा सामान बेचने में दस प्रतिशत समय और धन ही लगता है। सभी सफल व्यवसायी रिपीट बिज़नेस चाहते हैं, लेकिन यह ग्राहकों के बहुत संतुष्ट रहने पर ही संभव है।

दीर्घकालीन लाभ की कुंजी क्या है? जवाब है *अनुशंसाएँ और सिफ़ारिश।*

आपके व्यवसाय की दीर्घकालीन सफलता या असफलता को तय करने वाला अंतिम प्रश्न यह है, "हमारे साथ आपका जो अनुभव रहा, उसके आधार पर क्या आप दूसरों से हमारी सिफ़ारिश करना चाहेंगे?"

आप सिर्फ़ तभी समृद्ध हो सकते हैं, जब आपके अधिकांश ग्राहक आपके प्रॉडक्ट्स और सेवाओं से इतने ख़ुश हों कि वे अपने मित्रों और साथियों को भी आपसे ही सामान ख़रीदने के लिए प्रोत्साहित करें। चूँकि किसी संतुष्ट ग्राहक द्वारा सुझाए गए व्यक्ति को सामान बेचना किसी अजनबी को सामान बेचने से पंद्रह गुना ज़्यादा आसान होता है (यानी इसमें पंद्रहवाँ हिस्सा ही लागत आती है), इसलिए रेफ़रल बिज़नेस आपके भविष्य की कुंजी है। ऐसी ग्राहक सेवा नीतियाँ बनाने व बनाए रखने के लिए ज़बर्दस्त एकाग्रता और अनुशासन की ज़रूरत होती है, जिनकी बदौलत लोग आपसे सामान ख़रीदें, दोबारा ख़रीदें और फिर अपने मित्रों को भी आपसे ही सामान ख़रीदने की सलाह दें।

ऊँचे पैमाने तय करें

आपको अपने व्यवसाय के हर क्षेत्र में उत्कृष्ट प्रदर्शन के पैमाने तय करने के अनुशासन की ज़रूरत होती है। यही नहीं, आपको उन पैमानों को लगातार

ऊँचा करते रहना चाहिए। आपको सीएएनईआई फ़ॉर्मूले का अभ्यास करने की आवश्यकता है, जिसका अर्थ है "सतत और अंतहीन सुधार।" आज आपकी गुणवत्ता का स्तर चाहे कितना भी ऊँचा क्यों न हो, आप कभी संतुष्ट नहीं हो सकते। आपको छड़ को लगातार ऊपर उठाना होगा - अपने लिए भी और अपने हर सहयोगी के लिए भी।

अपने व्यवसाय में शिखर पर पहुँचने के लिए आपको कई महीनों तक, यहाँ तक कि वर्षों तक, दिन में सामान्य से ज़्यादा घंटे तक मेहनत करने के आत्म-अनुशासन की ज़रूरत होती है। अमेरिका का औसत उद्यमी, व्यवसायी या स्वनिर्मित करोड़पति हर सप्ताह 59 घंटे काम करता है। कुछ उद्यमी तो अपने व्यवसाय के शुरुआती वर्षों में हर सप्ताह 70-80 घंटे तक काम करते हैं। यदि आप सर्वश्रेष्ठ बनना चाहते हैं और अपने क्षेत्र में शिखर पर पहुँचना चाहते हैं, तो आपको भी इतने लंबे समय तक कड़ी मेहनत करने के लिए ख़ुद को अनुशासित करना होगा।

समाधान के बारे में सोचें

व्यवसाय में सफल होने के लिए आपको *प्रतिक्रियाशील* के बजाय *प्रोएक्टिव* बनने के आत्म-अनुशासन की ज़रूरत है। आपको अपना ध्यान समस्याओं के बजाय *समाधानों* पर केंद्रित करना चाहिए। आपको कम महत्वपूर्ण या महत्वहीन कामों और गतिविधियों में उलझने के बजाय उस सबसे महत्वपूर्ण चीज़ पर ध्यान केंद्रित करना चाहिए, जिसे आप हर दिन, हर घंटे कर सकते हैं।

सबसे बढ़कर, आपको अपने व्यावसायिक जीवन में *दीर्घकालीन दृष्टिकोण* विकसित करने और दूर तक सोचने के आत्म-अनुशासन की ज़रूरत है। चाहे आप व्यवसाय के मालिक हों या कंपनी के कर्मचारी, गहन प्रतिस्पर्धा के कारण व्यवसाय में सफलता पाने के लिए आपको कई वर्षों तक अनुशासित प्रयास करने होते हैं। कोई शॉर्टकट नहीं होता। शिखर तक पहुँचने का कोई आसान रास्ता नहीं होता। केवल एक ही रास्ता है और वह है कड़ी मेहनत, अनुशासन और इच्छाशक्ति का रास्ता।

आम तौर पर किसी नए व्यावसायिक अभियान में आमदनी को ख़र्च के बराबर लाने में लगभग दो वर्ष का समय लगता है। पहले दो सालों में लिए क़र्ज़ को पटाने में दो और वर्ष लग जाते हैं। सचमुच सफल होने में

तीन और वर्ष लग जाते हैं। इसके अलावा, हर चीज़ की लागत दोगुनी हो जाती है और उसमें तीन गुना ज़्यादा समय लगता है।

जब आँकड़े इतने विपरीत हैं, तो आपको अपना व्यवसाय क्यों शुरू करना चाहिए या किसी नए व्यावसायिक उद्यम का जोखिम क्यों लेना चाहिए? क्योंकि समय तो वैसे भी गुज़रने वाला है! देखिए, आज से पाँच साल बाद आप पाँच साल ज़्यादा बड़े होंगे और आज से दस साल बाद आप दस साल ज़्यादा बड़े होंगे। तब आप या तो अपने क्षेत्र में शिखर पर होंगे या फिर आप तब भी 80 प्रतिशत लोगों के समूह में होंगे, जो एक-एक डॉलर के लिए जूझ रहे होंगे और हर दिन पैसे की चिंता कर रहे होंगे। चयन आपका है। अनुशासन ही कुंजी है।

अगले अध्याय में आप उस अनुशासन को सीखेंगे, जो आपके व्यवसाय के रक्तप्रवाह यानी *बिक्री* को नियंत्रित करता है। अंतिम विश्लेषण में, जैसा कि पीटर ड्रकर ने कहा था, "किसी व्यवसाय का उद्देश्य ग्राहक बनाना और बनाए रखना है।"

कार्य अभ्यास :

1. पीछे हटकर अपने व्यवसाय के हर क्षेत्र को किसी बाहरी परामर्शदाता के दृष्टिकोण से देखें। आप किन परिवर्तनों का सुझाव देंगे?
2. कल्पना करें कि आप अपना व्यवसाय आज दोबारा शुरू करने वाले हैं। क्या कोई ऐसा प्रॉडक्ट या सेवा है, जिसे आप वर्तमान बाज़ार में नहीं उतारेंगे?
3. यह पहचानें कि आपके कौन से 20 प्रतिशत प्रॉडक्ट्स और सेवाएँ आपकी 80 प्रतिशत बिक्री और मुनाफ़े के लिए ज़िम्मेदार हैं। आप उन्हें और ज़्यादा कैसे बेच सकते हैं?
4. अपने व्यवसाय में आज से एक, दो या पाँच साल आगे तक देखें। कौन सी प्रवृत्तियाँ हैं? आपके ग्राहक भविष्य में क्या ख़रीदेंगे?
5. ऐसे तीन तरीक़ों की सूची बनाएँ, जिनसे आप ग्राहकों की बेहतर सेवा कर सकते हैं, ताकि ग्राहक आपसे दोबारा ख़रीदें और अपने दोस्तों को भी ऐसा ही करने की सलाह दें।

6. ऐसे तीन तरीक़ों की सूची बनाएँ, जिनसे आप मार्केटिंग और विज्ञापन गतिविधियों से अधिक संख्या में और बेहतर संभावित ग्राहकों को आकर्षित कर सकें।

7. ऐसे तीन तरीक़ों की सूची बनाएँ, जिनसे आप अपने प्रति आकर्षित संभावित ग्राहकों को ज़्यादा सामान बेच सकें या अधिक संख्या में बेहतर प्रॉस्पेक्ट्स को आकर्षित कर सकें।

अध्याय - 11

आत्म-अनुशासन और बिक्री

"जब तक बिक्री नहीं होती, तब तक कुछ नहीं होता।"

-रेड मॉटले

बिक्री किसी भी व्यवसाय की सफलता का सबसे महत्वपूर्ण तत्व है। जब तक बिक्री नहीं होती, तब तक कुछ भी नहीं होता। सारी फ़ैक्ट्रियाँ, कंपनियाँ, ऑफ़िस और वस्तुओं तथा सेवाओं के उत्पादक तभी अस्तित्व में रह पाते हैं और सक्रिय रह पाते हैं, जब कहीं पर, कोई न कोई, किसी न किसी को सामान बेचता है।

बिक्री अमेरिका के सबसे मुश्किल व्यवसायों में से एक है। लेकिन यही वह एकमात्र पेशा है, जिसमें सीमित योग्यता वाला व्यक्ति भी आमदनी के सर्वोच्च स्तर पर पहुँच सकता है। बिक्री में प्रगति करना जर्मनी के ऑटोबाहन (राजमार्ग) पर कार चलाने जैसा है : वहाँ गति का कोई बंधन नहीं है। आप जितनी दूर तक और जितनी तेज़ी से जाना चाहें, जा सकते हैं। इसके लिए आपको बस अपनी महत्वाकांक्षा के एक्सीलरेटर को दबाना होगा और बिक्री के पेशे में उत्कृष्ट बनने का संकल्प लेना होगा।

• • •

व्यावसायिक सफलता या असफलता

वर्षों तक हज़ारों दिवालिया हुई कंपनियों का विश्लेषण करके उनकी असफलता के कारण खोजे गए। सारे आँकड़ों का अध्ययन करने के बाद यह नतीजा निकला कि लगभग हर व्यावसायिक असफलता की जड़ में एक ही कारण था : "कम बिक्री।" इसके विपरीत, जब कंपनी सफल हो रही थी, प्रगति कर रही थी, लाभदायक थी, इसके शेयर के भाव बढ़ रहे थे और यह ज़्यादा से ज़्यादा लोगों को अवसर प्रदान कर रही थी, तो इसका कारण भी मूलतः एक ही था : "अधिक बिक्री।" बाक़ी हर चीज़ दूसरे स्थान पर थी।

आप व्यवसाय में जो भी करते हैं, उससे या तो बिक्री बढ़ती है या घटती है। *हर काम* या तो लाभदायक होता है या नुक़सानदेह होता है। *हर चीज़* या तो ज़्यादा ग्राहकों को आकर्षित करती है और बनाए रखती है – या फिर उन्हें विमुख करती है और दूर भेजती है। बिक्री के संदर्भ में *हर चीज़* से फ़र्क़ पड़ता है।

बिक्री बढ़ाने का अनुशासन

चाहे आप सेल्सपर्सन हों या कंपनी के मालिक, आपको *हर दिन, हर घंटे* बिक्री बढ़ाने पर ध्यान केंद्रित करना चाहिए। बिक्री में यह आत्म-अनुशासन अनिवार्य है।

शोधकर्ताओं के एक समूह ने सैकड़ों सीनियर एक्ज़ीक्यूटिव्ज़ और कंपनी मालिकों से यह सवाल पूछा, "बिक्री और मार्केटिंग आपकी कंपनी के लिए कितनी महत्वपूर्ण हैं ?"

बग़ैर किसी अपवाद के उन सभी का जवाब था, "बिक्री और मार्केटिंग हमारी कंपनी के बचाव और विकास के लिए बिलकुल अनिवार्य हैं।"

इसके बाद शोधकर्ताओं ने उन सभी कंपनी मालिकों और एक्ज़ीक्यूटिव्ज़ पर एक महीने तक नज़र रखकर यह देखा कि वे किन कार्यों में अपना समय लगाते हैं। आँकड़ों से यह पता चला कि कंपनी का मालिक या एक्ज़ीक्यूटिव – जिसने ज़ोर देकर कहा था कि बिक्री बचाव और विकास के लिए "बिलकुल अनिवार्य" है – बिक्री और मार्केटिंग में औसतन *केवल 11 प्रतिशत* समय लगा रहा था। उसका 89 प्रतिशत समय बैठकों, चर्चाओं,

काग़ज़ी कार्यवाही, प्रशासकीय कार्यों, समारोहों और ऐसी ही कई अन्य गतिविधियों में लग रहा था, जो बिक्री बढ़ाने में कोई योगदान *नहीं* देती थीं।

यदि आप सेल्स मैनेजर या कंपनी के मालिक हैं, तो आपको ख़ुद को अनुशासित करके अपना अधिकांश समय और ध्यान सेल्सपीपुल की बिक्री बढ़ाने पर केंद्रित करना चाहिए, क्योंकि बिक्री ही आपकी कंपनी की नींव है। आपको *अपना लगभग 75 प्रतिशत समय* अपने सेल्सपीपुल के साथ बिताना चाहिए। जब वे प्रस्तुति देने और बिक्री करने के लिए ग्राहकों से मिलने जाएँ, तो आपको भी उनके साथ जाना चाहिए। अपना काग़ज़ी काम ऑफ़िस के पहले या बाद में निबटाएँ, लेकिन कामकाजी घंटों में जब ग्राहक मिलने के लिए उपलब्ध हों, तो आपको बिक्री बढ़ाने के लिए पूरी तरह समर्पित हो जाना चाहिए।

दिवालिया कैसे हों

> कई साल पहले मैंने एक नया व्यवसाय शुरू किया। मैंने प्रॉडक्ट तैयार करने के बाद डायरेक्ट मेल, रेडियो, टी.वी. तथा अख़बार के माध्यम से विज्ञापन दिए। मैं नियोजन, काग़ज़ी कार्यवाही और विज्ञापन की गतिविधियों में जुटा रहा। परिणाम : उस वर्ष के अंत तक मेरे पास का सारा पैसा ख़त्म हो गया और मेरा व्यवसाय लगभग दिवालिया हो गया।
>
> तब जाकर मुझे एहसास हुआ कि मैंने एक भयंकर भूल कर दी थी : मैंने बिक्री पर से नज़रें हटा ली थीं। क्रिसमस पर मैंने नए सिरे से बिक्री की योजना बनाई। 2 जनवरी को मैं फ़ोन उठाकर ग्राहकों से अपॉइंटमेंट लेने लगा। बिक्री पर पूरा ध्यान केंद्रित करने के बाद अगले दो महीने में मैंने इतना सामान बेच लिया, जितना पिछले पूरे साल में नहीं बेच पाया था। मेरा व्यवसाय – और घर – डूबने से बच गए। इसके बाद मैंने कभी भी बिक्री पर से ध्यान नहीं हटाया।

सेल्सपर्सन, उद्यमी या कंपनी के मालिक के रूप में आप ख़ुद से जो सबसे महत्वपूर्ण सवाल पूछ सकते हैं, उनमें से एक यह है कि आप इस वक़्त जो कर रहे हैं, क्या उससे बिक्री होगी। दिन भर यह सवाल बार-बार पूछते रहें। जब भी जवाब “ना” हो, तो तुरंत अपने कम महत्वपूर्ण काम

को छोड़ दें और अपना ध्यान बिक्री बढ़ाने की ओर मोड़ दें। इसके अलावा, यह भी सुनिश्चित करें कि आपकी कंपनी में बिक्री के लिए ज़िम्मेदार सभी लोग ख़ुद से यह सवाल पूछें और इसका जवाब दिन भर "हाँ" में देते रहें।

अस्वीकृति का डर दूर करें

मान लेते हैं कि आपके पास एक आकर्षक प्रॉडक्ट या सेवा है, जिसकी क़ीमत वाजिब है और वह वर्तमान बाज़ार के लिए उपयुक्त है। आप इसे बेचने के लिए ग्राहकों की तलाश करते हैं। टेलीफ़ोन करने वाले सेल्सपीपुल और ग्राहकों से सीधे संपर्क करने वाले सेल्सपीपुल को इस मामले में जिस सबसे बड़ी समस्या का सामना करना पड़ता है, वह है *अस्वीकृति*। अस्वीकृति या तिरस्कार का डर सेल्स करियर को जितना ज़्यादा तबाह करता है, उतना कोई दूसरा डर नहीं करता। यह सेल्स गतिविधियों को जितना कम करता है, उतनी कोई दूसरी चीज़ नहीं करती। यह बिक्री में सफलता पाने की राह में सबसे बड़ी बाधा है।

सेल्सपीपुल को ज़बर्दस्त अनुशासन की ज़रूरत होती है कि वे हर दिन सुबह उठकर बाहर निकलें और दिन भर अवश्यंभावी अस्वीकृति का सामना करें, जिसका मिलना तय है। ज़्यादातर लोग इस सतत अस्वीकृति को नहीं झेल पाते। इसलिए अस्वीकृति से जुड़े भावनात्मक दर्द से बचने के लिए बहुत से सेल्सपीपुल "विस्थापन" की दूसरी गतिविधियों में जुट जाते हैं, ताकि उन्हें अस्वीकृत होना ही न पड़े। जब संभावित ग्राहक से मिलेंगे ही नहीं, तो वह इंकार ही नहीं कर पाएगा।

सबसे पहली बात तो यह है कि सेल्सपीपुल *कम* फ़ोन कॉल्स करते हैं। कोलंबिया यूनिवर्सिटी के अनुसार, औसत सेल्सपर्सन हर दिन केवल नब्बे मिनट काम करता है - यानी आठ घंटे में से केवल डेढ़ घंटे। बाक़ी का समय वह तैयार होने या तैयारी करने, काग़ज़ी काम निबटाने, इंटरनेट पर ई-मेल चेक करने, अख़बार पढ़ने, सहकर्मियों से बातचीत करने, देर से आने, जल्दी जाने और ज़रूरत से ज़्यादा समय तक लंच करने या बार-बार कॉफ़ी ब्रेक्स लेने में बिताता है। परिणाम यह होता है कि औसत *सेल्सपर्सन अपने असल काम को दिन में केवल नब्बे मिनट ही कर पाता है।*

ग्राहकों और संभावित ग्राहकों के साथ ज़्यादा समय बिताएँ

सेल्सपर्सन कब काम करता है? सेल्सपर्सन दरअसल तभी काम करता है, जब वह या तो फ़ोन पर या फिर शारीरिक रूप से किसी ऐसे व्यक्ति के सामने होता है, जो तार्किक समयावधि में उससे सामान ख़रीद सकता है और ख़रीदेगा।

बिक्री के क्षेत्र में सफलता का नियम सात शब्दों में व्यक्त किया जा सकता है : "बेहतर प्रॉस्पेक्ट्स के साथ ज़्यादा समय बिताएँ।" बिक्री में अधिक, निरंतर और निश्चित परिणाम प्राप्त करने का कोई दूसरा तरीक़ा नहीं है।

बहरहाल, अस्वीकृति के डर से सेल्सपीपुल दिन भर अपने असल काम में टालमटोल करते हैं और "नहीं" सुनने से बचने का पूरा प्रयास करते हैं। वे लोगों से मिलने जाने से बचने के लिए हर संभव चीज़ करते हैं।

सेल्समैन के रूप में अपने शुरुआती दौर में ही मैंने एक महत्वपूर्ण बात सीख ली थी। मैंने सीख लिया था कि बिक्री में सफलता की कुंजी यह मानना है कि *अस्वीकृति व्यक्तिगत नहीं होती।* संभावित ग्राहक हमेशा इस प्रकार की बात कहते हैं, "नहीं, मेरी कोई रुचि नहीं है।" या फिर वे इस बात को घुमा-फिराकर इस तरह भी कह सकते हैं, "मुझे यह पसंद नहीं है," "मुझे इसकी ज़रूरत नहीं है," "मैं इसका उपयोग नहीं कर सकता," "मेरे पास इतने पैसे नहीं हैं," "मैं इस वक़्त कुछ नहीं ख़रीदना चाहता," या "मैं अपने वर्तमान सप्लायर से ख़ुश हूँ।"

पेशेवर सेल्सपर्सन जानता है कि बाज़ार में इतनी ज़्यादा प्रतिस्पर्धा है कि कुछ भी बेचने के प्रस्ताव पर ऐसी प्रतिक्रियाएँ मिलेंगी। यह सामान्य और स्वाभाविक है। ग्राहकों की अस्वीकृति व्यक्तिगत *नहीं* है - इसलिए उसे व्यक्तिगत मानकर दुखी न हों।

सकारात्मक और आशावादी बने रहें

बिक्री में सफलता की कुंजी यह है कि आप अस्वीकृति के डर को दूर करके आत्म-विश्वासी और आशावादी बन जाएँ, ताकि दिन भर लगातार कॉल

करने और अस्वीकृति पाने के बावजूद आप सकारात्मक और ख़ुशनुमा बने रहें। जैसा विन्स्टन चर्चिल ने कहा था, "सफलता उत्साह को गँवाए बिना एक असफलता से दूसरी असफलता तक जाने की योग्यता है।"

यह बहुत महत्वपूर्ण है कि आपने कितने नए ग्राहकों से संपर्क किया है, क्योंकि उनकी संख्या और आपकी बिक्री के स्तर के बीच सीधा संबंध होता है। यदि आप अपनी बिक्री बढ़ाना चाहते हैं, तो *स्वयं को अनुशासित करके ज़्यादा संभावित ग्राहकों से मिलने जाएँ*।

जब आप ज़्यादा ग्राहकों से संपर्क करते हैं, तो संभावनाओं का नियम आपके पक्ष में काम करने लगता है। तब औसत का नियम आपके पक्ष में काम करने लगता है। इसलिए अपनी सफलता को बढ़ाने के लिए "संख्याओं का सहारा" लें।

अपनी बिक्री को दोगुना करें

बिक्री करते समय "मिनटों के सिद्धांत" का अभ्यास करें। यह सिद्धांत कहता है कि यदि आप ग्राहकों के साथ कुछ मिनट रहकर पैसे कमा रहे हैं, तो इस काम में ज़्यादा समय या मिनट लगाकर आप अपनी बिक्री बढ़ा सकते हैं।

ग्राहकों से मिलने जाने वाले सेल्सपीपुल को हम प्रोत्साहित करते हैं कि वे प्रॉस्पेक्ट्स के साथ जितना भी समय गुज़ारते हैं, उसे दोगुना कर दें। हम उन्हें यह सिखाते हैं कि प्रॉस्पेक्ट्स के साथ रहने का समय वे कैसे बढ़ा सकते हैं और इसके लिए अपनी बुद्धिमत्ता और रचनात्मकता का कैसे उपयोग कर सकते हैं। अगर वे इसके लिए ख़ुद को अनुशासित नहीं करेंगे, तो वे न्यूनतम प्रतिरोध के मार्ग पर चलेंगे, टालमटोल करेंगे और बाज़ार से बाहर हो जाएँगे।

जब कोई सेल्सपर्सन संभावित ग्राहकों के साथ फ़ोन पर या आमने-सामने बिताए गए मिनटों की संख्या को दोगुना कर लेता है, तो प्रायः हर प्रकरण में उसकी बिक्री भी दोगुनी हो जाती है। यह कोई संयोग नहीं है। यह तो एक नियम के कारण होता है : संभावनाओं का नियम।

बिक्री की प्रक्रिया या गतिविधियों को नियंत्रित करें

आपको यह पता नहीं होता कि आपकी अगली बिक्री कहाँ होगी। इसलिए आपको "चौड़ा जाल" फेंकना चाहिए और ज़्यादा से ज़्यादा संभावित ग्राहकों से बातचीत करनी चाहिए।

देखिए, वास्तविक बिक्री पर तो आपका कोई सीधा नियंत्रण नहीं होता, क्योंकि यह बहुत से घटकों पर निर्भर करती है, जिनके बारे में आप ज़्यादा कुछ नहीं कर सकते, लेकिन बिक्री की ओर ले जाने वाली *गतिविधियों या प्रक्रिया* पर आपका पूरा नियंत्रण होता है। नियम यह है : "आप जहाँ भी हैं, आपके पास जो भी है, उससे आप जो कुछ भी कर सकते हों, वह सब कुछ कर दें।"

बिक्री में उच्च स्तरीय सफलता पाने के लिए ख़ुद को अनुशासित करें और अपने दिनों व हफ़्तों की *योजना* पहले से बना लें। आपको अपनी बिक्री गतिविधियों – ख़ास तौर पर अपनी प्रॉस्पेक्टिंग की गतिविधियों – की दैनिक योजना बनाने के लिए ख़ुद को अनुशासित कर लेना चाहिए। इसके बाद आपमें अपनी *योजना के अनुरूप काम करने* का अनुशासन भी होना चाहिए।

अपने अनुपात को सुधारें

बिक्री के कुछ अनुपात यह तय करते हैं कि आप कितनी बिक्री कर पाते हैं। ये अनुपात भिन्न-भिन्न होते हैं और आपके अनुभव व योग्यता के स्तर, प्रतिस्पर्धा, आपके प्रॉडक्ट्स या सेवाओं की क़ीमत तथा बाज़ार की सामान्य स्थिति पर निर्भर करते हैं। बहरहाल, अनुपात हमेशा मौजूद रहते हैं :

- आपके द्वारा की जाने वाली *कोल्ड कॉल्स* (अजनबियों के सामने सामान या सेवा ख़रीदने का प्रस्ताव रखना) और उन *संभावित ग्राहकों* की संख्या के बीच सीधा अनुपात होता है, जिनसे आप बातचीत कर पाएँगे या मिल पाएँगे।
- आप जितने संभावित ग्राहकों से बातचीत करते हैं, उनकी संख्या और उन *संभावित ग्राहकों* की संख्या के बीच सीधा अनुपात होता है, जिनसे आप दोबारा मिलते हैं।

- प्रस्ताव और प्रस्तुति के माध्यम से आप जितने लोगों के साथ *फ़ॉलो अप* करते हैं, उनके और आपके द्वारा की जाने वाली बिक्री की संख्या के बीच सीधा अनुपात होता है।

आप इसे "बिक्री छन्नी" भी मान सकते हैं :

- छन्नी में – यानी चौड़े सिरे में – आपके प्रॉस्पेक्ट्स या संभावित ग्राहक जाते हैं।
- आपकी छन्नी का दूसरा हिस्सा है आपकी प्रस्तुति।
- तीसरा हिस्सा वह है, जहाँ आप फ़ॉलो अप करते हैं और अंततः बिक्री की प्रक्रिया पूरी करते हैं।

बिक्री में सफलता की कुंजियाँ

बिक्री के क्षेत्र में सफलता प्राप्त करने के मामले में आपकी दो ज़िम्मेदारियाँ हैं :

1. *सबसे पहले तो आपकी छन्नी हमेशा भरी होनी चाहिए।* दिन भर में आप जितने प्रॉस्पेक्ट्स से मिल सकते हों, आपके पास उससे ज़्यादा प्रॉस्पेक्ट्स की सूची होनी चाहिए। कभी भी अपनी छन्नी ख़ाली न रहने दें। *कभी भी* प्रॉस्पेक्ट्स की कमी *न* पड़ने दें।
2. *दूसरी बात, बिक्री के हर चरण में निरंतर बेहतर बनते रहें।* प्रॉस्पेक्टिंग, प्रस्तुति और सेल्स क्लोज़ करने की अपनी योग्यताओं को लगातार निखारते रहें। इसके लिए पुस्तकें पढ़ें और ऑडियो प्रोग्राम्स सुनें। आप जितने ज़्यादा निपुण बनते हैं, छन्नी के नीचे से बिक्री निकालने के लिए आपको छन्नी के ऊपर उतने ही कम प्रॉस्पेक्ट्स की ज़रूरत पड़ेगी।

जल्दी शुरू करें

ख़ुद को अनुशासित करके अपनी पहली सेल्स कॉल सुबह 7–8 बजे तक कर लें। जब आप संभावित ग्राहक को सामान बेचकर अपना दिन शुरू करते हैं, तो आपमें ज़्यादा ऊर्जा होगी और आप दिन भर बेचते रहने के लिए ज़्यादा प्रोत्साहित होंगे।

किसी सीमित भौगोलिक क्षेत्र में *ज़्यादा से ज़्यादा* कॉल्स करने के लिए

ख़ुद को अनुशासित करें, ताकि आप कम समय में ही ज़्यादा लोगों से बातचीत कर सकें। अस्वीकृति के डर की वजह से कई सेल्सपीपुल अपनी कॉल्स को ज़्यादा बड़े भौगोलिक दायरे में फैला लेते हैं और फिर ख़ुद को बहलाते हैं कि वे सचमुच काम कर रहे हैं, जबकि वे दरअसल एक कॉल से दूसरी कॉल के बीच लंबी यात्रा कर रहे होते हैं।

याद रखें : सेल्सपर्सन के रूप में आप *केवल* तभी काम करते हैं, जब आप उस व्यक्ति से फ़ोन पर या आमने-सामने बात करते हैं, जो तार्किक समय सीमा में आपके प्रॉडक्ट को ख़रीद सकता है और ख़रीदेगा। बाक़ी पूरे समय आप "बेरोज़गार" रहते हैं।

अपने लिए ऊँचे पैमाने तय करें

दिन में हर मिनट यह मानकर काम करें कि हर व्यक्ति की निगाह आप पर टिकी हुई है। बाहर काम करने वाले सेल्सपीपुल को ऑफ़िस में काम करने वाले लोगों से ज़्यादा अनुशासन की ज़रूरत होती है, क्योंकि ऑफ़िस के सेल्सपीपुल को तो हर व्यक्ति देख सकता है, लेकिन बाहरी सेल्सपीपुल को कोई नहीं देख सकता। सेल्सपीपुल बिक्री के जंगल में गुरिल्ला योद्धाओं की तरह अकेले काम करते हैं, इसलिए उनके सामने अंतहीन प्रलोभन आते हैं : सेल्स कॉल्स करने के बजाय थोड़ा सुस्ता लें, आराम से काम करें, कॉफ़ी या लंच के लिए रुक जाएँ।

अपने सर्वश्रेष्ठ स्तर पर प्रदर्शन करने के लिए आपको दिन भर काम करते समय यह *कल्पना करनी चाहिए* कि आपका सेल्स मैनेजर "आपके साथ" है। कल्पना करें कि आपका सेल्स मैनेजर दिन भर आपके बग़ल में बैठा हुआ है। अगर कोई आपके साथ हो और दिन भर आपके हर काम को देखे, तो आपकी कार्यशैली में क्या बदलाव आएगा? आपका जवाब जो भी हो, आपको उसी तरह काम करना चाहिए - भले ही आस-पास कोई भी न हो।

बिक्री की सभी योग्यताएँ सीखी जा सकती हैं

यदि आप अपने उद्योग में सबसे ऊँची आमदनी वाले सेल्सपीपुल में से एक बनना चाहते हैं, तो निरंतर व्यक्तिगत और व्यावसायिक उन्नति करने का

लक्ष्य बनाएँ। हर दिन अपने विषय से संबंधित पुस्तकें पढ़ें। अपनी कार में कहीं आते-जाते समय अपने क्षेत्र से संबंधित शैक्षणिक ऑडियो प्रोग्राम्स सुनें। ज़्यादा से ज़्यादा सेल्स सेमिनार्स में हिस्सा लें, चाहे उन्हें आपकी कंपनी ने प्रायोजित किया हो या नहीं। निरंतर सीखने के लिए स्वयं को इस तरह समर्पित कर दें, जैसे आपका भविष्य इसी बात पर निर्भर हो - क्योंकि वाक़ई इसी बात पर आपका भविष्य निर्भर होता है।

मेरे जीवन में निर्णायक बिंदु तब आया, जब मैं एक युवा सेल्समैन था। उस समय मैं कुंठित और दुखी था, दुविधाग्रस्त और लक्ष्यहीन था तथा मुश्किल से अपनी आजीविका कमा पा रहा था। उस अँधेरे मोड़ पर मैंने कारण और परिणाम का नियम सीखा। मैंने सीखा कि "यदि आप बार-बार वही काम करते हैं, जो सबसे सफल सेल्सपीपुल करते हैं, तो कोई भी चीज़ आपको अंततः उन्हीं जैसे परिणाम और पुरस्कार पाने से नहीं रोक सकती।"

मैंने सीखा कि जो सेल्सपर्सन आज शीर्षस्थ 10 प्रतिशत के समूह में हैं, उनमें से हर एक ने सबसे नीचे के 10 प्रतिशत वाले समूह से अपनी शुरुआत की थी। जो भी आज अच्छा प्रदर्शन कर रहा है, किसी वक़्त उसका प्रदर्शन कमज़ोर था। आपके क्षेत्र का हर शीर्षस्थ व्यक्ति कभी आपके क्षेत्र में था ही नहीं और उसे यह पता ही नहीं था कि यह क्षेत्र मौजूद भी है।

तब जाकर मुझे ज्ञान हुआ कि बिक्री के लिए जिन भी योग्यताओं की ज़रूरत है, वे सभी *सीखी जा सकती हैं*। आपको बिक्री के अपने निर्धारित लक्ष्य को प्राप्त करने के लिए जिस भी योग्यता को सीखने की ज़रूरत हो, आप उसे सीख सकते हैं। इस संबंध में कोई सीमा नहीं है; जो भी सीमा है, वह केवल आपके दिमाग़ में है।

जब आप अपने क्षेत्र के शीर्षस्थ सेल्सपीपुल में से एक बनने के लिए ख़ुद को अनुशासित कर लेंगे, तो आप अपने करियर में एक महत्वपूर्ण मोड़ मुड़ जाएँगे। अधिकांश सेल्सपीपुल केवल इतनी ही बिक्री करते हैं, ताकि उनकी रोज़ी-रोटी चलती रहे। लेकिन जो लोग अपने क्षेत्र में सर्वश्रेष्ठ बनने का संकल्प करते हैं, वे बाक़ी सबसे बहुत ज़्यादा प्राप्त कर लेते हैं। आपका लक्ष्य भी यही होना चाहिए।

अगले अध्याय में हम *धन* के बारे में बात करेंगे। इसमें आप यह

सीखेंगे कि आत्म-अनुशासन का पालन करने पर आप अपने सभी आर्थिक लक्ष्यों को कैसे प्राप्त कर सकते हैं।

कार्य अभ्यास :

1. स्वयं को अपने पर्सनल सेल्स कॉरपोरेशन का प्रेसिडेंट मानें, जो बिक्री के परिणामों के लिए पूरी तरह ज़िम्मेदार है। सर्वोच्च आमदनी वाले सेल्सपीपुल का नज़रिया यही होता है।
2. अगले वर्ष की आमदनी के स्पष्ट लक्ष्य लिख लें। इसके अलावा, साल के हर महीने के भी लक्ष्य तय कर लें।
3. सटीकता से तय करें कि आपको वास्तव में अपनी मनचाही आमदनी कमाने के लिए कितने प्रॉडक्ट्स या सेवाएँ बेचने की ज़रूरत है।
4. यह तय करें कि आपकी औसत बिक्री के आकार और कमीशन की संख्या के आधार पर आपको कितनी बिक्रियाँ करनी होंगी।
5. अपने वर्तमान अनुभव के आधार पर यह तय करें कि इतनी बिक्रियाँ करने के लिए आपको कितने प्रॉस्पेक्ट्स या संभावित ग्राहकों से मिलना होगा।
6. ख़ुद को समर्पित कर दें कि आप हर दिन पुस्तकें पढ़कर, कार में यात्रा करते समय ऑडियो टेप्स सुनकर और सेल्स सेमिनार्स में हिस्सा लेकर बिक्री में निरंतर बेहतर बनेंगे।
7. अपने कामकाजी दिन का हर मिनट उन संभावित ग्राहकों से बात करने में लगाएँ, जो निकट भविष्य में आपसे कुछ ख़रीद सकते हैं और ख़रीदेंगे।

अध्याय - 12

आत्म-अनुशासन और धन

"महान लोगों की जीवनियाँ पढ़ने पर मैंने पाया कि उन्होंने सबसे पहले स्वयं पर विजय प्राप्त की; आत्म-अनुशासन उनके लिए पहले स्थान पर था।"

-हैरी एस. ट्रूमैन

बीमा उद्योग के आँकड़ों के अनुसार, अगर सौ लोग इक्कीस साल की उम्र में काम शुरू करते हैं, तो पैंसठ वर्ष की उम्र तक उनमें से एक अमीर बन जाएगा, चार आर्थिक दृष्टि से स्वतंत्र होंगे, पंद्रह के पास थोड़ी बचत होगी, जबकि बाक़ी के अस्सी लोग तब भी काम कर रहे होंगे या दिवालिया होंगे या पेंशन पर निर्भर होंगे या मर चुके होंगे।

आज अमेरिका के अधिकांश बेबी बूमर्स सत्तर साल की उम्र के बाद भी काम करने की योजना बना रहे हैं। ऐसा क्यों है ? क्योंकि उनके पास इतना पैसा जमा नहीं है कि वे काम करना छोड़ सकें।

आत्म-अनुशासन, आत्म-विजय और आत्म-नियत्रण का अभाव ही जीवन में आर्थिक समस्याओं का मूल कारण है। अधिकांश लोगों में अल्पकालिक संतुष्टि का दमन करने की क्षमता नहीं होती है। उनकी तो यह आदत होती है कि वे जितना कमाते हैं, वो सब ख़र्च कर देते हैं। यही नहीं, वे लोन और क्रेडिट कार्ड क़र्ज़ लेकर कमाई से कहीं ज़्यादा ख़र्च कर बैठते हैं।

आज अमेरिका में बचत की दर इतनी कम है कि उससे आर्थिक स्वतंत्रता प्राप्त करना संभव नहीं है। जीवन भर नौकरी करने के बावजूद आम अमेरिकी परिवार की नेट वर्थ लगभग 8,000 डॉलर है। लोग लगातार इस तरह ख़र्च करते और उधार लेते हैं, जैसे कल कभी आएगा ही नहीं।

अच्छी बात यह है कि हम मानव जाति के इतिहास के सबसे समृद्ध युग में रह रहे हैं। आज हमारे पास दौलत और समृद्धि प्राप्त करने के इतने अधिक अवसर हैं और इतने ज़्यादा लोगों के लिए हैं और इतने भिन्न तरीक़ों से हैं, जितने पहले कभी मौजूद नहीं रहे। इस वक़्त आर्थिक स्वतंत्रता प्राप्त करना जितना ज़्यादा संभव है, उतना पहले कभी नहीं रहा। लेकिन इसके लिए *आपको संकल्प लेना होगा* और फिर अपने संकल्प के अनुसार काम करना होगा।

आर्थिक असफलता के कारण

अधिकांश वयस्कों की आर्थिक समस्याओं का मूलभूत कारण कम आमदनी नहीं है। अपनी पुस्तक *द मिलियनेअर नेक्स्ट डोर* में थॉमस स्टेनले और विलियम डैन्को ने बताया है कि एक जैसे मकान में रहने वाले और समान पदों पर काम करने वाले दो परिवारों की आर्थिक स्थिति बिलकुल भिन्न हो सकती है। पैंतालीस-पचास वर्ष की उम्र तक एक घर में रहने वाले दंपति तो आर्थिक रूप से स्वतंत्र हो जाएँगे, जबकि उनके ठीक पड़ोस में रहने वाले दूसरे दंपति गहरे क़र्ज़ में डूबे होंगे और अपने क्रेडिट कार्ड्स के क़र्ज़ का न्यूनतम भुगतान करने में भी मुश्किल महसूस करते होंगे।

ज़ाहिर है, इसका कारण उनकी आमदनी *नहीं* है, क्योंकि आमदनी तो दोनों की समान है। वास्तविक कारण तो *आत्म-अनुशासन की कमी* और *अल्पकालिक संतुष्टि का दमन करने की अक्षमता है।* यह चारित्रिक कमज़ोरी आज समाज के अधिकांश वयस्कों में क्यों दिखती है ? इसकी जड़ें बचपन तक जाती हैं।

बचपन में जब आपको पैसा मिलता था (चाहे यह पॉकेट मनी हो या दोस्त अथवा रिश्तेदार का दिया उपहार हो), तो आप सबसे पहले उससे टॉफ़ी *ख़रीदने* की सोचते थे। टॉफ़ी मीठी होती है। टॉफ़ी स्वादिष्ट होती है। टॉफ़ी में शकर भरा बेहतरीन स्वाद आता है। बचपन में आपको टॉफ़ी पसंद थी और आपका कभी इससे मन नहीं भरता था। इसका स्वाद इतना

अच्छा होता है कि कई बच्चे तो तब तक टॉफ़ी खाते रहते हैं, जब तक कि वे बीमार न हो जाएँ।

बड़े होने के बाद भी आपकी यही आदत क़ायम रही। मनोवैज्ञानिक इसे "कंडीशन्ड रेस्पॉन्स" कहते हैं। जब भी आपको कहीं से भी पैसा मिलता है, तो आप उसे किसी ऐसी चीज़ पर ख़र्च करना चाहते हैं, जिससे आपको ख़ुशी मिले - भले ही यह अल्पकालिक हो। मनचाही चीज़ के स्वाद की कल्पना करने मात्र से ही पाव्लोव के कुत्ते की तरह ही आपकी भी जीभ लपलपाने लगती है और मानसिक लार गिरने लगती है।

ख़र्च करने से आपको ख़ुशी मिलती है

जब वयस्क जीवन में आप पैसा कमाते हैं या आपको कहीं से पैसा मिलता है, तब भी यही स्वचलित प्रतिक्रिया जारी रहती है। आपका पहला विचार यही होता है, "मैं तत्काल ख़ुशी पाने के लिए इस पैसे को कैसे ख़र्च कर सकता हूँ?"

जब आपको पहली नौकरी मिलती है, तो आप सबसे पहले यही सोचते हैं कि आप कपड़ों, कार, कॉस्मेटिक्स, सामाजिक मेल-जोल, मनोरंजन, यात्रा आदि पर अपनी तनख़्वाह कैसे ख़र्च कर सकते हैं। यही नहीं, आप यह भी सोचने लगते हैं कि क्रेडिट कार्ड पर उधार मिल सकने वाली पाई-पाई भी कैसे ख़र्च की जाए। ऐसा इसलिए होता है, क्योंकि आपके मस्तिष्क में यह समीकरण रहता है धन = आनंद।

जब आप किसी रिज़ॉर्ट में छुट्टियाँ मनाने जाते हैं, तो आप होटलों और सड़कों के किनारे सजी दुकानें देखते हैं। इन दुकानों में सस्ती शृंगार सामग्री और निरर्थक सामानों के साथ-साथ कपड़े, कलाकृतियाँ और अन्य सजावटी सामान बिकते हैं, जिन्हें आप अपने शहर में ख़रीदने के बारे में कभी सोचते भी नहीं। ऐसा क्यों है ? इसका जवाब सरल है। जब आप छुट्टियाँ मनाने जाते हैं, तो आप ख़ुश रहते हैं। आपके दिमाग़ में ख़ुशी और ख़र्च को मिलाकर देखने की पुरानी आदत होती है, पुराना स्वचलित प्रोग्राम होता है। आप जितने ज़्यादा ख़ुश होते हैं, आपके मन में किसी चीज़ पर - या *किसी भी चीज़* पर - पैसा ख़र्च करने की अचेतन प्रेरणा उतनी ही ज़्यादा जागती है।

कई लोगों के लिए यह बहुत आम है कि जब भी वे किसी कारण से

दुखी या कुंठित होते हैं, तो वे ख़रीदारी करने लगते हैं। उनके अचेतन मन की प्रोग्रामिंग के कारण वे सोचते हैं कि चीज़ें ख़रीदने से उन्हें ख़ुशी मिलेगी। जब वे उस चीज़ से आशा के अनुरूप ख़ुश नहीं होते, तो वे ख़ुश होने के लिए दूसरी चीज़ ख़रीद लेते हैं। कई बार तो दुखी लोगों को शॉपिंग करने की धुन सवार हो जाती है। इस चक्कर में वे बहुत सी ऐसी चीज़ें ख़रीद बैठते हैं, जिनकी उन्हें ख़ास ज़रूरत नहीं होती है। इसका कारण केवल यही है कि उनके अचेतन मन में ख़ुशी और ख़र्च के बीच सीधा संबंध है।

वयस्क होने के बाद आपको जब भी तनख़्वाह, बोनस, कमीशन, इन्कम टैक्स रिफ़ंड, पुरस्कार, या विरासत में धन मिलता है, तो आपके मन में पहला विचार यही आता है कि आप इस पैसे को जल्द से जल्द और अधिक से अधिक आनंददायक चीज़ों पर कैसे ख़र्च कर सकते हैं।

अपने धन संबंधी दृष्टिकोण को सही करें

आर्थिक स्वतंत्रता प्राप्त करने का शुरुआती बिंदु यह है कि आप ख़ुद को अनुशासित करके धन के प्रति अपने दृष्टिकोण को *दोबारा सही कर लें।* आपका काम यह है कि पहले तो अपने अवचेतन मन में पहुँचकर "ख़र्च" व "ख़ुशी" को जोड़ने वाले तार को अलग करें और इसके बाद "ख़ुशी" के तार को "बचत और निवेश" के तार से जोड़ दें।

इसके बाद आप यह कहना छोड़ देंगे, "मुझे पैसे ख़र्च करते समय ख़ुशी महसूस होती है।" इसके बजाय तब आप यह कहेंगे, "मुझे पैसे *बचाते* समय ख़ुशी महसूस होती है।"

दृष्टिकोण के इस परिवर्तन को स्थायी बनाने के लिए अपने स्थानीय बैंक में "आर्थिक स्वतंत्रता खाता" खोलें। इस खाते में आप दीर्घकाल के लिए पैसा जोड़ते हैं। खाते में पैसा डालते समय संकल्प करें कि आर्थिक स्वतंत्रता प्राप्त करने के अलावा आप इसे किसी भी चीज़ पर ख़र्च नहीं करेंगे।

यदि आप नाव या कार ख़रीदने के लिए पैसे बचाना चाहते हैं, तो उसके लिए एक अलग खाता खोल लें। लेकिन अपने आर्थिक स्वतंत्रता ख़ाते को कभी न छुएँ। हाँ, आप इसके धन का निवेश म्यूचुअल फ़ंड्स आदि में ज़रूर कर सकते हैं, ताकि आपको ज़्यादा मुनाफ़ा मिल सके।

ख़ुशी को बचत से जोड़ें

जब आप इस तरह बचत करने लगते हैं, तो आपके भीतर एक चमत्कारी चीज़ होती है। बैंक में पैसे जमा होने के बारे में सोच-सोचकर आप ख़ुश होते हैं। भले ही आप केवल 10 डॉलर से खाता खोलें, लेकिन इससे भी आपको अधिक आत्म-नियंत्रण और व्यक्तिगत शक्ति का एहसास होता है। आप अपने बारे में ज़्यादा ख़ुश होते हैं। पैसे बचाने के लिए स्वयं को अनुशासित करने पर आप ज़्यादा शक्तिशाली महसूस करते हैं। आपको लगता है कि अपने भाग्य पर अब आपका अधिक नियंत्रण हो गया है।

जब भी आपको थोड़ा अतिरिक्त पैसा मिले, उसे अपने आर्थिक स्वतंत्रता खाते में डाल दें। अंततः आपके आर्थिक स्वतंत्रता खाते में जमा पैसा बढ़ने लगेगा। इसके बढ़ने के साथ ही आप दो नियमों को सक्रिय कर देते हैं : आकर्षण का नियम और संग्रह का नियम।

आपके खाते में जमा पैसे पर आपके *विचारों और भावनाओं का प्रभाव* होता है, जिससे ऊर्जा का एक शक्ति क्षेत्र बन जाता है, जिससे और ज़्यादा पैसा इस खाते की ओर आकर्षित होता है। यदि आप एक वर्ष तक हर माह 10 डॉलर बचाते हैं, तो आपको यह पाकर आश्चर्य होगा कि उस खाते में डाले अतिरिक्त पैसों की बदौलत आपके खाते में 120 डॉलर के बजाय शायद 200 डॉलर जमा हो गए हैं। यदि आप हर महीने 100 डॉलर बचाते हैं, तो आपके पास शायद 2,000 डॉलर से ज़्यादा होंगे।

संग्रह का नियम कहता है कि "हर बड़ी उपलब्धि कई छोटी-छोटी उपलब्धियों का संग्रह होती है।" आकर्षण का नियम कहता है कि "आप अपने जीवन में उन्हीं चीज़ों को आकर्षित करते हैं, जो आपके प्रबल विचारों के अनुरूप होती हैं।" इन नियमों के कारण आपका आर्थिक स्वतंत्रता खाता *चक्रवृद्धि ब्याज के चमत्कार* द्वारा बढ़ने लगता है।

आपके बैंक खाते में जितना ज़्यादा पैसा होता है, उससे उतनी ही ज़्यादा ऊर्जा उत्पन्न होती है और आपके जीवन में उतना ही ज़्यादा पैसा आकर्षित होता है। आपने यह बात सुनी होगी, "पैसे से ही पैसा बनता है।" यह कहावत सच है। जब आप पैसा बचाते और इकट्ठा करते हैं, तो सृष्टि आपकी ओर ज़्यादा पैसा भेजने लगती है, जिसे आप बचा सकें।

जिसने भी नियमित बचत के इस सिद्धांत का कभी अभ्यास किया है, वह इस बात से बहुत हैरान हो जाता है कि इससे उसका आर्थिक भाग्य कितनी जल्दी बदलकर बेहतर हो जाता है।

अपने धन संबंधी दृष्टिकोण को सही करने के बाद आर्थिक स्वतंत्रता का नियम है : "सबसे पहले ख़ुद को भुगतान करें।" ज़्यादातर लोग महीने भर के ख़र्च के बाद बची हुई धनराशि बचाते हैं - अगर कुछ बचे। बहरहाल, कुंजी यह है कि सबसे पहले ख़ुद को भुगतान करो। चाहे पैसा कितना भी मिले, कहीं से भी मिले, सबसे *पहले* ख़ुद को भुगतान करो यानी सबसे पहले अपने आर्थिक स्वतंत्रता खाते में पैसे डालो।

जीवन भर बचत करें

पहले यह कहा जाता था कि यदि आप अपनी पहली तनख़्वाह से लेकर रिटायरमेंट तक अपनी आमदनी का 10 प्रतिशत हिस्सा बचाएँगे, तो आप अमीर भले ही न बन पाएँ, लेकिन आर्थिक दृष्टि से स्वतंत्र अवश्य बन जाएँगे। बहरहाल, आज आर्थिक सलाहकारों की राय है कि अपने सभी आर्थिक लक्ष्यों को प्राप्त करने के लिए आपको अपनी आमदनी का *15 या 20 प्रतिशत* हिस्सा बचाना चाहिए। इससे कम बचत करने पर बुढ़ापे में पैसा ख़त्म होने की नौबत आ सकती है।

जब हम लोगों को यह सलाह देते हैं कि उन्हें अपनी आमदनी का 10 प्रतिशत हिस्सा बचाना चाहिए, तो वे इंकार में सिर हिलाने लगते हैं। अधिकांश लोग तो आज अपनी पूरी आमदनी उड़ा देते हैं। उनके पास बचत के नाम पर कुछ भी नहीं है। ज़्यादातर लोग तो गहरे क़र्ज़ में भी डूबे हुए हैं। अपनी आमदनी में से 10 प्रतिशत बचाना, और वह भी सबसे पहले, उन्हें असंभव नज़र आता है। लेकिन एक उपाय है।

1 प्रतिशत के फ़ॉर्मूले पर चलें

आज ही से अपनी आमदनी के 1 प्रतिशत हिस्से को बचाना और बची हुई 99 प्रतिशत आमदनी में ख़र्च चलाना सीखें। यह काम आसानी से किया जा सकता है। यह धनराशि इतनी कम है कि आप ऐसा करने के बारे में सोच सकते हैं। हर महीने 1 प्रतिशत बचाने के लिए बहुत कम आत्म-अनुशासन और इच्छा-दमन

की ज़रूरत होती है। यदि आप हर महीने 3,000 डॉलर कमा रहे हैं, तो इसका 1 प्रतिशत है 30 डॉलर प्रति माह, यानी एक दिन में केवल 1 डॉलर।

हर शाम को घर लौटकर अपनी दैनिक धनराशि किसी डिब्बे में डाल दें। महीने में एक बार अपनी सारी बचत को उस डिब्बे से निकालकर बैंक ले जाएँ और उसे अपने आर्थिक स्वतंत्रता खाते में डाल दें। यह बहुत छोटी शुरुआत लग सकती है, लेकिन याद रखें, "हज़ार मील लंबी यात्रा भी एक छोटे क़दम से ही शुरू होती है।"

कुछ ही समय में आपको 99 प्रतिशत आमदनी में आराम से जीने की आदत पड़ जाएगी। इस बिंदु पर अपनी बचत के प्रतिशत को बढ़ा लें। अब आप हर महीने अपनी 2 प्रतिशत आमदनी बचाएँ और बाक़ी की 98 प्रतिशत आमदनी के हिसाब से अपनी जीवनशैली को ढालें। कुछ ही समय में आपको इसकी भी आदत पड़ जाएगी। आप पाएँगे कि आप 98 प्रतिशत आमदनी में आसानी से गुज़ारा कर सकते हैं।

महीने दर महीने आप अपनी बचत के स्तर को 1-1 प्रतिशत करके बढ़ाते हैं। परिणाम यह होगा कि वर्ष के अंत तक आप शायद अपनी 10 प्रतिशत आमदनी बचा रहे होंगे। फिर एक और उल्लेखनीय चीज़ होगी। आपके क़र्ज़ कम होने लगेंगे। जब आप अपना पैसा बचाने और आर्थिक स्वतंत्रता पाने के बारे में जागरूक होते हैं, तो आप हर ख़र्च के बारे में सोच-विचार करते हैं और ज़्यादा बुद्धिमानी से काम करते हैं। तब आप पाएँगे कि आपके ख़र्च कम होने लगे हैं और आपका क़र्ज़ धीरे-धीरे, हर महीने कम हो रहा है।

पुरस्कार ज़बर्दस्त हैं

बचत और निवेश के पुरस्कार बहुत ज़्यादा हैं। कहा जाता है कि "ख़ुशी किसी सार्थक आदर्श की क्रमिक प्राप्ति है।" जब भी आप एक डॉलर की बचत करते हैं या एक डॉलर का क़र्ज़ उतारते हैं, तो आपको दिली ख़ुशी मिलती है। आप ज़्यादा सकारात्मक महसूस करते हैं। आपको लगता है कि अपने जीवन पर आपका ज़्यादा नियंत्रण है। आपका मस्तिष्क एंडॉर्फ़िन्स नामक रसायन प्रवाहित करता है, जिससे आपको शांति और सुख का एहसास होता है।

यह प्रक्रिया शुरू करने के दो साल के भीतर ही आप क़र्ज़ से मुक्त हो जाएँगे और आपके आर्थिक स्वतंत्रता खाते में जमा पैसा बढ़ता जाएगा। धनराशि बढ़ने पर आपके जीवन में और *ज़्यादा* पैसा आकर्षित होने लगेगा। आप बुद्धिमत्तापूर्ण निवेश के अधिक अवसर आकर्षित करने लगेंगे, जिनसे आपको ज़्यादा लाभ होगा।

इसके साथ ही, धीरे-धीरे धन और ख़र्च के बारे में आपका दृष्टिकोण बदल जाएगा। आप ज़्यादा अनुशासित और सतर्क बन जाएँगे। कोई भी निवेश करने से पहले आप सावधानी से पूरी जाँच करेंगे। आप किसी संभावित व्यवसाय या अवसर के हर पहलू का अच्छी तरह अध्ययन करेंगे। आप उस पैसे को गँवाना नहीं चाहेंगे, जिसे बचाने के लिए आपने इतनी कड़ी मेहनत की है। वास्तव में आप अपने धन संबंधी दृष्टिकोण और व्यक्तित्व को दोबारा ढालेंगे - और यह काम बहुत ही सकारात्मक तरीक़े से करेंगे।

आमदनी बढ़ने से ज़्यादा मदद नहीं मिलती

कई बार मैं अपने श्रोताओं से पूछता हूँ, "आपमें से कौन-कौन आर्थिक रूप से स्वतंत्र होना चाहता है?" हर व्यक्ति अपना हाथ उठा देता है। फिर मैं पूछता हूँ, "अगर मैं जादू की छड़ी लहराकर इस कमरे में बैठे हर व्यक्ति की आमदनी दोगुनी कर दूँ, तो क्या इससे आपको आर्थिक स्वतंत्रता पाने में सहायता मिलेगी?"

हर व्यक्ति ताली बजाता है, हँसता है और फिर हाँ में सिर हिला देता है। उन सभी को वाक़ई यक़ीन होता है कि अगर किसी चमत्कार से उनकी आमदनी दोगुनी हो जाए, तो वे आर्थिक स्वतंत्रता प्राप्त कर सकते हैं।

फिर मैं उनसे पूछता हूँ, "इस कमरे में ऐसे कितने लोग हैं, जिनकी आमदनी उनकी पहली नौकरी की तुलना में आज *दोगुनी* हो चुकी है?"

बिना किसी हिचक के कमरे में मौजूद हर व्यक्ति का हाथ उठ जाता है।

फिर मैं पूछता हूँ, "इस कमरे में ऐसे कितने लोग हैं, जिनकी आमदनी उनकी पहली नौकरी की तुलना में आज तीन गुना हो चुकी है? पाँच गुना हो चुकी है? दस गुना हो चुकी है?"

पूरे कमरे में हाथ उठने लगते हैं। कमरे में बैठे हर व्यक्ति की आमदनी

पहली नौकरी की आमदनी की तुलना में दोगुनी, तीन गुनी, पाँच गुनी या दस गुनी हो चुकी है।

फिर मैं मुद्दे की बात पर आता हूँ : "यहाँ मौजूद हर व्यक्ति की आगदनी कई गुना हो चुकी है, लेकिन इससे उसे कोई फ़ायदा नहीं हुआ है। सच तो यह है कि आमदनी बढ़ने से ही आर्थिक स्वतंत्रता सुनिश्चित नहीं होती है। इसका कारण है पार्किन्सन का नियम, जो कहता है, 'जब-जब आमदनी बढ़ती है, ख़र्च भी बढ़कर उसके बराबर हो जाते हैं।' चाहे आपकी आमदनी कितनी ही ज़्यादा हो जाए, आप उसे पूरा ख़र्च कर डालेंगे और उससे थोड़ा ज़्यादा भी।"

खूँटी सिद्धांत का अभ्यास करें

आर्थिक स्वतंत्रता प्राप्त करने का तरीक़ा यह है कि आप पार्किन्सन के नियम को तोड़ दें। इसके लिए आपको "खूँटी सिद्धांत" का आजीवन अभ्यास करना होगा। इसे करने का तरीक़ा यह है : भविष्य में जब भी आपकी आमदनी बढ़े, तो आप अगनी बढ़ी हुई आमदनी और अपने बढ़े हुए ख़र्च के बीच *एक खूँटी ठोंक दें।* बढ़े हुए पैसे को पूरा ख़र्च करने के बजाय यह संकल्प करें कि आप अपनी "वृद्धि" के 50 प्रतिशत हिस्से को बचत में डाल देंगे।

यदि आपकी आमदनी 100 डॉलर प्रति माह बढ़ती है, तो यह संकल्प करें कि आप हर महीने पहली तारीख़ को ही 50 डॉलर बचाकर अपने आर्थिक स्वतंत्रता खाते में डाल देंगे। बाक़ी के 50 डॉलर आप अपने परिवार पर और अपनी जीवनशैली को बेहतर बनाने में ख़र्च कर सकते हैं। आपको यह संकल्प लेना होगा कि भविष्य में आपकी आय जितनी भी बढ़ेगी, आप उसका *आधा हिस्सा* बचा लेंगे।

जब आप ख़ुद को सबसे पहले भुगतान करते हैं, अपनी आमदनी का 10-15 प्रतिशत हिस्सा बचाते हैं और अपने पूरे कॅरियर में अपनी बढ़ी हुई आय का 50 प्रतिशत हिस्सा बचत खाते में डाल देते हैं, तो आप जल्दी ही आर्थिक स्वतंत्रता प्राप्त कर लेंगे। आपकी गिनती समाज के शीर्षस्थ 5 प्रतिशत अमीर लोगों में होने लगेगी। आपको दोबारा कभी पैसे की चिंता नहीं करनी पड़ेगी।

चक्रवृद्धि ब्याज का चमत्कार

अल्बर्ट आइंस्टीन ने कहा था, "चक्रवृद्धि ब्याज सृष्टि की सबसे प्रबल शक्ति है।"

यदि इक्कीस वर्ष से पैंसठ वर्ष की उम्र तक आप हर महीने केवल 100 डॉलर बचा लें और इसका निवेश किसी म्यूचुअल फ़ंड या इंडेक्स फ़ंड में करें, जिसमें पैसा हर साल औसतन 7-10 प्रतिशत बढ़ता है, तो आपकी नेट वर्थ दस लाख डॉलर से अधिक हो जाएगी। यदि आप अपने ऑफ़िस में ऐसी व्यवस्था करवा दें, जिससे आपको तनख़्वाह मिलने पर 100 डॉलर अपने आप आपके निवेश खाते में पहुँच जाएँ, तो आप यक़ीनन बहुत अमीर बन जाएँगे।

इसका अर्थ यह है कि यदि आप आर्थिक स्वतंत्रता प्राप्त करने के प्रति गंभीर हैं, तो आत्म-अनुशासन सबसे महत्वपूर्ण आवश्यकता है, जिसके साथ विलंबित संतुष्टि की क्षमता भी जुड़ी हो। आत्म-विजय, आत्म-नियंत्रण और आत्म-दमन का जीवन भर अभ्यास करने से न केवल आप अपने सभी आर्थिक लक्ष्य प्राप्त कर सकेंगे, बल्कि हर क्षेत्र में सफल और ख़ुश भी होंगे।

अगले अध्याय में हम एक बहुत ही महत्वपूर्ण विषय पर बात करेंगे, जिस पर आपके पूरे जीवन का दारोमदार होता है। आप सीखेंगे कि अपने *समय* का सही उपयोग करके आप कितना कुछ प्राप्त कर सकते हैं। जीवन की शुरुआत में हम सभी के पास बहुत सा समय और बहुत कम धन होता है। अपने वयस्क वर्षों में आप अपने समय का कैसा उपयोग करते हैं, उसी से आपके जीवन की गुणवत्ता काफ़ी हद तक तय होती है।

कार्य अभ्यास :

1. आज ही अपने आर्थिक जीवन की बागडोर थामने, क़र्ज़ से मुक्त होने और आर्थिक स्वतंत्रता प्राप्त करने का निर्णय लें।
2. आज ही अपनी नेट वर्थ यानी शुद्ध संपत्ति तय करें। अपनी सारी संपत्तियों को जोड़ लें और इसके बाद उसमें से सारे क़र्ज़ और दायित्वों को घटा दें। इससे नेट वर्थ का सटीक आँकड़ा सामने आ जाएगा।

3. एक अलग बैंक खाता बनाएँ और हर महीने की आमदनी या तनख़्वाह का कम से कम 1 प्रतिशत हिस्सा बचाना शुरू करें।
4. अपने सारे क़र्ज़ों की सूची बनाएँ और उन्हें चुकाना शुरू करें। सबसे पहले, सबसे ज़्यादा ब्याज दर वाले क़र्ज़ चुकाएँ।
5. हिसाब लगाएँ कि अपने करियर के अंत में आर्थिक दृष्टि से स्वतंत्र होने के लिए आपको कितनी धनराशि की ज़रूरत होगी और फिर इसका लक्ष्य बना लें।
6. हर माह, तिमाही और वर्ष के लिए जीवन भर के आर्थिक संग्रह के स्पष्ट और सटीक लक्ष्य तय करें।
7. मितव्ययिता से ख़र्च करने की आदत डालें और हर ख़र्च को करने में ज़्यादा से ज़्यादा देर करें, जब तक कि आपके दीर्घकालीन आर्थिक लक्ष्य प्राप्त न हो जाएँ।

अध्याय - 13

आत्म-अनुशासन और समय-प्रबंधन

"यदि आप स्वयं को नहीं जीतेंगे,
तो हार जाएँगे।"
-नेपोलियन हिल

आत्म-अनुशासन समय के प्रबंधन में जितना महत्वपूर्ण है, शायद आपके जीवन के किसी अन्य क्षेत्र में नहीं है। समय-प्रबंधन मूल अनुशासन है, जो आपके जीवन की गुणवत्ता को काफ़ी हद तक तय करता है। जैसा पीटर ड्रकर ने कहा है, "आप समय का प्रबंधन नहीं कर सकते; आप तो सिर्फ़ अपना प्रबंधन कर सकते हैं।"

समय-प्रबंधन वास्तव में *जीवन*-प्रबंधन या व्यक्तिगत-प्रबंधन है। यह मूलतः समय या परिस्थितियों का नहीं, बल्कि स्वयं का प्रबंधन है।

समय नश्वर है; इसका संग्रह संभव नहीं है। समय का कोई विकल्प या स्थानापन्न नहीं है; इसके अलावा किसी दूसरी चीज़ से काम नहीं चलेगा। समय को दोबारा नहीं लौटाया जा सकता। एक बार यह चला गया या बर्बाद हो गया, तो आप इसे कभी वापस नहीं पा सकते। अंततः, समय अनिवार्य है - ख़ास तौर पर किसी भी तरह की उपलब्धियों के लिए। हर उपलब्धि, हर परिणाम, हर सफलता के लिए समय ज़रूरी है।

आप समय ''बचा'' नहीं सकते

सच्चाई यह है कि आप समय को बचा नहीं सकते; आप तो बस इसे अलग तरह से *ख़र्च* कर सकते हैं। आप कम महत्व के क्षेत्रों से हटाकर इसे ज़्यादा महत्वपूर्ण क्षेत्रों में लगा सकते हैं। यही सफलता की कुंजी है और यहीं पर आत्म-अनुशासन की ज़रूरत होती है।

समय-प्रबंधन का अर्थ है घटनाओं का क्रम चुनने की योग्यता। समय के संदर्भ में आत्म-अनुशासन का अभ्यास करके आप यह चुन सकते हैं कि *पहले क्रम पर क्या* करना है, दूसरे क्रम पर क्या करना है और कौन सा काम बिलकुल नहीं करना है। और चयन करने की स्वतंत्रता हमेशा आपके पास होती है।

टालमटोल या देरी से उबरने के लिए आपको ज़बर्दस्त आत्म-अनुशासन की ज़रूरत होती है। टालमटोल अधिकांश लोगों को महान सफलता पाने से रोकती है। एक रेड इंडियन ने एक बार मुझे बड़ी यादगार बात बताई थी, "टालमटोल सपनों की चोर है।"

पेरेटो सिद्धांत यानी 80/20 का नियम कहता है कि आपको अपने 80 प्रतिशत परिणाम अपने 20 प्रतिशत कामों से मिलेंगे। इसका मतलब है कि आपके 80 प्रतिशत काम कम मूल्यवान हैं, क्योंकि उन सबको मिलाकर केवल 20 प्रतिशत या उससे भी कम परिणाम मिलते हैं।

अपने हर काम के सच्चे महत्व का आकलन करें

आपके कुछ काम बाक़ी कामों से पाँच, यहाँ तक कि दस, गुना ज़्यादा महत्वपूर्ण होते हैं, भले ही उनमें एक बराबर समय लगता हो। आपके सबसे महत्वपूर्ण काम - शीर्षस्थ 20 प्रतिशत - आम तौर पर बड़े, मुश्किल और भयावह होते हैं। इसके विपरीत, आपके 80 प्रतिशत काम, जिनसे आपके जीवन में कोई फ़र्क़ नहीं पड़ता या बहुत कम फ़र्क़ पड़ता है, आम तौर पर छोटे, आसान और आनंददायक होते हैं।

यह कैसे पता करें कि किसी चीज़ का आपके लिए कितना महत्व है ? इसका पता इस बात से चलता है कि आप उस चीज़ को कितना समय देते हैं। आप हमेशा सबसे ज़्यादा ध्यान और समय उसी चीज़ पर देते हैं,

जिसे आप सबसे ज़्यादा महत्वपूर्ण मानते हैं, चाहे यह आपका परिवार हो, आपका स्वास्थ्य हो, आपकी सामाजिक या खेल संबंधी गतिविधियाँ हों या पैसा और करियर हो। आप अपना समय कहाँ लगाते हैं, यह देखकर ही आप (और बाक़ी सभी लोग) यह जान सकते हैं कि आपके लिए सचमुच महत्वपूर्ण क्या है।

कुछ लोग कहते हैं कि करियर की सफलता उनके लिए सबसे महत्वपूर्ण है, लेकिन वे हर दिन घर लौटकर घंटों टी.वी. देखते हैं। कुछ लोग कहते हैं कि उनका परिवार उनके लिए महत्वपूर्ण है, लेकिन वे अकेले ही घर से बाहर जाकर दोस्तों के साथ घूमते रहते हैं या गोल्फ़ खेलने चले जाते हैं। केवल आपके *कामों* से ही आपको – और दूसरों को भी – यह पता चलता है कि आप सचमुच किसे महत्वपूर्ण मानते हैं।

समय-प्रबंधन का सार यह है कि आप स्पष्ट प्राथमिकताएँ तय करने के लिए स्वयं को अनुशासित करें – और फिर *उन प्राथमिकताओं पर अमल करें।* आपको अच्छी तरह सोच-समझकर उस पल के लिए सबसे मूल्यवान और महत्वपूर्ण काम चुनना चाहिए और फिर केवल वही काम करने के लिए ख़ुद को अनुशासित करना चाहिए।

व्यक्तिगत रणनीतिक योजना

रणनीतिक योजना में कंपनी का मुख्य ध्यान "पूँजी से होने वाले लाभ" को बढ़ाने पर केंद्रित होता है। किसी कंपनी में पूँजी का मतलब है मालिकों द्वारा व्यवसाय में लगाई धनराशि (क़र्ज़ से भिन्न)। रणनीतिक नियोजन का उद्देश्य व्यवसाय को इस तरह संगठित और दोबारा संगठित करना होता है, ताकि कंपनी पूँजी पर अधिक लाभ कमाए।

कंपनियाँ आर्थिक पूँजी का निवेश करती हैं, जबकि कर्मचारी "मानवीय पूँजी" का निवेश करता है। कंपनियाँ आर्थिक संपत्तियाँ लगाती हैं, जबकि *आपकी* सबसे मूल्यवान संपत्तियाँ हैं आपकी मानसिक, भावनात्मक और शारीरिक ऊर्जाएँ। आप उनका कैसा निवेश करते हैं, इसी बात से आपके जीवन की पूरी गुणवत्ता तय होती है।

व्यक्तिगत रणनीतिक नियोजन में आपका लक्ष्य अपनी गतिविधियों

से "ऊर्जा पर सर्वश्रेष्ठ लाभ" प्राप्त करना है। केन ब्लैंचर्ड इसे "जीवन पर सर्वोच्च लाभ" कमाना कहते हैं।

सर्वोच्च लाभ प्राप्त करने के लिए समय का निवेश करते समय भी आपको उतना ही सावधान रहना चाहिए, जितना कि आप अपने धन के निवेश के बारे में रहते हैं। आपको यह सुनिश्चित कर लेना चाहिए कि आप अपने पास मौजूद समय की सीमित मात्रा से सर्वश्रेष्ठ परिणाम, पुरस्कार और संतुष्टि प्राप्त करें।

काम करने से पहले सोचें

किसी समयसाध्य काम का वादा करने से पहले हमेशा ख़ुद से पूछें, "क्या यह मेरे समय का सर्वश्रेष्ठ उपयोग है ?"

समय-प्रबंधन में आत्म-अनुशासन की कमी के कारण लोग अपने शीर्षस्थ कामों में लगातार टालमटोल करते हैं और कम महत्वपूर्ण या महत्वहीन कार्यों में अपना ज़्यादा समय लगाते हैं। बार-बार ऐसा करने पर आपको इसकी आदत पड़ जाती है।

अधिकांश लोगों में टालमटोल की आदत होती है। वे अपने प्रमुख और महत्वपूर्ण कामों को टालते रहते हैं और अपना अधिकांश समय उन गतिविधियों में लगाते हैं, जिनसे भविष्य में बहुत कम फ़र्क़ पड़ता है।

प्राथमिकताएँ बनाम गौणताएँ

प्राथमिकता तय करने के लिए *गौणता* तय करना भी आवश्यक होता है। प्राथमिकता एक ऐसी चीज़ है, जिसे आप ज़्यादा करते हैं और जल्दी से जल्दी करते हैं, जबकि गौणता ऐसी चीज़ होती है, जिसे आप कम करते हैं और बाद में करते हैं। आपके पास शायद पहले ही बहुत से कामों का दबाव होगा और आपको संभवतः समय की कमी महसूस हो रही होगी। इस वजह से कोई भी नया काम शुरू करने के लिए आपको किसी *पुराने काम को छोड़ना होगा।* किसी नई चीज़ में जाने के लिए आपको किसी पुरानी चीज़ से बाहर निकलना होगा। इसलिए किसी नए काम का वादा करने से पहले ख़ुद से पूछें, "मैं कौन सा पुराना काम *छोड़* सकता हूँ, ताकि मेरे पास इस

नए काम के लिए पर्याप्त समय रहे?"

अपने जीवन में "रचनात्मक उपेक्षा" का नियमित अभ्यास करें। सोच-समझकर तय करें कि आप कौन से काम *छोड़ देंगे*, ताकि आपके पास उन कामों को करने के लिए ज़्यादा समय रहे, जिनसे आपके भविष्य पर *सचमुच प्रभाव पड़ सकता है*।

परिणाम पहचानें

समय-प्रबंधन का अनुशासन विकसित करने वाले सबसे महत्वपूर्ण शब्दों में से एक है "परिणाम।" कोई भी चीज़ उसी हद तक महत्वपूर्ण है, जिस हद तक उसके पूरे होने या अधूरे रहने के गंभीर *संभावित* परिणाम होते हैं। कोई काम या गतिविधि उस हद तक महत्वहीन है, जिस हद तक उसके होने या न होने से कोई फ़र्क़ नहीं पड़ता है।

मिसाल के तौर पर, यूनिवर्सिटी डिग्री लेने के व्यापक परिणाम हो सकते हैं, जिनका आपके जीवन पर पचास साल तक प्रभाव हो सकता है। ऑफ़िस में किसी प्रमुख कार्य या प्रोजेक्ट को पूरा करने या कोई बड़ी बिक्री करने के आपकी नौकरी और आमदनी दोनों ही क्षेत्रों में महत्वपूर्ण परिणाम हो सकते हैं।

दूसरी ओर, कॉफ़ी पीने, सहकर्मियों से गपशप करने, अख़बार पढ़ने, इंटरनेट पर सर्फ़िंग करने या ई-मेल चेक करने के काम आनंददायक तो हो सकते हैं, लेकिन इन गतिविधियों के बहुत कम परिणाम होते हैं या कोई परिणाम ही नहीं होता। दूसरे शब्दों में, आप उन्हें करते हैं या नहीं, इसका आपके काम या आपके जीवन पर कोई फ़र्क़ नहीं पड़ता। बहरहाल, अधिकांश लोग अपना ज़्यादातर समय इन्हीं गतिविधियों में ही बिताते हैं।

अपने समय का प्रबंधन करना

समय-प्रबंधन का एक सरल तंत्र है, जिसका उपयोग करके आप टालमटोल की आदत से उबर सकते हैं। इसमें आत्म-अनुशासन, इच्छाशक्ति और व्यक्तिगत व्यवस्थापन की आवश्यकता होती है, लेकिन पुरस्कार भी बहुत बड़े हैं। इस तंत्र का उपयोग करने से आपकी उत्पादकता, प्रदर्शन, परिणाम

और आमदनी दो-तीन गुना बढ़ सकती है।

दिन की शुरुआत करने से पहले उस दिन करने वाले कार्यों की सूची बना लें। सूची बनाने का सबसे अच्छा समय एक दिन पहले रात को होता है, ताकि आपका अवचेतन मन आपके सोते समय भी इस गतिविधि-सूची पर काम कर सके। इसी वजह से सुबह जागने पर आपके मन में अक्सर ऐसे नए विचार आते हैं, जिनसे आप दिन के कामों को ज़्यादा कारगर तरीक़े से पूरा कर सकते हैं।

फिर अपनी सूची में ए, बी, सी, डी, ई विधि का उपयोग करें :

- ए = "करना ही होगा" - न करने के गंभीर परिणाम;
- बी = "करना चाहिए" - करने या न करने के हल्के परिणाम;
- सी = "करना अच्छा है" - चाहे आप उसे करें या न करें, कोई परिणाम नहीं होता;
- डी = "सौंपें" - जो काम आप दूसरों को सौंप सकते हैं, उन्हें उन लोगों को सौंपकर आप उन कामों के लिए ज़्यादा समय ख़ाली करते हैं, जिन्हें केवल आप ही कर सकते हैं;
- ई = "छोड़ें" - वे सारे काम और गतिविधियाँ छोड़ दें, जो आपके उद्देश्य और लक्ष्य प्राप्त करने के लिए अब अनिवार्य नहीं हैं।

अगले दिन की गतिविधि-सूची की समीक्षा करें और काम शुरू करने से पहले हर कार्य के सामने ए, बी, सी, डी या ई लिख लें।

यदि आपके पास "ए" श्रेणी के कई कार्य हैं, तो उन्हें महत्व के क्रम में जमा लें, जैसे ए-1, ए-2, ए-3 आदि। बी और सी श्रेणी के कार्यों के साथ भी ऐसा ही करें।

नियम यह है कि जब तक आपका ए कार्य अधूरा है, तब तक आपको कभी भी बी कार्य नहीं करना चाहिए। जब आपके सामने ज़्यादा महत्वपूर्ण कार्य हो, तो आपको कभी भी कम महत्वपूर्ण कार्य नहीं करना चाहिए।

इस विधि के अनुसार अपनी सूची व्यवस्थित कर लें। इसके बाद ख़ुद को अनुशासित करें, ताकि आप किसी अन्य कार्य को करने से पहले सुबह

सबसे पहले अपना ए-1 कार्य ही शुरू करें।

पहली बार में ही काम पूरा करने का अभ्यास करें

जब आप अपने सबसे महत्वपूर्ण काम को शुरू कर दें, तो आपको अनुशासित रहकर पूरी एकाग्रता से अपना शत-प्रतिशत समय और ध्यान उस पर केंद्रित रखना होगा, जब तक कि वह पूरा न हो जाए।

अपने सबसे महत्वपूर्ण काम को चुनने और फिर बाक़ी सारे काम छोड़कर उसे ही करते रहने के लिए ज़बर्दस्त आत्म-अनुशासन की ज़रूरत होती है। लेकिन जब आप उस पर काम शुरू कर देते हैं, तो आपको ऊर्जा का ऐसा प्रवाह महसूस होगा, जो आपको वह काम पूरा करने के लिए प्रेरित करेगा और आगे धकेलेगा। तब आप अधिक सकारात्मक और आत्म-विश्वासी अनुभव करेंगे। आप ज़्यादा ख़ुश और संकल्पवान महसूस करेंगे। किसी महत्वपूर्ण काम को शुरू करने से ही आपका आत्म-सम्मान बढ़ जाता है और आप उसे जारी रखने के लिए प्रोत्साहित हो जाते हैं।

हर व्यक्ति के मन में दृढ़, प्रभावी, शक्तिशाली और आत्म-निर्भर महसूस करने की गहन इच्छा होती है। जब आप अपने सबसे महत्वपूर्ण कार्य को करने का अनुशासन दिखाते हैं, तो आप स्वयमेव आत्म-विश्वास और आत्म-सम्मान की भावनाओं को प्रेरित कर देते हैं।

निवेश पर 1,000 प्रतिशत लाभ

ए, बी, सी, डी, ई विधि से पूरे दिन की योजना बनने में दस मिनट से ज़्यादा समय नहीं लगता है। याद रखें, काम करने से पहले योजना बनाने में आप जो एक मिनट का समय लगाते हैं, उससे काम के दौरान आपका दस मिनट का समय बच जाता है।

इसका मतलब यह है कि यदि आप अपना पहला काम शुरू करने के पूर्व ही पूरी योजना बना लेते हैं और स्पष्ट प्राथमिकताएँ तय कर लेते हैं, तो इससे आपको "ऊर्जा पर 1,000 प्रतिशत लाभ" मिलेगा।

जब आप प्रगति करते हैं, अपने सबसे महत्वपूर्ण काम को आगे बढ़ाते हैं, तो आपके मस्तिष्क में एंडॉर्फ़िन्स का निरंतर स्राव होता है, जो "ख़ुशी

के प्राकृतिक रसायन" हैं। इन एंडॉर्फ़िन्स की बदौलत आप ज़्यादा सकारात्मक, एकाग्रचित्त, चौकन्ने, जागरूक और नियंत्रित महसूस करेंगे।

जब आप अपने सबसे महत्वपूर्ण काम को शुरू करने के लिए अपने स्वाभाविक प्रतिरोध के ख़िलाफ़ जूझते हैं, तब आपके भीतर "एंडॉर्फ़िन्स का प्रवाह" होता है। आपको प्रफुल्लता, उल्लास, ख़ुशी और उच्च आत्म-सम्मान के रूप में इसका अनुभव होता है। किसी प्रमुख कार्य के पूर्ण होने पर आप उस धावक जैसा महसूस करते हैं, जिसने फ़िनिश लाइन को सबसे पहले पार किया है। आप *विजेता* महसूस करने लगते हैं।

उत्कृष्ट समय-प्रबंधन के पुरस्कार कभी ख़त्म नहीं होते। जैसे ही आप अपने समय की योजना बनाना शुरू करते हैं, प्राथमिकताएँ तय करते हैं और अपना हर दिन ए-1 कार्य से शुरू करते हैं, वैसे ही आप ख़ुश महसूस करने लगेंगे और आपको अपने जीवन पर ज़्यादा नियंत्रण का एहसास होगा। आप जितनी बेहतर योजना बनाएँगे और उस पर जितना ज़्यादा अमल करेंगे, उतना ही बेहतर महसूस करेंगे।

एकाग्रचित्त रहें

विवशता-में-कार्यकुशलता का नियम कहता है, "*हर चीज़* को करने के लिए कभी पर्याप्त समय नहीं होता है, लेकिन *सबसे महत्त्वपूर्ण* चीज़ों को करने के लिए हमेशा पर्याप्त समय रहता है।"

स्वयं को एकाग्रचित्त रखने और अपने शीर्ष कामों, गतिविधियों तथा ज़िम्मेदारियों पर कार्य करने के लिए आपको ख़ुद से ये सवाल पूछने चाहिए :

1. मुझे नौकरी क्यों दी गई है? मुझे वास्तव में कौन से कार्य करने के लिए नौकरी पर रखा गया है? मुझसे किन परिणामों की उम्मीद की जाती है?

आपको इस सवाल के जवाब के बारे में बिलकुल स्पष्ट होना चाहिए। इस बारे में दूसरों से बातचीत करें। अपने बॉस से पूछें।

2. मेरे प्रमुख परिणाम क्षेत्र कौन से हैं? मैं जो कार्य करता हूँ, उनसे मेरे पद पर किन सबसे महत्वपूर्ण परिणामों को प्राप्त करने की उम्मीद की जाती है?

किसी भी पद के पाँच-सात प्रमुख परिणाम क्षेत्र ही होते हैं। यह अनिवार्य है कि आप इन क्षेत्रों को पहचान लें और फिर दिन भर उन पर काम करें।

3. मेरी सर्वोच्च महत्वपूर्ण गतिविधियाँ कौन सी हैं? मेरे कौन से कार्य मेरी कंपनी की और मेरी उन्नति में सर्वाधिक महत्वपूर्ण योगदान देते हैं?

आपकी कुछ मूल योग्यताएँ आपको महत्वपूर्ण योगदान देने में समर्थ बनाती हैं। वे कौन सी हैं?

4. मैं - और सिर्फ़ मैं ही - ऐसा क्या कर सकता हूँ, जिसे यदि अच्छी तरह किया जाए, तो उससे वास्तव में फ़र्क़ पड़ेगा?

इस सवाल का किसी समय पर केवल एक ही जवाब होता है। यह वह चीज़ है, जिसे *आप और सिर्फ़* आप ही कर सकते हैं। यदि आप इसे नहीं करेंगे, तो कोई दूसरा भी उसे नहीं कर पाएगा। लेकिन यदि आप इसे कर देते हैं- और अच्छी तरह कर देते हैं - तो इससे आपके जीवन और कार्य पर बहुत ज़्यादा प्रभाव हो सकता है।

5. इस वक़्त मेरे समय का सबसे महत्वपूर्ण उपयोग क्या है?

प्राथमिकता तय करने और टालमटोल से उबरने के लिए यह सबसे महत्वपूर्ण सवाल है। हर दिन, हर मिनट इस सवाल का एक ही जवाब होता है। अपने जीवन को सुव्यवस्थित करने और अपनी सर्वोच्च प्राथमिकता को चुनने की आपकी क्षमता आपकी बुद्धि और प्रभाव का मुख्य पैमाना है।

आज ही शुरू कर दें

आज ही से अपने जीवन के हर क्षेत्र में समय-प्रबंधन के इन प्रमुख सिद्धांतों पर अमल शुरू कर दें। उन्हें अपनी नौकरी या काम-धंधे, परिवार, स्वास्थ्य, व्यायाम दिनचर्या और आर्थिक निर्णयों तथा गतिविधियों पर लागू करें। कोई बहाना नहीं चलेगा!

प्राथमिकताएँ तय करने और फिर उन पर अमल करने के लिए ज़बर्दस्त अनुशासन की ज़रूरत होती है। टालमटोल अधिकांश लोगों को पीछे रोककर रखती है और उससे उबरने के लिए आपको सतत अनुशासन

और इच्छाशक्ति की ज़रूरत होती है। बहरहाल, अपने समय का अच्छा उपयोग करने के लिए आप स्वयं को जितना ज़्यादा अनुशासित करते हैं, आप उतने ही ज़्यादा ख़ुश महसूस करेंगे और हर क्षेत्र में आपके जीवन की गुणवत्ता उतनी ही बेहतर होगी।

आपके तथा आपके लक्ष्यों के बीच लगभग हमेशा किसी न किसी प्रकार की *समस्याएँ* और *मुश्किलें* खड़ी रहती हैं। दैनिक जीवन की समस्याओं को कारगर तरीक़े से सुलझाने की आपकी योग्यता का आपके परिणामों और पुरस्कारों पर ज़बर्दस्त प्रभाव हो सकता है। इस बारे में हम अगले अध्याय में बात करेंगे।

कार्य अभ्यास :

1. आज ही समय-प्रबंधन में माहिर होने का निर्णय लें। इस दिशा में तब तक काम करें, जब तक कि आपको इसकी आदत न पड़ जाए।
2. अपना हर दिन शुरू करने से पहले उस दिन करने वाले सभी कार्यों की सूची बनाएँ। जब नए कार्य सामने आएँ, तो उन पर काम शुरू करने से पहले उन्हें भी लिख लें।
3. ए, बी, सी, डी, ई विधि का उपयोग करके प्राथमिकता के आधार पर अपनी कार्यसूची को व्यवस्थित कर लें। ऐसा तब तक बार-बार करें, जब तक कि इसकी आदत न पड़ जाए।
4. हर दिन अपने ए-1 कार्य को पहचानें और उस पर पूरी एकाग्रता से तब तक काम करने का संकल्प करें, जब तक कि यह पूरा न हो जाए।
5. उस एक काम को पहचानें, जिसे *केवल आप* कर सकते हैं और उसे अच्छी तरह करने से वास्तव में फ़र्क़ पड़ सकता है।
6. अपने उन 20 प्रतिशत कार्यों का पता लगाएँ, जो आपके 80 प्रतिशत परिणामों के लिए ज़िम्मेदार हैं और फिर उन पर अधिकांश समय काम करने के लिए ख़ुद को अनुशासित करें।
7. हर दिन, हर मिनट ख़ुद से पूछें, "इस पल मेरे समय का सबसे महत्त्वपूर्ण उपयोग क्या है?" और फिर ख़ुद को *सिर्फ़* उसी कार्य को करने के लिए अनुशासित करें, जब तक कि वह पूरा न हो जाए।

अध्याय - 14

आत्म-अनुशासन और समस्याएँ सुलझाना

"अनुभव वह नहीं है, जो मनुष्य के साथ होता है; यह तो वह है जो मनुष्य ख़ुद के साथ होने वाली घटनाओं के साथ करता है।"

-आल्डस हक्सले

विचार कारण हैं और परिस्थितियाँ परिणाम हैं। इसका अर्थ है कि आपके विचारों की गुणवत्ता से ही काफ़ी हद तक आपके जीवन की गुणवत्ता तय होती है। सबसे शक्तिशाली मानसिक सिद्धांत यह है : "आप वही बन जाते हैं, जिसके बारे में आप अधिकांश समय सोचते हैं।"

हर क्षेत्र के शीर्षस्थ लोग बहुत *समाधान-केंद्रित* होते हैं। वे ज़्यादातर समय समाधानों के बारे में ही सोचते रहते हैं। वे इन बातों में नहीं उलझते हैं कि समस्या उत्पन्न करने के लिए किसने कोई चीज़ की या नहीं की। इसके बजाय हर क्षेत्र के सबसे सफल लोग समाधानों पर अपना ध्यान केंद्रित करते हैं और यह सोचते हैं कि समस्या को सुलझाने के लिए क्या किया जा सकता है।

सूफ़ी दार्शनिक इज़रत ख़ान ने एक बार कहा था, "समुद्र की लहरों की तरह जीवन में समस्याएँ भी लगातार आती रहती हैं। वे कभी ख़त्म नहीं होतीं।" इसका अर्थ यह है कि आपके जीवन में भी समस्याओं, मुश्किलों, संकटों और अल्पकालीन असफलताओं का अटूट प्रवाह निश्चित

रूप से आएगा। उन सबका सामना करते समय आपमें आत्म-अनुशासन, आत्म-विजय और आत्म-नियंत्रण का अभ्यास करने की क्षमता होनी चाहिए, क्योंकि यह क्षमता आपके व्यवसाय और जीवन में सफलता पाने के लिए अनिवार्य है।

अवश्यंभावी और अनिवार्य संकट

आपको जीवन भर शारीरिक, आर्थिक, पारिवारिक, व्यावसायिक और राजनीतिक समस्याओं के वेग से जूझना पड़ता है। समस्याओं की इस अंतहीन शृँखला में व्यवधान तभी आता है, जब कोई *संकट* आकर सामने खड़ा हो जाता है। यदि आप सामान्य जीवन जी रहे हैं, तो शायद आपके सामने हर दो-तीन महीने बाद संकट आता है। और संकट के दौर में ही आप अपने व्यक्तित्व की गुणवत्ता और अपनी चारित्रिक शक्ति को सचमुच प्रदर्शित करते हैं।

अप्रत्याशित झटकों और सदमे भरी परिस्थितियों का सामना करते समय ही आप दुनिया को दिखा सकते हैं कि आप दरअसल किस मिट्टी के बने हैं। पूरा जीवन एक "परीक्षा" है। इकलौता सवाल यह है कि आप इसमें उत्तीर्ण होते हैं या अनुत्तीर्ण ?

समस्याओं की प्रकृति ही ऐसी होती है कि वे "बिन बुलाए" या "बिना बताए" चली आती हैं। वे आपको पहले से चेतावनी नहीं देती हैं। आप उनका अनुमान भी नहीं लगा सकते हैं। अगर आप उनका पहले से अनुमान लगा सकते, तो वे संकट ही नहीं होते - क्योंकि आप उनके लिए पहले से तैयार होते। अवश्यंभावी संकट सामने आने पर आत्म-अनुशासन की कहीं ज़्यादा ज़रूरत होती है, ताकि आप शांत और स्पष्ट मानसिकता द्वारा उस संकट से सफलतापूर्वक निबट सकें।

अपना सर्वश्रेष्ठ प्रदर्शन करें

जब भी किसी भी तरह की गड़बड़ी होती है, तो अधिकांश लोगों की स्वाभाविक प्रवृत्ति यह होती है कि वे नाराज़ हो जाते हैं और आस-पास के किसी व्यक्ति को दोष देने लगते हैं। लेकिन यह ऊर्जा की बर्बादी के सिवा कुछ नहीं है। इससे समस्या हल नहीं होती। इसके बजाय आपमें तो यह अनुशासन होना चाहिए कि आप शांत, निष्पक्ष और भावशून्य बने रहें।

जब भी आपके सामने कोई अप्रत्याशित समस्या या संकट आए, तो शांत रहने के लिए ख़ुद को अनुशासित करें। समस्या पर नहीं, समाधान पर ध्यान केंद्रित करें। यह कैसे हुआ और दोष किसका है, यह सब सोचने के बजाय इस संदर्भ में सोचें कि *अब क्या किया जा सकता है।*

मान लें, कोई दुर्घटना हो जाती है और कोई घायल हो जाता है। ऐसे में सबसे पहले तो आप घायल व्यक्ति की चिंता करते हैं, उसका ख़ून रोकने का प्रयास करते हैं और नुक़सान को न्यूनतम करने पर ध्यान केंद्रित करते हैं। इसके बाद ही आप यह विश्लेषण शुरू करते हैं कि यह सब क्यों और कैसे हुआ। इसी तरह कोई समस्या या संकट आने पर भी तुरंत "इसके लिए मैं ज़िम्मेदार हूँ" कहकर आत्म-अनुशासन का अभ्यास करें, भले ही उस पल आप केवल अपनी प्रतिक्रियाओं के लिए ही ज़िम्मेदार हों।

अपना मस्तिष्क शांत रखें

शीर्षस्थ लोग संकट के समय प्रभावी ढंग से प्रतिक्रिया करते हैं। ऐसे समय वे शांत, आरामदेह और स्पष्ट मानसिकता बनाए रखने की क्षमता विकसित कर लेते हैं। उनका दिमाग़ हमेशा ठंडा रहता है और वे आत्म-करुणा की भावनाओं को उत्पन्न ही नहीं होने देते हैं। इसी वजह से वे ज़्यादा स्पष्टता से सोच पाते हैं, स्थिति का निष्पक्ष विश्लेषण कर पाते हैं और बेहतर निर्णय ले पाते हैं।

जिस पल आप नाराज़ और विचलित होते हैं, उसी पल आपका नियो-कॉर्टेक्स – यानी आपका "सोचने वाला मस्तिष्क" – काम करना बंद कर देता है। इस स्थिति में केवल आपका पैलियोकॉर्टेक्स – यानी आपका *भावात्मक* मस्तिष्क – ही सक्रिय रहता है, जो सिर्फ़ "लड़ो या भागो" के संदर्भ में सोचता है। जब आपका भावनात्मक मस्तिष्क आप पर हावी हो जाता है, तो आप केवल काले और सफ़ेद, हाँ या नहीं, और कुछ करने या कुछ नहीं करने के संदर्भ में ही सोचते हैं। आप इस द्वैत से परे सोचने की शक्ति गँवा देते हैं और उस ख़ास स्थिति से निबटने के सभी संभावित तरीक़ों को देख ही नहीं पाते हैं।

शीर्ष लोग यह बात अच्छी तरह जानते हैं कि हर समस्या आत्म-नियंत्रण और व्यक्तिगत आत्म-विश्वास बढ़ाने का अवसर है। आप जितनी

बड़ी समस्याएँ सुलझा सकते हैं, जीवन में आप उतने ही ऊपर उठेंगे।

सफलता की सीढ़ियाँ

कुछ साल पहले डॉ. लॉरेंस पीटर ने *द पीटर प्रिंसिपल* नामक पुस्तक लिखी। इस रोचक पुस्तक की केंद्रीय अवधारणा सत्य के काफ़ी क़रीब है। उन्होंने लिखा है कि किसी संगठन में लोगों को तब तक प्रमोशन मिलता रहता है, जब तक कि वे उस पद पर नहीं पहुँच जाते, जिस स्तर की समस्याओं को सुलझाने में वे सक्षम नहीं होते। वहाँ पहुँचने के बाद उनकी प्रगति थम जाती है और वे अपने बाक़ी करियर में वहीं पर रुके रहते हैं।

यही नहीं, उन्होंने यह भी बताया है कि इसके चलते हर संगठन में ऐसे लोग हो जाते हैं, जो *अपनी अक्षमता के स्तर* पर पहुँच चुके हैं। यह शासकीय विभागों के मामले में ख़ास तौर पर सच है। यही वह मूल कारण है, जिसकी वजह से शासकीय विभाग समय और लागत के मामले में इतने अक्षम होते हैं कि वहाँ कोई भी काम कराना मुश्किल होता है। यह किसी भी बड़ी नौकरशाही में आम तौर पर सच होता है।

आपके व्यक्तिगत जीवन में भी आप अपनी कंपनी या पेशे में उसी अनुपात में प्रगति करते हैं, जिस अनुपात में आपमें हर स्तर पर समस्याएँ सुलझाने और आवश्यक निर्णय लेने की योग्यता होती है। अच्छी बात यह है कि जब आप अधिकांश समय समाधानों के बारे में सोचते रहते हैं, तो आप अपने मस्तिष्क को समाधान-केंद्रित बनने के लिए प्रशिक्षित कर लेते हैं।

इससे कोई फ़र्क़ नहीं पड़ता कि आपके सामने कौन सी समस्याएँ या मुश्किलें आती हैं, क्योंकि वे जो भी हों, आपका मस्तिष्क लगातार उन्हें सुलझाने के रचनात्मक उपाय खोजता रहेगा। परिणाम यह होगा कि आप इस प्रक्रिया में सचमुच ज़्यादा निपुण और तीव्र हो जाते हैं, क्योंकि आपके मस्तिष्क को समस्याएँ सुलझाने की आदत पड़ जाती है।

यदि आप कोई शारीरिक खेल सीखना चाहते हैं, तो शुरुआत में आप सरल बुनियादी बातें सीखते हैं और इसके बाद ही ज़्यादा जटिल दाँव-पेंच सीखने का प्रयास करते हैं। आप उन बुनियादी बातों का बार-बार अभ्यास करते हैं, जब तक कि आप उन्हें हर बार आसानी से और स्वाभाविक तरीक़े

से न कर लें।

समस्या सुलझाने के अनुशासन में माहिर होने के लिए आपको एक फ़ॉर्मूला या विधि सीख लेनी चाहिए। इससे आप अपने करियर या व्यक्तिगत जीवन में आने वाली लगभग हर समस्या से प्रभावी ढंग से निबट सकते हैं। सौभाग्य से, समस्या सुलझाने और निर्णय लेने का एक अचूक और आज़माया हुआ फ़ॉर्मूला है, जिसका उपयोग आप लगभग हर स्थिति में कर सकते हैं। आइए इस पर एक नज़र डालते हैं।

समस्याओं से प्रभावी ढंग से निबटने की नौ पायदानों की विधि

पायदान 1 : समस्या को स्पष्टता से परिभाषित करें। चिकित्सा के क्षेत्र में कहा जाता है कि "सटीक निदान ही आधा इलाज है।" इसलिए आपको यह पूछना चाहिए, "*वास्तव* में समस्या क्या है ?" यह बहुत ही आश्चर्यजनक है कि किसी समस्या को लेकर संगठन के बहुत से लोग विचलित हो जाते हैं, लेकिन समस्या की सटीक प्रकृति के बारे में सबके विचार अलग-अलग होते हैं। आपका काम समस्या को इतना स्पष्ट कर लेना है, ताकि सभी लोग इसकी परिभाषा के बारे में एकमत हो जाएँ और फिर आप इसे सुलझाने की ओर आगे बढ़ सकें।

पायदान 2 : पूछें, "क्या यह सचमुच में समस्या है ?" याद रखें, कई चीज़ें ऐसी होती हैं, जिनके बारे में आप कुछ नहीं कर सकते। वे समस्याएँ नहीं हैं; वे तो *जीवन के तथ्य* हैं। अगर ब्याज दर बढ़ती है या सबप्राइम मॉर्टगेज बाज़ार ढह जाता है, तो इसे समस्या इसलिए नहीं कहा जा सकता, क्योंकि इसका समाधान आपके हाथ में नहीं है। इसके बजाय, यह तो एक ऐसी चीज़ है, जिससे बाहर निकलने के लिए आपको मेहनत करनी होगी और जूझना होगा।

इसके साथ ही अक्सर यह भी *देखा* जाता है कि पहली नज़र में जो चीज़ समस्या या विपत्ति नज़र आती है, वह दरअसल *छिपा हुआ अवसर* होता है। कई बार तो समस्या को सुलझाने की ज़रूरत ही नहीं होती। इसके बजाय, आप अब कोई *बिलकुल दूसरा* काम करने के लिए स्वतंत्र हो जाते हैं – जो आपके और आपके संगठन दोनों के लिए ज़्यादा अच्छा साबित

हो सकता है।

पायदान 3 : पूछें, "और क्या समस्या है ?" किसी भी ऐसी समस्या से सावधान रहें, जिसके लिए केवल एक ही परिभाषा हो। आप जितने ज़्यादा तरीक़ों से किसी समस्या को परिभाषित कर सकते हैं, सर्वश्रेष्ठ समाधान खोजने की संभावना भी उतनी ही ज़्यादा होगी।

> जब हम कम बिक्री कर रहे कॉरपोरेशन्स को बेहतर बनाने का कार्य करते हैं, तो हम उन्हें इक्कीस सवाल पूछने के लिए विवश करते हैं, जिनमें उनकी प्रमुख समस्या को अलग-अलग तरह से बताया गया हो। समस्या के संदर्भ में हर भिन्न सवाल या परिभाषा का समाधान भिन्न होता है और प्रायः वह कॉरपोरेशन को बिलकुल ही अलग दिशा में ले जाता है।
>
> उदाहरण के लिए, हम पूछते हैं, "समस्या क्या है ?" पहला जवाब मिलता है, "हमारी बिक्री बहुत कम है।"
>
> अगला सवाल है "समस्या और क्या है ?"
>
> जवाब : "हमारे प्रतिस्पर्धी की बिक्री बहुत ज़्यादा है।"
>
> फ़र्क़ पर ग़ौर करें। यदि समस्या यह है कि आपकी बिक्री बहुत कम है, तो समाधान स्पष्ट है : विज्ञापन और प्रचार-प्रसार बढ़ाना और अपनी बिक्री की गतिविधियों को तेज़ करना। दूसरी ओर, यदि समस्या की परिभाषा यह है कि आपके प्रतिस्पर्धी की बिक्री बहुत ज़्यादा है, तो जवाब यह हो सकता है कि अपने प्रॉडक्ट्स को बेहतर बनाएँ, अपनी प्रॉडक्ट लाइन बदलें, भाव कम करें या कोई नया व्यवसाय शुरू करें।
>
> इस तरह के सवालों की शृँखला का जवाब देने पर आपको अंततः सही परिभाषा मिल ही जाएगी, जिससे आप सही समाधान पर पहुँच सकते हैं।

पायदान 4 : पूछें, "यह समस्या क्यों उत्पन्न हुई ?" समस्या के कारणों को समझने का प्रयत्न करें, ताकि वह समस्या दोबारा उत्पन्न ही न हो सके। यदि आपके जीवन या व्यवसाय में कोई समस्या बार-बार आ रही है, तो यह इस बात का सूचक है कि आपका व्यवसाय सही तरीक़े से *व्यवस्थित*

नहीं है या उस विशेष क्षेत्र में अनियंत्रित है। आपके *व्यवसाय तंत्र* में कहीं न कहीं कोई दोष है, जिस वजह से *वही* समस्या बार-बार उत्पन्न हो रही है। आपका काम यह पता लगाना है कि ऐसा बार-बार क्यों होता है, ताकि आप समस्या को जड़ से ही ख़त्म कर सकें।

पायदान 5 : पूछें, "सभी संभावित समाधान क्या हैं?" आप जितने ज़्यादा संभावित समाधान खोज लेंगे, आपको सही समाधान मिलने की संभावना भी उतनी ही ज़्यादा होगी। समाधान की *गुणवत्ता* और समस्या सुलझाने के लिए सोचे गए समाधानों की *मात्रा* के बीच सीधा अनुपात होता है। हमेशा ऐसी समस्या से सावधान रहें, जिसका *केवल एक* ही समाधान नज़र आता हो।

पायदान 6 : पूछें, "इस वक़्त सबसे अच्छा समाधान क्या है?" समाधान *चाहे जैसा हो*, कई बार तो वह किसी समाधान के *न* होने से बेहतर होता है। अगर किसी सामान्य समाधान को उत्साह से लागू किया जाए, तो वह प्रायः उस उत्कृष्ट समाधान से बेहतर होता है, जिस पर इसलिए अमल नहीं किया जा सकता, क्योंकि वह जटिल है या वह काम करने की योग्यता किसी में भी नहीं है।

नियम यह है कि आपको अपनी 80 प्रतिशत समस्याओं से तत्काल पूरी तरह निबटना चाहिए। केवल 20 प्रतिशत समस्याओं को ही भविष्य के लिए छोड़ना उचित होता है। लेकिन ध्यान रहे, जब आप किसी समस्या को भविष्य के लिए छोड़ रहे हों, तो उसके समाधान पर निर्णय लेने के लिए एक डेडलाइन तय कर दें और फिर उपलब्ध जानकारी के आधार पर उस डेडलाइन पर अपना निर्णय लें।

एक नियम है, जो यह कहता है कि हर बड़ी समस्या कभी एक छोटी समस्या थी, जिसे उस वक़्त आसानी से और कम ख़र्च में सुलझाया जा सकता था। कई बार, सर्वश्रेष्ठ रणनीति समस्या को "शुरू में ही ख़त्म करना" होती है। जब यह स्पष्ट हो जाए कि एक समस्या है और एक समाधान है, तो आवश्यक कार्यवाही करें - और जल्दी करें।

पायदान 7 : निर्णय लें। समाधान, कोई भी समाधान, चुनें और फिर एक कार्यदिशा तय करें। हमेशा पूछें, "हमारा अगला क़दम क्या है? *अब* हम क्या करने जा रहे हैं?"

पायदान 8 : ज़िम्मेदारी सौंपें। समाधान पर या समाधान के भिन्न-भिन्न पहलुओं पर वास्तव में अमल कौन करेगा? प्रायः देखा जाता है कि कोई समूह समस्या सुलझाने के लिए मीटिंग करता है और सभी लोग किसी समाधान पर सहमत हो जाते हैं। लेकिन जब दो सप्ताह बाद दोबारा मीटिंग होती है, तो यह पता चलता है कि उस बारे में कुछ भी नहीं किया गया। क्यों? क्योंकि उस निर्णय पर अमल करने की स्पष्ट ज़िम्मेदारी किसी को नहीं सौंपी गई थी।

पायदान 9 : निर्णय के लिए एक पैमाना तय करें। आप इस निर्णय से क्या प्राप्त करने का प्रयास कर रहे हैं और आप परिणामों को कैसे तौलेंगे? आपको कैसे पता चलेगा कि यह समाधान कारगर रहा? आप समाधान से कौन सा परिणाम प्राप्त करना चाहते हैं, यह बहुत महत्वपूर्ण होता है। आप उस परिणाम को जितनी सटीकता से तय करेंगे, उसे प्राप्त करने की संभावना भी उतनी ही अधिक होगी।

बड़ा पुरस्कार

समस्याएँ सुलझाने पर आपको सबसे बड़ा पुरस्कार यह मिलता है कि आपको भविष्य में ज़्यादा बड़ी और महत्वपूर्ण समस्याएँ सुलझाने का अवसर मिलता है। आपकी तनख़्वाह, प्रमोशन और करियर में आगे बढ़ने की गति काफ़ी हद तक आपकी समस्या सुलझाने की योग्यता पर ही निर्भर करती है। आप समाधानों पर जितना ज़्यादा ध्यान केंद्रित करेंगे, आपके दिमाग़ में उतने ही ज़्यादा समाधान आएँगे और अपने संगठन के प्रति आपका योगदान उतना ही ज़्यादा मूल्यवान होगा।

आत्म-सम्मान के दूसरे पहलू को "आत्म-सक्षमता" कहा जाता है। आत्म-सक्षमता के स्तर को इस तरह परिभाषित किया जा सकता है : "आप अपनी समस्याएँ सुलझाने और अपने लक्ष्य प्राप्त करने में ख़ुद को कितना सक्षम महसूस करते हैं।"

आप अपने दैनिक जीवन की समस्याओं और मुश्किलों को सुलझाने में ख़ुद को जितना ज़्यादा सक्षम महसूस करते हैं, आप ख़ुद को उतना ही ज़्यादा पसंद करते हैं। आप ख़ुद को जितना ज़्यादा पसंद करते हैं, आप ज़्यादा बड़ी समस्याओं को सुलझाने और ज़्यादा महत्वपूर्ण परिणाम प्राप्त

करने में उतने ही ज़्यादा आत्म-विश्वासी और सक्षम बन जाते हैं।

इसी से सफलता मिलती है

अपने पेशे में समस्या सुलझाने की योग्यता काफी हद तक आपकी हर उपलब्धि को तय करती है। जो लोग समस्याएँ सुलझाने में माहिर होते हैं, वे हर क्षेत्र के सबसे मूल्यवान और सम्मानित लोगों में गिने जाते हैं। इस वजह से सफलता को "समस्याएँ सुलझाने की योग्यता" के रूप में भी परिभाषित किया गया है। इसका अर्थ यह भी है कि ख़ुशी समस्याएँ सुलझाने की योग्यता है; नेतृत्व समस्याएँ सुलझाने की योग्यता है।

जब आप दैनिक जीवन की अवश्यंभावी और अनिवार्य समस्याओं एवं संकटों का सामना करते समय आत्म-अनुशासन और आत्म-नियंत्रण का अभ्यास करते हैं, तो आप अपने हर काम में ज़्यादा सक्षम और प्रभावी बन जाते हैं। तब आपके आस-पास का हर व्यक्ति आपका सम्मान करेगा। आपको व्यक्तिगत शक्ति और सामर्थ्य का ज़बर्दस्त एहसास होगा। जल्द ही आप अपने संगठन के सबसे महत्वपूर्ण लोगों में से एक बन जाएँगे।

कार्य अभ्यास :

1. समस्याएँ सुलझाना गणित के सवाल सुलझाने जैसा होता है। इसे बार-बार अभ्यास करके सीखा जा सकता है। इसकी शुरुआत करते हुए यह पता लगाएँ कि *आज* आपके सामने मौजूद सबसे बड़ी समस्याएँ कौन सी हैं।
2. अपने दैनिक कार्यों में आप जिन समस्याओं से जूझते हैं, उन्हें सुलझाने की पूरी ज़िम्मेदारी स्वीकार करें और फिर *समाधानों* के बारे में सोचें।
3. अपनी सबसे बड़ी व्यावसायिक या व्यक्तिगत समस्या को स्पष्टता से परिभाषित करें। उसे लिख लें। *वास्तव में* समस्या क्या है ?
4. यह समस्या क्यों है ? क्या यह छिपा हुआ अवसर हो सकती है ? यदि ऐसा है, तो इस समस्या में कौन सा अवसर या सबक़ छिपा हुआ है ?
5. समस्या और क्या है ? शायद वास्तविक समस्या कोई और है, जिसका आप सामना नहीं करना चाहते ?

6. *सभी* संभावित समाधान क्या हैं ? *और* क्या समाधान हो सकते हैं ?
7. *इस समय* मौजूद सबसे अच्छे समाधान को चुनें और फिर तुरंत कार्य करने में जुट जाएँ।

खंड - 3

आत्म-अनुशासन और सुखी जीवन

ख़ुशी या सुख प्राप्त करना जीवन में आपका चरम लक्ष्य है। आपके लिए यह काम कोई दूसरा नहीं कर सकता। यह व्यक्तिगत इच्छा ही लगभग हर व्यवहार के पीछे की प्रेरणा है। इसके साथ ही, ख़ुशी भौतिक चीज़ों का संग्रह करने से ही नहीं मिलती; यह इससे कहीं ज़्यादा भावनात्मक और आध्यात्मिक मामला है। इस खंड में आप सीखेंगे कि अपने जीवन के सर्वाधिक महत्वपूर्ण क्षेत्रों में अनुशासन का अभ्यास किसी दूसरे गुण की तुलना में आपको ज़्यादा ख़ुशी और संतुष्टि कैसे प्रदान कर सकता है।

अध्याय - 15

आत्म-अनुशासन और ख़ुशी

"जब तक लगाम न कसी जाए, तब तक कोई भी घोड़ा कहीं नहीं पहुँच पाता। जब तक कि बंधन में न रखा जाए, तब तक भाप या गैस किसी चीज़ को नहीं चला सकती। जब तक सुरंग में से न गुज़ारा जाए, तब तक नियाग्रा जलप्रपात कभी प्रकाश और शक्ति में नहीं बदल सकता। इसी तरह कोई भी मनुष्य तब तक महान नहीं बन पाता है, जब तक कि वह एकाग्र, समर्पित और अनुशासित न हो।"

–हैरी इमर्सन फ़ॉसडिक

ख़ुशी प्राप्त करने की आपकी क्षमता ही जीवन में आपकी सफलता का सच्चा पैमाना है। इससे ज़्यादा महत्वपूर्ण कुछ भी नहीं है। इसकी जगह कोई दूसरी चीज़ नहीं ले सकती। यदि आप हर भौतिक चीज़ प्राप्त कर लें, लेकिन आप ख़ुश न हों, तो इसका मतलब यह है कि आप वास्तव में मनुष्य के रूप में अपनी पूर्ण संभावना तक पहुँचने में *नाकाम* रहे हैं।

अध्याय 4 में मैंने बताया था कि मनुष्य उद्‌देश्यपूर्ण प्राणी है, जो लक्ष्य और परिणाम प्राप्त करने की दिशा में प्रयत्न करता है। बहरहाल, हर लक्ष्य के बाद एक और लक्ष्य सामने आ जाता है और फिर एक और लक्ष्य, जब तक कि आप इस तरह अंततः मानव जीवन की सबसे बुनियादी शक्ति पर नहीं पहुँच जाते हैं। यह बुनियादी शक्ति और कुछ नहीं, *ख़ुश रहने की इच्छा* है। और आप सिर्फ़ तभी सचमुच ख़ुश रह सकते हैं, जब आप

आत्म-अनुशासन, आत्म-विजय और आत्म-नियंत्रण का अभ्यास करें। जब आप महसूस करते हैं कि अपने जीवन पर आपका पूरा नियंत्रण है, केवल तभी आपको सच्ची संतुष्टि मिलती है।

नियंत्रण का नियम

मैंने अपनी पुस्तक *मैक्सिमम अचीवमेंट** में नियंत्रण के नियम का महत्व बताया है, जो कहता है, "आप उसी हद तक ख़ुश महसूस करते हैं, जिस हद तक आपके जीवन पर आपका नियंत्रण होता है। आप उसी हद तक नाख़ुश महसूस करते हैं, जिस हद तक आपको लगता है कि नियंत्रण आपके हाथ में *नहीं* है और दूसरे तत्व या लोग आपको नियंत्रित कर रहे हैं।"

मनोवैज्ञानिक इसे "नियंत्रण केंद्र" की संज्ञा देते हैं। इस पर पचास वर्षों तक शोध हुआ है और सैकड़ों पुस्तकें तथा लेख प्रकाशित हो चुके हैं। इन सबका निष्कर्ष यही है कि आपको तनाव और दुख तभी पैदा होता है, जब आप ख़ुद को बाहरी परिस्थितियों द्वारा नियंत्रित महसूस करते हैं। इसे "आंतरिक नियंत्रण केंद्र" (ख़ुश) और "बाहरी नियंत्रण केंद्र" (दुखी) कहा गया है।

आपका नियंत्रण केंद्र तब *आंतरिक* होता है, जब आपको महसूस होता है कि नियंत्रण आपके हाथ में है, आप अपने निर्णय ख़ुद लेते हैं और जीवन में अपने साथ होने वाली अधिकांश चीज़ों को प्रायः आप ही तय करते हैं। नियंत्रण केंद्र आंतरिक होने पर आपको यह एहसास होता है कि अपने जीवन की बागडोर आपके ही हाथों में है और अपनी गाड़ी आप स्वयं ही चला रहे हैं। आप महसूस करते हैं कि आप ही अपने साथ होने वाली अधिकांश चीज़ों को तय करते हैं, इसलिए आप शक्तिशाली, उद्देश्यपूर्ण और ख़ुश महसूस करते हैं।

दूसरी ओर, आपका नियंत्रण केंद्र उसी हद तक *बाहरी* होता है, जिस हद तक आपको महसूस होता है कि नियंत्रण आपके हाथ में नहीं है या आपमें अपने जीवन को दिशा देने की बहुत कम क्षमता है। उदाहरण के लिए, यदि आपको लगता है कि पक्षपाती या आलोचनात्मक बॉस आपको नियंत्रित

---

*हिन्दी अनुवाद, अधिकतम सफलता, मंजुल पब्लिशिंग हाउस।

कर रहा है, लेकिन ज़्यादा जमा पूँजी न होने के कारण आप नौकरी छोड़ने से डरते हैं, तो आपको काफ़ी तनाव और चिंता का अनुभव होता है। इस वजह से आप ख़राब काम करते हैं, जिससे इस बात की आशंका और भी बढ़ जाती है कि आपका आलोचनात्मक बॉस आपको नौकरी से निकाल देगा और वैसी ही परिस्थितियाँ निर्मित हो जाएँगी, जिनका आपको डर है।

एक और उदाहरण देखें। आपको ऐसा महसूस हो सकता है कि आपका बुरा जीवनसाथी आपको नियंत्रित कर रहा है या आप किसी ऐसे संबंध में हैं, जिससे आप मुक्त नहीं हो सकते। हो सकता है कि नियंत्रित किए जाने का यह एहसास आपके बढ़ते हुए ख़र्च, क़र्ज़ या अपने जीवनस्तर को बनाए रखने के दायित्व के कारण हो। आपको यह भी लग सकता है कि आपकी शारीरिक स्थिति या शिक्षा की कमी के कारण नियंत्रण आपके हाथ में नहीं है। कई लोगों को यह महसूस होता है कि असामान्य बचपन या ख़राब परवरिश के कारण वे अतीत द्वारा नियंत्रित हैं और वे अपनी स्थिति को बदलने के लिए कुछ भी नहीं कर सकते।

कई लोगों को ऐसा महसूस होता है कि वे अपने व्यक्तित्व द्वारा नियंत्रित हैं और उसे बदलना उनके लिए संभव नहीं है। वे कहते हैं, "मैं तो ऐसा ही हूँ।" यह कहकर वे आवश्यक अनुशासन और इच्छाशक्ति का इस्तेमाल करने की सारी ज़िम्मेदारी से बरी हो जाते हैं, हालाँकि वे जानते हैं कि जिस तरह का जीवन वे जीना चाहते हैं और जिस तरह की ख़ुशी वे प्राप्त करना चाहते हैं, उसके लिए उन्हें वे परिवर्तन करने होंगे।

नियंत्रण केंद्र को *बाहर* से *अंदर* लाने की कुंजी सरल है : *आज ही* अपने जीवन का पूरा नियंत्रण अपने हाथ में लेने का निर्णय लें। एहसास करें और स्वीकार करें कि वास्तव में आप अपने निर्णय ख़ुद लेते हैं और आप आज जहाँ हैं और जिस हाल में हैं, अपने ही कारण हैं। यदि आपके जीवन का कोई पहलू ऐसा है, जहाँ आप ख़ुश नहीं हैं, तो स्थिति को बदलने के लिए जो भी ज़रूरी हो, उसे करने के लिए ख़ुद को अनुशासित करें।

ख़ुशी का कारण

आपको यह लगता होगा कि ख़ुश रहने के लिए कुछ ख़ास परिस्थितियाँ होनी चाहिए। अक्सर आपकी मनचाही परिस्थितियों और मौजूदा परिस्थितियों

के बीच के अंतर से ही यह तय होता है कि आप ख़ुश हैं या दुखी। यह बहुत हद तक आपके अपने मूल्यांकन और निर्णय का मामला होता है।

एक पुरानी कहावत है, "सफलता का मतलब चाही गई चीज़ को पाना है; ख़ुशी का मतलब पाई हुई चीज़ को चाहना है।" जब आपकी आमदनी और जीवन आपके लक्ष्यों तथा अपेक्षाओं के अनुरूप होते हैं और आप अपनी स्थिति से संतुष्ट होते हैं, तो आप ख़ुश होते हैं। दूसरी ओर, यदि किसी कारण से आपकी वर्तमान स्थिति आपकी मनचाही परिस्थिति से भिन्न होती है, तो आप असंतुष्ट और दुखी रहते हैं।

संतुष्टि की यह अवस्था लगातार बदल सकती है। जब आप अपना करियर शुरू करते हैं, तो 50,000 डॉलर की वार्षिक आमदनी भी एक बड़ी उपलब्धि लग सकती है। लेकिन इस लक्ष्य पर पहुँचने के बाद आप इस बात को लेकर दुखी हो जाते हैं कि आप एक लाख डॉलर या इससे ज़्यादा नहीं कमा रहे हैं। कुछ लोग साल में दस लाख डॉलर कमाने के बावजूद दुखी हैं, क्योंकि वे एक करोड़ डॉलर नहीं कमा पाए।

ख़ुशी तो सह-उत्पाद है

ख़ुशी के बारे में रोचक बात यह है कि यह कोई ऐसा लक्ष्य नहीं है, जिस पर आप निशाना साध सकें और सिर्फ़ इसे ही प्राप्त कर सकें। ख़ुशी तो एक *सह-उत्पाद* है, जो आपके पास तभी आती है, जब आप कोई ऐसा काम करने में जुटे हों, जिसमें आपको सचमुच आनंद आता हो और उस काम को ऐसे लोगों के साथ कर रहे हों, जिन्हें आप पसंद करते हों और जिनका आप सम्मान करते हों।

बेहद लोकप्रिय और सम्मानित रेडियो कमेंटेटर अर्ल नाइटिंगेल ने सफलता के संदर्भ में कहा था, "ख़ुशी किसी सार्थक आदर्श की क्रमिक प्राप्ति है।" जब आपको लगता है कि आप सीढ़ी दर सीढ़ी किसी महत्वपूर्ण चीज़ या अपने सबसे महत्वपूर्ण लक्ष्यों की ओर बढ़ रहे हैं, तो आपको ख़ुशी का एहसास होता है। आप संतुष्ट महसूस करते हैं। आपको व्यक्तिगत विकास और सुख की ज़बर्दस्त अनुभूति होती है।

ख़ुशी के पाँच तत्व

आत्म-अनुशासन ख़ुशी के लिए अनिवार्य है। इस क्षेत्र में आत्म-अनुशासन के लिए दो बातें आवश्यक हैं। पहली, आप पूरी तरह यह स्पष्ट कर लें कि ख़ुशी की आपकी परिभाषा क्या है और दूसरी यह कि आप उस आदर्श परिस्थिति को प्राप्त करने की दिशा में हर दिन प्रगति करें।

अपने अनुभव और शिक्षण में मैंने पाया है कि ख़ुशी के *पाँच* तत्व होते हैं। इनमें से किसी भी क्षेत्र में कमी होने से तनाव, दुख और अनियंत्रण की भावना आ सकती है।

ख़ुशी के पाँच तत्व

1. स्वास्थ्य और ऊर्जा। यह शायद अच्छे जीवन का सबसे महत्वपूर्ण तत्व है। हम सभी जीवन भर इसकी तलाश में रहते हैं। जब आप आदर्श स्वास्थ्य के उच्च स्तर और ऊर्जा के सतत प्रवाह का आनंद लेते हैं, तभी आप सचमुच ख़ुश होते हैं।

कई मायनों में स्वास्थ्य "कमी वाली आवश्यकता है।" इसका मतलब है कि आप अपने स्वास्थ्य के बारे में तब तक ज़्यादा नहीं सोचते हैं, जब तक कि आप इसे *खो* नहीं देते। उदाहरण के लिए, आप अपने दाँतों के बारे में तब तक ज़्यादा नहीं सोचते, जब तक कि आपके दाँत में दर्द न हो। आप अपने शरीर के बारे में आम तौर पर तब तक नहीं सोचते हैं, जब तक कि आपको किसी तरह की कोई तकलीफ़ या दर्द न हो।

बेहतर स्वास्थ्य और चुस्ती-फुर्ती पाने व बनाए रखने के लिए आपको जीवन भर अनुशासन और इच्छाशक्ति का अभ्यास करना होगा। अध्याय 16 और 17 में इस बारे में अधिक विस्तार से बताया जाएगा।

2. सुखद संबंध। आपकी 85 प्रतिशत ख़ुशी - या दुख - दूसरे लोगों के साथ आपके संबंधों पर निर्भर करती है। जैसा कि अरस्तू ने कहा था, "मनुष्य एक सामाजिक पशु है।" हमें जीवन की हर अवस्था में समाज में दूसरों के साथ रहने, काम करने और जीने के लिए बनाया गया है।

अपने जीवनसाथी, बच्चों, मित्रों, सहकर्मियों और दूसरे लोगों के साथ

अच्छे संबंध बनाने और बनाए रखने की आपकी क्षमता ही आपके व्यक्तित्व की गुणवत्ता और मानसिक स्वास्थ्य के स्तर का सच्चा पैमाना है। ऊँचे आत्म-सम्मान वाले लोग दूसरों के साथ बेहतर सामंजस्य स्थापित कर लेते हैं और ज़्यादा सुखी होते हैं।

इस मामले में हम प्रायः एक बहुत बड़ी ग़लती कर बैठते हैं। हम अपने रिश्तों को नज़रअंदाज़ करने लगते हैं, ख़ास तौर पर अपने सबसे महत्वपूर्ण संबंधों को। हम अक्सर उनके बारे में तब तक सोचते ही नहीं हैं, जब तक कि समस्या खड़ी नहीं होती और इसके बाद हम किसी दूसरी चीज़ के बारे में नहीं सोच पाते।

3. सार्थक कार्य। सचमुच ख़ुश रहने के लिए आपको जीवन के साथ पूरी तरह जुड़ना चाहिए। आपको ऐसे कार्य करने चाहिए, जो आपको सक्रिय रखें और संतुष्टि का एहसास भी दें। यदि आप आजीविका कमा रहे हैं, तो आपका काम-धंधा ऐसा होना चाहिए, जिसका आप आनंद लेते हों, अच्छी तरह करते हों और जिसके लिए आपको अच्छा भुगतान मिलता हो।

लोगों को वास्तविक ख़ुशी तभी मिलती है, जब उन्हें यह महसूस होता है कि वे किसी तरह का *योगदान* दे रहे हैं, यानी वे जितना ले रहे हैं, उससे ज़्यादा दे रहे हैं। आपको यह लगना चाहिए कि आप जो करते हैं, उससे दूसरे लोगों के जीवन और कामकाज पर सचमुच प्रभाव पड़ता है।

कर्मचारी प्रोत्साहन संबंधी अध्ययनों से एक विरोधाभास का पता चलता है। इन अध्ययनों में नियोक्ताओं का मानना था कि कर्मचारियों को मूलतः धन और लाभों से प्रेरित किया जा सकता है। लेकिन जब कर्मचारियों का सर्वेक्षण किया गया, तो यह बात सामने आई कि उन्हें सबसे ज़्यादा प्रेरणा इन तीन बातों से मिलती है :

चुनौतीपूर्ण और रोचक कार्य;
तरक़्क़ी और प्रगति के अवसर; और
अच्छे सहकर्मी।

आपकी अपने प्रति एक बहुत बड़ी ज़िम्मेदारी यह है कि आप अपने लिए सही नौकरी या पद खोजें और उस पर पहुँचने के बाद पूरे दिल से काम में जुट जाएँ। यदि किसी कारणवश आप पूरे दिल से काम नहीं कर

पा रहे हैं, तो शायद वहाँ सकारात्मक कार्यस्थल के तीन अनिवार्य तत्वों में से किसी एक या अधिक की कमी हो सकती है। यह एक स्पष्ट संकेत है कि संभवतः यह आपके लिए सही स्थान नहीं है।

4. आर्थिक स्वतंत्रता। नुक़सान, असफलता और ग़रीबी हमारे सबसे बड़े डर होते हैं। कंगाल होने, पैसे ख़त्म होने और दूसरों पर निर्भर होने का डर हमें निरंतर सताता रहता है।

आर्थिक स्वतंत्रता पाने की दिशा में जीवन भर काम करना आपकी एक प्रमुख ज़िम्मेदारी है। सबसे सुखी लोग वे होते हैं, जो उस बिंदु पर पहुँच जाते हैं, जहाँ उन्हें पैसे की चिंता ही नहीं रहती। आप इस चीज़ को भाग्य के भरोसे नहीं छोड़ सकते। इसके लिए तो आपको सोच-समझकर उद्देश्यपूर्ण कर्म करना होता है और इसके लिए ज़बर्दस्त आत्म-अनुशासन की आवश्यकता होती है।

जब भी आपको ऐसा लगता है कि आपकी वर्तमान आर्थिक स्थिति और आपकी आदर्श आर्थिक स्थिति के बीच में बहुत बड़ा अंतर है, तो आपको तनाव, चिंता और दुख का अनुभव होने लगता है।

5. आत्म-वास्तविकीकरण। इसका मतलब है कि आप वह सब कुछ बन रहे हैं, जो बनने में आप सक्षम हैं। यह तब होता है, जब आप महसूस करते हैं कि आप अपनी सच्ची संभावना को ज़्यादा से ज़्यादा साकार कर रहे हैं।

अब्राहम मास्लो ने आवश्यकताओं की क्रमबद्धता का लोकप्रिय सिद्धांत दिया है। इसमें उन्होंने यह कहा था कि लोगों में "अभावात्मक आवश्यकताएँ" होती हैं और इसके साथ ही "अस्तित्वगत आवश्यकताएँ" भी होती हैं। लोग या तो अपनी कमियों की भरपाई करने का प्रयास करते हैं या फिर वे अपनी संभावनाओं को साकार करने का प्रयास करते हैं। उनका निष्कर्ष यह था कि जब आपकी अभावात्मक आवश्यकताएँ संतुष्ट हो जाती हैं, तभी आप अपने लिए संभव सर्वोच्च स्तर तक विकास करना शुरू करते हैं।

6. अभावात्मक आवश्यकताएँ। कुशलता और जीवित रहने की आवश्यकता पहली अभावात्मक आवश्यकता है। इस आवश्यकता को संतुष्ट करने के लिए यह आवश्यक है कि आपके पास जीवित रहने के लिए पर्याप्त भोजन,

पानी, कपड़े और रहने की जगह हो। यदि किसी कारणवश आपकी सुरक्षा को ख़तरा होता है या जान का जोखिम होता है, तो आप पूरी तरह इस आवश्यकता को संतुष्ट करने में ही जुट जाएँगे। जब तक आप दोबारा सुरक्षित महसूस नहीं करेंगे, तब तक आप बहुत तनावग्रस्त और दुखी रहेंगे। जान के जोखिम वाली किसी स्थिति में रहने की कल्पना करके स्वयं देख लें।

मास्लो ने जो दूसरी अभावात्मक आवश्यकता खोजी, वह है *सुरक्षा* की आवश्यकता। इसमें आर्थिक, भावनात्मक और शारीरिक सुरक्षा शामिल है। आपके पास जीवनयापन के लिए पर्याप्त पैसे होने चाहिए, आपके ऑफ़िस तथा घर पर संबंधों में सुरक्षा होनी चाहिए और पर्याप्त शारीरिक सुरक्षा होनी चाहिए, ताकि आप किसी तरह का ख़तरा महसूस न करें। यदि आपकी सुरक्षा की आवश्यकता पर किसी तरह का जोखिम नज़र आता है, तो आप पूरी तरह से उसमें उलझ जाते हैं। उदाहरण के लिए, यह विचार करके देखें कि आपकी नौकरी अचानक चली गई है : आप कैसा महसूस करेंगे ?

मास्लो ने अभाव की जो तीसरी आवश्यकता बताई है, वह है *जुड़ाव* की आवश्यकता। हर व्यक्ति को दूसरों के साथ सामाजिक संबंध बनाने की ज़रूरत होती है - घर पर भी और ऑफ़िस में भी। आपको अपने आस-पास के दूसरे लोगों की मान्यता और स्वीकृति की आवश्यकता होती है। हर व्यक्ति दूसरों के साथ अच्छे संबंध बनाना चाहता है, टीम या समूह का महत्वपूर्ण हिस्सा बनना चाहता है और दूसरों की मान्यता पाने की ज़रूरत महसूस करता है।

7. आत्म-सम्मान की आवश्यकताएँ। जब आप मूलभूत अभावात्मक आवश्यकताओं - जान का जोखिम, सुरक्षा और जुड़ाव - को संतुष्ट कर लेते हैं, तो इसके बाद आप आत्म-सम्मान और आत्म-महत्व की अधिक *ऊँची* आवश्यकताओं को संतुष्ट करने की ओर बढ़ते हैं। ये आपकी *अस्तित्वगत* आवश्यकताएँ हैं। आपका आत्म-सम्मान आपके व्यक्तित्व की बुनियाद है और इसी से काफ़ी हद तक यह तय होता है कि आप अपने साथ होने वाली हर चीज़ के बारे में कैसा महसूस करते हैं। जीवन में आप जो भी करते हैं, उससे या तो आपका आत्म-सम्मान बढ़ता है या आप उसे कम होने से बचाते हैं।

आपका आत्म-सम्मान - आप अपने बारे में कैसा *महसूस* करते हैं और ख़ुद को कितना पसंद करते हैं या महत्व देते हैं - यही आपकी ख़ुशी को तय करने वाला सबसे महत्वपूर्ण तत्व है। आपके आत्म-सम्मान पर बहुत सी बातों से प्रभाव पड़ता है। जब दूसरे आपको पसंद और स्वीकार करते हैं, जब आप अपने सर्वोच्च मूल्यों के सामंजस्य में जीते हैं, जब आप अच्छा काम करते हैं और आपकी प्रशंसा होती है, जब आप अपने लक्ष्यों और आदर्शों को प्राप्त करने की दिशा में प्रगति करते हैं, तो आप स्वाभाविक रूप से ख़ुश और संतुष्ट महसूस करते हैं। आप स्वयं को मूल्यवान तथा महत्वपूर्ण मानते हैं और आपको लगता है कि आप काफ़ी हद तक नियंत्रण में हैं।

8. सर्वोच्च मानवीय आवश्यकता। मास्लो ने जो सर्वोच्च आवश्यकता बताई है, वह है *आत्म-वास्तविकीकरण* की आवश्यकता। उनका निष्कर्ष था कि 2 प्रतिशत से भी कम लोग व्यक्तिगत संतुष्टि के इस स्तर पर पहुँच पाते हैं। अधिकांश लोग तो अपनी अभावात्मक आवश्यकताओं में ही उलझे रहते हैं या अपने आत्म-सम्मान तथा अहंकार की आवश्यकताओं की रक्षा करने या उसे बढ़ाने में ही अटके रहते हैं। इस कारण वे आत्म-वास्तविकीकरण के बारे में सोचते भी नहीं हैं या इस दिशा में प्रयास ही नहीं करते हैं।

जब आपको एहसास होता है कि आपमें किसी क्षेत्र में पहले से ज़्यादा करने, बनने और पाने की ज़बर्दस्त व्यक्तिगत संभावना है और जब आप इस दिशा में प्रयास करते हैं, तभी आपको आत्म-वास्तविकीकरण और सच्चे आनंद का अनुभव होता है।

सबसे सुखी लोग वे हैं, जिन्हें यह लगता है कि वे अपने जीवन में कुछ सार्थक और महत्वपूर्ण काम कर रहे हैं। उन्हें यह एहसास होता है कि वे अतीत की हर चीज़ से आगे निकलकर *प्रगति* कर रहे हैं और सीमा लाँघ रहे हैं। आत्म-वास्तविकीकरण के प्रति समर्पित लोग किसी भी क्षेत्र में हो सकते हैं। वे पुस्तकें लिख सकते हैं या रचनात्मक कलाकृतियाँ बना सकते हैं। वे पहाड़ों पर चढ़ सकते हैं या खेलों में प्रतिस्पर्धा कर सकते हैं। वे कंपनी स्थापित कर सकते हैं या अपने पेशे में शिखर पर पहुँच सकते हैं।

आत्म-वास्तविकीकरण की आवश्यकताओं के बारे में अद्भुत बात

यह है कि वे कभी भी पूरी तरह संतुष्ट नहीं हो सकतीं। जब आप जीवन भर पहले से ज़्यादा बनने, पाने और करने का निरंतर प्रयास करते हैं, तो आपको ख़ुशी और संतुष्टि का एक सतत प्रवाह अनुभव होता है। आपको महसूस होता है कि आप ज़्यादा से ज़्यादा वह बन रहे हैं, जिसके लिए आपको बनाया गया है।

कभी भी संतुष्ट न हों

इनमें से प्रत्येक क्षेत्र में आप जब भी आसान रास्ता चुनने की प्रवृत्ति से उबरने के लिए आत्म-अनुशासन और इच्छाशक्ति का अभ्यास करते हैं, तो आप अपने बारे में ज़्यादा ख़ुश होते हैं। जब आप अपने सपनों की दिशा में आस्था की छलाँग लगाते हैं और फिर सभी बाधाओं तथा मुश्किलों के बावजूद जुटे रहने के लिए ख़ुद को अनुशासित करते हैं, तो आप शक्तिशाली महसूस करते हैं। आपका आत्म-सम्मान और आत्म-विश्वास बढ़ता है। जब आप एक-एक पायदान करके अपने आदर्शों की ओर बढ़ते हैं, तभी आपको सच्ची ख़ुशी मिलती है।

अगले अध्याय में आप सीखेंगे कि अपनी *स्वास्थ्य संबंधी आदतों* में आत्म-अनुशासन को कैसे शामिल किया जाए, ताकि आपका लंबा, सुखी और स्वस्थ जीवन सुनिश्चित हो सके।

कार्य अभ्यास :

1. अपने जीवन के ऐसे क्षेत्रों को पहचानें, जिनमें आप सबसे ज़्यादा सुखी और सबसे ज़्यादा नियंत्रित महसूस करते हैं। आप उनका विस्तार कैसे कर सकते हैं ?

2. अपने जीवन के ऐसे क्षेत्रों को पहचानें, जिनमें आप यह महसूस करते हैं कि दूसरे व्यक्ति या परिस्थितियाँ आपको नियंत्रित कर रही हैं। आप इन परिस्थितियों को कैसे सुलझा सकते हैं ?

3. अपने जीवन के ऐसे क्षेत्रों को पहचानें, जिनमें आपकी वर्तमान उपलब्धियों और मनचाही उपलब्धियों के बीच काफ़ी अंतर हो। इस खाई को पाटने के

लिए आप क्या कर सकते हैं ?

4. उन वर्तमान अभावात्मक आवश्यकताओं को पहचानें, जो आज पूरी नहीं हो रही हैं। आप इन आवश्यकताओं को कैसे संतुष्ट कर सकते हैं ?
5. अपनी उन गतिविधियों को पहचानें, जिनसे आपको जीवन में व्यक्तिगत ख़ुशी और अपने "शिखर अनुभव" पर पहुँचने का सबसे प्रबल एहसास होता है। ख़ुशी के इन पलों को बढ़ाने के लिए आप क्या कर सकते हैं ?
6. अपने जीवन के उन क्षेत्रों को पहचानें, जिनमें आप सबसे ज़्यादा असंतुष्ट महसूस करते हैं। असंतुष्टि की इन भावनाओं को दूर करने के लिए आप तत्काल कौन से क़दम उठा सकते हैं ?
7. अपनी "ख़ुशी" को परिभाषित करें। इसका क्या अर्थ है ? सचमुच ख़ुश महसूस करने के लिए आपके पास क्या होना चाहिए ? इस स्थिति को उत्पन्न करने के लिए आप तत्काल क्या कर सकते हैं ?

अध्याय - 16

आत्म-अनुशासन और स्वास्थ्य

"आत्म-सम्मान अनुशासन की जड़ है;
ख़ुद से ना कहने की क्षमता के साथ-साथ
गरिमा का एहसास बढ़ता जाता है।"

-अब्राहम जोशुआ हेशेल

अधिकांश लोग आज जितना लंबा और अच्छा जीवन जी रहे हैं, उतना मानव इतिहास में पहले कभी नहीं हुआ। आपका लक्ष्य इन लोगों में से एक बनना होना चाहिए। आत्म-अनुशासन स्वास्थ्य संबंधी आदतों में जितना महत्वपूर्ण है, उतना किसी अन्य क्षेत्र में नहीं है। आपका पहला लक्ष्य यह होना चाहिए कि आप अधिकाधिक लंबा और अच्छा जीवन जिएँ। इसके लिए आपको अपनी स्वास्थ्य संबंधी आदतों में आजीवन आत्म-अनुशासन का पालन करना होता है। जैसा अध्याय 15 में ज़िक्र किया गया है, अच्छा स्वास्थ्य ही समूची ख़ुशी का आधार है।

आज पुरुषों की औसत आयु (2009 में) 76.8 वर्ष है, जबकि महिलाओं की आयु 79.8 वर्ष यानी लगभग 80 साल है। यह आँकड़ा हर साल बढ़ता जा रहा है। इसका अर्थ है कि लगभग आधे लोग 80 साल की उम्र से पहले मरेंगे और लगभग आधे 80 के बाद। आपका लक्ष्य औसत के नियमों से बेहतर प्रदर्शन करना होना चाहिए, यानी आपको 90, 95 या इससे भी लंबा जीवन जीने का लक्ष्य बनाना चाहिए।

लंबा जीवन जीना

अतीत में जिन रोगों से असमय मृत्यु हो जाती थी, उनमें से अधिकांश की रोकथाम औद्योगिक युग में हो चुकी है। टी.बी., पोलियो, मलेरिया, कॉलरा, टाइफ़स और अन्य महामारियों को स्वच्छता और आधुनिक चिकित्सा ने समाप्त या कम कर दिया है।

आज असमय मृत्यु के प्रमुख कारण हैं हृदय रोग, कैंसर, डाइबिटीज़ और दुर्घटनाएँ। इन सभी पर कुछ हद तक आपका नियंत्रण होता है।

वैसे आप किसी अप्रत्याशित घटना, जैसे अचानक होने वाली दुर्घटना, का अनुमान नहीं लगा सकते और उससे अपनी रक्षा नहीं कर सकते, लेकिन आप अन्य रोगों से तो अपना बचाव कर ही सकते हैं। आप आत्म-अनुशासन का अभ्यास अपने जीवन के उन पहलुओं पर कर सकते हैं, जिन्हें आप नियंत्रित कर सकते हैं।

स्वास्थ्य संबंधी छह प्रमुख आदतें

बीस साल से अधिक समय तक कई हज़ार लोगों का अध्ययन करने के बाद अलामेडा अध्ययन में यह निष्कर्ष निकाला गया कि दीर्घायु में सबसे ज़्यादा योगदान देने वाली स्वास्थ्य संबंधी छह प्रमुख आदतें ये थीं :

1. *नियमित भोजन करें :* उपवास करने, भूखे रहने या पेटूपन से बचें। सामान्य, पोषक आहार ग्रहण करें। हर दिन पाँच-छह बार खाना सर्वश्रेष्ठ होता है। आख़िरी आहार के तीन घंटे बाद ही सोएँ।

2. *हल्का खाएँ :* बहुत ज़्यादा खाने से थकान और आलस आता है, जबकि हल्का खाने से आप स्वस्थ और चुस्त महसूस करते हैं। जैसा थॉमस जेफ़रसन ने लिखा था, "भोजन करने के बाद कभी किसी ने कम खाने पर अफ़सोस नहीं किया।"

3. *दो भोजनों के बीच मुँह न चलाते रहें :* खाने के बाद आपका पेट पूरे आहार को पीसता और पचाता है, ताकि यह आपकी छोटी आँत में पहुँच सके, जहाँ पोषक तत्वों का अवशोषण होता है। इस प्रक्रिया में चार-पाँच घंटे का समय लगता है। अगर आप पहले

से खाए भोजन के कुछ समय बाद ही दोबारा कुछ खा लेते हैं, तो पाचन प्रक्रिया दोबारा शुरू हो जाती है। अब आपका पहला आहार एक अवस्था में होगा, जबकि दूसरा आहार दूसरी अवस्था में होगा। इस असंतुलन से पेट की गड़बड़ी, एसिडिटी, आलस (ख़ास तौर पर दोपहर में) और क़ब्ज़ भी हो सकता है।

4. *नियमित व्यायाम करें :* हर दिन लगभग तीस मिनट या प्रति सप्ताह दो सौ मिनट व्यायाम करना आवश्यक है। आप पैदल चलकर, दौड़कर, तैरकर और/या व्यायाम उपकरणों का उपयोग करके व्यायाम कर सकते हैं। बस यह सुनिश्चित करें कि हर दिन आपके शरीर का प्रत्येक जोड़ अच्छी तरह हिल जाए।

5. *कार का सीट बेल्ट लगाएँ :* यातायात दुर्घटनाएँ पैंतीस साल की उम्र तक असामयिक मृत्यु का सबसे आम कारण होती हैं।

6. *धूम्रपान न करें :* धूम्रपान का संबंध बत्तीस अलग-अलग रोगों से जोड़ा गया है, जिनमें फेफड़ों का कैंसर, भोजन-नलिका का कैंसर, गले का कैंसर, पेट का कैंसर, हृदय रोग आदि शामिल हैं।

दीर्घायु के इन घटकों में आत्म-अनुशासन आवश्यक है। इन सभी घटकों में आपका चयन महत्वपूर्ण भूमिका निभाता है। आप इन कामों को करने या न करने का चयन कर सकते हैं। ये पूरी तरह से आपके नियंत्रण में हैं।

उत्कृष्ट स्वास्थ्य के पाँच सूत्र

अपने व्यक्तिगत विकास के सेमिनार्स में हम उत्कृष्ट स्वास्थ्य के पाँच सूत्र बताते हैं :

1. *सही वज़न :* सही वज़न पर पहुँचने और उसे जीवन भर बनाए रखने के लिए आपको अनुशासन और इच्छाशक्ति के नियमित इस्तेमाल की ज़रूरत होती है, लेकिन इसके पुरस्कार भी बहुत बड़े मिलते हैं। इससे आप अच्छे दिखते हैं, अच्छा महसूस करते हैं और आम तौर पर ज़्यादा सकारात्मक तथा अपने जीवन के नियंत्रण में होते हैं।

2. सही आहार : जैसा बेंजामिन फ्रैंकलिन ने कहा है, "खाने के लिए मत जियो; जीने के लिए खाओ।" 120 देशों के ऑलंपिक खिलाड़ियों के अध्ययन में यह पाया गया कि उनके आहार में तीन बातें समान थीं :

अ. कम मांस या मांसरहित स्रोत वाला प्रोटीन;

ब. बहुत से फल और सब्ज़ियाँ; और

स. बहुत ज़्यादा पानी, हर दिन लगभग आठ गिलास।

यह "ऑलंपिक आहार" लेने पर आप दिन भर अधिक चुस्त, जाग्रत और जागरूक महसूस करेंगे।

3. सही व्यायाम : एरोबिक व्यायाम दीर्घायु के लिए सबसे महत्वपूर्ण व्यायाम है। इसके लिए आपको हर सप्ताह तीन बार 30-60 मिनट के लिए अपनी हृदय गति को बढ़ाना होता है। वैसे आप तेज़ चलकर, दौड़कर, साइकल चलाकर, तैरकर या क्रॉस-कंट्री स्कीइंग करके भी यह काम कर सकते हैं।

व्यायाम विशेषज्ञों का मानना है कि "व्यायाम का प्रभाव" अच्छी कसरत के लगभग पच्चीस मिनट बाद शुरू होता है। तब आपका मस्तिष्क एंडॉर्फ़िन्स नामक रसायन प्रवाहित करता है, जिससे उल्लास का भाव या "धावकों का नशा" शुरू होता है। आपके शरीर द्वारा उत्पन्न इस प्राकृतिक रसायन का नशा बहुत ही अच्छी लत है।

जो लोग नियमित, अच्छी कसरत करने की आदत डाल लेते हैं, उनके लिए इसे करना धीरे-धीरे ज़्यादा आसान होता जाता है। वे उत्सुकता से एरोबिक व्यायाम से मिलने वाली ख़ुशी के पल का इंतज़ार करते हैं।

4. पर्याप्त आराम : यह बहुत ही महत्वपूर्ण है। 60 प्रतिशत से अधिक वयस्क पर्याप्त नींद नहीं ले पाते हैं। वे "नींद की कमी" से पीड़ित होते हैं। वे रात को देर से बिस्तर पर जाते हैं, उन्हें ठीक से नींद नहीं आती है, वे सुबह थोड़ी जल्दी उठ जाते हैं और पूरा दिन एक प्रकार के "कोहरे" में गुज़ार देते हैं। पर्याप्त आराम न मिल पाने की वजह से ऑफ़िस में उनका प्रदर्शन ख़राब रहता है, उनसे ज़्यादा ग़लतियाँ होती हैं, औद्योगिक दुर्घटनाएँ होती हैं, कार दुर्घटनाएँ होती हैं, क्रोध के विस्फोट होते हैं, व्यक्तित्व की समस्याएँ उत्पन्न होती हैं और कई अन्य मुश्किलें भी पेश आती हैं।

यदि आप सामान्य जीवन जी रहे हैं और सामान्य काम कर रहे हैं, तो आपको हर रात लगभग आठ घंटों की नींद लेने की ज़रूरत है। यदि आपको केवल छह-सात घंटों की ही नींद मिल पा रही है, तो आपका यह नींद का अभाव बढ़ने लगता है। गुरुवार या शुक्रवार को जब आप सुबह उठते हैं, तो आप सबसे पहले यही सोचते हैं कि उस रात कितनी जल्दी सो सकते हैं। जब आप उठते ही दोबारा सोने के बारे में सोचने लगें, तो आपको समझ लेना चाहिए कि आपकी नींद पूरी नहीं हो रही है।

हर रात आठ घंटों की नींद के अलावा आपमें काम से अवकाश लेने की नियमित आदत भी होनी चाहिए - वीकएंड्स पर भी और वैकेशन्स पर भी। जब आप काम से छुट्टी लेते हैं, तो आपकी मानसिक और भावनात्मक बैटरियाँ रिचार्ज हो जाती हैं। दो-तीन दिन के वीकएंड के बाद जब आप दोबारा ऑफ़िस आते हैं, तो पूरी तरह तरोताज़ा होते हैं और अपने सर्वश्रेष्ठ प्रदर्शन के लिए तैयार होते हैं।

5. सही दृष्टिकोण : यह शायद सबसे महत्वपूर्ण सूत्र है। "आशावाद" स्वास्थ्य, ख़ुशी और दीर्घ जीवन का सबसे बड़ा सूचक है। जब आप अपने जीवन के बारे में ज़्यादा आशावादी बनते हैं, तो आपका स्वास्थ्य भी हर क्षेत्र में बेहतर होता है।

सकारात्मक और आशावादी लोगों का प्रतिरोधक तंत्र आम तौर पर ज़्यादा मज़बूत होता है। फलस्वरूप वे शायद ही कभी बीमार पड़ते हैं। उन्हें सर्दी-ख़ाँसी बहुत कम होती है। कडी मेहनत या थकान से वे जल्दी ही उबर आते हैं। आशावाद ऐसे बहुत से रोगों के ख़िलाफ़ "रक्षा कवच" का काम करता है, जिनसे आम आदमी बीमार हो जाता है।

अपने वज़न को क़ाबू में रखें

आज जिस मामले में लोगों को आत्म-अनुशासन की सबसे बड़ी समस्या आती है, वह है ज़्यादा खाना और *वज़न बढ़ना*। सरकारी आँकड़ों के अनुसार 60 प्रतिशत अमेरिकियों का वज़न ज़्यादा है। अमेरिका के 30 प्रतिशत से अधिक लोग मोटे हैं, यानी उनका वज़न सामान्य से 30 प्रतिशत अधिक है। किसी अन्य क्षेत्र में आत्म-अनुशासन इतना आवश्यक नहीं है, जितना कि अपने वज़न को नियंत्रित करने और इसे जीवन भर नियंत्रित रखने के क्षेत्र में है।

आपने यह कहावत सुनी होगी कि "डाइटिंग कारगर नहीं होती।" वास्तव में इसका मतलब यह है कि जब आप भूखे रहकर वज़न कम करते हैं, तो यह जल्दी ही दोबारा बढ़ जाता है। इसके कई कारण हैं।

हर व्यक्ति के चयापचय की एक निश्चित दर होती है। यह आपकी ऊर्जा को जलाने की दर है। यह चयापचय दर जीवन भर चलती है। इसे तय करने वाली दो मुख्य बातें हैं : आप कितना आहार लेते हैं और उसे पचाने के लिए कितना व्यायाम करते हैं।

चयापचय दर के अलावा आपके वज़न का एक "निर्धारित बिंदु" भी होता है। यह आपके वज़न का थर्मोस्टेट है, जहाँ आपका वज़न दोबारा लौट आता है, चाहे आप क्रैश डाइटिंग करके उसे कितना भी कम कर लें।

अपने निश्चित बिंदु को बदलें

स्थायी रूप से वज़न कम करने के लिए आपको अपने वज़न के निर्धारित बिंदु को नीचे लाना होगा। इसके लिए सबसे पहले तो आपको एक स्पष्ट *मानसिक* चित्र बनाना होगा कि आप अपने आदर्श वज़न में कैसे दिखेंगे। किसी पत्रिका से अपने मनचाहे शरीर का फ़ोटो काटकर उसके चेहरे की जगह पर अपना फ़ोटो चिपका लें।

फिर धीरे-धीरे अपने खान-पान की गुणवत्ता और मात्रा में परिवर्तन करें। आपको संकल्प लेना चाहिए कि आप दोबारा कभी पुरानी आदतों के चंगुल में नहीं फँसेंगे। इस स्थायी परिवर्तन पर कम से कम एक *साल* तक मेहनत करने के लिए तैयार रहें। यदि आपका वज़न ज़्यादा है, तो याद रखें कि वर्तमान स्थिति तक आने में आपको कई साल लगे हैं। इसलिए इसे दोबारा सही करने के लिए भी बहुत से समय का निवेश करने के लिए तैयार रहें।

डाइटिंग में घातक ग़लती

कई लोग डाइटिंग करके वज़न कम कर लेते हैं, लेकिन जैसे ही उनका वज़न कुछ पौंड कम होता है, वे ज़ोरदार डिनर करके या ढेर सारी मिठाइयाँ खाकर ख़ुद को पुरस्कार दे देते हैं। दूसरे शब्दों में, वे वज़न कम करने के पुरस्कार

के रूप में बहुत सारा खाना खा लेते हैं। इस नीति का असफल होना तय है।

इसके बजाय, ख़ुद को ऐसी चीज़ों का पुरस्कार दें, जिनका खाने-पीने से कोई संबंध न हो। नए कपड़े ख़रीदने का निर्णय लें, जो आपका वज़न आदर्श होने पर ही फ़िट आएँगे। अपने परिवार के साथ छुट्टियाँ मनाने जाएँ और जीवन का आनंद लें। किसी से शर्त लगाएँ कि आप अपना वज़न निश्चित सीमा तक कम कर लेंगे और उसे एक साल तक कम रखेंगे।

स्थायी रूप से वज़न कम करने का फ़ॉर्मूला

आदर्श स्वास्थ्य की कुंजी का सारांश छह शब्दों में बताया जा सकता है : "कम खाएँ और ज़्यादा व्यायाम करें।"

स्थायी रूप से वज़न कम करने का एकमात्र तरीक़ा यही है कि आप जितनी कैलोरियाँ खाते हैं, उससे ज़्यादा जलाएँ। इसके अलावा दूसरा कोई उपाय ही नहीं है। यही नहीं, आपको यह काम लंबे समय तक करना होगा, ख़ास तौर पर तब जब आपका वज़न बहुत ज़्यादा बढ़ गया हो।

अपने प्रोग्राम "थिंकिंग बिग" में हम बताते हैं कि आपको तीन सफ़ेद विषों से यथासंभव बचना चाहिए : शकर, नमक और मैदा।

शकर से छुटकारा पाएँ। वज़न को स्थायी रूप से कम करने और स्वास्थ्य व ऊर्जा के उच्च स्तर पर पहुँचने के लिए आपको सभी प्रकार की कृत्रिम शकर को अपने आहार से हटा देना चाहिए। यह कृत्रिम शकर चॉकलेट, टॉफ़ी, केक, पेस्ट्री, मिठाइयों, सॉफ़्ट ड्रिंक्स, डिब्बाबंद फलों, कॉफ़ी और अन्य कई आहारों में होती है, जिन्हें लोग हर दिन बहुत बड़ी मात्रा में खाते-पीते हैं।

तथ्य यह है कि बेहतरीन स्वास्थ्य के लिए आपको *अतिरिक्त शकर* की आवश्यकता ही *नहीं* है। शकर और इससे बने प्रॉडक्ट्स को "छोड़ने" से ही आपका वज़न हर दिन एक पौंड कम हो सकता है।

नमक भी छोड़ दें। अपने आहार में से अतिरिक्त नमक को निकाल बाहर करें। आम आदमी को सामान्य आहार में ही पर्याप्त नमक मिल जाता है, लेकिन इसके बाद भी वह ज़्यादा नमक वाली चीज़ें खाता है। इस तरह वह हर साल बीस पौंड अतिरिक्त नमक खा लेता है और इसके बाद अपने खाने में भी ऊपर से नमक डालता है।

जब आप अत्यधिक नमक खाते हैं, तो आपका शरीर उस नमक को घोलने के लिए अतिरिक्त पानी को रोककर रखता है। दूसरी ओर, जब आप ज़्यादा नमक खाना छोड़ देते हैं और साथ ही, हर दिन आठ गिलास पानी पीते हैं, तो आपका शरीर उस सारे अतिरिक्त पानी को बाहर निकाल देता है और आपको पहले ही दिन यह अनुभव हो सकता है, जैसे आपका वज़न चार-पाँच पौंड कम हो गया हो।

मैदे की चीज़ों से दूर रहें। मैदे से बनी सभी चीज़ों को अपने आहार से बाहर निकाल दें। यानी ब्रेड, पेस्ट्रीज़, पास्ता, बंद, रोल और मैदे से बनी बाक़ी चीज़ें।

मैदा वास्तव में एक "निष्क्रिय तत्व" है, जिसके सभी पोषक पदार्थ निकालने के बाद इसे ब्लीच कर दिया गया है। "एनरिच्ड व्हाइट ब्रेड" का मतलब यह है कि यह मैदे से बनी है, जो मूलतः मृत आहार सामग्री है, और इसमें अलग से कृत्रिम विटामिन्स मिलाए गए हैं, जो बेकिंग की प्रक्रिया में प्रायः नष्ट हो जाते हैं। मैदे से बनी चीज़ों का पोषण की दृष्टि से कोई महत्व नहीं है।

आहार का सरल परिवर्तन

कुछ समय पहले मुझे फ़्लोरिडा के एक 32 वर्षीय आदमी का पत्र मिला। उसने मुझे बताया कि वह बरसों से मेरी पुस्तकें पढ़ रहा है और मेरे ऑडियो प्रोग्राम सुन रहा है। उसने करियर और आर्थिक क्षेत्र में आशातीत सफलता प्राप्त कर ली थी। लेकिन उसका वज़न बीस पौंड ज़्यादा था, जिसे वह सारे प्रयासों के बावजूद कम नहीं कर पा रहा था।

फिर एक दिन उसने "थिंकिंग बिग" ऑडियो प्रोग्राम सुना। इसमें उसे तीन विषों की बात मालूम चली। सौभाग्य से वह अनुशासित भी था और संकल्पवान भी। उसने इन तीन आहारों को छोड़ने के लिए अपनी इच्छाशक्ति का इस्तेमाल किया और उन्हें पूरी तरह छोड़ दिया।

उसने कहा कि इसके बाद जो हुआ, वह चमत्कार से कम नहीं था। छह महीने के भीतर ही उसका वज़न बाईस पौंड कम हो गया। जब दो वर्ष के बाद भी उसका वज़न कम ही बना रहा, तब उसने

मुझे पत्र लिखकर यह बात बताई। उसने कहा कि वह अलग दिखने लगा, अलग महसूस करने लगा, महिलाओं को ज़्यादा आकर्षक लगने लगा तथा उसके आत्म-विश्वास और आत्म-सम्मान का स्तर भी बढ़ गया। जब से उसका अतिरिक्त वज़न कम हुआ है, उसका पूरा जीवन बेहतर हो गया है।

सौ साल जिएँ

जीवन में आपका लक्ष्य स्वास्थ्य और ऊर्जा के सर्वश्रेष्ठ संभव स्तर का आनंद लेना होना चाहिए। इसके लिए आवश्यक है कि आप सही आहार लें और *कम मात्रा* में लें। इसके लिए यह भी आवश्यक है कि आप नियमित व्यायाम करें और हर दिन अपने शरीर के प्रत्येक जोड़ को हिलाएँ।

सर्वश्रेष्ठ शारीरिक स्वास्थ्य का आनंद लेने के लिए आपको पर्याप्त आराम और मनोरंजन भी करना चाहिए। सबसे बढ़कर, आपमें सकारात्मक मानसिक नज़रिया होना चाहिए, ताकि आप हर स्थिति में अच्छाई देखें और पूर्ण सकारात्मक व्यक्ति बनने के लिए संकल्पवान रहें।

इनमें से प्रत्येक क्षेत्र में आत्म-अनुशासन और इच्छाशक्ति के अभ्यास से आपको जो पुरस्कार मिलेंगे, वे आपके प्रयासों की तुलना में बहुत ज़्यादा होंगे। स्वास्थ्य संबंधी आदतों में आत्म-अनुशासन का अभ्यास करने पर आप अपनी कल्पना से ज़्यादा लंबा और बेहतर जीवन जी सकते हैं। अध्याय 17 में आपको इस बारे में और ज़्यादा जानकारी मिलेगी, जो व्यायाम और शारीरिक चुस्ती पर केंद्रित है।

कार्य अभ्यास :

1. अपने स्वास्थ्य के संदर्भ में आदर्श कल्पना करें : यदि आप जादू की छड़ी लहराकर अपने स्वास्थ्य को हर तरह से *आदर्श* बना सकें, तो यह आपके वर्तमान स्वास्थ्य से किस तरह अलग होगा ?
2. अपने भावी वर्षों को अपने जीवन का *सर्वश्रेष्ठ* हिस्सा बनाने का संकल्प करें। इसके लिए सबसे पहले आपको कौन सी चीज़ बदलनी या करनी चाहिए ?
3. पूर्ण चिकित्सा परीक्षण कराएँ और अपने डॉक्टर से सलाह लें कि शारीरिक स्वास्थ्य के श्रेष्ठ स्तर पर कैसे पहुँचा जा सकता है। फिर उस सलाह पर *अमल* करें।
4. पता लगाएँ कि आपका आदर्श वज़न क्या है और फिर अपना वज़न उतना करने का लक्ष्य बना लें। अध्याय 4 में सीखी गई लक्ष्य-निर्धारण प्रक्रिया का उपयोग करके इस तक पहुँचने और जीवन भर वहीं बनाए रखने की योजना बनाएँ।
5. विचारमंथन की प्रक्रिया का उपयोग करें (जिसे अध्याय 4 में बताया गया है) और इस सवाल के कम से कम बीस जवाबों की सूची लिख लें, "मैं स्वास्थ्य और ऊर्जा के श्रेष्ठ स्तर पर पहुँचने के लिए हर दिन क्या कर सकता हूँ ?"
6. इस अध्याय में बताई गई स्वास्थ्य आदतों व शोध की समीक्षा करें और एक से लेकर दस के बीच अपनी ग्रेडिंग इस आधार पर करें कि आप उन पर कितनी अच्छी तरह अमल कर रहे हैं।
7. *एक* निश्चित कार्य तय करें, जिसे तत्काल शुरू करके आप यह सुनिश्चित कर सकते हों कि आप अस्सी, नब्बे या उससे भी ज़्यादा वर्षों तक जीवित रहें।

अध्याय - 17

आत्म-अनुशासन और शारीरिक चुस्ती

"मानसिक दृढ़ता में कई बातें शामिल होती हैं और इसे स्पष्ट करना थोड़ा मुश्किल है। इसके लक्षण हैं त्याग और आत्म-दमन। सबसे महत्वपूर्ण बात यह है कि इसके साथ पूर्णतः अनुशासित इच्छाशक्ति जुड़ी होती है, जो कभी हार नहीं मानती। यह एक मानसिक अवस्था है, जिसे आप सक्रिय चरित्र भी कह सकते हैं।"

-विन्स लॉम्बार्डी

शारीरिक चुस्ती के उच्च स्तर पर पहुँचने और उसे बनाए रखने के लिए आजीवन आत्म-अनुशासन और इच्छाशक्ति की ज़रूरत होती है। अच्छी ख़बर यह है कि शारीरिक चुस्ती अपना पुरस्कार ख़ुद है। आपको न सिर्फ़ व्यायाम करते समय अच्छा लगता है, बल्कि आप बाक़ी समय भी अपने बारे में बेहतरीन महसूस करते हैं।

यदि आपका लक्ष्य लंबा, स्वस्थ, सुखी जीवन जीना तथा शारीरिक रूप से चुस्त व छरहरा रहना है, तो नियमित व्यायाम के अलावा कोई विकल्प नहीं है। सौभाग्यवश, शारीरिक चुस्ती के श्रेष्ठ स्तर पर पहुँचने के लिए आपको किसी ऑलंपिक या ट्राएथलॉन का प्रशिक्षण लेने की ज़रूरत नहीं होती। आप व्यायाम और शारीरिक प्रशिक्षण को अपनी दिनचर्या में ही शामिल कर सकते हैं। जीवनशैली में सिर्फ़ कुछ छोटे-छोटे परिवर्तन करके ही आप शारीरिक चुस्ती के अपने लक्ष्य को प्राप्त कर सकते हैं।

• • •

विशेषज्ञों की सुनें

शारीरिक फ़िटनेस विशेषज्ञ आम तौर पर इस बात पर सहमत हैं कि शारीरिक चुस्ती के अपने अधिकतम स्तर पर पहुँचने के लिए आपको हर सप्ताह 200-300 मिनट के व्यायाम की ज़रूरत होती है। इसका मतलब यह है कि आपको हर सप्ताह पाँच से सात दिन 30-60 मिनट व्यायाम करना चाहिए।

यदि आप ऑफ़िस जाने से पहले हर सुबह तीस मिनट टहलने जाते हैं या ऑफ़िस से लौटने के बाद हर शाम घूमने जाते हैं, साथ ही वीकएंड्स में भी ऐसा ही करते हैं, तो आप हमारे समाज के सबसे स्वस्थ व्यक्तियों में से एक बन जाएँगे।

यदि आप हर सप्ताह पाँच दिन एक घंटे तक व्यायाम करते हैं, तो आपकी गिनती संसार के सबसे चुस्त 1-2 प्रतिशत लोगों में होगी।

सुबह-सुबह ही शुरू हो जाएँ

व्यायाम करने का सबसे अच्छा समय सुबह-सुबह है। जो लोग हर सुबह 30 से 60 मिनट तक व्यायाम करते हैं, वे ज़्यादा आसानी से व्यायाम को अपनी दिनचर्या का स्थायी हिस्सा बना सकते हैं।

दूसरी ओर, जो लोग शाम को ऑफ़िस से लौटने के बाद व्यायाम करने की सोचते हैं, उन्हें हमेशा इसे टालने का कोई न कोई बहाना मिल जाता है; या तो वे थक जाते हैं या फिर उनके सामने दूसरे काम आ जाते हैं।

वे व्यायाम को कल यानी अगले दिन तक टाल देते हैं। और जैसा हम सभी जानते हैं, कल कभी नहीं आता।

व्यायाम को नियमित दिनचर्या में लाने और उस पर निरंतर अमल करने के लिए ज़बर्दस्त अनुशासन की ज़रूरत होती है। लेकिन जब आप हर सुबह उठते ही तुरंत व्यायाम करने का अनुशासन दिखाते हैं, तो यह काम समय के साथ आसान होता जाता है।

अपने साथ एक चालाकी करें

कई लोग, जिनमें मैं भी शामिल हूँ, हर सुबह व्यायाम करने के लिए अपने साथ एक चालाकी करते हैं। वे व्यायाम की पोशाक को पलंग के ठीक बग़ल में रखते हैं, ताकि सुबह उनकी आँख खुलते ही सबसे पहले उसी पर नज़र जाए। इससे होता यह है कि पूरी तरह जागने से पहले ही वे व्यायाम की पोशाक और दौड़ने वाले जूते पहनने लगते हैं तथा दौड़ना शुरू कर देते हैं। इससे पहले कि उन्हें पता चल पाए कि हो क्या रहा है, उनका आधा व्यायाम निबट जाता है, उनकी हृदय गति बढ़ जाती है, उनके फेफड़ों में ऑक्सीजन भर जाती है और उन्हें अच्छा महसूस होने लगता है।

जब भी लोग सुबह दौड़कर या कोई दूसरा व्यायाम करके लौटते हैं, तो वे हमेशा आनंदित और प्रसन्नचित्त रहते हैं। ऐसा "व्यायाम के प्रभाव" की वजह से होता है, जो व्यायाम के पच्चीस-तीस मिनट बाद शुरू होता है। उनका मस्तिष्क एंडॉर्फ़िन्स नामक रसायन प्रवाहित करता है, जिससे वे प्रफुल्लित महसूस करते हैं।

अपनी बुद्धिमत्ता बढ़ाएँ

जो लोग सुबह-सुबह सबसे पहले एरोबिक व्यायाम करते हैं, वे दिन भर ज़्यादा तेजस्वी, रचनात्मक और बुद्धिमान नज़र आते हैं। बुद्धिमत्ता परीक्षणों में उनका स्कोर सचमुच *ऊँचा* होता है और उनके मन में दिन भर अपने काम को बेहतर बनाने संबंधी ज़्यादा विचार भी आते हैं।

इसका कारण स्पष्ट है। जब आप सुबह-सुबह एरोबिक व्यायाम करते हैं, तो बहुत ज़्यादा ऑक्सीजन वाला ख़ून आपके सेरीब्रल कॉर्टेक्स में पहुँच जाता है। यह आपके मस्तिष्क का वह हिस्सा है, जिसका उपयोग आप सोचने, विश्लेषण करने और निर्णय लेने के लिए करते हैं। इससे आप कई घंटों तक पूरी तरह चौकन्ने और चुस्त रहते हैं।

जब आप सुबह-सुबह उठते ही व्यायाम करते हैं, तो आपकी चयापचय दर भी बढ़ जाती है। परिणाम यह होता है कि आपका शरीर दिन भर कैलोरियाँ जलाता रहता है। व्यायाम करने के कई घंटे बाद भी आपका वज़न कम होता रहता है।

जब आप सुबह-सुबह या दिन में किसी भी समय व्यायाम करते हैं, तो आपको भूख लगती है। बहरहाल, चूँकि आप स्वास्थ्यवर्धक व्यायाम कर रहे हैं, इसलिए आपको केवल स्वास्थ्यवर्धक आहारों की ही स्वाभाविक भूख लगेगी। आपके मन में मीठे आहार या मिठाई खाने की इच्छा बहुत कम होगी।

व्यायाम को जीवनशैली का अंग बनाएँ

शारीरिक चुस्ती पाने और बनाए रखने के लिए सबसे अच्छी चीज़ यह है कि आप किसी जिम या हेल्थ क्लब के सदस्य बन जाएँ और नियमित व्यायाम करें। यदि आप थोड़े ज़्यादा पैसे ख़र्च करने को तैयार हों, तो आप एक व्यक्तिगत प्रशिक्षक भी नियुक्त कर सकते हैं, जो आपको हर सप्ताह तीन बार या इससे अधिक व्यायाम कराए और प्रशिक्षण दे।

व्यायाम की दिनचर्या बनाने और बनाए रखने के लिए ख़ुद को अनुशासित करना तब ज़्यादा आसान होता है, जब आपका व्यक्तिगत व्यायाम प्रशिक्षक आपसे जिम में आने की उम्मीद कर रहा हो और लगातार निगरानी कर रहा हो कि आप अपनी बनाई व्यायाम योजना पर कितना अमल करते हैं।

आजकल कई लोग व्यक्तिगत प्रशिक्षक नियुक्त करते हैं। या तो व्यक्तिगत प्रशिक्षक आपके घर या ऑफ़िस आ सकता है या आप व्यक्तिगत प्रशिक्षकों वाले जिम में जा सकते हैं, जो आपकी मनचाही ख़ास मशीनों पर आपको व्यायाम कराएँ।

व्यक्तिगत प्रशिक्षक नियुक्त करने वाले लोग लगभग हमेशा परिणामों से आनंदित होते हैं। वे पाते हैं कि किसी प्रशिक्षक के प्रति जवाबदेह रहने से उन पर सकारात्मक प्रभाव पड़ता है। इस वजह से वे कम खाते हैं और ज़्यादा चर्बी जलाते हैं, जिससे उनका वज़न कम हो जाता है। प्रशिक्षक की प्रशंसा पाने के लिए वे व्यायाम में भी ज़्यादा मेहनत करते हैं।

किसी संगठित खेल में शामिल हों

संगठित खेल भी शारीरिक चुस्ती के उच्च स्तर पर पहुँचने और उसे बनाए रखने का अच्छा तरीक़ा हैं। इसमें समय ज़्यादा लगता है, लेकिन पुरस्कार भी असाधारण होते हैं।

यदि आप किसी स्पोर्ट्स लीग के सदस्य हैं - चाहे यह बेसबॉल हो, टेनिस हो, फ़ुटबॉल, सॉकर, रैकेटबॉल या कोई भी अन्य खेल हो - और आपके पास एक नियमित कोच या प्रशिक्षक है, तो आपमें अधिक एकाग्रचित्त और अनुशासित होने की प्रवृत्ति होती है। आप ज़्यादा जोश से ज़्यादा व्यायाम करेंगे। फलस्वरूप आप बाक़ी के अधिकांश लोगों से ज़्यादा चुस्त और छरहरे बन जाएँगे।

नई और बेहतर आदतें विकसित करें

दुर्भाग्यवश, शारीरिक चुस्ती और खेल प्रशिक्षण के लिए बहुत अधिक *अनुशासन* की ज़रूरत होती है, जो अधिकांश लोगों की पहुँच से बाहर होता है। बहुत कम लोग इस तरह की व्यायाम दिनचर्या शुरू करने और जारी रखने में सक्षम होते हैं। अच्छी या बुरी, जो भी चीज़ आप बार-बार करते हैं, उसकी आदत पड़ जाती है और कई लोग नियमित अभ्यास की यह आदत छोड़ने के बाद दोबारा लौटकर नहीं जाते।

सौभाग्यवश, इरा काग गें कभी देरी नहीं होती। किसी भी समय आप यह निर्णय ले सकते हैं कि आप शारीरिक दृष्टि से अधिक चुस्त बनना चाहते हैं। आप किसी तरह की शारीरिक फ़िटनेस दिनचर्या शुरू करने का निर्णय *इसी वक़्त* ले सकते हैं। इसे इस बात का व्यक्तिगत इम्तहान या चुनौती समझें कि क्या आपमें अपने संकल्प पर अमल करने की इच्छाशक्ति और *अनुशासन* है।

आप आज ही शुरू कर सकते हैं

कुछ वर्ष पहले अड़सठ साल की एक महिला वृद्धाश्रम में रहती थी। उसने जीवन में कभी शारीरिक व्यायाम पर ज़्यादा ध्यान नहीं दिया था। उसने कड़ी मेहनत करके अपने परिवार को पाला था, दादी-नानी बनी थी और अब वृद्धाश्रम में आराम से रह रही थी।

एक दिन उसने टी.वी. पर जॉगिंग संबंधी एक कार्यक्रम देखा। इसमें मैराथन दौड़ने वाले पचास-साठ वर्षीय कुछ लोगों के इंटरव्यू दिखाए गए, जिनमें से कुछ ने तो चालीस-पचास साल की उम्र के बाद दौड़ना शुरू किया था।

उसी पल अड़सठ साल की इस महिला ने तय किया कि वह भी मैराथन दौड़ेगी। उसने पास के स्टोर से घूमने और दौड़ने के जूते ख़रीद लिए। उसी दिन उसने आस-पास के इलाक़े में टहलकर अपना व्यायाम कार्यक्रम शुरू कर दिया। अगले कुछ सप्ताहों में वह ज़्यादा दूर तक घूमने गई। उसने पुस्तकें ख़रीदीं और अनुभवी लोगों की सलाह ली कि वह दौड़ने के लिए किस तरह व्यायाम करे और अपने पैरों को प्रशिक्षित करे।

धीरे-धीरे बढ़ाएँ

दो महीने बाद उसने अपने घूमने की दिनचर्या में जॉगिंग को भी शामिल कर लिया। छह महीने बाद उसने अपने घूमने और जॉगिंग की दिनचर्या में दौड़ने को भी शामिल कर लिया। पहले वर्ष के अंत तक उसने अपने शहर में एक मिनी-मैराथन दौड़ में हिस्सा लिया और पूरी दूरी दौड़कर पार भी कर ली।

75 साल की उम्र तक वह 26.4 मील की दस मैराथन्स और पचास मील की दो क्रॉस-कंट्री मैराथन्स पूरी कर चुकी थी। और सबसे उल्लेखनीय बात यह थी कि अड़सठ साल की उम्र से पहले वह कभी नहीं दौड़ी थी।

तो अब *आपका* बहाना क्या है ? यदि अड़सठ साल की यह महिला जीवन के संध्या काल में व्यायाम शुरू कर सकती है, तो *आप* क्यों नहीं ?

आप लंबा, सुखी जीवन जिएँगे और तेजस्वी, चौकन्ने तथा ऊर्जावान रहेंगे, इसकी बहुत बड़ी गारंटी यह है कि आप एक नियमित शारीरिक व्यायाम योजना पर अमल शुरू कर दें, हर सप्ताह चार-पाँच दिन करें और ऐसा जीवन भर करें।

जब आप शारीरिक चुस्ती के ऊँचे स्तर तक पहुँचने और उसे बनाए रखने के लिए अपने आत्म-अनुशासन और इच्छाशक्ति का इस्तेमाल करते हैं, तो आपको बहुत ज़बर्दस्त एहसास होगा।

अगले अध्याय में आप सीखेंगे कि आत्म-अनुशासन का *वैवाहिक* जीवन पर कितना अद्‌भुत प्रभाव हो सकता है, ताकि जीवनसाथी के साथ सुख-संतुष्टि से भरा लंबा जीवन सुनिश्चित हो।

कार्य अभ्यास :

1. आज ही निर्णय की घड़ी है! आज ही निर्णय लें कि आगे आने वाले महीनों में आप अपने जीवन की सर्वश्रेष्ठ शारीरिक स्थिति में पहुँचेंगे। फिर तत्काल क़दम उठाएँ।

2. पूर्ण चिकित्सकीय जाँच कराएँ, ताकि शुरू करने से पहले ही आपको अपनी स्थिति और सीमाओं का ज्ञान हो जाए।

3. हर दिन तीस मिनट पैदल चलना शुरू कर दें। सुबह-सुबह टहलना सबसे अच्छा रहता है। यदि सुबह संभव न हो, तो ऑफ़िस के ठीक बाद करें।

4. किसी जिम या हेल्थ क्लब के सदस्य बनकर एक साल की फ़ीस दें और ख़ुद से वादा करें कि आप सप्ताह में पाँच बार वर्क आउट करेंगे - हर बार एक घंटे तक।

5. किसी व्यक्तिगत प्रशिक्षक को नियुक्त करके उसके मार्गदर्शन में एक ऐसी व्यायाम योजना शुरू करें, जिसमें हर सप्ताह एरोबिक्स के साथ ही ताक़त और लचीलापन बढ़ाने वाले व्यायाम शामिल हों।

6. ट्रेडमिल, लाइफ़ साइकल या एलिप्टिकल मशीन में निवेश करें और इसे अपने टी.वी. के सामने रख लें, ताकि आप अपने घर पर ही व्यायाम कर सकें।

7. धीरे-धीरे शुरू करें और धीरे-धीरे बढ़ाएँ। संकल्प करें कि किसी बड़े अंतर के नज़र आने से पहले आप कई सप्ताह तक व्यायाम करेंगे। धैर्य रखें, लगन से काम लें और संकल्पवान रहें।

अध्याय - 18

आत्म-अनुशासन और वैवाहिक जीवन

"ख़ुद को नियंत्रित करना या जीतना एक हज़ार युद्ध जीतने से बेहतर है। तब विजय सचमुच आपकी होती है और इसे आपसे कोई नहीं छीन सकता, न देवदूत, न राक्षस, न स्वर्ग, न ही नर्क।"

-बुद्ध

किसी दीर्घकालीन प्रेमपूर्ण संबंध को बनाने की आपकी क्षमता आपके चरित्र और व्यक्तित्व का अहम पैमाना है।

पुरुष और महिलाओं को दो ऐसे अर्द्धवृत्त मान लें, जिनके मिलने पर ही एक पूर्ण वृत्त बनता है। उनमें भिन्न-भिन्न गुण और आदतें होती हैं, जिन्हें सही तरीक़े से संतुलित करने पर पूर्णता प्राप्त होती है और प्रकृति द्वारा अपेक्षित संतुलन व सामंजस्य आता है।

विश्वास और सम्मान वैवाहिक जीवन तथा प्रेमपूर्ण संबंधों के आधारभूत गुण हैं। वैवाहिक जीवन में साथ-साथ रहते हुए पुरुषों और महिलाओं के बीच कई मत-भिन्नताएं या मतभेद हो सकते हैं, लेकिन जब तक उनके बीच विश्वास और सम्मान रहता है, तब तक उनका वैवाहिक जीवन अनंत काल तक जारी रह सकता है। यदि उनमें से एक या दोनों ही एक-दूसरे पर विश्वास करना या सम्मान करना छोड़ दें, तो संबंध ख़त्म हो जाता है।

बहुत से विवाहों का अंत तलाक़ में होता है और कई तलाक़शुदा लोग दोबारा, बार-बार पुनर्विवाह करते हैं, जिनमें से प्रत्येक असफल हो जाता है। दूसरी ओर, कुछ लोग एक ही बार शादी करते हैं और उसी जीवनसाथी के साथ जीवन भर सुख से रहते हैं। ऐसा क्यों है?

सुखद वैवाहिक जीवन की कुंजी

संभवतः सुखद वैवाहिक जीवन का सबसे महत्वपूर्ण कारक है *सामंजस्य*। इसमें दो लोग एक-दूसरे के साथ आदर्श संतुलन में रहते हैं। प्रत्येक में पूरक गुण और आदतें होती हैं, जो एक साथ मिलकर आदर्श संतुलन प्रदान करती हैं।

लोग अक्सर कहते हैं कि "विरोधी गुण आकर्षित करते हैं।" यह सिर्फ़ कोरी ग़लतफ़हमी है। विरोधी गुण केवल एक ही क्षेत्र में आकर्षित करते हैं और वह है *स्वभाव*। आप व्यवहार के क्षेत्र में हमेशा विरोधी स्वभाव वाले व्यक्ति के सबसे ज़्यादा सामंजस्य में होंगे।

उदाहरण के लिए, यदि आप बहिर्मुखी हैं, तो आप किसी अंतर्मुखी व्यक्ति के साथ सबसे ज़्यादा सामंजस्य में होंगे। यदि आप बातूनी और खुलकर बोलने वाले हैं, तो आप किसी अच्छे श्रोता के साथ सबसे ज़्यादा सामंजस्य में होंगे। प्रकृति स्वभाव में संतुलन बनाती है, ताकि दो लोग सामंजस्य में और सुखपूर्वक एक साथ रह सकें।

एक जैसे पंखों वाले पक्षी

बाक़ी सभी क्षेत्रों में, ख़ास तौर पर *मूल्यों* के संदर्भ में, समानताएँ आकर्षित करती हैं। एक जैसे पंखों वाले पक्षी सचमुच एक साथ उड़ते हैं। आप हमेशा उन्हीं लोगों के प्रति आकर्षित होंगे और उन्हीं के सबसे ज़्यादा सामंजस्य में रहेंगे, जिनके अधिकांश आधारभूत जीवनमूल्य आपके जैसे होंगे।

किसी भी तरह का प्रेम महत्व या *मूल्य* पर प्रतिक्रिया है। हम उससे प्रेम करते हैं, जिसे हम सबसे ज़्यादा महत्व देते हैं - स्वयं में भी और दूसरों में भी। जब कोई दंपति एक साथ सचमुच ख़ुश रहते हैं, तो परिवार, धन, नैतिकता, कार्य, बच्चों, राजनीति, धर्म और लोगों के बारे में उनके अधिकांश जीवनमूल्य एक से होते हैं।

लोग अक्सर कहते हैं कि कई सुखी दंपति तो अलग-अलग राजनीतिक दलों को वोट देते हैं या भिन्न-भिन्न धर्मों के अनुयायी होते हैं। देखिए, संतुलन और सामंजस्य का अहम मुद्दा यह है कि कोई व्यक्ति किसी चीज़ को कितना महत्व देता है। इसी से यह तय होता है कि कोई व्यक्ति किसी क्षेत्र में अपनी मान्यता के बारे में अटल और कठोर है या शिथिल और लचीला है।

लोग अलग-अलग राजनीतिक दलों का समर्थन करने के बावजूद प्रेमपूर्ण और सुखी दांपत्य जीवन गुज़ार सकते हैं, जब तक कि उनकी राजनीतिक मान्यता इतनी अहम न बन जाए कि यह बच्चों, परिवार और जीवनमूल्यों जैसे ज़्यादा महत्वपूर्ण तत्वों पर हावी हो जाए।

प्रेम जीवन में हमारी सबसे बड़ी आवश्यकता है

यह कहा गया है कि "हम जीवन में जो भी करते हैं, वह या तो प्रेम पाने के लिए करते हैं या प्रेम की कमी की भरपाई करने के लिए करते हैं।" अधिकांश मनोवैज्ञानिक मानते हैं कि बचपन में "प्रेम रोका जाना" ही वयस्क जीवन की व्यक्तित्व संबंधी समस्याओं का मूल कारण है।

प्रेम लोगों के लिए उतना ही ज़रूरी है, जितना कि गुलाबों के लिए पानी। पर्याप्त प्रेम और स्वीकार्यता न मिलने पर ही मनुष्य में शारीरिक और व्यक्तित्व-संबंधी समस्याएँ देखी जाती हैं। सुखी रहना तभी संभव है, जब प्रेम की आवश्यकताएँ पूरी तरह से संतुष्ट हो रही हों।

वैवाहिक जीवन को सुखी बनाने के लिए ज़बर्दस्त आत्म-अनुशासन और आत्म-नियंत्रण की आवश्यकता होती है। प्रेम में आत्म-दमन और त्याग ज़रूरी होता है। जब आप किसी दूसरे व्यक्ति से सच्चा प्रेम करते हैं, तो उस व्यक्ति की ख़ुशी और कल्याण आपकी अपनी ख़ुशी और कल्याण से ज़्यादा महत्वपूर्ण बन जाते हैं। आप अपने प्रिय व्यक्ति का हित करने के लिए हर क़ीमत चुकाने और हर त्याग करने के इच्छुक होते हैं।

क्रिश्चियन बाइबल में कोरिंथियन्स को लिखे पत्र में धर्मगुरु पॉल कहते हैं, "प्रेम लंबे समय तक कष्ट उठाता है और दयालु होता है; प्रेम ईर्ष्या नहीं करता; प्रेम प्रतिशोध नहीं लेता, घमंड नहीं करता।

"प्रेम ग़लत व्यवहार नहीं करता, अपना भला नहीं चाहता, आसानी

से क्रोधित नहीं होता, बुरा नहीं सोचता;

"प्रेम अनैतिकता में आनंदित नहीं होता, बल्कि सत्य में आनंदित होता है;

"प्रेम सारी चीज़ें सहन करता है, सारी चीज़ों में विश्वास करता है, सारी चीज़ों में आशा रखता है, सारी चीज़ों को झेल लेता है। प्रेम कभी असफल नहीं होता।"

भिन्न लोगों के मामले में सहनशीलता और समझ की ज़रूरत होती है

हर व्यक्ति अनूठा होता है। उसमें विलक्षण और विशेष गुण होते हैं, जो उसे बाक़ी सबसे भिन्न बनाते हैं। हर व्यक्ति के विचार, पसंद, इच्छाएँ, आशाएँ, सपने और अपेक्षाएँ भिन्न होती हैं। हर व्यक्ति के अनुभव भिन्न होते हैं। हर व्यक्ति अपने आस-पास के संसार को अलग-अलग तरह से देखता और व्यवहार करता है।

किसी प्रेमपूर्ण संबंध में आप सामने वाले के कितने ही क़रीब हों या उसके साथ कितने ही सामंजस्य में हों, आपके बीच असहमति, असंतुष्टि और मतभिन्नता के क्षेत्र हमेशा रहेंगे। यह सामान्य और स्वाभाविक है। जब भी ये भिन्नताएँ सामने आएँ, तो इन्हें आत्म-अनुशासन और आत्म-नियंत्रण द्वारा निबटाना चाहिए।

किसी संबंध में आत्म-अनुशासन रखने के लिए यह आवश्यक होता है कि आप पूरी तरह ईमानदार और खुले रहें, अपने वास्तविक स्वरूप में रहें और कभी भी किसी दूसरे जैसा बनने का प्रयास न करें। आत्म-अनुशासन और ईमानदारी की माँग होती है कि आप अपने विचार और भावनाएँ स्पष्टता से व्यक्त कर दें। बिना क्रोध किए या बिना चिढ़े अपनी बात रखें और फिर शांति से सामने वाले की भावनाओं, विचारों और राय को सुनें।

पुरुष और महिलाओं की भिन्न संप्रेषण शैलियाँ

पुरुष और महिलाएँ कई मायनों में भिन्न होते हैं। एमआरआई स्कैन्स में यह देखा गया है कि संवाद करते समय पुरुष अपने मस्तिष्क के केवल दो

केंद्रों का उपयोग करते हैं, जबकि महिलाएँ सात केंद्रों का। यह तो वैसा ही है, जैसे पुरुषों के पास संवाद करने वाली केवल दो हेडलाइट्स हों, जबकि महिला का मस्तिष्क पूरी तरह से रोशन क्रिसमस ट्री जैसा हो।

पुरुष एक समय में केवल *एक* इंद्रिय के ही संप्रेषण को ग्रहण कर सकता है, जबकि महिलाएँ कई इंद्रियों से प्राप्त जानकारी का विश्लेषण कर सकती हैं। जब कोई पुरुष टी.वी. देखता है, तो वह कोई और चीज़ देखता या सुनता नहीं है, जिसमें इधर-उधर या पीछे से बोले गए शब्द भी शामिल हैं। उसका पूरा ध्यान तो पर्दे पर आने वाली तस्वीरों और शब्दों पर ही केंद्रित होता है।

जब कोई पुरुष कार चलाता है, तो नक़्शा देखते समय उसे रेडियो को धीमा करना पड़ता है। फ़ोन का जवाब देने के लिए उसे टी.वी. या रेडियो को धीमा करना पड़ता है। वह एक साथ पढ़ और सुन/देख नहीं सकता। पुरुष कई काम बहुत अच्छी तरह कर सकते हैं, लेकिन वे एक समय में एक ही काम कर सकते हैं। पुरुषों में बहुत एकाग्रचित्त होने की प्रवृत्ति होती है।

दूसरी ओर, महिलाएँ एक साथ कई काम कर सकती हैं। वे एक ही समय बात कर सकती हैं, खाना बना सकती हैं, टी.वी. देख सकती हैं, आए हुए पत्र पढ़ सकती हैं और अपने बच्चों या पति से बात कर सकती हैं। वे बहुआयामी होती हैं और एक ही समय में कई संप्रेषणों का विश्लेषण कर सकती हैं। वे बात करने के साथ-साथ उसी समय सुन भी सकती हैं और इस बारे में भी जागरूक हो सकती हैं कि उनके आस-पास के दूसरे लोग क्या कर और कह रहे हैं।

महिलाएँ संबंधों के मामले में विशेषज्ञ होती हैं। वे दूसरे लोगों के प्रति बहुत संवेदनशील होती हैं। जब कोई पुरुष और महिला किसी सामाजिक समारोह में पहुँचते हैं, तो दस मिनट के भीतर ही महिला हॉल में मौजूद अन्य सभी लोगों की स्थिति का विश्लेषण और आकलन कर लेती है। इसके विपरीत, उस महिला के साथ आने वाला पुरुष बहुत कम चीज़ों पर ग़ौर कर पाता है या कुछ भी नहीं देख पाता है। ऐसा इसलिए है, क्योंकि पुरुषों की सोच सरल और सीधी होती है, जबकि महिलाओं की निरीक्षण क्षमता सूक्ष्म और जटिल होती है। वे छोटे-छोटे विवरणों के प्रति जागरूक होती हैं और अपने आस-पास के लोगों के संबंधों के उतार-चढ़ाव तथा सूक्ष्म

अभिव्यक्तियों के प्रति बहुत संवेदनशील होती हैं।

मान लें, कोई आदमी फ़ोन पर अपनी पत्नी से कहता है, "हलो।" हालाँकि उस महिला ने एक ही शब्द सुना है, लेकिन उसे सुनते ही वह तत्काल पूछेगी, "क्या गड़बड़ हो गई ?" फ़ोन पर पति का एक शब्द सुनकर या उसके दरवाज़े के भीतर आते समय एक नज़र देखकर ही वह उसमें छिपे बहुत से अर्थ और भावनाएँ समझ सकती है।

• • •

संबंध बनाने में मेहनत लगती है

चूँकि पुरुषों और महिलाओं में बहुत सी भिन्नताएँ होती हैं, इसलिए दीर्घकालीन, प्रेमपूर्ण और सुखद संबंध बनाने और बनाए रखने के लिए बहुत अधिक अनुशासन की ज़रूरत होती है।

शायद आपसी सामंजस्य का सबसे महत्वपूर्ण क्षेत्र है *सुनने* का अनुशासन। जब दो लोग एक-दूसरे की बात ग़ौर से सुनते हैं, तभी सच्चा संवाद हो पाता है और संबंध में प्रेम और सद्‌भाव बना रह सकता है।

प्रभावी श्रवण के चार सरल अनुशासन हैं। ये पुरुषों के लिए ज़्यादा महत्वपूर्ण हैं, क्योंकि वही सुनने के मामले में कच्चे होते हैं। वे ख़ास तौर पर अपने जीवन में शामिल महिलाओं की बात नहीं सुनते हैं। ऐसा रुचि के अभाव के कारण नहीं होता। ऐसा तो इसलिए होता है, क्योंकि उनका दिमाग़ किसी दूसरी चीज़ पर केंद्रित होता है और वे अपने ध्यान को भटकाना नहीं चाहते।

सुनने के अनुशासन

ग़ौर से सुनें। सबसे पहला अनुशासन है सामने वाले की बात को काटे बिना *ग़ौर से* सुनना। इस तरह सुनें, जैसे सामने वाला कोई महान रहस्य या जीती हुई लॉटरी का नंबर बताने वाला हो और आपको यह एक बार ही सुनने को मिलेगा।

जब आपकी पत्नी आपसे बात करना चाहे, तो ध्यान भटकाने वाली

सारी संभावित चीज़ों को हटा दें। टी.वी. या रेडियो बंद कर दें। अख़बार या डाक के पत्र नीचे रख दें। अपना चेहरा उसकी ओर करें, थोड़ा आगे झुकें और उसकी बात पर पूरी एकाग्रता से ध्यान केंद्रित करें।

हिज़ नीड्स, हर नीड्स पुस्तक में बताया गया है कि महिला पुरुष से जो सबसे बड़ी चीज़ चाहती है, वह है *स्नेह*। महिला की बातों पर पूरा ध्यान देकर स्नेह का प्रदर्शन किया जा सकता है। चूँकि आप हमेशा सबसे महत्वपूर्ण चीज़ों पर ध्यान देते हैं, इसलिए जब आप महिला की कही बातों पर ध्यान देते हैं, तो इससे यह ज़ाहिर होता है कि वह आपके लिए बहुत महत्वपूर्ण है। इससे महिला की सबसे गहरी अवचेतन आवश्यकता संतुष्ट हो जाती है – मूल्यवान, महत्वपूर्ण और सम्मानित महसूस करना।

जवाब देने से पहले ठहरना। सुनने का दूसरा अनुशासन है जवाब देने से पहले ठहरना। सामने वाले ने जो कहा है, उस पर कुछ पल ध्यानपूर्वक विचार करें। जब आप कुछ पल रुकते हैं, तो इससे सामने वाले की बात काटने का जोखिम भी ख़त्म हो जाता है, क्योंकि हो सकता है कि वह अपने विचारों को व्यवस्थित करने के लिए थोड़ी देर रुकी हो। इस तरह आप जता देते हैं कि आप उसकी कही हुई बातों को महत्व देते हैं और आप उसके शब्दों पर ग़ौर से विचार कर रहे हैं।

बातचीत में चुप रहने का एक और लाभ यह है कि इससे न सिर्फ़ आप पूरी बात सुन लेते हैं, बल्कि वह भी सुन लेते हैं, जो कहा नहीं गया या सिर्फ़ इशारे में कहा गया है। वास्तविक संदेश आपके दिमाग़ में ज़्यादा गहराई तक पहुँचता है, जहाँ आप उसे बेहतर समझ सकते हैं और अधिक जागरूकता व संवेदनशीलता से उसका जवाब दे सकते हैं।

स्पष्ट करने का आग्रह करें। प्रभावी श्रवण का तीसरा अनुशासन है बात को स्पष्ट करने का आग्रह करना। कभी भी यह न सोचें कि आप पहले से ही सामने वाले के विचारों या भावनाओं को जानते हैं। इसके बजाय, अगर आप स्पष्टता से न समझे हों, तो पूछ लें, “वास्तव में आपकी बात का क्या मतलब है?” या “आपका ठीक-ठीक क्या मतलब है?”

जब आप सवाल पूछते हैं और किसी बात को स्पष्ट करने का आग्रह करते हैं, तो इससे सामने वाला यह समझ जाता है कि आप उसकी कही

बात की सचमुच परवाह करते हैं और उसके विचारों और भावनाओं को जानने में आपकी सच्ची रुचि है।

फ़ीडबैक दें। प्रभावी श्रवण का चौथा सिद्धांत यह है कि आप सामने वाले की बातों पर फ़ीडबैक दें और उसकी बात को अपने शब्दों में *दोहराएँ*। इसे श्रवण का "एसिड टेस्ट" कहा जाता है। इस तरह आप सामने वाले के सामने यह प्रदर्शित करते हैं कि आप उसकी बातों पर सचमुच ध्यान दे रहे थे। सामने वाले की कही बातों को अपने शब्दों में दोहराकर ही आप उसके सामने यह साबित कर सकते हैं कि आप सचमुच सुन रहे थे।

संबंधों की ज़्यादातर समस्याएँ ख़राब संवाद के कारण उत्पन्न होती हैं। दंपति ज़्यादा बार बातचीत नहीं करते या उनमें से कोई एक ग़ौर से नहीं सुनता है, जबकि दूसरा अपनी बात सुनाना चाहता है।

हर व्यक्ति को अपने जीवनसाथी से निश्चित मात्रा में *बात* करने की भावनात्मक ज़रूरत होती है। हर व्यक्ति में निश्चित मात्रा में *सुनने* की भी भावनात्मक ज़रूरत होती है। सबसे सामंजस्यपूर्ण दंपति वे होते हैं, जिनकी बोलने और सुनने की इच्छा एक-दूसरे के संतुलन में होती हैं। बातचीत का उतार-चढ़ाव सहजता से होता है और उसमें मौन के सहज पल भी होते हैं। हर व्यक्ति की बोलने और सुनने की आवश्यकता संतुष्ट हो जाती है और दोनों ही पक्ष संतुष्ट रहते हैं।

पूर्ण समर्पण अनिवार्य है

प्रेम और विवाह में दोनों ही व्यक्तियों के पूर्ण समर्पण की आवश्यकता होती है और पूर्ण समर्पण के लिए ज़बर्दस्त अनुशासन की ज़रूरत होती है। यही नहीं, यह बेहद मुक्तिदायक भी होता है। जब आप जीवनसाथी के प्रति पूरी तरह समर्पित होते हैं, तभी आप अपने जीवन के दूसरे पहलुओं में अपनी संभावना को साकार करने की ओर ध्यान दे सकते हैं।

वफ़ादारी भी वैवाहिक जीवन या किसी अन्य संबंध में बहुत महत्त्वपूर्ण अनुशासन है। चूँकि हम सेक्स-प्रधान समाज में रहते हैं, इसलिए हर समय, हर जगह हमारे चारों ओर प्रलोभन होते हैं। पूरे वैवाहिक जीवन में अपने जीवनसाथी के प्रति पूरी तरह वफ़ादार रहने के लिए अक्सर काफ़ी

आत्म-अनुशासन और आत्म-नियंत्रण की ज़रूरत होती है।

नियमित प्रलोभन हमारे सबसे प्रेमपूर्ण संबंधों को नुक़सान पहुँचा सकते हैं, यहाँ तक कि नष्ट भी कर सकते हैं। इनसे बचने के दो तरीक़े हैं :

पहला, विवाह से पहले ही यह संकल्प लें कि आप अपने जीवनसाथी को कभी, कभी भी *धोखा नहीं देंगे*। किसी पत्थर की लकीर की तरह यह निर्णय पहले से ही ले लें कि चाहे जो हो जाए, आप किसी कारण से कभी पथभ्रष्ट नहीं होंगे।

दूसरी बात, ख़ुद को नुक़सान से दूर रखने के लिए अपने आपको अनुशासित करें। किसी ऐसी जगह जाने या ऐसी चीज़ को करने से इंकार कर दें, जहाँ प्रलोभन मौजूद हो सकता है। अनिवार्य व्यावसायिक मामलों को छोड़कर कभी भी विपरीत लिंग के किसी व्यक्ति के साथ अकेले लंच, ड्रिंक्स या डिनर न लें। याद रखें, भीड़ में सुरक्षा होती है।

निरंतर कल्पना करें कि आप जहाँ भी जाते हैं और जो भी करते हैं, उसमें आपका जीवनसाथी आपके बग़ल में खड़ा हुआ है, आपकी कही हर बात सुन रहा है और आपकी हर हरकत को देख रहा है। कल्पना करें कि आप जो कुछ भी कर रहे हैं, वह आपके जीवनसाथी को चौबीस घंटों के भीतर पता चल जाएगा। अपने अनुशासन और इच्छाशक्ति का उपयोग करके ईमानदार तथा वफ़ादार जीवनसाथी की छवि बनाएँ और उसके अनुरूप आचरण करें।

परिवर्तन के इच्छुक रहें

हर विवाह का अर्थ है “कार्य प्रगति पर है।” समय बीतने के साथ आपके विवाह की प्रकृति भी बदलेगी – आम तौर पर सकारात्मक और सृजनात्मक तरीक़ों से।

अपने संबंध को सुखद, सद्भावनापूर्ण और प्रगतिशील बनाए रखने के लिए आपमें बदलती परिस्थितियों के अनुरूप ढलने की इच्छा होनी चाहिए, ख़ास तौर पर तब जब आपके बच्चे बड़े हो रहे हों। आपको उम्र, नई नौकरियों और करियर, देश के एक हिस्से से दूसरे हिस्से में जाकर रहने, आर्थिक परिस्थितियों में बदलाव और स्वास्थ्य संबंधी परिवर्तनों के साथ बदलने के

लिए तैयार रहना चाहिए। लंबे और सुखी वैवाहिक जीवन के लिए लचीलापन बिलकुल अनिवार्य है।

देखिए, आप केवल *चार* तरीक़ों से ही अपना जीवन बदल सकते हैं। पहला, आप कुछ चीज़ें *ज़्यादा* कर सकते हैं। दूसरे, आप बाक़ी चीज़ें *कम* कर सकते हैं। तीसरे, आप कोई ऐसी चीज़ *शुरू* कर सकते हैं, जो आपने पहले कभी नहीं की। और चौथे, आप कुछ चीज़ों को पूरी तरह *छोड़* सकते हैं। जब भी आपको प्रतिरोध, कुंठा या परिवर्तन की आवश्यकता महसूस हो, तो ख़ुद से पूछें, "क्या कोई ऐसी चीज़ है, जो मुझे ज़्यादा या कम करनी चाहिए, शुरू करनी या छोड़ देनी चाहिए?"

आपको ये चार सवाल पूछने चाहिए

आपको अपने जीवनसाथी के साथ नियमित रूप से बैठना चाहिए – और बाद में अपने बच्चों के साथ – और आपको साहस के साथ उनसे ये चार सवाल पूछने चाहिए :

1. क्या मैं कोई ऐसी चीज़ कर रहा हूँ, जिसे तुम चाहती हो कि मैं ज़्यादा करूँ?
2. क्या मैं कोई ऐसी चीज़ कर रहा हूँ, जिसे तुम चाहती हो कि मैं कम करूँ?
3. क्या कोई ऐसी चीज़ है, जो तुम चाहती हो कि मैं शुरू करूँ, जिसे मैं वर्तमान में नहीं कर रहा हूँ?
4. क्या कोई ऐसी चीज़ है, जो मैं कर रहा हूँ, लेकिन जिसे तुम चाहती हो कि मैं बिलकुल न करूँ?

जब आपमें अपने जीवनसाथी और बच्चों से ये सवाल नियमित रूप से पूछने का साहस और अनुशासन होता है, तो मिलने वाले जवाबों की गुणवत्ता और गहराई से आप हैरान रह जाएँगे। आपको अपने व्यवहार को बदलने के बारे में लगातार मार्गदर्शन मिलेगा, जिससे आप अपने जीवनसाथी और परिवार के दूसरे सदस्यों के साथ प्रेम, सौहार्द्र और ख़ुशी का माहौल बना सकते हैं।

आपका जीवनसाथी आपका सबसे अच्छा मित्र होना चाहिए

प्रेम और विवाह शायद सुखद एवं संतुष्टिदायक जीवन के सबसे महत्वपूर्ण तत्व हैं। उनमें सामजस्य बनाने और बनाए रखने के लिए आत्म-अनुशासन और इच्छाशक्ति का आजीवन अभ्यास करना होता है। उनमें हर समय खुले, ईमानदार और स्पष्ट रहने की आवश्यकता होती है।

सबसे बढ़कर, सुखद और प्रेमपूर्ण विवाह के लिए यह आवश्यक होता है कि आप अपने जीवनसाथी को अपना *सबसे अच्छा दोस्त* मानें। संसार में ऐसा कोई दूसरा व्यक्ति नहीं होना चाहिए, जिसके साथ आप उससे ज़्यादा समय गुज़ारना चाहें। ऐसा कोई भी नहीं होना चाहिए, जिसके साथ आप उससे ज़्यादा खुले और ईमानदार हों। जब आप अपने जीवनसाथी को अपना सबसे अच्छा मित्र मानते हैं और उसके साथ इस तरह का व्यवहार करते हैं, तो आपका प्रेमपूर्ण संबंध आजीवन चलता रहेगा।

जैसा कि आध्यात्मिक लेखक और शिक्षक एम्मेट फ़ॉक्स ने लिखा था,

> प्रेम सबसे महत्वपूर्ण चीज़ है। यह डर को बाहर निकाल देता है। यह नियम की पूर्णता है। यह बहुत से पापों को ढँक लेता है। प्रेम पूरी तरह अजेय है।
>
> ऐसी कोई मुश्किल नहीं है, जिसका इलाज पर्याप्त प्रेम न कर पाए; ऐसा कोई रोग नहीं है, जिसे पर्याप्त प्रेम ठीक न कर पाए; ऐसा कोई दरवाज़ा नहीं है, जिसे पर्याप्त प्रेम न खोल पाए; ऐसी कोई खाई नहीं है, जिस पर पर्याप्त प्रेम पुल न बना पाए; ऐसी कोई दीवार नहीं है, जिसे पर्याप्त प्रेम न तोड़ पाए; ऐसा कोई पाप नहीं है, जिसका प्रायश्चित पर्याप्त प्रेम न कर पाए।
>
> इससे कोई फ़र्क़ नहीं पड़ता कि आपकी मुश्किल कितनी बड़ी है, आपकी स्थिति कितनी निराशाजनक है, परिस्थितियाँ कितनी उलझी हुई हैं तथा ग़लती कितनी बड़ी है; पर्याप्त प्रेम हर गुत्थी को सुलझा सकता है।
>
> यदि आप पर्याप्त प्रेम करने लगेंगे, तो आप संसार के सबसे सुखी और शक्तिशाली इंसान बन जाएँगे।

अगले अध्याय में आप सीखेंगे कि ख़ुश, स्वस्थ और आत्म-विश्वासी बच्चे पालने में आत्म-अनुशासन कितना महत्वपूर्ण है।

कार्य अभ्यास :

1. आप इसी समय वह कौन सा एक सबसे महत्वपूर्ण काम कर सकते हैं, जिससे आपके वैवाहिक जीवन या रिश्ते में प्रेम और सौहार्द्र बढ़ जाएगा ?
2. आप कौन से अनुशासन या आदतें विकसित कर सकते हैं, जिनसे आपके जीवनसाथी के लिए विवाह की गुणवत्ता बेहतर हो जाएगी ?
3. उस एक व्यवहार को पहचानें, जिससे आप वैवाहिक जीवन में अपने संप्रेषण को बेहतर बना सकते हैं।
4. अपने जीवनसाथी से पूछें कि आपको कौन सी चीज़ें ज़्यादा करनी चाहिए, कौन सी कम करनी चाहिए, कौन सी शुरू करनी चाहिए और कौन सी छोड़ देनी चाहिए।
5. उन दो गुणों को पहचानें, जिनकी आप अपने जीवनसाथी में सबसे ज़्यादा क़द्र करते हैं।
6. उन क्षेत्रों को पहचानें, जिनमें आप और आपका जीवनसाथी सबसे ज़्यादा सामंजस्य में हों।
7. उन सबसे महत्वपूर्ण जीवनमूल्यों को पहचानें, जो आपमें और आपके जीवनसाथी में समान हों।

अध्याय - 19

आत्म-अनुशासन और बच्चे

"सही अनुशासन बाह्य कारणों की विवशता से नहीं, बल्कि उन मानसिक आदतों से उत्पन्न होता है, जो अवांछित गतिविधियों के बजाय वांछित गतिविधियों की ओर स्वतः ही ले जाती हैं।"

-बरट्रेंड रसेल

आप जो भी कार्य करते हैं, उसे करने या न करने के संभावित *परिणामों* पर विचार करके आप उसके महत्व का पता लगा सकते हैं। महत्वपूर्ण चीज़ वह होती है, जिसके महत्वपूर्ण संभावित परिणाम होते हैं, जैसे तेज़ गति से आने वाली कार के रास्ते से हट जाना। संसार में बच्चों को लाने के परिणाम भी इतने ही महत्वपूर्ण होते हैं, क्योंकि वे अस्सी वर्ष (जो वर्तमान में किसी व्यक्ति की औसत आयु है) और उससे आगे भी नाती-पोतों और उनके बच्चों तक चलते हैं। इसीलिए अभिभावक बनना सबसे महत्वपूर्ण चीज़ों में से एक है।

एक वयस्क के रूप में आप पर आज भी उन चीज़ों का प्रभाव होता है, जो आपके माता-पिता के अभिभावकों ने उनके साथ कीं या नहीं कीं। आप अपने बच्चों के साथ जो व्यवहार करते हैं, उस पर आपके माता-पिता द्वारा आपके साथ किए गए व्यवहार का गहरा प्रभाव होता है। ये परिणाम पीढ़ियों तक चलते हैं और इनका उनकी आजीवन ख़ुशी पर बहुत ज़्यादा प्रभाव होता है।

आपकी सबसे बड़ी ज़िम्मेदारी

जब आपके बच्चे होते हैं, तो उनके प्रति समर्पित होने और अपनी ज़िम्मेदारी निभाने के लिए बहुत आत्म-अनुशासन की ज़रूरत होती है। जिस दिन आपका पहला बच्चा जन्म लेता है, उसी दिन यह संकल्प लें कि आप कम से कम बीस वर्षों तक उसे एक सुखी, स्वस्थ और आत्म-विश्वासी वयस्क बनाने की दिशा में हरसंभव प्रयत्न करेंगे।

आपके बच्चे के जीवन की हर अवस्था में आपके शब्द, कार्य, निष्क्रियता और व्यवहार उसे आकार देते हैं, प्रभावित करते हैं और यह तय करते हैं कि वह वयस्क के रूप में कैसा बनेगा।

माता-पिता का *बेशर्त* प्रेम और स्वीकृति बच्चों की सबसे बड़ी ज़रूरत है। बच्चों को प्रेम की लगभग उतनी ही ज़रूरत होती है, जितनी कि ऑक्सीजन की। बच्चे को जितना प्रेम मिलता है, ख़ास तौर पर उसके शुरुआती वर्षों में, उसका इस बात पर काफ़ी प्रभाव होता है कि वह वयस्क होने पर कितना स्वस्थ और ख़ुश रहेगा।

बच्चों के लिए "प्रेम" की परिभाषा क्या है

बच्चे "प्रेम" को कैसे परिभाषित करते हैं ? स-म-य। बच्चे ख़ुद को कितना मूल्यवान और महत्वपूर्ण मानते हैं, यह इस बात से तय होता है कि आप उन्हें कितना समय देते हैं। वे अपने आत्म-सम्मान और आत्म-महत्व का आकलन इस आधार पर करते हैं कि उनके जीवन के सबसे महत्वपूर्ण लोग बचपन में उनके साथ कितना समय गुज़ारते हैं। समय का कोई विकल्प नहीं है और एक बार गुज़र जाने के बाद इसे लौटाया नहीं जा सकता। अधिकांश अभिभावक इसी बात पर सबसे ज़्यादा पछताते हैं, "जब मेरा बच्चा छोटा था, तब मैंने उसके साथ ज़्यादा समय नहीं बिताया।"

अभिभावक बनने के बाद आपको स्वयं को *अनुशासित* करना चाहिए और अपने जीवन को इस तरह व्यवस्थित करना चाहिए, ताकि आप बच्चे के शुरुआती वर्षों में उसे पर्याप्त समय दे सकें। जो भी गतिविधियाँ आपको उत्कृष्ट अभिभावक बनने से रोकती हैं, आपको अनुशासित होकर उन्हें कम करना चाहिए, उनमें कटौती करनी चाहिए और उन्हें छोड़ देना चाहिए।

आँखें खोलने वाला अनुभव

कुछ वर्ष पहले मेरे एक दोस्त ने विवाह किया। वह बहुत उत्साही गोल्फ़ खिलाड़ी था और सप्ताह में पाँच बार नियम से गोल्फ़ खेलता था। जब जाड़ों में स्थानीय गोल्फ़ कोर्स बर्फ़ से ढँक जाते थे, तो वह गोल्फ़ खेलने के लिए अक्सर दक्षिण दिशा में चला जाता था।

विवाह के बाद चार साल में उसके चार बच्चे हो गए। बहरहाल, वह अब भी सप्ताह में कई बार गोल्फ़ खेलने का प्रयास करता था। वह अपने बिज़नेस से समय निकालकर खेलने चला जाता था और वीकएंड्स पर भी खेलता था।

अंततः, एक दिन उसकी पत्नी ने उसे चेतावनी दी कि वह अपने छोटे-छोटे बच्चों के साथ पर्याप्त समय नहीं बिता रहा है। गोल्फ़ में उसके कई घंटे जा रहे थे, जिन्हें वह पत्नी और बच्चों के साथ घर पर ज़्यादा अच्छे तरीक़े से बिता सकता था। ख़ास तौर पर बच्चों के सबसे संवेदनशील वर्षों में।

मेरे मित्र को अचानक यह एहसास हुआ कि उसका जीवन बदल गया था। वह कुँवारेपन में जो चीज़ें कर सकता था, वे अब सभव नहीं थीं, क्योंकि अब उसके छोटे-छोटे बच्चे हो चुके थे। बहुत ज़िम्मेदार और आत्म-अनुशासित होने के कारण उसने तत्काल अपने गोल्फ़ के समय में कटौती कर दी और हर सप्ताह केवल एक बार खेलने जाने लगा। बाक़ी समय और ऊर्जा उसने अपने परिवार के प्रति समर्पित कर दी। उसने बाद में मुझे बताया कि इससे उसके वैवाहिक जीवन और छोटे बच्चों के साथ उसके संबंधों पर असाधारण फ़र्क़ पड़ा।

नई प्राथमिकताएँ तय करना

जब आपका विवाह होता है, तो आपके जीवन में एक बड़ा परिवर्तन आता है। आपकी जीवनशैली बदल जाती है और आपकी कई आम गतिविधियों का महत्व और तात्कालिकता ख़त्म हो जाती है।

जब आपका पहला बच्चा पैदा होता है, तो आपका जीवन दोबारा बदलता है। अक्सर ऐसा महसूस होता है, जैसे किसी रॉकेट की पहली अवस्था की तरह आपके जीवन की पहली अवस्था - आपकी जवानी - भी अचानक

पीछे छूट गई है और अब आप जीवन के एक भिन्न प्रक्षेप-पथ पर पहुँच गए हैं। वास्तव में, दंपतियों के साथ अक्सर यह होता है कि पहले बच्चे के जन्म के बाद उनका जीवन पूरी तरह बदल जाता है। वे अपनी कई पुरानी सामाजिक गतिविधियाँ कम कर देते हैं या उन्हें ख़त्म कर देते हैं। वे अपने मित्रों के साथ दावतें और खाना-पीना बंद कर देते हैं और वीकएंड्स पर सामाजिक मेल-जोल के लिए बाहर जाना छोड़ देते हैं।

वे अपने घर और बच्चों के चारों ओर एक अलग जीवन बनाते हैं। बच्चे उनके समय और ध्यान का केंद्र बन जाते हैं। बच्चे उनकी बातचीत का मूल विषय बन जाते हैं।

ज़िम्मेदार माता-पिता बच्चों की परवरिश को अपने जीवन का सबसे महत्वपूर्ण हिस्सा मानते हैं। वे अपने समय ओर गतिविधियों को इस तरह नियोजित और व्यवस्थित करते हैं, ताकि वे इस ज़िम्मेदारी को अच्छे ढंग से निभा सकें।

दीर्घकालीन सोच

बच्चे आपको दीर्घकाल तक सोचने के लिए मजबूर करते हैं। जब आपको यह एहसास होता है कि आप अपने बच्चों के शुरुआती वर्षों में उनके साथ जो करते हैं या नहीं कर पाते हैं, उसका आने वाली पीढ़ियों पर स्थायी प्रभाव होगा, तो आप ज़्यादा विचारशील होकर कार्य करते हैं। तब आप उनके प्रति अपने शब्दों और व्यवहार के बारे में ज़्यादा संवेदनशील हो जाते हैं।

यौवन और कुँवारेपन की अवस्था में आप "तूफ़ान मचा" सकते हैं। आप अपनी भावनाएँ खुलकर व्यक्त कर सकते हैं, ग़ुस्सा हो सकते हैं और "अपने मूल व्यक्तित्व" को प्रदर्शित कर सकते हैं। लेकिन संतान होने के बाद आपको ख़ुद पर ज़्यादा अनुशासन और नियंत्रण रखने की ज़रूरत होती है।

बच्चे अपने शुरुआती वर्षों में अपने माता-पिता की प्रतिक्रिया के बारे में बहुत संवेदनशील होते हैं। वे अपने माता-पिता के हर शब्द और प्रतिक्रिया को देखते हैं। वे उनके शब्दों और कार्यों को अपने विश्व-दृष्टिकोण और आत्म-छवि में शामिल कर लेते हैं।

जब आप किसी बिगड़ैल वयस्क को देखते हैं, तो लगभग हर प्रकरण

में आप गड़बड़ परवरिश को उत्तरदायी मान सकते हैं। बचपन में उसके माता-पिता ने ऐसी चीज़ें की या कही होंगी, जिससे उसे चोट पहुँची, दुविधा हुई, डर लगा और उसके भीतर असुरक्षा, क्रोध व हीनता की भावनाएँ उत्पन्न हुईं।

सबसे महान उपहार है प्रेम

आप अपने बच्चों को जो सबसे बड़ा उपहार दे सकते हैं, वह है उन्हें यह बताना कि आप उन्हें पूरे समय प्रेम करते हैं और उनके प्रति आपका प्रेम कभी कम नहीं होगा, चाहे जो हो जाए।

बच्चों के लिए इससे बड़ा कोई वरदान नहीं है कि उन्हें इस बात पर पूरा विश्वास हो कि उनके जीवन के सबसे महत्त्वपूर्ण व्यक्ति - उनके माता-पिता - उनसे पूरी तरह प्रेम करते हैं और उन्हें पूरी तरह स्वीकार करते हैं, इससे कोई फ़र्क़ नहीं पड़ता कि वे क्या करते हैं या कितनी ही ग़लतियाँ करते हैं।

बच्चे *वयस्कों का लघु संस्करण* नहीं होते। उनमें सही या ग़लत कार्यों के बारे में अच्छे निर्णय लेने की क्षमता नहीं होती। अपने भविष्य के लिए अच्छे निर्णय लेने का विवेक और बुद्धि आने में बरसों की ग़लतियों और कई बार तो कटु अनुभवों की भी ज़रूरत होती है।

जब आपके बच्चे ग़लतियाँ करें, तो उनके साथ पेश आने का सबसे दयालुतापूर्ण तरीक़ा है शांति और करुणा से व्यवहार करना और उस समस्या या मुश्किल में शामिल सबक़ सीखने में उनकी सहायता करना।

अनुशासन बनाम विकास

कई माता-पिता सोचते हैं कि बच्चों की ग़लतियों पर उन्हें सज़ा देकर अनुशासित करना चाहिए। 1930 के दशक में जब मेरे माता-पिता बड़े हो रहे थे, तो आम तौर पर यही सिखाया जाता था कि अभिभावक का काम "बच्चे की इच्छा को तोड़ना" होता है। इस दृष्टिकोण की वजह से एक पीढ़ी के बच्चे टूट गए, जिनके माता-पिता को महसूस होता था कि बच्चों को अपने मनपसंद नन्हे वयस्कों के साँचे में ढालना उनका कर्तव्य है।

लेकिन सच्चाई यह है कि हर बच्चा संसार के बाक़ी लोगों से अलग और अनूठा होता है। हर बच्चा अपने अनूठे स्वभाव, व्यक्तित्व और भिन्न रुचियों व गतिविधियों के प्रति नैसर्गिक रुझान लेकर इस संसार में आता है।

लोग अक्सर यह देखकर आश्चर्यचकित होते हैं कि उनका हर बच्चा दूसरे बच्चे से अलग है, हालाँकि वे एक ही माता-पिता की संतानें हैं और उसी परिवार में पल रहे हैं। मेरा अनुभव यह है कि हर बच्चा "एक अलग धुन पर नाचता है।"

आप चाहे उनके लिए और उनके साथ जो भी करें, उनकी अपनी एक विशेष तक़दीर होती है। वे एक विशेष व्यक्तित्व के साथ बड़े हो रहे हैं और वे विशेष लोगों तथा गतिविधियों के प्रति आकर्षित होंगे। आपका मुख्य काम एक ऐसा माहौल बनाना है, जिसमें वे इतने सुरक्षित और आत्म-विश्वासी रह सकें कि अपनी आंतरिक प्रेरणा और व्यक्तिगत रुझानों का अनुसरण कर सकें।

अपनी मान्यताओं पर सवाल करें

एक दार्शनिक ने एक बार कहा था, "मेरे अपने बच्चे होने से पहले मेरे पास बच्चों की परवरिश के चार दर्शन थे। अब मेरे चार बच्चे हैं और एक भी दर्शन नहीं है।"

हर बच्चा दूसरे बच्चे से अलग होता है। वह हर व्यक्ति से अलग होता है। जब आप अपने बच्चों को पालते हैं, तो अपनी सबसे प्रिय मान्यताओं पर सवाल करने के लिए तैयार रहें कि उन्हें क्या करना, कहना और बनना "चाहिए," और "क्या नहीं।" सबसे बढ़कर यह स्वीकार करने के लिए तैयार रहें कि आप ग़लत हो सकते हैं, क्योंकि आप इतनी ज़्यादा *ग़लतियाँ* करेंगे, जिसकी आप कल्पना भी नहीं कर सकते।

शायद माता-पिता के रूप में आपकी सबसे महत्वपूर्ण ज़िम्मेदारी है अपने बच्चों को *जीवनमूल्य* सिखाना - ख़ास तौर पर आत्म-अनुशासन का जीवनमूल्य। माता-पिता की यह बहुत आम इच्छा होती है कि बच्चों को आत्म-उत्तरदायित्व और आत्म-नियंत्रण की परवरिश दी जाए। माता-पिता चाहते हैं कि उनके बच्चों में आत्म-अनुशासन हो, वे आत्म-विजय और

आत्म-दमन का अभ्यास करें और उनमें विलंब से संतुष्टि पाने की क्षमता हो।

अच्छी मिसाल पेश करें

अल्बर्ट श्वेट्ज़र ने एक बार लिखा था, "मनुष्यों को उदाहरण की पाठशाला में ही सिखाना पड़ता है, क्योंकि वे किसी दूसरी पाठशाला में कुछ नहीं सीखते हैं।"

बच्चों के बड़े होते वक़्त आप उनके सामने जो मिसाल पेश करते हैं, उसका उन पर बहुत गहरा प्रभाव होता है। वे हमेशा कनखियों से या दूसरे कमरे से आपको देखते रहते हैं। वे हर चीज़ ग्रहण कर लेते हैं। वे आपके व्यवहार को तौलते हैं और विश्लेषण करते हैं, ख़ास तौर पर तब जब आप *तनाव में* होते हैं। जब आप क्रोधित या विचलित होते हैं या जब वे कोई ग़लती करते हैं, तब ख़ास तौर पर आपके व्यवहार को देखकर वे अपने मन में एक स्पष्ट चित्र बनाते हैं कि वयस्कों को संसार में कैसा व्यवहार करना चाहिए।

आपका उदाहरण ही उन्हें बताता है कि वयस्क भिन्न-भिन्न परिस्थितियों में कैसे काम करते हैं, विशेष रूप से तनाव में। यदि बच्चे आपकी मिसाल की प्रशंसा और सम्मान करते हैं, तो वे बड़े होते समय आपका *अनुकरण करने* का प्रयत्न करेंगे और जीवन भर यही करते रहेंगे।

शायद आप बार-बार ख़ुद से यह सबसे अच्छा सवाल पूछ सकते हैं, "मेरा परिवार कैसा परिवार होगा, यदि इसका हर व्यक्ति मेरे जैसा ही हो?"

रोल मॉडल बनें

जब आप आत्म-अनुशासन और आत्म-नियंत्रण का अभ्यास करते हैं, ख़ास तौर पर क्रोधित या विचलित अवस्था में, तो *वे* भी आत्म-अनुशासन और आत्म-नियंत्रण सीख लेंगे।

कुछ समय पहले हुए एक अध्ययन में शोधकर्ताओं ने यह निष्कर्ष निकाला कि बच्चे संसार के बारे में अपने विचार इस आधार पर तय करते हैं कि उनकी माँ दैनिक जीवन की उथल-पुथल से कैसे निबटती है। यदि उनकी *माँ* शांत, आरामदेह और नियंत्रण में दिखती है, तो बच्चे मान लेते

हैं कि यह एक तार्किक संसार है। ऐसे में इस बात की अधिक संभावना होती है कि *वे* भी शांति और आत्म-नियंत्रण का अभ्यास करेंगे।

यदि उनकी *माँ* ढेर सारे कामों और समय की कमी को लेकर कुंठित, नाराज़ या परेशान रहती है, तो बच्चे इस विश्व-दृष्टिकोण को सोख लेते हैं कि जीवन तनावपूर्ण और दुविधापूर्ण है।

चरित्र निर्माण

अभिभावक के रूप में आपका सबसे महत्वपूर्ण कार्य अपने बच्चों का *चरित्र* निर्माण करना और उन्हें जीवनमूल्य सिखाना है। आप उन्हें सिखाते हैं कि कौन से मूल्य महत्वपूर्ण हैं, ख़ास तौर पर ईमानदारी और सच बोलने के। आप रोल मॉडल बनकर मिसाल पेश करते हैं और हर समय उन्हीं जीवनमूल्यों को प्रदर्शित करते हैं, जिन्हें आप अपने बच्चों में देखना चाहते हैं।

चूँकि *सत्यनिष्ठा* चरित्र का बुनियादी जीवनमूल्य है, इसलिए आप अपने बच्चों को जो सबसे महत्वपूर्ण जीवनमूल्य दे सकते हैं, वह है *सच बोलना*। ज़्यादातर माता-पिताओं को बच्चों के झूठ बोलने पर बड़ा सदमा लगता है। बड़े होते समय वे *सच* नहीं बोलते। वे छोटे-बड़े दोनों ही तरह के झूठ बोलते हैं। अक्सर इससे माता-पिता को धक्का लगता है, क्योंकि उन्हें महसूस होता है कि वे अपने बच्चों को सही प्रशिक्षण देने में असफल रहे।

लेकिन चिंता न करें : झूठ बोलना बचपन का सामान्य और स्वाभाविक हिस्सा है। यह संवाद का ऐसा रूप है, जिसे बच्चे यह देखने के लिए आज़माते हैं कि क्या यह कारगर है। अगर बच्चे यह पाते हैं कि झूठ बोलने से उन्हें मनचाही चीज़ें जल्दी और आसानी से मिल जाती हैं, तो वे नियमित रूप से झूठ बोलने लगेंगे।

मिसाल के तौर पर, मैंने एक बार अपने बेटे माइकल से एक सवाल पूछा। उसने ऐसा जवाब दिया, जो पूरी तरह झूठ था। मैंने उससे पूछा, "माइकल, तुमने यह क्यों कहा ? तुम जानते हो कि यह सरासर झूठ है!" दस साल के माइकल ने बड़ी स्पष्टता से जवाब दिया, "देखिए, मुझे लगा कि मुझे इसे आज़माकर देखना चाहिए।"

बच्चे झूठ को आज़माकर यह देखेंगे कि क्या यह कारगर रहता है।

अगर वह कारगर नहीं रहेगा, तो वे किसी दूसरी चीज़ को आज़माएँगे और आम तौर पर वह दूसरी चीज़ सच बोलना होती है।

हमेशा सच बोलें

एक दिन मेरी पत्नी और मैं बच्चों की परवरिश पर एक पुस्तक पढ़ रहे थे। उसमें हमने एक सवाल देखा, "अगर आपके बच्चे झूठ बोलते हैं, तो उन्हें सच बोलने से डराने के लिए ज़िम्मेदार कौन है?"

इससे हमारी आँखें सचमुच खुल गईं। हम तुरंत अपने बच्चों के साथ बैठे और हमने उनसे कहा, "आगे से हमेशा सच बोलो। हम तुमसे वादा करते हैं कि सच बोलने पर तुम कभी मुश्किल में नहीं पड़ोगे। अगर तुम झूठ बोलते हो, तो हम विचलित हो जाएँगे और तुम्हें सज़ा देंगे। लेकिन अगर तुम सच बोलोगे, तो तुम्हें कोई सज़ा नहीं मिलेगी।"

उस दिन के बाद से, कुछ अपवादों को छोड़कर, हमारे बच्चों ने "हम पर सत्य को आज़माया।" समय के साथ उन्हें हर मामले में सच बोलने की आदत पड़ गई। हम भी अपने वादे पर क़ायम रहे। हमने सच बोलने के लिए अपने बच्चों को कभी सज़ा नहीं दी।

एक दिन हम परिवार की डिनर टेबल पर बैठे थे। हमारे एक बच्चे ने बताया कि उसका दोस्त कोई ग़लत चीज़ करने की योजना बना रहा था और उसने हमारे बेटे से कहा कि वह उस बारे में हमसे झूठ बोले।

मेरे बेटे ने कहा, "मैंने उससे कह दिया कि मैं अपने माता-पिता से कभी झूठ नहीं बोलता।"

उसका दोस्त बोला, "हर बच्चा अपने माता-पिता से झूठ बोलता है।"

मेरे बेटे ने दोहराया, "मैं अपने माता-पिता से कभी झूठ नहीं बोलता, क्योंकि मुझे इसकी ज़रूरत ही नहीं पड़ती। मैं हमेशा उन्हें सच्चाई बता सकता हूँ और इससे सब कुछ ठीक रहता है।"

हमारे तीनों बच्चों ने यह बात सुनी और वे सभी इससे सहमत थे। उन्होंने हमें बताया कि हमारा परिवार बेहतरीन है, क्योंकि उन्हें अपने माता-पिता से कभी झूठ नहीं बोलना पड़ता।

आत्मविश्वास की बुनियाद

जब बच्चे सच बोलते हैं, तो वे शक्तिशाली बनकर बड़े होते हैं। उनमें ज़्यादा आत्म-विश्वास, आत्म-सम्मान और आत्म-गौरव होता है। वे आपकी आँखों में आँखें डालकर आपको सटीकता से बता सकते हैं कि वे क्या सोच रहे हैं या महसूस कर रहे हैं। वे उन बच्चों से बहुत अलग होते हैं, जिन्हें अपने माता-पिता से चीज़ें छिपाने के लिए लगातार झूठ बोलना पड़ता है या सच्चाई पर पर्दा डालना पड़ता है।

बच्चों की परवरिश में ऐसे अनगिनत समय आएँगे, जब वे कोई ऐसी चीज़ करेंगे या कहेंगे, जो आपको नापसंद होगी या जिससे आपको ग़ुस्सा आ जाएगा। ऐसे मौक़ों पर आपको क़दम उठाने या प्रतिक्रिया करने से पहले विचार करने के लिए ख़ुद को अनुशासित करना होगा और अपने क्रोध पर क़ाबू करना होगा। आपको ख़ुद को याद दिलाना चाहिए कि तनाव के एक पल में आप जो करते हैं, उसे आपका बच्चा जीवन भर याद रखता है और उसका उसके भविष्य में अनंत काल तक प्रभाव हो सकता है।

बच्चे जीवनमूल्य दो तरीक़ों से सीखते हैं : एक तो सैद्धांतिक ज्ञान द्वारा और दूसरा है मिसाल द्वारा। उन्हें बड़े होते समय दोनों ही तरीक़ों से सिखाना चाहिए। जब आप उन्हें जीवनमूल्य सिखाते हैं और व्यक्तिगत रूप से प्रेम के मूल्य का पालन करते हैं (ख़ास तौर पर अपने जीवनसाथी के साथ), कम सौभाग्यशाली लोगों के प्रति करुणा दिखाते हैं, ज़रूरतमंदों की सहायता करते हैं, आवश्यकता पड़ने पर धैर्य रखते हैं, भिन्न दृष्टिकोणों के प्रति सहिष्णुता दर्शाते हैं, मुश्किलों के बीच साहस और विपत्तियों के बीच लगन दिखाते हैं, तो आपके बच्चे इन व्यवहारों को आदर्श मान लेंगे। वे यह मान लेंगे कि बड़े होते समय ऐसी स्थिति में उन्हें भी ऐसी ही प्रतिक्रिया करनी चाहिए।

क्षमा की शक्ति

आप अपने बच्चों को जो जीवनमूल्य सिखा सकते हैं, उसमें *क्षमा* बहुत महत्वपूर्ण है। क्षमा करने की अक्षमता ही अधिकांश नकारात्मक भावनाओं की जड़ है। जब आप क्षमा के जीवनमूल्य का पालन करते हैं, जब आप बीती बातों को भूल जाते हैं और ग़लतियों को माफ़ कर देते हैं, तो आपके

बच्चे भी क्षमा करने की योग्यता के साथ बड़े होते हैं। इससे किसी के चोट पहुँचाने पर, जो कि हमेशा ही होता है, वे बरसों तक दुखी रहने से बच जाएँगे।

मेरे माता-पिता अड़ियल और ज़िद्दी थे। मंदी के युग के मुश्किल वर्षों के फलस्वरूप उनमें आत्म-सम्मान कम था। परिणाम यह हुआ कि एक बार जब वे किसी विषय पर कोई राय दे देते थे, चाहे वह कितनी ही ग़लत क्यों न हो, तो वे कभी पीछे नहीं हटते थे और कभी अपनी ग़लती नहीं मानते थे।

मैंने संकल्प किया कि जब मेरे बच्चे होंगे, तो मैं इसका ठीक उलटा करूँगा। जब मेरी बेटी क्रिस्टीना छोटी थी, तभी से मैं इस नियम का पालन करने लगा। अगर मैं किसी कारण उस पर चिल्ला पड़ता था, तो मैं हमेशा उससे माफ़ी माँग लेता था। मैं कहता था, "मुझे तुम पर चिल्लाना नहीं चाहिए था। मैं ग़लत था। क्या तुम मुझे माफ़ कर दोगी?"

बच्चे पालते समय उनसे असंख्य ग़लतियाँ होंगी। कई बार आप अति प्रतिक्रिया कर देंगे। जब तक कि आप संत ही न हों, तब तक यह हमेशा होगा। बहरहाल, जब आप अपने बच्चे के साथ कोई ग़लती करते हैं, तो आपको साहस और करुणा के साथ यह एहसास करना चाहिए कि माता-पिता की विनाशकारी आलोचना किसी बच्चे के लिए बहुत दर्द भरी होती है। जाकर उसे वापस ले लें। बच्चे से माफ़ी माँग लें। भले ही बच्चे का व्यवहार ग़लत हो, लेकिन इससे आपकी नकारात्मक और चोट पहुँचाने वाली प्रतिक्रिया सही साबित नहीं हो जाती। बस इतना कह दें, "मुझे अफ़सोस है। मुझे माफ़ कर दो।"

और वे हमेशा कर देंगे। जिस पल आप किसी भी तरह की चोट पहुँचाने के लिए बच्चों से माफ़ी माँगते हैं, वे नकारात्मकता या हीनता की भावनाओं से मुक्त हो जाते हैं। अपनी ठेस पहुँचाने वाली कठोर बात को वापस लेकर आप उन्हें एक बार फिर ख़ुश और आत्म विश्वासी बना देते हैं।

बच्चों को सिखाना कभी ख़त्म नहीं होता

बच्चों को सही जीवनमूल्य और सही व्यवहार सिखाना एक ऐसा काम है, जो जीवन भर चलता है। सच्चाई और करुणा पर केवल एक भाषण देने

से ही काम नहीं चलता। जब तक बच्चे आपके साथ रहते हैं, तब तक आपको लगातार, बार-बार, साल दर साल बातचीत और मिसाल द्वारा सबक़ को दोहराना होता है।

एक अभिभावक ने मिस मैनर्स नामक शो होस्ट को एक पत्र लिखकर पूछा था, “बच्चों को टेबल मैनर्स सिखाने में कितना समय लगेगा? मेरे लाख समझाने के बावजूद बच्चे फूहड़पन से खाना खाते हैं।” मिस मैनर्स ने जवाब में यह कहा, “धैर्य रखें। बच्चों को टेबल मैनर्स सिखाने के लिए पंद्रह साल तक लगातार सिखाना पड़ता है। और इसके बाद भी इस बात की कोई गारंटी नहीं है कि आपका प्रयास सफल ही होगा।”

उनके रोल मॉडल बने

ज़ाहिर है, यदि आप चाहते हैं कि आपके बच्चे किसी ख़ास तरह का व्यवहार करें, तो आपको साल दर साल लगातार वैसे ही व्यवहार का प्रदर्शन करना होगा। यदि आप चाहते हैं कि बच्चे सलीकेदार कपड़े पहनें, तो *आपको* सलीकेदार कपड़े पहनने होंगे। अगर आप चाहते हैं कि बच्चे अपना हुलिया सही रखें, तो *आपको* भी अपना हुलिया सही रखना होगा। अगर आप चाहते हैं कि बच्चे व्यवस्थित और कार्यकुशल बनें, तो *आपको* ख़ुद भी व्यवस्थित और कार्यकुशल बनकर उन्हें इसका तरीक़ा दिखाना होगा।

हर दिन याद रखें कि आपके बच्चे जीवन भर वैसा ही व्यवहार करेंगे, जैसा आप करते हैं। इस तरह सोचने पर आप आत्म-अनुशासन और आत्म-नियंत्रण के अधिक ऊँचे स्तर का अभ्यास करने के लिए विवश होते हैं। आप जानते हैं कि आपके व्यवहार के परिणामों का प्रभाव कई साल बाद जीवन में आपके बच्चे की संभावनाओं पर पड़ेगा।

बच्चों की परवरिश करते समय आपको इतना अनुशासित होना चाहिए, ताकि आपके बच्चे उच्च आत्म-सम्मान वाले, सकारात्मक और आत्म-विश्वासी बनें और उन्हें अपने महत्व का उचित एहसास हो। यह बहुत ही महत्वपूर्ण है, क्योंकि आपकी परवरिश के परिणाम आपके जीवन के अंत तक क़ायम रहेंगे।

कार्य अभ्यास :

1. वे कौन से दो गुण हैं, जिन्हें आप अपने व्यवहार द्वारा बच्चों को दिखाना और सिखाना चाहते हैं ?
2. वे कौन से दो गुण हैं, जिन्हें आप अपने बच्चों में सबसे ज़्यादा डालना चाहते हैं और आप यह काम कैसे कर सकते हैं ?
3. यदि आप अपने बच्चों के लिए उत्कृष्ट रोल मॉडल होते, तो आपका व्यवहार कितना अलग होता ? वैसा व्यवहार आज ही से शुरू कर दें।
4. आपके बच्चों ने ऐसी कौन सी ग़लतियाँ की हैं, जिन्हें आपको तत्काल माफ़ कर देना चाहिए और भुला देना चाहिए ?
5. आप अपने बच्चों के साथ ज़्यादा समय बिताने के लिए कौन से काम तुरंत करने वाले हैं ?
6. अपने बच्चों में सत्य का गुण भरने के लिए आप कौन से कार्य करने वाले हैं ?
7. आप अपने बच्चों को आत्म-अनुशासन, आत्म-नियंत्रण और आत्म-विजय का ज़्यादा अभ्यास करने के लिए कैसे प्रोत्साहित और पुरस्कृत कर सकते हैं ?

अध्याय - 20

आत्म-अनुशासन और मित्रता

"आप जीवन में जो भी चाहते हैं, उसकी एक क़ीमत होती है।
यदि आप चीज़ों को बेहतर बनाना चाहते हैं,
तो आपको उसकी एक क़ीमत चुकानी पड़ती है,
अगर आप चीज़ों को वैसी ही रहने देते हैं, जैसी कि वे हैं,
तो आपको उसकी भी एक क़ीमत चुकानी पड़ती है;
हर चीज़ की एक क़ीमत होती है।"

–हैरी ब्राउन

आपको 85 प्रतिशत ख़ुशी दूसरे लोगों के साथ सुखद संबंधों से मिलती है। दुर्भाग्य से, आपको 85 प्रतिशत समस्याएँ और दुख भी दूसरे लोगों से ही मिलते हैं। अध्याय 18 और 19 में यह बताया जा चुका है कि सुखद वैवाहिक जीवन कैसे बनाया जाए और सुखद बच्चों को कैसे पाला जाए, लेकिन आपके जीवन में परिवार के अलावा मित्रों का भी महत्व होता है।

लोक व्यवहार में उत्कृष्ट बनना ज़रूरी है। सौभाग्यवश यह योग्यता सीखी जा सकती है। आप भी अपने कार्यालयीन और सामाजिक दायरे में लोकप्रिय बन सकते हैं। शर्त सिर्फ़ इतनी है कि आपको भी वैसा ही व्यवहार करना होगा, जैसा दूसरे लोकप्रिय लोग नियमित रूप से करते हैं।

अरस्तू ने लिखा था कि मनुष्य एक सामाजिक पशु है। इसका मतलब

है कि हम दूसरे लोगों के साथ अपने संबंधों के संदर्भ में स्वयं को परिभाषित करते हैं। दूसरों के साथ हमारे व्यवहार और हमारे साथ उनके व्यवहार से ही हमारा भाग्य निर्धारित होता है। इसी से हम यह सीखते हैं कि हम कौन हैं। इसी से हम अपने बारे में जानते हैं।

व्यक्तित्व का मूल केंद्र

मनोवैज्ञानिक हमें बताते हैं कि हम जो भी कार्य करते हैं, वह या तो अपने आत्म-सम्मान को बढ़ाने के लिए करते हैं या दूसरों से इसकी रक्षा करने के लिए करते हैं। हर व्यक्ति अपनी व्यक्तिगत महत्ता के एहसास के बारे में बहुत संवेदनशील होता है।

आत्म-सम्मान का अर्थ यह है कि आप अपने बारे में कैसा महसूस करते हैं, आप ख़ुद को कितना ज़्यादा पसंद करते हैं। आत्म-सम्मान काफ़ी हद तक आपकी आत्म-छवि से तय होता है - उस दृष्टिकोण से, जिससे आप ख़ुद को देखते हैं और अपने बारे में सोचते हैं। आपकी आत्म-छवि के तीन हिस्से हैं, जो एक-दूसरे को स्पर्श करते हैं :

1. आपकी आत्म-छवि का पहला हिस्सा यह है कि *आप स्वयं को किस रूप में देखते हैं।* इससे काफ़ी हद तक आपके चलने, बोलने, व्यवहार करने और दूसरों के साथ वार्तालाप करने का तरीक़ा तय होता है।

2. आपकी आत्म-छवि का दूसरा हिस्सा यह है कि आपके *हिसाब से* दूसरे लोग आपको किस तरह देखते हैं। यदि आप सोचते हैं कि दूसरे लोग आपको पसंद करते हैं, आपका सम्मान और प्रशंसा करते हैं, तो आप ख़ुद को सकारात्मक अंदाज़ में देखते हैं और आत्म-सम्मान व आत्म-महत्व की उच्चतर भावनाएँ महसूस करते हैं।

3. आपकी आत्म-छवि का तीसरा हिस्सा यह है कि लोग *वास्तव में* आपको किस तरह देखते हैं और व्यवहार करते हैं। यदि आप सोचते हैं कि लोग आपको बहुत पसंद करते हैं और आप लोकप्रिय हैं, लेकिन तभी कोई आपसे बदतमीज़ी या अपमानजनक

व्यवहार कर देता है, तो इससे आपकी आत्म-छवि को सदमा लग सकता है और आपका आत्म-सम्मान कम हो सकता है। दूसरी ओर, यदि आप स्वयं को आम आदमी मानते हैं और कुछ लोग आपसे मिलने पर ऐसा व्यवहार करते हैं, जैसे आप मूल्यवान और महत्वपूर्ण हों, तो इसका आपकी आत्म-छवि पर *सकारात्मक प्रभाव* होता है। आप ख़ुद को पहले से ज़्यादा पसंद करने और महत्व देने लगते हैं।

ख़ुशहाली की कुंजी

आप सचमुच ख़ुश तब होते हैं, जब आपको यह महसूस होता है कि आपकी आत्म-छवि के तीनों हिस्से एक-दूसरे के अनुरूप हैं। आप ख़ुश तभी होते हैं, जब आपको यह एहसास होता है कि आप स्वयं को जिस तरह देखते हैं, आपके हिसाब से दूसरे आपको जिस तरह देखते हैं और जिस तरह वे आपको सचमुच देखते हैं, ये तीनों तालमेल में हैं।

जीवन में आप ऐसे लोगों के साथ मित्रता करना और संबंध बनाना चाहते हैं, जो आपको आपके बारे में सुखद एहसास कराते हैं। उनसे मिलने पर अपने बारे में आपका दृष्टिकोण और विचार बेहतर होते हैं। जब आप उन लोगों के साथ होते हैं, जो आपको मूल्यवान और महत्वपूर्ण मानकर व्यवहार करते हैं, तो आपका आत्म-सम्मान बहुत बढ़ जाता है। आप स्वयं को ज़्यादा पसंद करते हैं और अपना ज़्यादा सम्मान करते हैं। आप उनके साथ रहते समय ख़ुशी महसूस करते हैं।

मिसाल के तौर पर, जब आपको महसूस होता था कि टीचर आपको पसंद करती हैं और आपकी परवाह करती हैं, तब स्कूल में आपका प्रदर्शन बेहतर रहा था और आपको बेहतर ग्रेड मिले थे। ऑफ़िस में शायद सबसे बड़ी प्रेरणा कर्मचारी के प्रति बॉस का *मानवीय* नज़रिया होता है। जब भी कोई कर्मचारी यह महसूस करता है कि बॉस कर्मचारी के बजाय इंसान के रूप में उसकी परवाह करता है, तो वह ज़्यादा मूल्यवान महसूस करता है और अपने काम को ज़्यादा अच्छी तरह करता है।

अप्रत्यक्ष प्रयास का नियम

अद्‌भुत मित्रताएँ और संबंध बनाने तथा बनाए रखने का रहस्य सरल है। इसके लिए आपको दूसरे लोगों के साथ अपने हर व्यवहार में अप्रत्यक्ष प्रयास के नियम पर अमल करना होता है।

आपको स्वयं से और अपनी चिंताओं से बाहर निकलना होगा, ताकि आप ख़ुद को दूसरे लोगों की जगह पर रखकर यह महसूस कर सकें कि वे क्या सोच रहे होंगे या क्या महसूस कर रहे होंगे।

इसलिए यदि आप मित्र बनाना चाहते हैं, तो पहले आपको मित्र *बनना* होगा। यदि आप चाहते हैं कि लोग आपको पसंद करें, तो पहले आपको *उन्हें पसंद करना* होगा। अगर आप चाहते हैं कि लोग आपका सम्मान करें, तो पहले आपको *उनका सम्मान करना होगा।* अगर आप दूसरों को प्रभावित करना चाहते हैं, तो पहले *आपको उनसे प्रभावित होना होगा।* इस तरह, लोगों के प्रति अप्रत्यक्ष नीति अपनाकर आप उनकी सबसे गहरी अवचेतन आवश्यकताओं को संतुष्ट कर देते हैं।

दूसरे लोगों का आत्म-सम्मान बढ़ाएँ

महत्वपूर्ण महसूस करने की आवश्यकता लोगों की सबसे गहरी अवचेतन आवश्यकता होती है। चूँकि आपमें भी यह आवश्यकता है, इसलिए जब भी आप अप्रत्यक्ष प्रयास के नियम का अभ्यास करते हैं और दूसरे लोगों को महत्वपूर्ण महसूस कराते हैं, तो आप उनकी आत्म-छवि को मज़बूत कर देते हैं और उनके आत्म-सम्मान को बढ़ा देते हैं। परिणामस्वरूप वे ख़ुद से ख़ुश होते हैं - और आपसे भी।

जब भी आप किसी दूसरे व्यक्ति के आत्म-सम्मान को बढ़ाने के लिए कुछ कहते या करते हैं, तो इसका "बूमरैंग" जैसा असर होता है, जिससे आपका आत्म-सम्मान भी उसी समय और उसी अनुपात में बढ़ जाता है। आप कभी कोई ऐसी चीज़ कह या कर ही नहीं सकते, जिससे सामने वाला तो अपने बारे में अच्छा महसूस करे, लेकिन आप अपने बारे में अच्छा महसूस न करें।

ख़ुद से ऊपर उठने के लिए ज़बर्दस्त आत्म-अनुशासन और

आत्म-नियंत्रण की ज़रूरत होती है। दूसरे लोग आपको पसंद करें और आपसे प्रभावित हों, इसका प्रयास करने के बजाय पहले इस बात पर ध्यान केंद्रित करें कि आप उन्हें पसंद करें और उनसे प्रभावित हों।

लोगों को महत्वपूर्ण महसूस कराने के सात तरीक़े

दूसरों के साथ उत्कृष्ट संबंध बनाने की कुंजी बड़ी ही सरल है : उन्हें महत्वपूर्ण महसूस कराओ। जिस हद तक आप सामने वाले को महत्वपूर्ण महसूस करा सकते हैं - अपने परिवार के सदस्यों से शुरुआत करके अपने मित्रों और सहकर्मियों तक आगे बढ़ते हुए - उसी हद तक आप लोकप्रिय होंगे।

दूसरों को महत्वपूर्ण महसूस कराने के सात तरीक़े हैं। इन सरल तकनीकों का बार-बार अभ्यास करके इन्हें सीखा जा सकता है।

1. लोग जैसे हैं, उन्हें उसी रूप में स्वीकार करें : मानव स्वभाव की एक गहरी लालसा यह होती है कि दूसरे लोग उसे बग़ैर मूल्यांकन या आलोचना के स्वीकार करें। मनोवैज्ञानिक इस व्यवहार को "बेशर्त सकारात्मक सम्मान" कहते हैं। यह तब होता है, जब आप सामने वाले व्यक्ति को उसके वर्तमान स्वरूप में ही, बिना किसी शर्त के पूरी तरह स्वीकार कर लेते हैं।

चूँकि अधिकांश लोग आलोचनात्मक प्रवृत्ति के होते हैं, इसलिए किसी के द्वारा बिना शर्त के स्वीकार किए जाने से उस व्यक्ति का आत्म-सम्मान बढ़ता है, उसकी आत्म-छवि मज़बूत होती है और वह अपने बारे में ख़ुश महसूस करता है।

ब्रिजेट जोन्स डायरी नामक फ़िल्म का सबसे महत्वपूर्ण मुद्दा ब्रिजेट की यह खोज थी कि उसे एक ऐसा पुरुष मिल गया है, "जो मुझे उसी स्वरूप में पसंद करता है, जैसी मैं हूँ।" इससे सभी को बहुत आश्चर्य हुआ। उसकी सहेलियाँ हैरान थीं कि क्या कोई ऐसा रिश्ता भी हो सकता है, जिसमें सामने वाला बिना शर्त के किसी को स्वीकार कर ले।

जब आप दूसरे लोगों को देखते हैं और दिल से मुस्कुराते हैं, तो वे अपने बारे में ज़्यादा ख़ुश महसूस करते हैं। उनका आत्म-सम्मान बढ़ जाता है। वे ख़ुद को ज़्यादा मूल्यवान और महत्वपूर्ण महसूस करने लगते हैं।

जब आप अपने बारे में सोचना छोड़ देते हैं, जब आप यह चिंता छोड़ देते हैं कि दूसरों पर आपका कैसा प्रभाव पड़ रहा है और इसके बजाय दूसरे लोगों *के बारे में* सोचना शुरू करके यह देखते हैं कि उनका आप पर कैसा प्रभाव पड़ रहा है, तो आप सुकून से रह सकते हैं। आप हर मिलने वाले की ओर देखकर दिल से मुस्कुराते हैं और उसका अभिवादन करते हैं - घर पर भी और ऑफ़िस में भी। यह आत्म-सम्मान बढ़ाने और रिश्तों को मज़बूत करने वाला बहुत शक्तिशाली व्यवहार है। लोगों की ओर देखकर मुस्कुराने से वे स्वयं को महत्वपूर्ण और मूल्यवान मानने लगते हैं।

2. दूसरों के प्रति सम्मान दिखाएँ : जब भी आप किसी बात या काम के लिए किसी दूसरे के प्रति सम्मान व्यक्त करते हैं, तो इससे उसका आत्म-सम्मान बढ़ता है और वह ज़्यादा महत्वपूर्ण महसूस करता है। सिर हिलाने और मुस्कुराने से लेकर कार्ड, पत्र और उपहार देने तक प्रशंसा और सम्मान जताने के बहुत से तरीक़े हैं, जिनसे लोगों का आत्म-सम्मान बढ़ता है और वे ख़ुद को ज़्यादा पसंद करने लगते हैं। परिणाम यह होता है कि अप्रत्यक्ष प्रयास के नियम द्वारा वे आपको भी ज़्यादा पसंद करने लगेंगे।

किसी को महत्वपूर्ण महसूस कराने का सबसे सरल तरीक़ा "आपको धन्यवाद" कहना है। "आपको धन्यवाद" शब्द किसी भी भाषा में, दुनिया में कहीं पर भी गहरी प्रशंसा का भाव व्यक्त करते हैं। मैं नब्बे देशों की यात्रा कर चुका हूँ और किसी भी देश की भाषा में मैं सबसे पहले "कृपया" और "आपको धन्यवाद" शब्द सीखता हूँ। हर बार जब आप इन शब्दों का इस्तेमाल करते हैं, तो लोगों के चेहरे पर चमक आ जाती है, वे मुस्कुराने लगते हैं और आपके साथ रहते समय ख़ुश होते हैं।

जब भी आप सामने वाले को धन्यवाद देते हैं, तो हर बार इसका उस पर लगभग जादू जैसा असर होता है। इससे वह आपके साथ ज़्यादा ख़ुश और महत्वपूर्ण महसूस करता है। इससे वह आपकी ज़रूरत के समय पर सहायता करने को भी सहर्ष तैयार रहता है।

3. रुचिकर बनें : जो लोग दूसरों के साथ आम तौर पर रुचिकर और सकारात्मक व्यवहार करते हैं, उनका हर स्थिति में सबसे ज़्यादा स्वागत किया जाता है। दूसरी ओर, जो लोग बाल की खाल निकालते हैं, शिकायत करते

हैं और आलोचना या बहस करते हैं, उनका कहीं भी स्वागत नहीं होता।

जब आप सिर हिलाते हैं, मुस्कुराते हैं और सामने वाले की किसी बात पर सहमत होते हैं, तो इससे वह ख़ुद को बुद्धिमान, सम्मानित, मूल्यवान और महत्वपूर्ण अनुभव करता है। जब आप सामने वाले के प्रति रुचिकर व्यवहार करते हैं, भले ही आप उसकी किसी बात से पूरी तरह सहमत न हों, तो आपके साथ रहने पर उसे ख़ुशी होती है।

पेशेवर वक्ता के रूप में मैं हर साल हज़ारों लोगों से मिलता हूँ। वे मेरे पास आकर ऐसे विषयों पर राय व्यक्त करते हैं, जिनके बारे में मुझे अक्सर अच्छी जानकारी होती है, जबकि उन्हें नहीं होती। कई बार वे कुछ मूर्खतापूर्ण बातें भी कह देते हैं, जो न तो राच होती हैं, न ही उनमें समझदारी होती है।

बहरहाल, हर बार मैं मुस्कुराकर सहमत हो जाता हूँ और सिर हिलाता हूँ। मैं उनसे सवाल पूछता हूँ और उनकी राय व विचार सुनता हूँ। अक्सर उन्हें बाद में लगता है कि उनकी मेरे साथ अच्छी बातचीत हुई और शायद मैं उनके विचारों से सहमत हूँ। इसमें मेरा कुछ ख़र्च नहीं होता और इससे वे भी ख़ुश हो जाते हैं। वे महत्वपूर्ण महसूस करने लगते हैं।

4. लोगों की प्रशंसा करें : लोगों को आम तौर पर अपनी संपत्तियों, गुणों और उपलब्धियों पर गर्व होता है। जब आप किसी व्यक्ति की किसी चीज़ की प्रशंसा करते हैं, तो वह अपने बारे में ख़ुश महसूस करने लगता है। जैसा कि अब्राहम लिंकन ने कहा था, "प्रशंसा हर व्यक्ति को अच्छी लगती है।"

लोगों के हुलिए और उनके किसी ख़ास कपड़े या पोशाक की तारीफ़ करें। पुरुषों को टाई या जूतों की तारीफ़ ख़ास तौर पर पसंद होती है। महिलाएँ अपने बालों या अपने हुलिए की किसी चीज़ की तारीफ़ सुनकर ख़ुश होती हैं। लोग घर से बाहर निकलने से पहले तैयार होने में बहुत समय लगाते हैं।

आप किसी व्यक्ति के गुणों या लक्षणों की भी प्रशंसा कर सकते हैं। आप इस तरह की कोई बात कह सकते हैं, "आप सचमुच लगनशील हैं।" लोग अपने गुणों को विकसित करने में जीवन भर मेहनत करते हैं और जब आप उन गुणों पर ग़ौर करते हैं तथा उनकी तारीफ़ करते हैं, तो उन्हें

बहुत अच्छा लगता है।

सामने वाले की उपलब्धियों की प्रशंसा करें। लोगों को बताएँ कि आप उनके घर, ऑफ़िस, पद या उनके द्वारा स्थापित कंपनी से बहुत प्रभावित हैं और उनकी प्रशंसा करते हैं।

5. दूसरों पर ध्यान दें : शायद सामने वाले के आत्म-सम्मान को बढ़ाने का सबसे शक्तिशाली तरीक़ा उसकी बातें ग़ौर से सुनना है। अपनी पुस्तक *द पॉवर ऑफ़ चार्म* में मेरे सहलेखक रॉन आर्डेन और मैं स्पष्ट करते हैं कि किसी के शब्दों को एकाग्रता से सुनना उसे चुंबक की तरह अपनी ओर आकर्षित करने जैसा है।

बेहतरीन श्रोता बनने की कुंजी यह है कि आप सवाल पूछें और फिर जवाब को पूरे ध्यान से सुनें। जब सामने वाले का जवाब पूरा हो जाए, तो एक और सवाल पूछ लें। ग़ौर से सुनते समय आगे की ओर झुक जाएँ। बीच में कोई व्यवधान न डालें। इस तरह सुनें, जैसे उसकी बातों से ज़्यादा दिलचस्प बातें आपने आज तक न सुनी हों।

जब लोगों की बात इतने ग़ौर से सुनी जाती है, तो उनके मस्तिष्क में एंडॉर्फ़िन्स रसायन का प्रवाह होने लगता है। फलस्वरूप वे अपने बारे में ख़ुश महसूस करते हैं। उनका आत्म-सम्मान बढ़ जाता है। यही नहीं, वे यह भी मान लेते हैं कि यह सुखद भावना उन्हें आपके साथ रहने पर ही प्राप्त हुई है। इस कारण वे आपको ज़्यादा पसंद करेंगे और रोचक व बुद्धिमान मानेंगे।

6. कभी आलोचना, निंदा या शिकायत न करें। किसी भी चीज़ की नहीं - प्रत्यक्ष भी नहीं और अप्रत्यक्ष भी नहीं। कभी भी कोई ऐसी चीज़ न कहें या करें, जिससे किसी व्यक्ति का आत्म-सम्मान कम होता है या वह कम महत्वपूर्ण या मूल्यवान महसूस करता है। कभी भी दूसरों की बुराई न करें। उनके बारे में नकारात्मक बातें न कहें। कभी भी किसी व्यक्ति के बारे में कोई ऐसी बात न कहें, जिसे आप उसके मुँह पर नहीं कह सकते।

मानवीय संबंधों में *विनाशकारी आलोचना* से सबसे ज़्यादा नुक़सान होता है। इससे व्यक्ति का आत्म-सम्मान कम होता है, वह क्रोधित और रक्षात्मक महसूस करता है और परिणामस्वरूप वह आलोचना करने वाले

को नापसंद करने लगता है। इसलिए कभी भी अप्रिय लोगों या स्थितियों के बारे में शिकायत या आलोचना न करें।

हर क्षेत्र में सबसे लोकप्रिय लोगों के लिए जिस विशेषण का सबसे अधिक उपयोग होता है, वह है "अच्छा।" यदि आपको किसी सुपरमार्केट से सामान ख़रीदना या किसी रेस्तराँ में जाना अच्छा लगता है, तो आप वहाँ के लोगों को "अच्छा" मानते होंगे। जब भी आप किसी की अनुशंसा करते हैं, तो आप हमेशा कहते हैं कि वह "अच्छा इंसान" है।

अच्छे लोग बिक्री और व्यवसाय में हमेशा सबसे ज़्यादा सफल होते हैं। लोग उनसे सामान ख़रीदना पसंद करते हैं, दोबारा ख़रीदते हैं और फिर अपने मित्रों को भी उन्हीं से ख़रीदने की सलाह देते हैं। लोग अच्छे लोगों से मिलकर ख़ुश होते हैं और उनसे दोबारा मिलना चाहते हैं।

जब पूछा जाता है कि "अच्छा" शब्द से उनका क्या मतलब है, तो लोग कहते हैं कि वह "ख़ुशनुमा" है। आप जितने ज़्यादा सकारात्मक होते हैं, आपके ज़्यादा ख़ुशनुमा बनने की उतनी ही अच्छी संभावना होगी। आप जितने ज़्यादा ख़ुशनुमा होंगे, आपका व्यक्तित्व भी उतना ही ज़्यादा अच्छा होगा। आपका व्यक्तित्व जितना अच्छा होगा, लोग आपसे मिलने और आपके साथ रहने के लिए उतने ही ज़्यादा उत्सुक होंगे।

7. हर मिलने वाले व्यक्ति के प्रति शिष्ट, परवाह करने वाले और चिंतित रहें : हर मिलने वाले के साथ पेश आने के लिए इन तीनों की आदत डाल लें।

जब आप किसी व्यक्ति से *शिष्टता* और सम्मान से पेश आते हैं, तो वह अधिक मूल्यवान और महत्वपूर्ण महसूस करता है। बदले में वह भी आपको मूल्यवान मानेगा और आपका सम्मान करेगा।

जब आप किसी व्यक्ति के जीवन में हो रही चीज़ों के बारे में *चिंता* व्यक्त करते हैं, तो वह आपके प्रति खुल जाता है और आपको ज़्यादा पसंद करने लगता है। जब कोई व्यक्ति किसी मुश्किल स्थिति में होता है और आप अपनी चिंता या करुणा ज़ाहिर करते हैं, तो आप उसके दिल को छू लेते हैं। इससे आप उसके साथ एक भावनात्मक बंधन बना लेते हैं। नतीजा यह होता है कि वह आपको ज़्यादा पसंद करने लगता है।

परवाह तीसरा सूत्र है। परवाह करते समय आप वही चीज़ें करते और कहते हैं, जिनसे सामने वाला ख़ुद को ज़्यादा मूल्यवान और महत्वपूर्ण महसूस करे।

दूसरे लोगों के बारे में चिंतित रहें

जब आप लोगों से पहली बार मिलें या कुछ समय बाद मिलें, तो उनसे उनके हाल-चाल पूछें और फिर उनके जवाब को ग़ौर से सुनें। लोग अक्सर आपको अपने जीवन की कोई न कोई चिंता या समस्या बता देंगे। इस पर परवाह और संवेदनशीलता दिखाएँ। ऐसा जताएँ, जैसे वह समस्या या मुश्किल आपके लिए बहुत महत्वपूर्ण हो। आश्चर्य की बात यह है कि सामने वाले के जीवन की समस्या या परिस्थिति में सचमुच दिलचस्पी लेने या चिंता जताने का जादुई परिणाम होता है। इससे सामने वाला बहुत जल्दी आपसे भावनात्मक बंधन में जुड़ जाता है।

आजीवन मित्रताएँ और अद्‌भुत संबंध बनाने का नियम सरल है। इसी वक़्त यह संकल्प लें कि जब लोग आपसे मिलने के बाद जाएँ, तो पहले से *बेहतर* महसूस करें। ऊपर बताए गए सारे विचारों का अभ्यास करके लोगों को महत्वपूर्ण अनुभव कराएँ। लोगों के आत्म-सम्मान को बढ़ाने और उनकी आत्म-छवि को मज़बूत बनाने के तरीक़े तलाशें। उन्हें मूल्यवान और सार्थक होने का एहसास दें। यही नहीं, सामने वाले को महत्वपूर्ण महसूस कराने के लिए आप जो भी चीज़ कहते या करते हैं, उससे आप ख़ुद भी महत्वपूर्ण महसूस करते हैं।

कार्य अभ्यास :

1. अपने ऑफ़िस और व्यक्तिगत जीवन में अपने सबसे महत्वपूर्ण मित्रों की सूची बनाएँ। आप उन्हें उनके बारे में बेहतर महसूस कराने के लिए क्या कर सकते हैं ?
2. उस पहली चीज़ को खोजें, जो आप हर मीटिंग या मुलाक़ात में सामने वाले को महत्वपूर्ण महसूस कराने के लिए कह सकते हैं।

3. अपने से बातचीत करने वाले हर व्यक्ति को ज़्यादा मूल्यवान और सार्थक महसूस कराने का संकल्प करें।
4. अपने सभी संबंधों में आलोचना से दूर रहने का अभ्यास करें। हमेशा यही सोचें कि सामने वाले के इरादे अच्छे हैं।
5. कल्पना करें कि आपसे मिलने वाले हर व्यक्ति के पास जीवित रहने के लिए बस थोड़ा ही समय है और आप ही वह एकमात्र व्यक्ति हैं, जो यह बात जानते हैं।
6. हर व्यक्ति के बारे में कोई ऐसी चीज़ खोजें, जिससे आप प्रभावित हैं। फिर उसे बता दें कि आप उससे कितने प्रभावित हैं।
7. कल्पना करें कि दूसरे लोगों के साथ आपके हर व्यवहार और बातचीत को रिकॉर्ड करने के लिए एक छिपा हुआ कैमरा और माइक्रोफ़ोन लगा है। तब आपका व्यवहार किस प्रकार भिन्न होगा ?

अध्याय - 21

आत्म-अनुशासन और मानसिक शांति

"लोग अपने हालात को तो बेहतर बनाना चाहते हैं, लेकिन ख़ुद को बेहतर नहीं बनाना चाहते; इसलिए वे हमेशा बंधन में ही रहेंगे। जो व्यक्ति आत्म-त्याग के लिए तत्पर रहता है, वह अपनी मनचाही वस्तु को पाने में कभी असफल नहीं हो सकता। यह भौतिक और आध्यात्मिक दोनों ही चीज़ों के बारे में सत्य है। जिस मनुष्य का उद्देश्य दौलत हासिल करना है, उसे भी अपना लक्ष्य प्राप्त करने से पहले बड़े व्यक्तिगत त्याग करने के लिए तैयार रहना चाहिए। सशक्त और संतुलित जीवन हासिल करने के लिए तो उसे और ज़्यादा त्याग करने होंगे।"

–जेम्स एलन

यदि आप अपने सभी आंतरिक संसाधनों को विकसित करना चाहते हैं और अपनी सच्ची संभावना को साकार करना चाहते हैं, तो इसके लिए आपको आत्म-अनुशासन के ऊँचे स्तर की ज़रूरत होती है। युगों-युगों से सभी धर्मों और दर्शनों में सर्वोच्च मानवीय हित या विचार *मानसिक शांति* पाना रहा है। मानसिक शांति पाने की क्षमता ही आपकी सफलता का सच्चा पैमाना है और यही आपकी ख़ुशी को सबसे ज़्यादा तय करती है।

आध्यात्मिक विकास करने और पूरी तरह उपयोगी व्यक्ति बनने के लिए आपको नियमित रूप से अपने विचारों, भावनाओं और कार्यों में आत्म-अनुशासन व आत्म-नियंत्रण का इस्तेमाल करना होगा। आध्यात्मिक

विकास, आंतरिक शांति और ख़ुशी के अनुभव के लिए आत्म-विजय व आत्म-नियंत्रण की आवश्यकता होती है।

• • •

बाहरी बनाम आंतरिक सफलता

"बाहरी संसार" में सफल होने के लिए आपको ख़ुद को इस बात के लिए *अनुशासित* करना ही होगा कि आप एकाग्रचित्त बनें, अपने पेशे में कड़ी मेहनत करें, अपने लक्ष्यों की दिशा में सतत कार्य करते रहें और अपने जीवन में ऊपर की ओर बढ़ते समय बेहतर और ज़्यादा सक्षम बनें।

बहरहाल, "आंतरिक संसार" में सफल होने के लिए लगभग *विपरीत* योग्यताओं की आवश्यकता होती है। आंतरिक शांति प्राप्त करने के लिए आपको ख़ुद को अनुशासित करना होगा कि आप हर उस चीज़ को छोड़ दें, जो आपकी आंतरिक शांति और संतुष्टि के एहसास में बाधा डाल सकती हो।

ज़ेन बौद्ध दर्शन के अनुसार मानवीय कष्ट और दुख का मूल कारण "आसक्ति" है। लोग विचारों, रायों और भौतिक चीज़ों के प्रति आसक्त हो जाते हैं और उन्हें छोड़ना ही नहीं चाहते। कई बार लोग इन बाहरी बातों में इतने उलझ जाते हैं कि इससे उनके मानसिक और शारीरिक स्वास्थ्य पर भी प्रभाव पड़ता है - यहाँ तक कि उनकी रातों की नींद भी उड़ जाती है।

जब आप विरक्ति का अभ्यास करते हैं, ख़ुद को *भावनात्मक रूप से* चीज़ों या परिणामों से अलग कर लेते हैं, तो नकारात्मक भावनाएँ भी उसी तरह थम जाएँगी, जिस तरह प्लग से अलग करने पर बल्ब की रोशनी बंद हो जाती है।

सही होने की आवश्यकता

अधिकांश लोग दिल की गहराई से यह चाहते हैं कि उनकी बात को सही माना जाए। बहरहाल, जब आप यह परवाह करना छोड़ देते हैं कि आपकी बात को सही माना जाता है या ग़लत, तो सही होने की इस आवश्यकता से जुड़ी सारी भावनाएँ ग़ायब हो जाती हैं। डॉ. जेराल्ड जैम्पॉल्स्की ने एक

बहुत अच्छा सवाल पूछा था : "क्या आप सही साबित होना चाहते हैं या फिर आप ख़ुश रहना चाहते हैं ?"

कुछ लोग अपनी राजनीतिक या धार्मिक मान्यताओं को लेकर जोशीले होते हैं, जो उन्होंने किसी दूसरे से *सीखी* हैं। लेकिन जब आप इन विचारों को कुछ समय के लिए एक तरफ़ रख देते हैं, तो आपकी भावनाओं को उत्तेजित करने या आपके क्रोध को भड़काने की उनकी क्षमता ख़त्म हो जाती है।

मैं सभी राजनीतिक और धार्मिक विचारों व रायों वाले लोगों से मिलता-जुलता और मित्रता रखता हूँ। अधिकांश प्रकरणों में हमारी पटरी अच्छी बैठती है, क्योंकि हम मतभिन्नता वाले मुद्दों को एक तरफ़ रख देते हैं। हम जागरूक और *अनुशासित होकर* ख़ुद को उन विचारों से विरक्त कर लेते हैं। इसके बजाय हम उन विषयों पर ध्यान केंद्रित करते हैं, जिन पर हम एकमत हैं और जिनमें हमारी रुचियाँ समान हैं।

किसी को भी किसी चीज़ के लिए दोष न दें

दोषारोपण नकारात्मक भावनाओं का प्रमुख कारण और आंतरिक शांति का मूलभूत हत्यारा है। जैसा कि मैंने इस पुस्तक में पहले ज़िक्र किया था, किसी चीज़ के लिए या किसी तरीक़े से किसी व्यक्ति या वस्तु को दोष दिए बिना नकारात्मक भाव रखना संभव ही नहीं है।

दोष देने के लिए एक या दोनों घटकों का मौजूद होना आवश्यक है। पहला है *जुड़ाव*। यह तब होता है, जब आप किसी चीज़ को व्यक्तिगत मान बैठते हैं : आप उससे जुड़ जाते हैं। जैसे ही आप यह महसूस करते हैं कि किसी ने कोई ऐसी नकारात्मक चीज़ की या कही है, जिससे आपके व्यक्तिगत हितों पर प्रतिकूल प्रभाव पड़ता है, तो आप तुरंत नाराज़ हो जाते हैं और उस व्यक्ति को दोष देने लगते हैं।

मान लें, कोई व्यक्ति ऑफ़िस जाने की हड़बड़ी में है, पूरी तरह उलझा हुआ है और अभी-अभी अपने जीवनसाथी से लड़कर आया है। जब वह अचानक ट्रैफ़िक में आपको कट मारता है, तो आप तुरंत उस अजनबी को गाली देने लगते हैं। कारण यह है कि आपने उसके गाड़ी चलाने के व्यवहार

को *व्यक्तिगत* मान लिया है।

लेकिन जब आपमें *ख़ुद को विरक्त करने का अनुशासन* होता है और आप चीज़ों को व्यक्तिगत तौर पर लेना छोड़ देते हैं, तो उस व्यक्ति या घटना से जुड़ा नकारात्मक भावनात्मक आवेश लगभग तत्काल ही ख़त्म हो जाता है। मिसाल के तौर पर, यदि कोई ट्रैफ़िक में आपको कट मारता है, तो आप यह कहकर भावनात्मक दृष्टि से ख़ुद को विरक्त कर लेते हैं, "ओह, शायद उसे ऑफ़िस पहुँचने की जल्दी है। शायद उसे देर हो गई है।"

जिस पल आप ख़ुद से यह कहते हैं, उसी पल घटना से जुड़ी सारी नकारात्मकता ग़ायब हो जाती है और आप दोबारा शांत, आरामदेह तथा सकारात्मक हो जाते हैं।

अपना दुखड़ा छोड़ दें

दोष देने का दूसरा मूल कारण *ख़ुद को सही साबित करना* है। यह तब होता है जब आप ख़ुद को (और दूसरों को) बताते हैं कि आपको इस स्थिति में क्रोधित या दुखी होने का अधिकार क्यों है।

कई लोग अपने *कष्टों* से प्रेम करने लगते हैं। उनकी अतीत की समस्याएँ ही उनके जीवन का केंद्रबिंदु बन जाती हैं। वे हर समय पुरानी बातों के बारे में ही सोचते रहते हैं। वे अतीत में चोट पहुँचाने वाले लोगों के साथ दिन-रात ग़ुस्से भरी बातचीत करते रहते हैं, जबकि अब वे लोग आस-पास कहीं भी मौजूद नहीं हैं।

जब भी कोई बातचीत शुरू होती है, तो वे किसी दुकानदार की तरह अपने कष्ट को हर किसी के सामने प्रदर्शित करने लगते हैं। फिर वे अपने जीवन की दुखद घटनाओं का बखान करने लगते हैं और बताते हैं कि उनके साथ कितना बुरा व्यवहार किया गया और सामने वाला कितना बुरा था, जो उसने इतना ख़राब व्यवहार किया।

बहरहाल, आपमें *ख़ुद को इस क्षेत्र में अनुशासित करने* की क्षमता है कि आप अपनी नकारात्मक भावनाओं को तर्कसंगत साबित नहीं करेंगे, पुरानी बातें नहीं दोहराएँगे कि सामने वाले ने क्या किया या क्या नहीं किया। जब आप शांति से यह स्वीकार कर लेते हैं कि "चीज़ें" जीवन में होती

हैं, तो सामने वाले व्यक्ति या स्थिति से जुड़ी आपकी नकारात्मकता ख़त्म हो जाती है।

क्षमा करने का अभ्यास करें

क्षमा करने का अभ्यास आध्यात्मिक विकास में आत्म-अनुशासन का शिखर है। क्षमा का नियम कहता है कि "आप उसी हद तक मानसिक और भावनात्मक दृष्टि से स्वस्थ हैं, जिस सीमा तक आप ख़ुद को चोट पहुँचाने वाले किसी व्यक्ति को पूरी तरह क्षमा कर देते हैं।"

हर व्यक्ति ने – जिसमें आप भी शामिल हैं – अपने जीवन में दूसरों की विनाशकारी आलोचना, नकारात्मक व्यवहार, निर्दयता, बदतमीज़ी, पक्षपात, धोखाधड़ी और बेईमानी का अनुभव किया है। ये घटनाएँ दुर्भाग्यपूर्ण हैं, लेकिन वे मानव जाति का सदस्य होने का अनिवार्य और अवश्यंभावी हिस्सा हैं, जिससे बचा नहीं जा सकता। व्यस्त समाज में रहने की समस्याओं और मुश्किलों से बचने का एकमात्र तरीक़ा शायद हिमालय की किसी गुफा में जाकर रहने लगना है।

किसी नकारात्मक अनुभव के बाद आपको केवल एक सवाल पूछने और उसका जवाब देने की ज़रूरत है, "इस घटना से उबरने और जीवन में आगे बढ़ने में मुझे कितना समय लगेगा ?" यह एक ऐसा निर्णय है, जिसे सिर्फ़ आप ही ले सकते हैं। यदि आप वाक़ई ख़ुश रहना चाहते हैं, तो यह आपके जीवन के सबसे महत्वपूर्ण निर्णयों में से एक होगा। यही नहीं, यह आपके मानसिक और आध्यात्मिक अनुशासन की सच्ची परीक्षा भी है।

भुलक्कड़पन का ग्राफ़

हर व्यक्ति में एक "भुलक्कड़पन का ग्राफ़" होता है, जिसे अक्सर "क्षमा का ग्राफ़" भी कहा जाता है। यह ग्राफ़ बताता है कि आप कितनी जल्दी किसी नकारात्मक अनुभव को भूलते और क्षमा करते हैं। इससे यह भी तय होता है कि आप मानसिक और भावनात्मक दृष्टि से कितने स्वस्थ हैं।

एक आयताकार चतुर्भुज की कल्पना करें, जिसमें बाईं ओर शून्य से लेकर सौ तक का पैमाना हो। यह नकारात्मक भाव की गहनता का वह

पैमाना है, जिसे आप किसी तरह की भावनात्मक चोट लगने पर अनुभव करते हैं। इस ग्राफ़ के नीचे आपके जीवन के महीने और साल लिखे हैं।

आपका क्षमा का ग्राफ़ सीधी रेखा में भी जा सकता है और यह तेज़ी से नीचे की तरफ़ भी आ सकता है। यदि आपका क्षमा का ग्राफ़ सीधी रेखा में है, तो इसका मतलब है कि आप काफ़ी समय तक नाराज़ रहते हैं। कई बार तो आप घटना के कई वर्ष या कई दशक बाद भी उतने ही नाराज़ बने रहते हैं।

ऐसे अनगिनत लोग हैं, जो अब भी किसी ऐसी चीज़ के बारे में नाराज़ हैं, जो उनके माता-पिता ने दशकों पहले उनसे कही थी या उनके साथ की थी। यही नहीं, वे मौक़ा मिलते ही आपको इसके बारे में बता भी देते हैं। वे आपको बड़े भावुक अंदाज़ में बताते हैं कि उनके बचपन में माता-पिता ने उनके साथ अमुक-अमुक बुरा व्यवहार किया था, जिसके लिए उन्होंने उन्हें अब तक माफ़ नहीं किया है।

दुखी लोगों की चिकित्सा करने वाला हर मनोवैज्ञानिक और मनोचिकित्सक केवल इसी वजह से कमाई कर रहा है, क्योंकि उसके रोगियों का क्षमा का ग्राफ़ सीधी रेखा में है। मनोचिकित्सा में वे आम तौर पर सबसे ज़्यादा बातें यही बताते हैं कि अतीत में किसी ने उनके साथ क्या किया या क्या नहीं किया – और वह व्यक्ति उसके बारे में आज भी कितना दुखी है।

इससे उबरें और आगे बढ़ जाएँ

दूसरी ओर, सचमुच स्वस्थ लोगों का क्षमा का ग्राफ़ *नीचे की तरफ़* जाता दिखता है। उनके जीवन में भी दूसरों जितनी ही मुश्किलें और समस्याएँ आती हैं, लेकिन उन्होंने ख़ुद को इस संकल्प के साथ *अनुशासित कर लिया है कि वे* जल्दी से उन्हें क्षमा करके भूल जाएँगे, ताकि वे अपने जीवन में आगे बढ़ सकें। वे अपनी समस्याओं को बोरे में भरकर अपनी पीठ पर लादे नहीं रखना चाहते। वे तो बस उन्हें छोड़ देते हैं और अपना ध्यान सुखद चीज़ों की तरफ़ मोड़ लेते हैं।

क्षमा का अनुशासन आध्यात्मिक साम्राज्य की कुंजी है। मानसिक शांति के उच्च स्तर पर पहुँचना तभी संभव है, जब आप दूसरों को खुलकर क्षमा

करने का अनुशासन और आदत विकसित कर लें, चाहे उन्होंने आपको आहत करने के लिए कोई भी और कितनी ही बड़ी चीज़ की हो।

क्षमा स्वार्थपूर्ण कार्य है

कुछ लोग क्षमा की अवधारणा के बारे में दुविधाग्रस्त रहते हैं। वे सोचते हैं कि चोट पहुँचाने के लिए किसी को *क्षमा करने* का अर्थ उस तरह के व्यवहार को *मान्यता या बढ़ावा देना* है। सच्चाई इसके बिलकुल विपरीत है। क्षमा विशुद्ध रूप से *स्वार्थपूर्ण* कार्य है। क्षमा करने का *सामने वाले* व्यक्ति से कोई लेना-देना नहीं है। आप तो दूसरों को केवल इसलिए क्षमा करते हैं, ताकि *आप* भावनात्मक रूप से स्वतंत्र रह सकें और आपको वह बोझ अपनी पीठ पर लादे न रखना पड़े।

आपके पास एक अद्भुत मस्तिष्क है। आप अविश्वसनीय रूप से बुद्धिमान और ज्ञानी हैं। आप अपने दिमाग़ का इस्तेमाल ख़ुश और आनंदित रहने के लिए कर सकते हैं या फिर आप इसका इस्तेमाल अपने ही *ख़िलाफ़* कर सकते हैं। सर्वोच्च स्तर पर अपने मस्तिष्क का उपयोग करके दूसरों को क्षमा करने के कारण खोजें। किसी पुरानी घटना की खाल उधेड़ने, बहाने खोजने, औचित्य साबित करने और किसी चीज़ को व्यक्तिगत तौर पर लेने के कारण खोजने के बजाय अपनी बुद्धि का इस्तेमाल ज़िम्मेदारी स्वीकार करने के कारण खोजने के लिए करें और नकारात्मक स्थिति को ख़त्म हो जाने दें।

ज़िम्मेदारी स्वीकार करें और क्षमा करें

जिस पल आप किसी चीज़ की ज़िम्मेदारी लेते हैं और चोट पहुँचाने वाले लोगों को क्षमा कर देते हैं, उसी पल आप पूरी तरह से मुक्त हो जाते हैं। आपकी सारी नकारात्मक भावनाएँ ग़ायब हो जाती हैं। उनके स्थान पर आप आंतरिक शांति, प्रेम, ख़ुशी और आनंद का अनुभव करने लगते हैं।

आत्म-अनुशासन द्वारा क्षमा का निरंतर अभ्यास करने के पुरस्कार असाधारण हैं। जब आप आत्म-नियंत्रण, आत्म-विजय और विरक्ति की अपनी अविश्वसनीय योग्यताओं का उपयोग करके दुखद स्थितियों से अलग

हो जाते हैं, तो आपके पूरे जीवन की गुणवत्ता बेहतर और बेहतरीन हो जाती है।

कार्य अभ्यास :

1. क्षमा का परीक्षण करें : क्या आप सही साबित होना चाहते हैं या फिर आप ख़ुश रहना चाहते हैं ?
2. अपने अतीत के ऐसे लोगों को पहचानें, जिन्होंने आपको किसी तरह की चोट पहुँचाई है। आज ही उन लोगों को माफ़ करने का निर्णय लें और नकारात्मक भावनाओं को दिल से निकाल फेंकें।
3. दोष या क्रोध की अपनी नकारात्मक भावनाओं को उचित ठहराने के कारण न खोजें। इसके बजाय अपनी बुद्धि का इस्तेमाल करके ज़िम्मेदारी स्वीकार करने के कारण खोजें।
4. मानसिक शांति को अपना सर्वोच्च लक्ष्य बनाएँ और फिर विचलित करने वाले प्रत्येक विचार या भावना से उबरने का संकल्प करें।
5. आज ही से हर सुबह कोई आध्यात्मिक और प्रेरक पुस्तक पढ़ना शुरू करें। यह आदत आपकी ज़िंदगी बदल देगी।
6. आगे से चीज़ों को व्यक्तिगत तौर पर न लें। ख़ुद से पूछें कि आज से पाँच साल बाद इसका कितना महत्व होगा।
7. धन और भौतिक चीज़ों से विरक्ति की ज़ेन बौद्ध तकनीक का अभ्यास करें और किसी चीज़ को लेकर विचलित या चिंतित न हों।
